A MALDIÇÃO DE LONG LANKIN

LINDSEY
BARRACLOUGH

A MALDIÇÃO DE LONG LANKIN

Tradução
Maria de Fátima Oliva Do Coutto

BERTRAND BRASIL

Rio de Janeiro | 2013

Originalmente publicado com o título *Long Lankin* pela Random House Children's Books.

Título original: *Long Lankin*

Capa: Silvana Mattievich

Imagem de capa: Richard Tuschman / Trevillion Images

Editoração: FA Studio

Texto revisado segundo o novo
Acordo Ortográfico da Língua Portuguesa

A editora gostaria de agradecer à Sociedade de Autores, representante literária do espólio de Alfred Noyes e John Masefield, pelas permissões para usar trechos de "The Highwayman" e de "Cargoes", respectivamente.

2013
Impresso no Brasil
Printed in Brazil

Cip-Brasil. Catalogação na fonte
Sindicato Nacional dos Editores de Livros. RJ

B25m Barraclough, Lindsey
A maldição de Long Lankin / Lindsey Barraclough; tradução Maria de Fátima Oliva Do Coutto – Rio de Janeiro: Bertrand Brasil, 2013.
448p.: 23 cm

Tradução de: Long Lankin
ISBN 978-85-286-1635-4

1. Ficção infantojuvenil inglesa. I. Coutto, Maria de Fátima Oliva Do. II. Título.

12-6976 CDD: 028.5
CDU: 087.5

Todos os direitos reservados pela:
EDITORA BERTRAND BRASIL LTDA.
Rua Argentina, 171 — 2º andar — São Cristóvão
20921-380 — Rio de Janeiro — RJ
Tel.: (0XX21) 2585-2070 — Fax: (0XX21) 2585-2087

Atendimento e venda direta ao leitor:
mdireto@record.com.br ou (0XX21) 2585-2002

Para Richard, Eleanor, Imogen,
Christian, Rowena e Benjamin,
e para o outro Richard.

Disse meu lorde a milady, ao seu cavalo montar:
"Cuidado com Long Lankin, que no musgo costuma morar."

Disse meu lorde a milady, ao se afastar:
"Cuidado com Long Lankin, que no feno costuma morar."

"Deixe todas as portas aferrolhadas e todas as janelas trancadas,
Cuide para nem um buraco deixar no qual um rato possa se esgueirar."

As portas foram todas aferrolhadas e as janelas todas trancadas,
Exceto uma janelinha, por onde Long Lankin tratou de entrar.

"Onde está o dono desta casa?", perguntou Long Lankin.
"Viajou para Londres", respondeu a falsa ama-seca.

"Onde está o herdeiro da casa?", perguntou Long Lankin.
"Adormecido no berço", respondeu a falsa ama-seca.

"Vamos furá-lo, furá-lo todinho com um alfinete,
E isso fará com que milady desça para o pequeno acolher."

Então ele furou, furou o bebê todinho com um alfinete,
E a ama-seca segurou a bacia para o sangue recolher.

Como a ama-seca dorme, como a ama-seca descansa.
Meu pequenino John, como berra e não se amansa.

"Como me arriscar a no meio da noite descer
Sem vela acesa e sem o fogo a arder?"

"Possuis três mantos prateados mais brilhantes que o sol.
Desce, minha formosa lady, apenas com a luz de um só."

Milady então desceu, temerosa, o coração na mão.
Long Lankin estava a postos, e ela caiu em suas mãos.

Aqui tem sangue na cozinha. Na sala também tem sangue.
Nas escadas onde milady caiu também tem sangue.

"Meu senhor, meu senhor, não me culpe.
Foi ali que a falsa ama-seca e Lankin mataram milady."

Long Lankin foi pendurado bem alto num cadafalso
E, numa fogueira próxima, queimada a ama-seca falsa.

SEGUNDA-FEIRA, 4 DE AGOSTO DE 1958

CORA

Há muito céu, e, quanto mais nos afastamos de Londres, mais céu aparece.

Reviro-me no assento e esfrego o vidro de trás com o dedo molhado até a pele ficar marrom. Volto a lamber o dedo e sinto um gosto amargo. Através da sujeira do vidro vejo a cidade se afastando. Sob a chuva acinzentada, os prédios amontoados, que preenchiam a paisagem da minha janela em casa, sobressaem como dentes podres.

O sr. Bates não queria nos levar. Fez isso apenas para retribuir um favor a papai.

Em algum lugar depois de Barking paramos para colocar gasolina. O sr. Bates começa a discutir com o frentista, dizendo que ele não completou o tanque e está trapaceando. O homem quer o seu dinheiro. O sr. Bates salta do carro e sua cabeça bate no nariz do homem. Uma rajada de vento úmido atinge o cabelo do sr. Bates e o joga de lado, exibindo sua careca. O frentista diz que o marcador de gasolina do sr. Bates não deve estar funcionando direito porque ele não consegue pôr mais uma gota e, se não acredita, que o próprio sr. Bates tente.

O frentista nos olha e ergue as sobrancelhas. Acha que o sr. Bates é nosso pai. Mimi sorri. Eu escorrego no banco traseiro e olho a estrada. Nosso pai teria rido com o frentista — isso se tivéssemos um carro. Se tivéssemos um carro, não seria um Austin velho e sujo como o do sr. Bates, e sim um bem bonito, de duas cores, como aquele estacionado na frente da Farrows and Atkins todas as manhãs. De qualquer modo, nosso pai parece o Tyrone Power no *Zorro*, e não o sr. Bates, que usa um alfinete de segurança nos suspensórios para prender as calças e tem pelos na barriga — que eu posso ver porque dois dos botões da camisa arrebentaram.

O frentista diz que vai chamar um policial. O sr. Bates emite um barulho sibilante entre os dentes, joga o dinheiro na mão do homem, volta para o carro e bate a porta com tanta força que a maçaneta da janela cai.

Cada vez menos casas passam até praticamente não haver mais nenhuma. Os campos se estendem de ambos os lados da estrada, terrenos planos de um verde-acinzentado sombrio. Tento brincar com Mimi do jogo das letras, achando que isso a ajudará a aprender, mas logo desisto porque só vemos "g" de grama e "c" de chuva, e ela não demonstra muito interesse na brincadeira.

Noto que o ponteiro menor do relógio do sr. Bates já deu duas voltas desde que saímos.

Um pequeno bar caindo aos pedaços chamado The Thin Man aparece à esquerda, meio isolado e com um banco do lado de fora. O sr. Bates estaciona na frente e entra com seu pequeno pedaço de papel. Demora meia hora para pedir informações sobre o caminho enquanto eu e Mimi esperamos no carro.

O motor estala ao esfriar. Respiramos o fedor das axilas do sr. Bates. As janelas embaçam.

Estamos com fome. Papai nos deu uns sanduíches que ele havia preparado no sábado, quando devíamos ir, mas naquele dia usou a casca do queijo e hoje o pão estava todo torcido, duro demais para conseguirmos mordê-lo. Comemos os sanduíches há horas, enquanto passávamos por East Ham. Ainda estou com um pedaço de casca entalado na garganta.

Pelo vidro embaçado vejo o sr. Bates sair de novo, afivelando o cinto. Arrota tão alto que dá para ouvir a três metros de distância mesmo com as janelas fechadas. Não trouxe nadinha para nós, nem um refrigerante com dois canudos, como papai teria feito.

Quando abre a porta, sinto o cheiro de grama e terra molhadas. A chuva parou. O sr. Bates espreme seu barrigão atrás do volante e enxuga a boca com as costas da mão.

— Ainda não chegamos? — pergunto.

— Vá cuidar da sua vida — responde e um cuspe parecido com cerveja sai voando de sua boca e aterrissa no para-brisa.

Ele enfia a mão no bolso em busca de sua latinha de Golden Virginia e enrola um cigarro fino, torto e amarrotado, com pedaços de tabaco espetados na ponta. Enquanto dirige, enrola o cigarro com uma das mãos, balançando a lata no joelho. A maioria dos cigarros dura umas duas tragadas. Quando ele começa a tragar com força já dá para saber que o cigarro acabou. Ele demora com esse, soltando a fumaça devagar até ela encher o carro e fazer nossos olhos lacrimejarem.

— Que bando de malditos homens das cavernas — diz, abrindo o quebra-vento para desembaçar as janelas.

Pegamos uma estrada quase do lado oposto ao bar. O nome está pintado num pedaço de madeira pregado numa vareta — TRAVESSA DA IGREJA ANTIGA. A estrada é estreita e esburacada, com cercas vivas desconjuntadas dos dois lados.

Um muro alto e uns portões enormes de ferro fundido surgem à direita. Vejo de relance uma ampla clareira com grama recém-cortada e canteiros de flores compridos e sinuosos. O sr. Bates baixa a cabeça para olhar enquanto passamos.

— E essa casa aí não é Guerdon Hall — diz —, caso vocês estejam achando que é.

Logo depois o carro desacelera e espio por cima do ombro do sr. Bates para ver lá fora. Estamos no topo de uma colina íngreme.

Abaixo, o campanário de uma igrejinha se destaca entre um aglomerado de árvores na borda de um extenso pântano. Grossos raios de sol pálidos perfuram as nuvens e se estendem até a terra, imergindo e emergindo nas esparsas poças e serpenteando em torno dos canaviais ao longo das faixas prateadas de água, até que o líquido reluzente se funde a distância numa linha trêmula esmaecida flutuando entre a terra e o céu.

— Então o que é aquilo lá em cima? — pergunto.

— Do que você está falando?

— Lá em cima. — Estico o dedo perto de sua orelha apontando o horizonte.

— O que você acha que é? É a droga do rio, não é? E lá adiante é a curva do mar!

— Então, onde o rio deixa de ser rio e o mar começa a ser mar?

— Mas que droga, como eu vou saber? Cale a boca e pare de fazer essas perguntas idiotas. Só estou dando uma carona na droga do meu carro. Isso não significa que tenho que conversar com você, entendeu?

Descemos a colina aos solavancos. O sr. Bates desviava-se dos buracos grandes, resmungando *droga* isso e *maldito* aquilo. No fim, a pista bifurca, de um lado a igreja e as árvores; do outro uma trilha ainda mais irregular à direita. O sr. Bates para o carro e desliga o motor. Examina novamente o pedaço de papel emporcalhado.

— A casa fica lá no final — diz, apontando a trilha lamacenta com o dedo amarelo. — Droga, se acham que vou dirigir até lá, devem acreditar em Papai Noel. E olha que o Natal ainda nem chegou!

O sr. Bates sai e empurra o banco da frente para que eu e Mimi possamos nos espremer e saltar com nossas mochilas.

— Aquela droga de colina ferrou com a suspensão do carro. Vão ter que andar o resto do caminho e sozinhas.

— O senhor não vem com a gente? E se não for a casa certa? — grito, enquanto ele entra no carro e bate a porta com estrondo. — Não é contra a lei deixar crianças sozinhas num lugar estranho?

Ele não dá a menor atenção e rapidamente liga o motor.

— Ei! O senhor pode ser preso por isso! — grito em meio ao barulho.

O sr. Bates engata a marcha a ré. O carro gira, guincha e atira blocos de terra molhada. Saímos da frente. Ele sobe a colina trovejando, o estrépito do exaustor cada vez mais baixo, até eu não ter certeza se ainda posso escutá-lo.

O vento agita o capim. Um distante chamado de pássaro não encontra resposta.

Mimi começa a fungar.

— Pare com isso — aviso.

Ela enxuga o nariz em Sid, seu bichinho de pelúcia, depois esfrega o dedo no pequeno remendo na cabeça, como sempre faz antes de dormir. Houve um tempo em que Sid era um gordo soldado azul, mas agora não passa de uma salsicha cinza de lã cheirando a vômito. Mimi o encontrou na gaveta da mamãe em casa. Mamãe disse que seu nome era Sid e que Mimi não podia pegá-lo porque ele era velho e sujo, mas Mimi vivia tirando-o da gaveta. Afinal, mamãe deu o boneco para ela, mas era evidente que não suportava ver Sid. Uma vez eu a vi chutando Sid para trás da poltrona. Não entendi por que então ela o havia guardado.

Entrego a Mimi o lenço velho que tirei do bolso. Tem um pirulito de limão pela metade grudado nele. Ela tira o doce e o põe na boca.

— O pirulito acabou — diz, chupando.

Árvores finas alinham-se na margem da trilha, os troncos compridos e delgados curvados quase no meio, açoitadas durante anos pelo vento vindo do rio, que sopra através dos espaços vazios.

Uma vala estreita, meio escondida no capim, ladeia a frente das árvores, perceptível apenas pelo som da água correndo.

Penduro as duas mochilas em meus ombros. A trilha está coberta de lama e poças. As solas dos sapatos de Mimi abriram na frente. Tento mantê-la nos tufos de grama para que seus pés continuem secos. Minhas sandálias marrons gastas não estão em muito melhores condições. A água penetra pelos buraquinhos que formam um desenho na parte superior. Odeio as sandálias por fazerem flop flop flop no piso e sempre quis sapatos que fizessem clique clique clique, como os de Lana Turner nos filmes, mas preciso usar os sapatos velhos de Monica Horgan porque ela é mais velha do que eu. Os últimos eram pretos de amarrar, iguais aos dos meninos. Estão no armário, guardados para Mimi.

Enquanto percorremos a trilha, ouço o constante som abafado da água corrente, como se riachos secretos descessem a colina por baixo da estrada alimentando e dilatando a vala sob as árvores. Em seu ponto mais largo, ela faz uma curva na direção da estrada e desaparece abaixo dela.

Meu pescoço dói de tanto olhar para baixo para não pisar na lama. Olho para cima e vislumbro algumas chaminés vermelhas antigas sobre o topo das árvores.

Alcançamos uma curva e lá está Guerdon Hall, quase afundada no terreno.

Os tijolos da chaminé formam padrões de quadrados, diamantes e mesmo espirais retorcidas, como a bala para tosse que a sra. Prewitt guarda na loja em jarras grandes a três centavos cada cinquenta gramas. Vejo o telhado torto, salpicado de musgo verde preso às janelinhas escuras. A luz refletida do céu branco lá no alto está distorcida, ondulando de modo desigual no vidro velho.

Um canal de água fundo e aberto, com pelo menos três metros de largura, cerca a casa e seu jardim como um fosso, sobre o qual se estende uma ponte larga e plana, coberta por uma camada de terra onde crescem moitas de grama e dentes-de-leão. No meio da ponte dá para ver as tábuas gastas de madeira.

O jardim é uma imensidão de árvores retorcidas, quase mortas, sufocadas por trepadeiras curvadas sobre massas entrelaçadas de arbustos espinhosos, moitas de rosas selvagens, urtigas e grama amarela ressecada.

Não posso imaginar como tia Ida pode morar num lugar desses.

— Tem alguém olhando — sussurra Mimi.

— Não seja idiota. Não tem ninguém aqui.

— Olha.

Ela aponta e vejo um menino sentado numa cerca de madeira quebrada, do outro lado da trilha, nos olhando fixamente. Acho que devo dizer algo, mas nem sei se falam inglês por aqui.

— Oi. O que estão fazendo? — pergunta ele.

— Ninguém te ensinou que é feio encarar os outros? — retruco.

— Então o que estão fazendo?

— Vamos passar um tempo aqui. Aquela é a casa da sra. Eastfield?

— É sim. Por que vão para lá?

— Porque ela é nossa tia. Ela é legal?

— Vocês não conhecem a tia de vocês? — pergunta, descendo da cerca. Ouve-se um som de tecido rasgado. Ele hesita por um segundo apenas.

— Nunca vimos nossa tia antes.

— Ela não é velha demais para ser sua tia?

— Ela não é esse tipo de tia — explico. — Ela é irmã de nossa avó Agnes, tia da nossa mãe, só que vovó morreu. Papai disse que tia Ida deve ter uns sessenta e qualquer coisa.

— Então ela é sua tia-avó — diz ele, esfregando os fundilhos das calças. — Eu também tenho uma: tia Ethel. Ela mora à beira-mar em Wrayness. Seu jardim fica pertinho da praia.

Mantendo os olhos fixos todo o tempo, o garoto caminha de costas e entra na água lamacenta – ainda bem que ele usa botas de borracha.

— Essa sra. Eastfield... — acrescenta, ainda se afastando. — Eu tomaria cuidado se fosse você. Ela é uma bruxa.

O menino se vira rápido e corre, entrando e saindo das poças.

Enquanto o observo, percebo pela primeira vez altas traves de madeira com arames esticados entre elas, espaçadas ao longo de toda a extensão da trilha. A última trave fica perto da ponte. O arame desce até a casa e desaparece debaixo do teto.

— Talvez não seja tão ruim quanto parece — digo a Mimi. — Acho que na casa de tia Ida tem energia elétrica.

ROGER

Mamãe vai me matar quando descobrir que rasguei as calças. Devia ter uma droga de prego na cerca, que entrou e rasgou meu fundilho, mas não posso enxergar atrás. Preciso olhar no espelho do quarto dela para ter noção do estrago.

Precisei decidir o que era pior, parecer um idiota andando de costas ou aquelas duas garotas verem o meu traseiro. Se aquele prego estava enferrujado, provavelmente vou morrer de tétano, então preciso sempre checar para ver se estou sorrindo mesmo sem vontade, porque é isso que acontece quando você pega tétano – você não consegue parar de sorrir. É a forma mais terrível de morte que existe, embora você pareça feliz quando morre. Não sei se um pouco do antisséptico Germolene pode me impedir de pegar tétano – talvez eu devesse esfregar a lata inteirinha, só para garantir.

O problema é que não posso contar à mamãe, porque ela vai começar a fazer perguntas e, supostamente, eu não devia ir à casa da sra. Eastfield.

Mas eu gosto de lá. É bonito e sossegado.

Nossa casa fica ainda mais barulhenta às segundas-feiras, porque é dia de mamãe lavar a roupa. A casa inteira cheira às fraldas da Bebê Pamela, postas para ferver num panelão no fogão a gás. Mesmo que eu conseguisse esconder essas calças na cesta de roupa suja, antes da mamãe encontrá-las, não teria outras para vestir porque estão todas lavando, então não tenho nada para vestir e não vou escapar da bronca. A outra coisa irritante de ir para casa é que Pete e eu tivemos uma discussão, pois eu pisei e quebrei sem querer a perna de um de seus soldados. Além do mais, ele deve ter ficado furioso porque eu me mandei e o deixei sozinho para torcer a roupa lavada.

Eu estava perto da casa da sra. Eastfield checando um lugar que pudesse ser legal para um acampamento – três árvores debruçando-se umas sobre as outras, as copas quase se tocando, parecendo uma tenda de índios americanos. Pete e eu poderíamos morar ali se quiséssemos. Poderíamos pescar para comer, embora eu não goste muito de peixe, a não ser de pasta de peixe.

Nós dois temos acampamentos por todo lugar. Temos um até na floresta, perto de onde aquela mulher cria porcos selvagens. Nunca vimos os porcos, mas Tooboy jura de pé junto que ela tem, e disse que eles têm presas grandes, sujas de sangue nas pontas.

O problema é que se montássemos a tenda ficaria perto da sra. Eastfield. Pete e eu temos certeza que ela é uma bruxa, como a velha Gussie Jetherell, que mora perto da gente. Mas *esta* sem dúvida é uma bruxa. Tem um bocado de gatos, e isso é um sinal. Nunca vi nenhum gato na casa da sra. Eastfield, mas tem um cachorrão que corre até a ponte, latindo à beça. Às vezes eu desafio Pete a chegar o mais perto possível até o cachorro começar a latir, mas ele tem medo e se, por acaso, o cachorro vir Pete, meu irmão não vai parar de correr até chegar ao final da Chase. A Chase é a rua da sra. Eastfield.

Eu adoraria entrar na Guerdon Hall. Se pedíssemos àquelas meninas, talvez nos deixassem dar uma espiada dentro da casa. Uma é mais ou menos da minha idade, e a pequenina e magrela deve ser da idade de Terry. Os sapatos delas estavam cheios de buracos e as roupas eram pequenas demais e, para falar a verdade, um pouco sujas. Elas certamente não vêm de nenhum lugar aqui por perto. Eu logo notei porque a mais velha fala arrastando o "r" e ninguém aqui fala desse jeito. Vovó diria que se trata de gente simples.

Coitadinhas! Terem que ficar com a sra. Eastfield...

Pete e eu podemos ouvir galinhas cacarejando lá nos fundos. Pete desconfia que sejam crianças capturadas e enfeitiçadas pela sra. Eastfield. Eu pensei em nos arrastarmos pelo chão até lá para ver, mas Pete não quer, nem em sonhos, nem se deixássemos para o cachorro um pedaço de carne com remédio para dormir. Ele diz que não quer virar galinha e comer farelos e ter de pôr ovos o dia inteiro.

CORA

Paramos perto da ponte, Mimi agarrada à minha mão. Do outro lado do canal, dois portões enferrujados semiescondidos entre as ervas daninhas, largados onde tinham se despregado dos pilares.

O nível da água baixava, num calmo som de gorgolejo, deixando para trás bolhas brancas espumantes na lama grossa e escura, assim como da vez em que a maré desceu no rio em Limehouse. Talvez o canal não fosse afinal um fosso, mas uma volta no final da maré salgada de um estuário.

Olho para a cerca quebrada onde o menino estivera sentado. Ela fica na frente de dois pequenos chalés arruinados. Um dos telhados havia desabado e outro não passava de um emaranhado de varetas de madeira. No capim, atrás da cerca, estilhaços sujos de vidro de janelas quebradas chamam a atenção.

Mais adiante, no fim da trilha, um velho depósito, a porta escancarada e o teto baixo e comprido todo esburacado. No pátio, máquinas enferrujadas, empilhadas de qualquer jeito.

De repente o som profundo, alto, de latido, e o ressoar de patas pesadas sacode os muros da casa. Um cão enorme surge pulando de um canto. Dois compridos filetes de baba pendurados em sua boca escorrem por seus ombros à medida que corre.

Mimi solta minha mão e sai feito uma flecha pela trilha. Eu deveria ter ido atrás dela, mas não queria dar as costas ao cachorro. Olho para trás e vejo quando ela escorrega na lama transformada em poça.

— Cala a boca! — grito para o cachorro. — Droga! Olha só o que aconteceu com a minha irmã por sua causa!

Ele pula, mas eu não demonstro medo. Eu tinha cachorros parecidos em casa. Estendo a mão com a palma virada para cima. O cachorro diminui um pouco o ritmo, se detém e cheira a minha mão. Então bota a comprida língua gosmenta para fora, movendo-se de uma pata dianteira para a outra, soltando mais alguns latidos, porém não tão altos desta vez. Acaricio-lhe a cabeça e limpo a mão babada na saia. Choramingando, Mimi se levantou sozinha, o casaco sujo de lama; as mãos e os joelhos respingando água marrom.

— Idiota! — xingo, limpando o casaco de minha irmã. — O que tia Ida vai dizer? Ah, está bem, Mimi, pelo amor de Deus. Ele não passa de um pobre coitado barulhento. Estenda a mão assim. Deixe ele cheirar você. Cruzes, você está com um cheiro horrível! Olha só, até o cachorro está fugindo de você.

Mimi não quer atravessar a ponte.

— Não vou — choraminga. — Não gosto.

— Mas você precisa. Vamos.

— Não vou.

Eu me agacho, pego um dente-de-leão, e o sopro na direção da casa.

Uma hora, duas horas, três horas — os pequenos paraquedas flutuam sobre a água.

Mimi dá um passo à frente — *seis horas, sete horas...*

— Não conheço um que tenha acertado as horas — digo.

Mimi se inclina e arranca outra flor. Sopra — *uma hora, duas horas* — e segue o redemoinho de sementes à medida que flutuam sobre a ponte numa nuvem de pequeninas estrelas brancas.

ROGER

Fui até o correio no caminho de volta para ver se a sra. Wickerby tinha mais soldados.

Pete e eu odiamos a sra. Wickerby, porque quando brincamos de Penny for the Guy,* na Noite das Fogueiras, ela não nos deixou ficar do lado de fora de sua loja e disse que aquilo era mendigar, então fomos obrigados a arrastar o nosso Guy pela estrada até a loja da sra. Aylott. Contamos à sra. Aylott que estávamos recolhendo dinheiro para os pobres, mas tudo que conseguimos foram três centavos do sr. Rust, que achamos que não seria de grande ajuda para os pobres, portanto decidimos entrar na loja da sra. Wickerby e comprar chiclete.

Havia um monte de soldados numa caixa de papelão no balcão. Achei que seria fácil tirar um, sem que a sra. Wickerby visse, porque as três irmãs Morte estavam na loja fofocando com ela. Elas se chamam Beattie, Jessie e Elsie, e as três usam o mesmo chapéu branco parecido com merengue.

Minha mão estava perto da caixa com os soldados, por sorte escondida atrás do cotovelo de Jessie Morte. Aproximava-se da borda da caixa quando, naquele exato momento, a sra. Wickerby enfiou a cara pontuda de doninha por trás das irmãs Morte e perguntou:

— Quer alguma coisa, Roger, ou como sempre está só olhando?

— Só olhando — eu disse em voz baixa, saindo rapidinho da loja.

---

* Penny for the Guy – Em 5 de novembro de 1605, ocorreu uma conspiração para explodir o Parlamento inglês e matar o rei Jaime I. Guy Fawkes, encarregado de guardar os barris de pólvora, foi preso e executado. Até hoje, na Inglaterra, celebra-se a data. As crianças saem às ruas com um boneco usando roupas velhas e pedem “um centavo para o Guy”. (N. T.)

Quando cheguei em casa, Bebê Pamela não parava de chorar. Às vezes isso me deixa louco. Ela chora e chora e não há nada que se possa fazer. Mamãe a entregou para mim enquanto ia pendurar os lençóis. Eu a balancei um minuto, mas ela começou a cheirar mal. Além do mais, ela passa meleca na gente, então a entreguei a Terry e disse que ele tinha que cuidar dela ou então a velha Gussie o pegaria.

Fui para o jardim com Pete e Dennis procurar lagartos, mas o tempo ainda não estava seco o bastante. Eles gostam de se sentar nas pedras ao sol ou no poste de concreto que desce perto da grande castanheira-da-índia. Não contamos a Terry que vamos procurar lagartos porque ele é malvado e os rodopia pelos rabos até eles saírem voando e caírem no jardim. Às vezes a ponta do rabo fica na mão dele. Eu sei que os rabos voltam a crescer, mas sempre tortos. Uma vez ele tentou fazer isso com uma salamandra do lago, mas ela caiu antes que ele pudesse girá-la. Elas são um pouco mais flexíveis; escapolem dos dedos e seus rabos nunca saem.

Tivemos salsichas e purê de batatas no jantar. Mamãe enfia as salsichas nas batatas como fazem no restaurante Beano. Eu comecei a contar sobre as duas meninas da casa da sra. Eastfield, mas ela estava muito atarefada com Bebê Pamela e me pediu que contasse depois. Foi bom ela não estar prestando atenção ou saberia que andei perto da igreja. Quase coloquei meu pé lá dentro.

Voltarei amanhã com Pete para ver se as meninas ainda estão por lá. Se estiverem, contaremos a história do avião alemão que caiu na fazenda da sra. Eastfield e o aviador foi capturado por ela. Elas não devem saber disso. A sra. Eastfield serviu uma xícara de chá ao sujeito e, em seguida, plantou-se diante dele com a espingarda de caça até a polícia chegar para levá-lo. Uma vez eu disse a mamãe que achava a sra. Eastfield valente por ter agido assim, mas mamãe disse que ninguém gosta dela. Falam mal dela pelas costas.

CORA

Grossas raízes de hera acinzentadas e sujas sobem pela parede decadente da frente, as folhas marrons e encrespadas estão cobertas de poeira. Apenas alguns pequeninos ramos verdes, perto do teto, atestam que a planta ainda vive.

Não exatamente no centro da casa, um alpendre imenso, com um quarto em cima, projeta-se sobre o caminho. O cachorro nos segue ao entrarmos, as patas ressoando no piso de pedras irregulares. Folhas mortas formam pilhas nos cantos. O lugar cheira a mofo.

A maciça porta dianteira está fixada com pregos de ferro grandes, coberta de teias de aranha, pontilhadas de moscas mortas e ressecadas, agitando-se de leve nas fendas. Marcas fundas e compridas descem pela porta, como se o cachorro tivesse adquirido o hábito de ficar de pé nas patas traseiras e arranhar para entrar.

Ergo a grande aldrava de ferro — a cabeça de um leão com um anel pendurado na boca. De tão dura, só pode descer devagar.

Quando a pancada surda ressoa de encontro à porta, a poeira se desprende em cima de nós.

— Obviamente ela não recebe muitas visitas — digo a Mimi. — Tia Ida! Tia Ida! Somos nós! — berro —, mas isso apenas atiça o cachorro, que começa a latir e a babar de novo.

"Vamos dar uma olhada nos fundos da casa" — digo, abandonando o pórtico e virando à esquerda pelo caminho coberto de ervas daninhas. Espero Mimi me seguir, mas dei a volta inteira na casa até o cachorro choramingar e eu olhar para trás.

Mimi, imóvel, observa um arco acima do pórtico. Não tenho certeza se eu o teria notado — um velho pedaço de madeira, preso de forma assimétrica acima do ângulo do arco, de uns setenta centímetros de comprimento, torto, gasto, escurecido nas bordas como se houvesse sido queimado. Tem algo gravado nele, deteriorado, quase apagado em certos pontos — provavelmente por ter ficado pendurado do lado de fora sujeito ao vento e à chuva anos a fio.

Ao me aproximar e examiná-lo mais de perto, seguro a manga do casaco de Mimi e tento afastá-la, mas ela não se move.

— Quem é? — pergunta.

— Como diabos vou saber? Parece... Bem, acho que parece um bebê. Fica difícil ver direito.

— Por que ele está chorando?

— Talvez esteja com fome — digo. — Pensando bem, eu também estou meio faminta. Vamos.

Ela não se move.

— O que está escrito?

Há duas palavras abaixo da figura, gravadas em grossas letras maiúsculas, mas eu nunca tinha lido aquelas palavras em lugar nenhum.

— Não sei. Deve ser uma língua estrangeira. Vamos, Mimi. Depois a gente olha isso. — Ela continua imóvel. — Olha, vou acertar você se não se apressar.

— Será que tia Ida vai comer a gente com mingau? — pergunta ao darmos a volta na casa.

Olho o fosso profundo que cerca o jardim abandonado. Quase não tem água no fundo. Nas laterais, o lodo seco começou a rachar.

— Não seja idiota — digo, empurrando Mimi na minha frente. — Nós somos uma família, não somos?

Finn está arranhando o portão. Uma das dobradiças já está quase caindo — se eu não der um jeito, um dia desses ele vai acabar derrubando a cerca inteira.

Por que está latindo? Se forem as filhas de Harry — ai, meu Deus, espero que não sejam as filhas de Harry! —, o homem vai ter que levá-las de volta imediatamente.

A carta dizia sábado, sim, definitivamente sábado, e não segunda-feira. Fiquei tão aliviada quando não apareceram...

Curvo-me para passar pela porta do galinheiro. Somente quatro ovos hoje. Vale a pena perder tempo com essas galinhas imprestáveis? Ao empurrar Finn para fora, fecho o portão da cerca atrás de mim, afasto uma mecha dos cabelos e cubro a franja com o xale. Então, percebo o movimento.

Ai, meu Deus, ali estão, as duas paradas sob a corda de roupas, debaixo da fileira de meias desfiadas.

Por um momento inquietante, vejo Susan e Anne.

Fecho os olhos, esfrego a testa e volto a olhar.

Não, não são Susan e Anne, mas as filhas de Susan. As meninas estão desarrumadas e sujas.

— Oi, tia Ida — diz a mais velha, quase se curvando numa reverência. — Sou Cora.

Minha boca resseca. Não me lembro da última vez que falei com uma criança.

— A-achei que não viessem. Esperava vocês no sábado.

— É, bem, era o dia do sr. Burridge nos trazer — diz Cora —, mas esperamos um tempão e ele não apareceu. Aí, papai pediu ao sr. Bates, porque ele lhe devia um favor. O sr. Bates é um agenciador de apostas, então, aos sábados, ele fica ocupado, aí o carro dele ontem não pegava nem por bem nem por mal, mas o sr. Harrow não podia consertar o carro, porque precisava daquela broca especial e era domingo, então, ele teve que cuidar disso hoje bem cedo. Se a senhora tivesse telefone, papai teria ligado do bar.

Finn late. A menor se sobressalta.

— Está bem. Quieto, Finn, quieto! — Minha cabeça dói. Sinto uma tremedeira nos braços e no peito.

— Esta é Mimi — diz Cora, empurrando a pequenininha na minha direção.

— Que nome mais bobo e exótico é esse? Ela não é Elizabeth?

— É, mas virou Mimi porque costumava correr atrás de mim quando eu ia brincar — responde Cora, apressada —, gritando: "Mim! Mim!", porque ela também queria ir, e meus amigos costumavam dizer: "Puxa vida, lá vem Mim Mim de novo", e depois de um tempo acabou pegando e agora ela acha que o nome dela é Mimi.

— É absolutamente ridículo — comento. — Não que isso tenha importância, porque vocês não vão ficar aqui. Ninguém perguntou se eu concordava de vocês virem e o fato é que eu *não concordo,* então vocês vão voltar agora mesmo para Londres, de onde vieram. Onde está esse sr. Burridge?

— Não foi o sr. Burridge, já disse, foi o sr. Bates.

— Então onde está esse tal de sr. Bates?

— Ele nos largou no final daquela estrada lamacenta lá...

— A Chase...

— Isso. Ele já foi embora.

— O quê? Quer dizer que ele largou vocês sozinhas?

— Parece. Não queria correr o risco de atolar as rodas. Mimi caiu numa poça quando o seu cachorro apareceu.

— Ele se chama Finn...

— É, quando o Finn apareceu — explica Cora. — Se quiser que a gente volte para casa vai ter que deixar um recado para o papai com o Alf no Half Moon. A gente também não tem telefone. Então, talvez, o sr. Bates ou outra pessoa qualquer venha nos buscar. Ou terá que escrever uma carta. Sabe onde moramos? É no número nove.

— Temos ovos brancos — diz Elizabeth.

Percebo que ela está esfregando a bochecha com um brinquedo velho, imundo, um boneco de pelúcia. Olho mais atentamente e uma onda de ansiedade me invade. Já vi aquele boneco antes. Meu coração dispara. Minha cabeça parece estar sendo apertada num torno.

Elas não podem ficar aqui.

Elas não devem ficar aqui.

CORA

Não faça isso, não faça aquilo, não vá ali nem lá, não suba as escadas, a não ser para o quarto ou para o banheiro — não vá para aquele lado do jardim, porque tem um poço velho e você ou Elizabeth (É Mimi, tia Ida, ela não sabe que se chama Elizabeth) *podem cair lá — não devem em hipótese alguma ir ao pântano — é extremamente perigoso —; nem pensem em ir até a igreja antiga — é absolutamente proibido! —; não abram as janelas — nunca!* (Por isso a casa é tão abafada, quase não se consegue respirar, e o cheiro é horrível.) *Não tentem entrar nos quartos trancados. Fechem a porta dos fundos quando entrarem e pendurem a chave no gancho de ferro grande* (há arranhões na porta dos fundos também, e um imenso machado, com um cabo tão comprido que precisa de três ganchos para segurá-lo na parede, preso na parte de dentro). *Sempre verifique quem está na porta antes de deixar alguém entrar — embora ninguém venha aqui. Vou escrever uma carta para seu pai ainda hoje, portanto nem sonhem em se pôr muito à vontade* (nenhuma chance nesta espelunca). *Se ouvir qualquer barulho estranho, é o papagaio* (realmente velho e quase careca — não tem nem nome, nem mesmo Polly) *ali na sala de estar. Não — nunca — não pode — não deve — não — nunca — não pode — não deve...* (Droga, isso parece uma prisão.)

Tia Ida aponta a porta do seu quarto. Recosto no pesado corrimão e baixo o olhar para a escadaria imensa, para a monstruosa coluna entalhada, que marca o local onde as escadas se dobram num ângulo reto e descem paralelamente a uma janela em direção ao corredor. As bordas do piso são pálidas, lisas e escorregadias. Perto do degrau inferior, um relógio alto. Mesmo daqui posso perceber que está torto. Em certos lugares o piso de madeira é tão inclinado que você começa a andar mais rápido sem conseguir se controlar. O relógio está parado. Todos os relógios em Guerdon Hall estão parados.

Acima de mim, teias penduradas do teto em laços e pencas, como seda suja, se balançam movidas pelas correntes de ar que vêm de baixo das portas ou de cima, através das estreitas fendas entre as placas do piso. A poeira cobre os rodapés em tiras, deixando marcas acinzentadas nas curvas dos entalhes. Sopro a poeira, mas é tão pesada que não se move.

Nossa cama é enorme, com um edredom acolchoado rosa desbotado. Titia retira o lençol de cima, afofa os travesseiros e nos avisa que o banheiro fica à esquerda do patamar da escada.

Quando temos certeza de que ela desceu as escadas, pulamos na cama sobre o edredom. A poeira flutua das vigas acima de nossas cabeças. Titia entra feito um furacão e grita que vamos quebrar a cama e que não adianta mentir, porque ela ouviu o barulho das molas.

No lanche, cada uma ganha dois ovos e duas fatias de pão com manteiga. Titia apenas ferve os ovos por uns dois minutos então a clara em volta das gemas está gelatinosa. Eu espio debaixo da primeira fatia de pão e vejo uma mancha verde. Fico preocupada com que Mimi possa criar confusão, mas ela nem nota o mofo debaixo da manteiga. De tão faminta, passa a colher na clara e separa as duas gemas.

Titia diz que está na hora de ir para a cama, e não ouso discutir, embora ainda seja muito cedo, sobretudo para mim. Voltamos ao andar de cima, tiro nossos pijamas das mochilas e levo Mimi ao banheiro.

Empurro a porta. Não é um banheiro de verdade, mas um quarto escuro cheio de quadros antigos. Os Guerdon nos olham das paredes, enquanto ficamos paradas na soleira. Não vejo ninguém parecido comigo. Ninguém de cabelos e olhos escuros como eu, mas em quase cada um dos rostos vejo os olhos claros de Mimi, a boca de Mimi e seu cabelo louro e fino.

As paredes estão forradas de tecido vermelho, quase todo rasgado e desbotado. Perto do teto, na parede de fundo, manchas escuras de mofo; parte do papel de parede soltou e está pendurada e rasgada sobre a janela.

Num canto escuro próximo, o retrato de uma senhora com o mesmo nariz reto de tia Ida, porém é jovem e bonita, num vestido cor-de-rosa e adoráveis pérolas brilhantes. Não resisto a passar o dedo sobre a moldura para ver quanta poeira tem. O pó sai feito uma corda comprida e grossa e solto dois espirros barulhentos, o que desperta o riso em Mimi.

Ao lado da lareira, um corredor escuro e pequeno. No fim, vislumbro o formato de outra porta.

— O banheiro deve ser lá — digo a Mimi, empurrando-a na minha frente.

De repente, sem mais nem menos, ela abre a boca e grita — tão alto que o som reverbera de um lado ao outro do corredor.

Algo se quebra na cozinha lá embaixo.

— O que houve? Fique quieta, Mimi, psiu.

Com a mão trêmula, tapo a boca de Mimi e tateio em busca do interruptor de luz.

Ergo o olhar. Na parede acima da porta do banheiro, vejo o rosto de um velho nos olhando na escuridão. Seus olhos são dois pontos brancos penetrantes. Alguns fiapos de cabelo branco, pendendo de cada lado do crânio, a mão erguida esticada, os dedos curvos abertos em nossa direção como garras.

Ouço os passos de tia Ida subindo a escada apressada. Chega sem fôlego, o rosto pálido. Acompanha nosso olhar. Acho que vai se zangar, mas ao ver o quadro simplesmente fecha os olhos por um instante, ainda um pouco ofegante.

— Ah — diz, baixinho, repousando a mão no ombro trêmulo de Mimi —, isso, isso é só, nós o chamávamos de Velho Peter. Ele está ali em cima há anos e anos. Vai acabar se acostumando com ele. Está tudo bem, de verdade. Aqui não tem lâmpada, mas, quando saírem, deixem as portas abertas e a luz da janela do banheiro iluminará um pouquinho o corredor. E-espero vocês aqui enquanto se lavam, para levá-las de volta ao quarto. Cuidado, tem três degraus atrás dessa porta.

Que lugar mais estúpido para botar degraus. Se ela não tivesse avisado, na certa teríamos caído de cabeça e quebrado o pescoço.

Atrás da porta, um aposento pequeno com mais duas portas. O da direita é o do vaso sanitário e o outro o da pia.

Em nossa casa, a privada fica no pátio lá fora. Acho que é mais higiênico do que dentro de casa. O nosso banheiro ficou duas semanas vazando, então tivemos que usar o dos nossos vizinhos, os Woollett. A mãe da sra. Woollett, a sra. Bracegirdle, vive no banheiro por causa de uma doença. Às vezes temos que ficar do lado de fora, torcendo para não explodir antes de ela sair. Mimi odeia ir à casa dos Woollett. Se segura até não aguentar mais. Ela nunca entrará aqui com aquele homem pendurado na parede.

Abro a porta do banheiro e pisco. A luz é verde e fria. A hera lá fora praticamente cobriu as pequenas janelas em arco. Algumas raízes infiltraram-se através das fendas e entraram, trepando em direção ao teto.

Muito tempo atrás deve ter sido um aposento totalmente diferente; aposto que não era um banheiro. Quando me detenho no canto atrás da porta, posso ver, na luz mortiça, contornos nas paredes — contornos de gente, de árvores e de flores que já estiveram lá, mas foram cobertas com tinta. Agora não passam de fantasmas, as cores pálidas quase totalmente desbotadas. As pessoas indistintas me olham, olham para mim do passado. Os olhos são praticamente invisíveis. Elas me observam secretamente. Apenas parada naquele lugar específico, virando a cabeça de um determinado ângulo, posso espiar seu mundo oculto e observá-las de volta.

Uma enorme banheira de pés de ferro, manchada com compridas listras marrons e verdes, está bem no meio do aposento. A torneira da direita pinga vez por outra.

Papai não colocou nada de higiene pessoal em nossas mochilas. Escovo nossos dentes com uma velha escova de dentes nojenta encontrada numa prateleira debaixo do espelho e uso um pó rosa detestável de uma latinha perto da escova. Torço para ser próprio para os dentes e não algum produto para limpar a pia. Enxugo Mimi com uma toalha de rosto áspera e velha cheia de furos, que encontrei enrolada numa das torneiras. Só tem água fria.

Tia Ida espera lá fora. Vejo seus olhos percorrendo os remendos em torno de meus joelhos e cubro os buracos nos cotovelos com as mãos. Ela diz que nossos pijamas estão muito pequenos. Meus dentes começam a bater. Deve fazer um frio danado naquela casa no inverno; o tipo de lugar que causa reumatismo.

Quando percorremos o corredor de volta, não olho para trás, para o velho na parede, mas quase posso sentir duas centelhas de luz saindo de seus olhos e perfurando minhas omoplatas.

Deito na cama grande perto de Mimi e tento pegar no sono. Ela adormece de imediato, esfregando o pequeno remendo na cabeça de Sid, mas seu ronronar suave em nada me acalma.

A noite cai; a casa nos envolve com seus barulhos, na escuridão — cliques abafados, pancadas suaves vindas de quartos desconhecidos, o chiado de camundongos em seus lugares secretos sob as tábuas. Posso ouvir besouros avançando lentamente nas fendas do velho reboco descascado e, sobre a minha cabeça, nos ângulos das vigas, aranhas negras grandes fiando, fiando suavemente nas sombras.

Espero que tia Ida esteja escrevendo a carta para papai vir nos buscar e levar para casa.

Tarde, mas não sei quanto tempo depois, ouço um estalido nas escadas. Um lampejo suave de luz de vela reluz debaixo de nossa porta por um instante, quando titia passa a caminho do quarto.

IDA EASTFIELD

Minha saia de tweed gasta está pendurada nas costas da cadeira. A bainha está desfeita há semanas. A velha camisa de Will está embolada no chão e eu vou pegá-la e vesti-la de novo amanhã, com o cardigã marrom que tricotei antes da guerra, o mesmo que usei hoje e ontem anteontem.

Sei em que me tornei. Encontro num pequenino compartimento, escondido dentro de mim mesma, um cantinho de vergonha, porém rapidamente fecho a porta para escondê-lo.

Costumava sorrir para o meu reflexo no espelho e arrumar com cuidado aquela presilha, adornada com joias, em formato de borboleta, nos cabelos — a presilha que se encontra empoeirada sobre a cômoda de gavetas, com três dentes faltando. Como minha pele era lisinha... Agora as rugas em meu rosto parecem rachaduras na lama ressecada no fundo do fosso quando a maré baixa.

Eu ficava muito elegante naquele vestido azul de seda até hoje pendurado ao lado da porta. Onde a luz bate, a cor desbotou na parte de fora das pregas, mas quando as abro com os dedos, o turquesa brilhante reluz com o mesmo tom de anos atrás.

A carta dele ainda está no envelope, enfiada no bolso.

Louvaincourt, janeiro de 1917

... Ontem à noite foi uma noite tão dolorosa quanto qualquer outra que vivi. Não pude dormir de frio, mesmo calçado com minhas botas e usando um casacão. Desisti; saí do abrigo e caminhei ao longo da trincheira por um tempo, fumando um cigarro para meus dentes pararem de bater. Eles faziam tamanho barulho que achei que podiam me denunciar. Recostei-me contra os sacos de areia e mantive a cabeça baixa para que os hunos não vissem a luz de meu cigarro.

Não tinha lua e a geada começava a formar uma crosta no topo do parapeito. Ergui a cabeça e vi o céu coalhado de estrelas.

Desenhei seu rosto nas constelações e prendi seu cabelo com a comprida faixa clara da Via Láctea...

Por que estou pensando nisso agora? Por que não me deixam em paz...?

Por que não consigo dormir? Em que penso?

Elas deviam ter me deixado em paz...

Elas não podem ficar aqui.

CORA

Estou deitada no canal, a água lamacenta encharcando minhas costas e pernas. Quanto mais me esforço por escapar, mais afundo. Meus braços se estendem para agarrar os capins compridos na margem.

A cama está quente e molhada.

— Porcaria! Inferno! Mimi, acorda! Olha só o que você aprontou. Que inferno!

— Desculpa...

— Que inferno...

— Eu precisava...

— Que inferno...

A cama começa a ficar fria e a feder.

— Pelo amor de Deus, levanta! Já terminou ou ainda falta?

— Já acabei.

Afasto o edredom e as cobertas. Felizmente estão secas, mas o lençol e o forro do colchão estão ensopados. Tiro todos os lençóis, enrolo e atiro tudo no chão. O colchão também está molhado, mas não posso fazer nada. Dispo nossos pijamas encharcados, enrolo a mim e a Mimi nas embolotadas cobertas de lã e depois nos cubro com o edredom.

Mimi volta a adormecer, mas eu permaneço acordada, me coçando na colcha, sem saber como pedir a tia Ida que retire o quadro do velho careca cuja mão parece uma garra.

TERÇA-FEIRA, 5 DE AGOSTO

ROGER

Adoro manhãs ensolaradas nas férias de verão. Me debruço no beliche e deixo cair algo em Pete, um pedaço de massa de modelar ou um chinelo.

— Ei! Para com isso!

Então ele levanta e tenta bater nas minhas pernas. Eu suspendo a escada para impedi-lo de subir e, de mau humor, ele acaba indo para o banheiro. Costuma ser sempre assim.

Comemos um pouco de torrada, se tiver sobrado pão, ou nós mesmos preparamos os cereais, se o leiteiro tiver passado por lá. Depois, saímos rápido de casa para tentar escapar de mamãe. Se demoramos muito em casa, ela logo encontra algum trabalho para a gente. Basta cruzar a porta e ela pede uma xícara de chá. Uma vez pensei em causar um grave acidente com a água fervendo — isso a ensinaria a não pedir a uma criança que fique paparicando-a tempo todo —, mas acabei não conseguindo. Caso desse errado eu acabaria no hospital por uns seis meses e sem pele.

Dependendo de como nos sentimos, podemos ir à floresta ver se Tooboy está por lá. Ele tem um irmão mais velho assustador, Figsy, que usa um topete besuntado e calças pretas justas, então suas pernas parecem dois gravetos de alcaçuz. De vez em quando ele percorre a estradinha numa lambreta e entra na floresta. Nós a chamamos de pop-pop e saímos do caminho quando ouvimos o barulho. Tooboy deixa a gente brincar no grande balanço de cordas que Figsy montou com a turma dele. De tão alto, precisamos escalar uma árvore para alcançá-lo, mas se ouvimos o pop-pop, fugimos rapidinho, até mesmo Tooboy, e nos escondemos atrás das árvores, até Figsy sumir.

Às vezes vamos até o Patches verificar nossos acampamentos. Se há alguém perto, nos olha meio de lado, pois o pessoal de Bryers Guerdon não costuma aparecer por lá. O Patches fica bem longe de Ottery Lane, quase em North Fairing. Papai disse que o pessoal que morava num lugar conhecido como East Enders, do lado de fora dos muros de Londres, uma área formada por pobres e imigrantes, veio para cá entre as duas grandes guerras e construiu casas em terrenos vendidos ou alugados por um dos fazendeiros de North Fairing. Sempre os chamamos de Patches — pequenos pedaços de terra, suponho.

Porém, o que mais gostamos é de ir aos pântanos. Tem uma grande colina no caminho para a igreja All Hallows, que fica espetada num lugar isolado, longe do vilarejo. É legal à beça descer colina abaixo de bicicleta com os pés fora dos pedais, mas Pete furou o pneu. Mamãe não me deixa mais levar colheres para fora, e sem colher não consigo tirar a câmara de ar. Ela diz que eu larguei as colheres no jardim da última vez e ela não teve colheres suficientes para as ameixas. Eu inventei que Terry as havia tirado para poder comer barro, mas ela não acreditou.

Contei a Pete sobre as duas garotas que vi. Ele não pareceu muito entusiasmado, mas expliquei que elas podiam ser úteis para uma visitinha à casa da sra. Eastfield. Ele queria ir até a igreja, mas o convenci a se sentar comigo na cerca e esperar por elas. Ele quase se zangou, mas quando contei os planos para o novo acampamento, ele foi para a estradinha comigo dar uma olhada.

CORA

Tia Ida disse que não ia retirar aquele homem horrível; que ele estava ali havia séculos e, de qualquer modo, não poderia pegar sozinha a escada pesada; teríamos que conviver com aquilo e, de qualquer maneira, ela não tinha outro lugar para colocá-lo, e ficou um bocado zangada por causa do lençol e do cobertor, porque teria que gastar horas esfregando o colchão com Dettol; além do mais, onde encontraria uma coberta de plástico para a cama? Mimi já estava grandinha para isso; eu era uma garota insolente, pois mal tinha chegado e já vinha lhe dizer o que fazer com o quadro; o que papai tinha na cabeça em nos mandar sem uma muda de roupas, apenas com nossos pijamas (que ela teve que enfiar no tanque para lavar, e como ficariam secos até de noite com o tempo tão inconstante ela não fazia ideia). Ainda havia duas calcinhas e algumas meias esburacadas. Se Mimi era tão boba que não ia ao banheiro lá em cima, tinha outro perto da porta dos fundos que ela podia usar.

Depois titia disse que precisava sair e voltaria dentro de uma hora e meia, mas não tínhamos permissão de ficar em casa sozinhas. Devíamos ir até o vilarejo de Bryers Guerdon, à loja da sra. Wickerby e colocar no correio a carta que ela escrevera para papai na noite anterior. Titia nos deu uma moeda de três centavos para o selo, mas nenhuma extra para balas nem nada.

Abriu a porta dos fundos e deu uma olhada no jardim de uma ponta a outra. Finn passou por ela e saiu correndo pelo caminho em volta do galinheiro e voltou.

Ela disse que nunca deveríamos ir ao jardim quando a maré estivesse baixa no córrego porque Mimi poderia ser sugada pelo lodo — o que não era justo, se tínhamos que ficar dentro de casa com todas as janelas fechadas, bufando como se estivéssemos na selva ou algo parecido. Quando perguntei por que as janelas ficavam fechadas todo o tempo, ela me mandou engolir a língua. Achei que seria mais perigoso se a maré estivesse alta porque Mimi poderia cair na água e se afogar, e isso seria muito pior do que ficar presa na lama porque, se fosse o caso, eu poderia tirá-la antes que a cabeça afundasse, mas não ousei dizer nada.

Titia me deu explicações claras de como chegar a Bryers Guerdon e avisou que não fôssemos de jeito nenhum à igreja antiga — de jeito nenhum, sob nenhuma circunstância, repetiu, era absolutamente proibido. Eu deveria verificar a hora no relógio grande da sra. Wickerby e depois de uma hora e meia titia já deveria ter voltado. Acontecesse o que acontecesse, não deveríamos ir de jeito algum à igreja, de jeito algum. Se ela não tivesse voltado, devíamos esperar por ela na Chase e não passar pelo córrego para ir ao jardim, e ela disse que não nos esquecêssemos de esperar perto das velhas construções da fazenda e não perto da ponte. Ela me fez prometer, então cruzei os dedos e os beijei, mas ela pareceu meio ofendida, como se não gostasse que eu fizesse aquilo.

Mimi e eu contornamos a frente da casa, atravessamos o portão e a ponte. Sentado na cerca, no exato lugar de ontem, estava o menino, mas dessa vez acompanhado de outro menino um pouco menor.

— Passaram a noite na casa assombrada? — perguntou o menino maior.

O menor levantou os braços, agitou os dedos, fez "Uuuuuu!" como um fantasma, e quase caiu da cerca.

As vozes eram parecidas. Deviam ser irmãos.

— Eu sou Roger e este é Pete — disse o mais velho.

— E eu sou Cora e ela é Mimi. — Apontei o dedo para minha irmã.

— Mimi! U-lá-lá — disse Pete, pulando e rebolando os quadris. Ele devia achar que os franceses se comportam assim o dia inteiro, balançam os quadris e dizem "U-lá-lá".

— Não é Mimi assim. É um apelido. Na verdade, o nome dela é Elizabeth.

Enquanto caminhávamos, Roger contou que tinha três irmãos — Dennis, Terry, Pete, é claro — e uma irmãzinha, Bebê Pamela.

— Bebê Pamela é um nome legal — comentou Roger —, mas reconheço que se você esperou tanto por uma menina, devia chamá-la de algo mais interessante, como Aspidistria ou algo parecido.

Alcançamos o final da estrada.

— Estão a fim de ir até a igreja? — perguntou Roger. — Eu e Pete sempre brincamos por lá.

— Tia Ida disse que não deveríamos ir lá — respondi. — Falou um bocado. Me fez prometer e eu fiz aquele sinal de jura.

— Mamãe vive dizendo que a gente também não deve ir lá, mas a gente vai e não conta — disse Roger. — Tem um monte de coisas para fazer lá dentro. Não vai demorar.

— A gente tem que pôr essa carta no correio — argumentei.

— Depois você põe — disse Roger.

— Melhor não. Eu prometi.

— Então tá.

— Tem sepulturas tão velhas que estão quase saindo da terra — contou Pete. — De vez em quando nós cavamos em volta.

— Tenho que pôr isso no correio. É para papai vir nos buscar e nos levar para casa.

— Mas vocês acabaram de chegar — comentou Roger.

— Eu sei.

— Então onde está sua mãe? Ela não pode vir buscar vocês?

— Ela... — comecei sem saber ao certo como terminar. — E-ela não está em casa no momento.

— Então quando ela vai voltar?

— Hum... uma hora dessas; não sei direito.

— Então te vejo depois. Pete e eu vamos descer.

— Tá, tá bem.

Mimi e eu continuamos paradas e observamos os dois caminharem na direção da igreja. Olho o envelope na minha mão: *H. R. Drumm Esq*. Imagino que papai receberá a carta na manhã seguinte, uma quarta-feira, e talvez venha à tarde ou na quinta-feira, o mais tardar. Então, se em breve fôssemos direto para casa, talvez não tivesse muita importância dar só uma entradinha, uma olhadinha na igreja e depois ir ao correio.

— Espere aí! — gritei, enfiando a carta no bolso. — Espere. Nós também vamos!

Roger e Pete olharam para trás e esperaram por nós.

— Não quero — resmungou Mimi.

— Você vai fazer o que eu mandar.

— Titia disse que não.

— Então não conte para ela.

— Não gosto.

— Então fica aí sozinha!

O lábio inferior de Mimi tremeu. Ela esfregou o remendo na cabeça de Sid e depois enfiou a mãozinha macia na minha.

Descemos a vereda até chegarmos a um largo portão isolado, do lado esquerdo da estrada. Tinha um telhado coberto de telhas, preso por um arco de madeira apoiado por pilares de pedra. Como o telhado de Guerdon Hall, estava submerso e coberto de musgo verde. Os portões de madeira no centro pareciam meio podres. Tinham sido amarrados com feixes de cordas velhas e correntes enferrujadas. As pilastras estavam recobertas por arbustos espinhosos e rosas-selvagens, e as urtigas batiam quase em nossos ombros.

— Esse é um portão velho bem engraçado — disse eu, parada diante dele. — Por que está todo amarrado?

— Não sei — respondeu Roger. — Sempre foi assim. Você já fez pó pra dar coceira com miolo de rosa-brava?

— Não. Funciona?

— E como! Já provou amoras silvestres?

— Não se morre envenenado se comer essas coisas que encontramos na estrada? — perguntei.

— Não, mas tem que comer as pretas.

Coloquei uma na boca.

— É um bocado azeda.

— Não fez muito sol — explicou Roger, coçando o rosto. — Talvez daqui a uma semana mais ou menos.

Quando cuspi a amora silvestre, vi algo pequeno e pálido se movendo numa árvore velha, enorme e feia, a distância, atrás das lápides do cemitério. Folhas brotavam de galhos saindo do tronco volumoso, mas só até a metade. A árvore não tinha copa. Em vez disso, um galho branco enorme e desnudo se destacava sobre o feixe de ramos bem abaixo, terminando num gancho gigantesco dividido em dois.

Roger acompanhou o meu olhar.

— Não gostamos dessa árvore. Nem eu nem Pete. Está quase morta. Deve ser uma árvore cigana.

— O que é uma árvore cigana?

— Bem, se você dá algum dinheiro a um cigano ou paga alguns drinques ou qualquer coisa assim, então eles penduram um trapo numa árvore perto da sua casa. Desse jeito, quando o próximo cigano passar, sabe que você também vai dar algo para eles.

— Mas não tem casas aqui. Por que acha que é uma árvore cigana?

— Porque tem coisas nela — disse Pete —, e quando tem coisas numa árvore, aí é uma árvore cigana.

— É como se tivesse um coração morto — disse eu.

Um pouco adiante da estrada, havia um portão de ferro largo, dando para o sujo atalho que conduzia à igrejinha, suas paredes de pedra gastas tremeluziam nas sombras oscilantes das árvores grossas que se projetavam sobre ela.

Atravessamos diante da torre, nos esquivando das cruzes e das lápides estragadas engolidas pela hera, e tentando não tropeçar nas tampas dos túmulos antigos escondidos pelo capim alto. Ao nos aproximarmos do local que separava o cemitério da igreja, senti meus sapatos e meias empapados. O solo se tornou esponjoso e as pequenas elevações de musgo arredondadas começaram a ceder sob nossos pés; atravessamos um terreno com água rasa. Finalmente nos aproximamos da árvore. Vi as raízes grandes e grossas à nossa frente subirem de uma poça lodosa, da qual brotavam bambu e junco. Tinha um terreno mais alto atrás onde o solo dava a impressão de estar seco e, daquele lado, a árvore parecia bem presa na terra protegida da luz.

Coisas estranhas pendiam dos galhos — trapos sujos, rasgados pelo vento, todos desbotados no mesmo tom branco-acinzentado, presos com arame enferrujado havia tanto tempo que a casca da árvore crescera ao redor; restos de sapatos de crianças; uma velha sola de couro; uma fivela pequena. Pregado ao tronco, um pequeno e tosco quadrado de madeira, coberto com indistintos arranhões que, talvez, tivessem sido letras; outros pregos enferrujados cravados sem nada preso, como se as coisas tivessem havia tempos voado e apodrecido no solo ou caído e se perdido na água verde estagnada.

Olhei para cima. Um rosto com um olho me encarava. A cabeça quebrada de uma boneca velha presa ao galho pelos compridos cabelos sujos.

ROGER

Uma pilha de flores marrons, apodrecidas, estavam encostadas no muro do lado escuro da igreja.

— São dos enterros — expliquei a Cora quando ela pegou uns cartõezinhos molhados com capas de celofane. — O velho sr. Hibbert vem aqui e arruma as sepulturas mais novas e joga as coroas velhas nesse montinho. Ele faz isso há anos. Uma vez Pete e eu tivemos que nos esconder duas horas enquanto ele perambulava por aqui. Se tivesse nos visto nos teria entregado a mamãe.

— Sabe, algumas dessas flores ainda estão frescas — disse Cora. — Tem pequenos arames saindo delas. — Levantou um fio enferrujado de uma coroa quadrada. — Olha, podíamos fazer novas grinaldas com as flores que ainda não estão murchas e enfeitar essas sepulturas velhas, que devem ter mais de cem anos e ninguém visita.

Meu primeiro pensamento foi que Gary Webb, um colega de classe, provavelmente me bateria ou algo parecido se descobrisse que eu andava brincando com flores. De um jeito ou de outro eu estaria metido numa baita confusão com Gary Webb. Eu vi sua mãe na crisma e ela é dentuça igual ao filho.

A pior coisa do mundo me aconteceu quando chegou uma professora nova na nossa escola. A srta. Doyle era uma pessoa de verdade e não uma freira. Ela nos perguntou se tínhamos alguma coisa interessante para contar sobre o lugar onde morávamos. Eu levantei a mão e falei dos castores que moravam no lago perto da floresta e que tinham construído uma casa grande de gravetos.

— Uma toca — disse ela.

— Isso mesmo, uma toca — confirmei e, ao final da minha história, até eu quase acreditei nela. Podia ver os castores com tanta clareza em minha mente...

Então, mais tarde, quando esperávamos o ônibus da escola na fila, Gary Webb esperou a irmã Laserian, que estava a serviço, dar as costas. De repente seus dois melhores amigos, Leonard Ricketts e Vincent Grossit, me seguraram pelos braços. Gary Webb me deu um soco com o punho fechado na barriga, com toda a força, e me chamou de mentiroso e de idiota, pois todo mundo sabia que só existiam castores na África.

Achei que morreria de tanta dor e falta de ar. Então a irmã Laserian voltou. Eu não queria chorar, mas lágrimas enormes saltaram descontroladas dos meus olhos. Eu nunca poderia contar a ela o que acabara de acontecer. Ela me sacudiu com força e, na frente de todo mundo, mandou que eu não me comportasse feito um bebê chorão. O pior foi que Pete estava na fila um pouco atrás de nós e eu o vi se virar e ficar vermelho, envergonhado por eu ser seu irmão.

Então me lembrei que Gary Webb mora do outro lado de Daneflete, perto de Lokswood, ou seja, como ele poderá saber? Eu posso fazer o que bem entender ali.

Encontramos bastantes flores ainda frescas para preparar três lindas grinaldas e enrolá-las sobre as armações com os pedacinhos de arame enferrujado. Mimi trouxe uns ranúnculos amarelos que arrancou e os usamos também, preenchendo em seguida os vãos com espinheiros dos arbustos.

Cora escolheu um dos velhos túmulos. Está uns quinze centímetros fora do solo. Arrancamos a grama e tentamos tirar parte do musgo com as laterais de nossos sapatos, mas já era velha demais para ser limpa. Deixamos Mimi pôr a coroa sobre a pedra e nos afastamos para admirar nosso trabalho.

— Aposto que o homem que foi enterrado aqui deve estar lá no céu nos agradecendo — disse Pete. — Devíamos fazer uma oração.

A única oração que Cora conhecia era o agradecimento antes da refeição na escola, então nos demos as mãos e dissemos:

— Pelo que estamos prestes a receber, possa o Senhor nos tornar verdadeiramente agradecidos. Amém.

— Deixe Mimi escolher o próximo túmulo — pedi.

— Escolha um túmulo, Mimi — disse Cora, cutucando-lhe as costas. — Depois podemos colocar algumas flores nele.

— Que tal esse, Mimi? — perguntou Pete.

Ele estava parado a poucos centímetros de distância da lateral da igreja, diante do alpendre, perto de uma comprida caixa de pedra, em formato de caixão, as laterais levantadas a cerca de meio metro da grama. A parte mais estreita do túmulo se encontrava bem mais afundada no solo do que a mais larga, e a tampa, recoberta de hera, escorregara ligeiramente nas laterais e na parte de trás, deixando uma abertura escura.

— Não gosto disso — disse Mimi.

— Quem disse que é para gostar? — perguntou Cora zangada. — Só vamos colocar flores nele. Escolha outro se quiser, mas ande logo.

— Não quero — disse, os cantos da boca para baixo.

— Passa adiante, Pete — gritei, atirando para ele a segunda coroa. — Você consegue ver o que tem no buraco da tampa levantada?

— Eu não vou olhar lá dentro — respondeu, atirando a coroa no túmulo a pelo menos um metro de distância. — Pode ter um esqueleto lá dentro.

Ele voltou com o nariz tapado.

— Aquela sepultura fede um bocado. Aposto que é o cadáver lá dentro que está cheirando mal.

De súbito os pássaros saíram em revoada das árvores formando círculos bem alto no céu, gritando enquanto voavam.

— Quem é? — perguntou Cora de repente.

Meu coração quase saiu pela boca. Sabia que devia ser Gary Webb, simplesmente sabia. Não podia olhar tamanha a vergonha.

Cora puxou meu colete.

— Lá em cima, no portão velho. Olha!

Ela virou a cabeça.

— Puxa, ele foi embora.

— Droga. Ele era grande, feio e dentuço?

— Ele era... Não sei... Aonde pode ter ido?

Todos agora olhávamos. As altas urtigas oscilavam e as extremidades esfarrapadas das velhas cordas no portão erguiam-se sob a brisa, mas não havia ninguém lá.

— Foi sua imaginação — disse Pete.

— Não, eu juro — afirmou Cora franzindo a testa. — Juro de pé junto e quero cair mortinha, que uma agulha fure meu olho se eu estiver mentindo. Era um homem de roupa preta comprida. Ele estava nos olhando. E-eu já vi a cara dele antes, mas não me lembro de onde... Ele parecia ter sofrido um acidente ou alguma coisa parecida. Sua pele estava toda retorcida, horrível...

— Não seja idiota — comentei. — Se tivesse um homem ali, nós o teríamos visto.

— Estou falando sério, não estou brincando!

— Era Peter — disse Mimi, esfregando o remendo na cabeça de Sid.

— O quê? Bobagem! — exclamou Pete. — Estou bem aqui, não estou?

— Não — respondeu Mimi, voltando a fitar o velho portão —, o outro Peter, aquele da casa da tia Ida, o Velho Peter...

CORA

Paramos de brincar. Roger deposita a última coroa sobre um anjo sem cabeça numa lápide. Sem uma palavra, atravessamos o portão de ferro e vamos para a estradinha.

Procuro pegadas ou grama amassada em torno do portão do cemitério, mas nada mudou. As únicas pegadas na terra molhada são nossas. Roger chuta a terra e Pete não olha. Na certa acreditam que estávamos mentindo. Mimi fica quietinha, esfregando o remendo de Sid com a lateral do dedo.

Estou zangada. Pego uma pedra e a atiro no portão. A pedra ricocheteia e quase atinge meu rosto. Ao me desviar, acredito ter vislumbrado alguma coisa escrita no travessão do arco de madeira que sustenta o teto. Me estico, mas meus dedos não o alcançam. Recuo um pouco, cubro os olhos com a mão, mas o arco está na sombra.

— Ei, vocês aí, acho que tem umas palavras aqui em cima — aviso. Roger e Pete se aproximam e franzem os olhos.

— Não consigo ver... — Pete se esforça.

— Precisamos subir em alguma coisa — diz Roger —, embora provavelmente diga apenas *DM ama SS,* DM é Derek Meacock, que mora perto da sra. Ayllott, e SS é Sylvia Sparks. Ele escreve isso por todo lado. No poste de rua do lado de fora da casa da sra. Wickerby, no ponto do ônibus da estrada principal, mas Sylvia nunca sai com ele. Uma vez perguntei a mamãe o porquê, mas papai se intrometeu e disse que não conseguia compreender, porque Sylvia era piranha e sairia com qualquer um por uma entrada de cinema grátis. Então mamãe o mandou sair e avisou que ele não devia dizer palavras como piranha na nossa frente, mas de qualquer jeito não entendi o que ele quis dizer. Achava que piranha fosse um peixe.

— Não — explico —, piranha é uma mulher que usa batom vermelho berrante, pinta o cabelo de louro e o prende para cima com um monte de laquê para mantê-lo firme. Tem uma na nossa rua chamada Viv.

Procuramos ao redor algo onde subir. Tem uma pedra grande perto da estrada, mas é pesada demais para carregarmos. Roger tenta pular, mas vai tão alto da segunda vez que quando desce desaba na lama.

— Vamos ver se tem uma cadeira na igreja — diz Pete. — Está sempre aberta. *Zuuuummmm!* — Sai zumbindo com os braços abertos imitando um avião.

— Boa ideia — grita Roger, limpando os joelhos.

O cheiro bolorento na entrada da igreja é igual ao de Guerdon Hall. Tem uns avisos velhos e encardidos presos na parede. Roger levanta o ferrolho e abre a grande porta de madeira.

— Não gosto daqui — diz Mimi. — Não é bonito; não vou entrar.

— Ora se vai! — digo, puxando-a pela manga.

Nunca tinha entrado antes numa igreja. O silêncio até parece alguma coisa na qual se pode colocar a mão e tocar. Posso ouvir o silêncio. Nossos passos ecoam no piso lustrado elevando-se até as vigas.

A igreja é muito pequena; tem apenas oito pares de bancos, cada um fechado por uma porta baixinha de dobradiças.

As paredes são lisas, mas na altura superior das colunas, parte da tinta branca está descascando e pinturas pálidas aparecem sob as camadas, como as figuras esmaecidas das paredes do banheiro de tia Ida. Arranhões irregulares marcam o reboco inferior, mas alguém cobriu isso também. Uma mancha musgosa de mais ou menos sessenta centímetros de altura sobe pelas paredes desde o chão de pedra, estendendo-se numa faixa verde em toda a volta da construção.

— Aquilo ali é mofo? — sussurro.

— Acho que pode ser, porque houve uma enchente terrível quando Dennis era bebê — disse Roger, em voz baixa. — A água chegou até a nossa varanda, e ficamos ilhados. Quando baixou, encontramos peixes do nosso lago mortos no jardim. Foi um bocado emocionante, e demos sorte de a enchente não invadir a casa. A água parou a uns três centímetros das portas, mas imagino que aqui deva ter sido bem pior. Talvez as paredes nunca tenham secado direito. Tem um cheiro horrível, não é?

Polidor de metais Brasso e graxa, terra úmida, cera e madeira velha e um fedor de... de rato morto. Conheço o fedor, metálico e doce ao mesmo tempo, porque uma vez encontramos um rato morto no armário debaixo da pia da cozinha lá de casa. O lugar ficou fedendo no mínimo uma semana até darmos uma boa busca e eu ter reparado no rabo dele enroscado em um pacote de sabão em pó Flash. Papai o enrolou no jornal *News of the World* e o jogou na lixeira.

À nossa esquerda, um imenso arco abre-se para a parte inferior da torre. Uma pesada cortina bordada está pendurada na parede de um lado e, do outro, há uma porta de madeira. No centro, uma bacia de pedra coberta por uma tampa de madeira, pontuda como um campanário.

— Para que é aquilo? — sussurro. — Aquela coisa pontuda...

— É uma pia batismal, para batizar bebês — responde Roger. — Esta é uma igreja protestante. Você derrama água em cima do bebê e ele recebe um nome. As freiras dizem que não temos permissão de entrar em igrejas protestantes, mas eu e Pete entramos e pronto.

Três cordas grossas estão enroladas em ganchos na parede.

— Eles tocam o sino com isso — prossegue Roger. — Aqueles pedaços fofos no meio protegem as mãos de quem toca, para não ficarem com bolhas. Quando há um enterro, o sr. Hibbert toca um sino. É aquele ali com a corda velha lisa pendurada em separado. Dá para ouvir até na nossa casa. Às vezes, quando estou deitado de noite e o vento sopra forte, posso ouvir o sino, mesmo quando não tem ninguém aqui. Sério, posso mesmo.

Ergo o olhar para ver o lugar onde as cordas desaparecem através de buracos no teto. Para minha surpresa, de repente me sinto desconfortável, tonta. Cambaleio ligeiramente, perco a firmeza.

— Nossa! Você está bem? — indaga Roger. — Você ficou branca.

— Sim, sim — digo, esfregando a cabeça. — O que tem lá em cima?

— Sei lá. Imagino que só os sinos e o campanário.

— Não gosto deste lugar.

— Então venha ver a janela grande. — Roger me puxa pelo braço. — É bonita mesmo.

Do outro lado da igreja há uma imensa janela de vidro colorido. Pessoas vestidas de escarlate, roxo, amarelo vivo e verde-esmeralda dançam em movimento ascendente na direção de um ponto dourado, que irradia raios de luz num céu azul profundo.

— Quem é essa gente toda? — pergunto.

— São as almas sagradas a caminho do céu — explica Roger.

Enquanto estamos ali parados admirando, o sol de repente surge por trás de uma nuvem e vemos tudo — as paredes, os bancos, o chão de pedra, os candelabros de vidro, até mesmo nossos rostos — fulgurante, faixas em movimento e manchas de luz colorida, como se a igreja tivesse sido iluminada por um arco-íris.

Roger sussurra:

— É como aquele poema que recitamos na aula de dicção da sra. Lipkiss...

— Isso mesmo — diz Pete, atirando-se de repente no chão, sacudindo as pernas e segurando a barriga — ... *quando eles atiraram nele na autoestrada*, aargh, *como um cachorro na autoestrada*, aargh...

— Cala a boca! Esse não, seu pateta — diz Roger em voz alta. — Você vai para o inferno fazendo tamanha barulheira numa igreja. Levanta daí! Estou falando daquele poema sobre o imponente galeão espanhol aproximando-se pelo istmo.

— Hã? — murmura Pete, levantando-se.

— Você sabe... *com uma carga de diamantes, esmeraldas, ametistas, topázios, canela e "moidores" de ouro.*

— O que são "moidores" de ouro?

— Não sei. Vou ter que procurar.

— Então, o que é canela?

— Ah, deixa pra lá, Pete. Sei lá, alguma coisa faiscante. Agora cala a boca! Olha, Cora, este é o altar.

Sob a janela, há uma comprida mesa coberta por um pano branco limpo com bainha de renda e marca de dobra como a toalha de mesa de domingo engomada de vovó Drumm. No centro, na extremidade de trás, tem uma cruz de cobre com três velas compridas, em candelabros de prata elegantes, de cada lado. Uma pesada cortina comprida, igual àquela da torre, com franja e borlas, foi pendurada atrás do altar.

Uma imensa águia de madeira, o rosto de perfil e uma base estreita na parte de trás para colocar livro, no chão, foi colocada diante dos bancos. Passo meus dedos pelas penas esculpidas em suas asas abertas. A madeira é quente e lisa.

— Saia já desse púlpito, seu bobalhão! — Roger se volta e sibila para Pete, que com a testa franzida e os braços erguidos se prepara para um sermão. Pete desce os degraus, resmungando sozinho, e vai até a nave da igreja onde Mimi espera. Ela não se moveu um centímetro de perto da porta desde que entramos.

— Pronto, isso aqui serve — avisa Pete, levantando uma cadeira de uma fileira de três, encostadas na parede dos fundos. Tem uma caixa presa atrás dela com uns dois livros dentro.

Quando levamos a cadeira até o portão velho, Roger sobe na cadeira enquanto eu a mantenho firme.

— Definitivamente tem alguma coisa escrita aqui, mas está na sombra. Espere aí, tive uma ideia. — Ele desce num pulo. — Na minha enciclopédia tem tudo sobre cópias em alto-relevo.

— E o que você vai inventar agora? — pergunto.

— Olha, basta pegar um pedaço de papel e colocar em cima da coisa que se quer copiar, como a casca de uma árvore velha ou algo parecido, depois é só esfregar com um lápis de cor e a coisa aparece no papel.

— E onde vamos conseguir um lápis de cor e um papel aqui?

— Eu tenho um lápis. Ainda tem grafite nele — diz Pete. — Ele revira o bolso e estende a palma da mão. Afastando uma coisa fofa com o dedo, revela restos de um passarinho morto, uns dois bombons Quality Street mordidos, uma aranha ressecada com metade das pernas faltando e um toco mastigado de lápis.

— Pelo amor de Deus, joga esse negócio fora — pede Roger. — É pior do que as fraldas de Bebê Pamela.

— Eu não vou tocar nesse lápis — aviso. — Você pode até pegar febre tifoide.

— Então deixa que eu faço. Passa para cá — diz Roger, agarrando o lápis, cuspindo nele e o enxugando nas calças. — Agora onde vamos conseguir o papel?

— Pronto, aqui tem — digo, tirando um dos livros das costas da cadeira. — *Hinos Antigos e Modernos.*

Abro o livro no meio e arranco uma página. São os cânticos 109 a 112.

— Puxa vida! — grita Roger. — Isso é um pecado terrível. Deve ser mortal!

— Bem, agora é tarde! — digo, estendendo o papel. — Você devia ter me avisado.

— Talvez não aconteça nada com você — diz Pete. — É um livro protestante. Acho que os protestantes não têm pecados mortais.

Roger volta a subir na cadeira e coloca o papel na trave do arco. As pernas da cadeira balançam perigosamente enquanto ele esfrega o coto de lápis.

— Esse papel não é grande o suficiente — avisa. — Só consigo copiar parte das palavras.

Como eu já tinha arrancado uma página, acho que o pecado não será pior se eu arrancar também o hino número 113. Roger me entrega a cópia que terminou e começa a próxima.

Letras brancas maiúsculas irregulares surgem contra o tosco garrancho cinza — CAVE.

— Então o que é *cave*? — pergunto.

— Todos sabemos o que é *cave* — responde Roger. — Pode me passar outro pedaço de papel? Acabou de novo.

— Isso não tem pé nem cabeça — digo, olhando para a segunda folha que ele me entregou. — Leio *best.*

Pete dá uma olhada.

— Não faz sentido — grita para Roger. — *Cave Best.* Tem certeza que copiou tudo direito?

— Claro que sim. — Roger desce da cadeira com a última página. — De qualquer jeito, definitivamente não fala nada sobre Derek Meacock e Sylvia Sparks. É isso. Acabou. Diz *iam.*

— *Cave Best iam* — leio. — Se quer saber, isso é um bando de asneira.

— Ele deve ter mau hálito — diz Pete pensativo.

— De quem está falando? — pergunta Roger. — Quem tem mau hálito?

— Derek Meacock. Por isso Sylvia Sparks não vai ao cinema com ele.

— Esquece esse assunto.

Examinamos o papel.

— Hum, *Cave Best iam* — diz Roger, coçando a cabeça. — *Cave Best iam.* Não faço a menor ideia.

— Deve ser estrangeiro — digo. — Engraçado, falei isso mesmo ontem, na casa de tia Ida.

ROGER

Eu e Pete ficamos nervosos de verdade ao atravessar a ponte para Guerdon Hall. Senti um gosto seco e amargo na boca e vi Pete olhando ao redor com os olhos grandes como bolas de pingue-pongue.

— Onde está o cachorro? — sussurrou ele.

— Tia Ida disse que ia sair — comunicou Cora. — Ele deve ter ido com ela. Mimi, prometa que não vai contar para a titia que fomos à igreja.

— Por quê?

— Porque ela avisou que não devíamos ir lá, esqueceu? Se você contar, eu... eu jogo Sid na privada.

— Está bem.

— Fica aqui a escrita — disse Cora, apontando para cima ao nos aproximarmos da casa.

Um pedaço rachado de madeira preso no pórtico num ângulo torto. Uma gravação rústica de um rosto de bebê. Embaixo, apagadas e lascadas, as mesmas palavras do portão antigo da igreja: CAVE BESTIAM.

— Não é muito legal botar na frente da casa um bebê chorando, que você tem que olhar toda vez que entra — disse Pete.

— Não entramos por aqui — disse Cora. — Damos a volta pelos fundos. Venha ver.

Para falar a verdade, estamos um pouco preocupados. Nos fundos é o lugar das galinhas. Pete e eu meio que arrastamos nossos pés para trás um pouquinho.

— Ei, qual o problema? — perguntou Cora. — Vocês não vêm?

— Bem — disse eu baixinho —, são as galinhas.

— Não me diga que têm medo de umas galinhas à toa! — exclamou Cora.

— Bem, para começar, tem certeza de que são galinhas? — perguntou Pete.

— Como assim, *tem certeza de que são galinhas*? Que droga poderiam ser, abutres?

— Hum, bem — disse Pete —, achamos que são crianças enfeitiçadas pela sra. Eastfield.

— Pete é quem acha — emendei apressado.

— Quanta besteira — exclamou Cora, irritada. — Comemos os ovos delas ontem.

— Isso não significa que não fossem crianças antes de porem ovos — argumentou Pete. — Se você fosse transformada em galinha, não podia ser uma de verdade se não botasse ovos.

— Ainda assim é bobagem — contestou Cora, e poderíamos ter ficado ali conversando sobre o assunto mais tempo, se não tivéssemos ouvido o latido e o cachorrão não saltasse sobre a ponte e se aproximasse. Pete pulou e se escondeu atrás de mim.

Então a sra. Eastfield apareceu carregando uma mala de couro velha, enorme, arrastando as alças pelo chão. Precisava se inclinar de lado para manter o equilíbrio.

— Puxa vida! Estamos encurralados! — sussurrou Pete para mim.

A sra. Eastfield nos viu e colocou a mala no chão. As linhas de sua testa se transformaram num franzido horroroso.

— Cora! — chamou. — Achei que tivesse dito para ficar na Chase se eu não tivesse voltado. Perto dos chalés, eu avisei!

— Puxa, esqueci...

— Não quero saber de desobediência! Enquanto estiver aqui, vai fazer o que eu digo. Não vou aceitar isso, Cora! Não vou mesmo.

— Desculpe, titia.

A sra. Eastfield enxugou a testa com as costas da mão. Depois tirou o xale e se abanou com ele; olhou para mim e para Pete de cima a baixo. Minhas pernas bambearam. Os olhos de Pete tinham se transformado em bolas de tênis.

— E quem são vocês? — perguntou.

— Roger e Peter Jotman — respondi de supetão. Puxa! Eu tinha falado com a sra. Eastfield.

— Jotman? Dois dos garotos Jotman? Sua mãe sabe que estão aqui?

— Hã? Desculpe...

— Você me ouviu. Ela sabe que estão aqui?

— É...

— É claro que não! Vocês sabem muito bem que ela ficaria furiosa se soubesse que vocês vieram a Guerdon Hall.

Ouvi Pete engolir em seco na mesma hora que eu.

— Melhor ir embora. Até logo, sra. Eastfield. Obrigada, sra. Eastfield — disse eu.

Pete e eu saímos disparados como flechas. Já no meio da estradinha paramos para recuperar o fôlego.

— Puxa, escapamos por pouco — disse Pete ofegante, curvando-se com as mãos nos joelhos.

— É, mas o que tinha naquela mala grande?

— Aposto que tinha material para feitiços — declarou Pete. — Estoque novo.

CORA

Tia Ida não abriria a mala até tomar uma xícara de chá. Mimi e eu permanecemos quietinhas nas tábuas afundadas perto da porta da cozinha enquanto ela preparava o chá. Eu sabia que a mala tinha algo a ver conosco, ou titia não nos teria mantido ali à espera; quando ela terminou o chá, descansou a xícara e o pires na grande pia de pedra. Então, com esforço, levantou a mala até a mesa da cozinha, abriu as fivelas das tiras e a tampa. Quando a mala se abriu, vislumbrei uma onda de tecidos de cores claras e um adorável cheiro de frescor no ar, mas eu e Mimi permanecemos paradinhas, sem ousar nos mover até titia nos chamar.

A mala estava cheia de roupas limpas e lindas, perfeitas, sem buracos, remendos ou cerzidos: vestidos de algodão listrado para mim, um azul e um roxo de gola branca; saias; calças verdes com pespontos amarelos nos bolsos; um cardigã branco com rosinhas cor-de-rosa em duas fileiras perto dos botões; pijamas floridos; e (eu mal posso acreditar!) um par de sapatilhas vermelhas sem nenhuma tira ou fivela. Incrível, mas elas cabiam certinho. Tinha vestidos para Mimi também: um cor-de-rosa com casinhas de abelhas coloridas e outro branco, calcinhas com babadinhos de renda, meias, sapatinhos pretos de verniz e pijamas com patinhos amarelos. No fundo da mala, enrolado em papel marrom, havia umas botas de cano alto.

Tudo um milhão de vezes mais bonito do que qualquer coisa que tínhamos em Londres. Em Limehouse, as roupas passavam de mão em mão, todas já usadas, os cotovelos puídos por outras crianças, os remendos costurados pela mãe de alguém. A única roupa nova que eu já tivera tinha sido um colete listrado que vovó tricotara, em cores esquisitas de restos de lã. Quando cresci e já não cabia em mim, ela desmanchou o colete, lavou os fios para tirar as torções e então tricotou outro maior, as listras sempre em lugares diferentes de onde tinham estado antes.

Era maravilhoso tia Ida ter tido tanto trabalho por nossa causa e ter comprado todas aquelas coisas lindas, mas eu não disse nada além de um baixo "Obrigada, tia Ida", porque não era educado chamar atenção para o fato de que alguém gastara dinheiro. Papai sempre comentou que havia um monte — de dinheiro, é claro — nesse ramo da família, o de mamãe. Ele dissera até que, na verdade, eles eram ricos, mas que minha avó Agnes, mãe de mamãe e irmã de tia Ida, era a ovelha negra. Eu sei que esse tipo de ovelha negra não tem nada a ver com a canção de ninar. Significa que alguém da família se comportou mal e não pode ser perdoada.

ROGER

Pete e eu subimos a colina.

— O que você imagina que *Cave Bestiam* signifique, Pete?

— Sei lá! — respondeu, dando de ombros. — Cava besta, sei lá, qualquer coisa. É francês? Você estudou francês no colégio.

— É, mas só aprendi a contar até dez e os dias da semana e já até esqueci o que vem depois de quinta-feira — confessou.

— Não é alemão, porque o som não é parecido com os dos filmes de guerra, quando eles escapam de um campo de prisioneiros de guerra.

Passamos um tempo discutindo como teríamos fugido do Stalag Luft 5, um campo de concentração na Alemanha.

— Sabe o que *Cave Bestiam* me lembra? — perguntei um tempo depois. — Acho meio parecido com latim.

— Como na igreja?

— É, os padres estão sempre dizendo *quoniams* e *gloriams*. *Bestiam* é a mesma coisa.

— Sei lá. Talvez. Mas *cave* não é. Como podemos descobrir?

— Precisamos pensar. Não dá para perguntar à mamãe. Sabe como ela é e papai vai nas águas dela. Ela não vai parar de fazer perguntas, tipo de onde foi que tiramos isso. Vamos ter de perguntar a alguém inteligente.

— Puxa! Onde vamos encontrar alguém inteligente?

— Sei lá. O que será que tem para jantar? Espero que tenha pudim de arroz de sobremesa. Se for, eu como a crosta.

— Isso não é justo. Vamos todos cair dentro.

QUARTA-FEIRA, 6 DE AGOSTO

CORA

Tia Ida faz umas tranças tão apertadas que mal consigo enfiar as unhas no cabelo para coçar a cabeça.

Ela olhou o céu cinza-escuro pela janela e disse que a maré subiu, então eu e Mimi podíamos calçar as botas, sair e ver se as galinhas botaram ovos, mas que era melhor ir rápido antes de o céu desabar.

Destrancamos a porta de trás, caminhamos pelas pedras de cantaria do pequenino pátio pavimentado entre as duas alas da casa e entramos no caminho estreito que leva ao jardim.

O tempo estava úmido e frio. Choveu de noite. A grama molhada estava respingada de pequenas gotas parecendo contas de vidro cintilantes, uma separada da outra. Os galhos dos arbustos crescidos se curvavam sob o peso da água pingando, as folhas pendentes nos molhavam ao passarmos.

Mimi segurou a cesta e abriu o velho portão da cerca de arame que contorna o galinheiro. Nossas botas logo ficaram empapadas de lama e penas, de palha e cocô de galinha. Quando atravessamos a porta, as galinhas apareceram se balançando e nos olhando de cima a baixo com seus olhinhos radiantes, cacarejando como um bando de velhas fofoqueiras.

Um enorme galo de rabo bonito, grande e colorido, esporão na parte de trás dos pés, aproximou-se e começou a bicar as pernas de Mimi. Ela segurou meu braço, pedindo para ir embora. Disse a ela para dar um pontapé na ave se ela bicasse com muita força.

Tia Ida avisou que tínhamos de ser firmes com as galinhas e não aguentar desaforos. Respirei fundo, enfiei a mão por trás de uma galinha grande e marrom sentada numa caixa cheia de palha e puxei. Ela se levantou cacarejando, as garras afiadas, olhando as outras galinhas; voaram penas para todo lado. Correram cada uma para um lado e arranharam a porta numa algazarra danada. Nas caixas vazias, encontrei cinco ovos quentinhos e deixei Mimi me ajudar a guardá-los a salvo na cesta.

Começou a chuviscar quando fechamos o portão de arame. Repousei uma das mãos suavemente nos ovos enquanto corríamos em direção à casa. Quando alcançamos a porta de trás, a chuva já caía pesada. Entramos apressadas, descalçamos as botas e as colocamos no caixote de madeira, como titia mandou. Corremos de meias pelo corredor de pedra até a cozinha e mostramos os ovos. Titia ficou muito contente e disse que nos saímos bem para gente da cidade. Por um momento achei ter visto despontar um sorriso, mas devo ter me enganado.

Choveu o dia inteiro. Ouvimos rádio; Mimi recortou figuras de revistas e jornais velhos e, usando uma cola que titia preparou com farinha e água, prendeu os recortes em pedaços de papelão. Eu folheei um monte de papéis; quase todos velhos e amarelados, alguns de antes mesmo da guerra.

Não percebi que havia começado a tamborilar sobre a mesa da cozinha até titia me mandar parar. Com um profundo suspiro, ela foi à despensa e trouxe uma caixa de papelão cheia de ameixas do jardim. Muitas já maduras demais e manchadas de fungo branco, mas disse que se eu a ajudasse a descascá-las e tirar os caroços podíamos preparar uma torta. Ela me deu um avental largo e eu me sentei com uma tigela e uma faca, mas nunca fui boa nisso. Depois de um tempo já estava cheia de descascar ameixas e com dois curativos nos dedos.

A água escorria pelas janelas em compridas faixas brilhantes.

— Chove a cântaros — disse titia, levantando-se e olhando para fora. — Vou precisar de uns baldes para os quartos lá em cima. Sempre tem goteiras quando chove assim. Mimi, venha me ajudar. Cora, deixe isso de lado por um minuto e lave as mãos. Você pode dar de comer ao papagaio.

Ela enfiou a mão atrás da cortina esfarrapada debaixo da pia e tirou um saco de papel pardo cheio de sementes compridas listradas de preto e branco.

— Basta retirar a caixinha de comida e colocar um pouco — explica. — São sementes de girassol. O pássaro não vai te bicar, é muito velho.

Peguei a sacola, desci pelo corredor sombrio, passei pelas portas trancadas e entrei na sala de estar lá no fundo, com sua lareira de pedra e a lenha empilhada do lado. As paredes forradas e o teto baixo de vigas faziam a sala parecer muito escura, talvez mais do que de hábito, por causa do céu carregado lá fora. Pensei que poderia ser bem acolhedor se titia acendesse o fogo para nos aquecermos.

Perto da lareira havia um velho sofá vermelho tão gasto, que tufos de estofo marrom estavam saindo pelos buracos e bem no meio tinha uma mola quebrada espetada. Disse a mim mesma que se eu tivesse de sentar ali um dia não poderia me esquecer de checar primeiro onde sentar para não me machucar.

— *Olá* — disse uma voz, estranha como uma porta velha rangendo. Era o papagaio, sentado no poleiro, numa enorme gaiola de metal atrás do sofá, em cima de um monte de folhas amareladas de jornal.

Ele me olhou de cima a baixo e eu retirei a caixinha de comida e a enchi de sementes frescas. Algumas caíram no tapete surrado e rapidamente as recolhi sem deixar uma, caso tia Ida entrasse e me mandasse sair.

— *Olá*. — Sua voz tinha algo da de titia.

— Você não sabe dizer outra coisa? — perguntei. Depois pensei que talvez fosse uma boa ideia lhe ensinar algumas palavras. Seria uma boa maneira de passar o tempo.

Enfiei a mão pela porta da gaiola e, a seu tempo, o papagaio desceu do poleiro e subiu e desceu no meu dedo, enroscando e desenroscando com cuidado as garras. Abriu as asas, uma de cada vez, como se quisesse me mostrar o bonito colorido verde e vermelho das penas. Eu o aproximei da caixinha de comida e observei como ele, esperto, retirava uma semente com o bico e a revirava com a língua gorda e engraçada, que parecia um pedaço de borracha cinza lisa. Pedaços de casca caíram na areia no fundo da gaiola e ele comeu a parte de dentro, gostosa e macia. Incrível o que conseguia sem dentes.

Ao lado da janela havia um piano. E na parede acima, um grande espelho com moldura de madeira esculpida coberta de buracos feitos por cupins.

Ergui o papagaio até o poleiro repetindo "*Até logo!*", três vezes. É isso que vou repetir todos os dias até ele aprender. Em seguida, fechei a grade da porta e fui até o piano. Ergui o rosto e me olhei no espelho velho.

Sua superfície embaçada estava manchada de pontos pretos. Em alguns lugares, principalmente nos cantos, o vidro estava tão fosco que mal refletia a sala. Na parte de cima, um buraco com fendas escuras se irradiando, como se alguém tivesse atirado algo pequeno e pesado no espelho, sem estilhaçá-lo, mas deixando a marca dessa comprida aranha retorcida. Uma das rachaduras percorria quase todo o comprimento do espelho. Ela cortava meu rosto em diagonal como uma cicatriz.

Espiei minhas horríveis tranças, ansiando por arrancar o elástico e soltar o cabelo. Será que titia acreditaria em mim se eu desfizesse a trança e dissesse que os elásticos de borracha, de tão apertados, simplesmente arrebentaram por conta própria?

Meus olhos se moveram até o piano. Em cima, um relógio de madeira estava todo empoeirado, sem ponteiros e, ao lado, um leão pequeno de latão sentado, os olhos feios de pedra verde e a boca aberta rosnando.

Escrevi CORA com o dedo na grossa camada de poeira na tampa do piano.

Vovó Drumm, a mãe de papai, tinha um piano na sua saleta da frente. Algumas notas não funcionavam, mas não tinha importância. Antes de voltar para a Escócia e nunca mais voltarmos a vê-la, ela costumava tocar algumas vezes — músicas de peças de teatro e natalinas — quando íamos jantar no Natal. Eu adorava cantar e dançar pela sala ao som da música, segurando a barra da saia e esbarrando na mobília. Isso foi antes de a minha irmã nascer.

Ouço tia Ida subir com ela, Mimi, os baldes retinindo. Com certeza titia não se importaria de eu batucar um pouco nas teclas do piano, como vovó costumava dizer. Eu adoraria aprender a tocar como vovó. Ela poderia me ensinar se continuasse a morar na Inglaterra.

Sentei no banco, um daqueles que dão voltas e sobem e descem e devo ter rodopiado uns cinco minutos no mínimo antes de parar, tonta. Soprei a poeira da tampa. A poeira subiu em torno de meu nome numa espessa nuvem, me fazendo tossir. Meu nome permaneceu ali, meio apagado, mesmo quando a poeira começou a assentar. A tampa rangeu um pouco quando a levantei e vi a comprida fileira de notas pretas e amareladas.

Agitei os dedos e os abaixei suavemente, achando que podia tentar tocar *Três Ratos Cegos*, que toquei uma vez no piano de vovó.

Encontrei as primeiras três notas e as toquei duas vezes e depois mais uma, para dar sorte.

Minhas mãos se moveram sobre as teclas para o trecho "*Vejam como correm*". Toquei com as duas mãos ao mesmo tempo. Então bati em duas notas com a mão esquerda procurando uma que se encaixasse, mas estava difícil. Nenhuma delas soava direito. Toquei "*Três ratos cegos, três ratos cegos*" sem parar — "*Vejam como correm, vejam como correm*", quatro, cinco, seis vezes — "*Três ratos cegos, três ratos cegos...*"

Então além do barulho de meu tocar desajeitado e do som constante dâ chuva, tomei consciência de outro som, quase inaudível. Meus dedos se imobilizaram.

O som aumentou. Dentro da sala, em algum lugar atrás de mim, uma mulher cantava. Tremendo, abaixei devagar as mãos e as repousei no colo. O ritmo era estranho, desagradável.

"Disse meu lorde a milady, ao seu cavalo montar:
'Cuidado com Long Lankin, que no musgo costuma morar.'"

"Disse meu lorde a milady ao se afastar:
'Cuidado com Long Lankin, que no feno costuma morar.'"

Não era a voz de tia Ida.

Minha pele se arrepiou. Mal conseguia respirar. Com o canto do olho vi a chuva escorrendo em faixas prateadas como grades diagonais pelas janelas.

"Deixe todas as portas aferrolhadas e todas as janelas trancadas,
Cuide para nem um buraco deixar no qual um rato possa se esgueirar."

Senti o sangue latejar na veia do meu pescoço.

"As portas foram todas aferrolhadas e as janelas todas trancadas,
Exceto uma janelinha por onde Long Lankin tratou de entrar."

— *Olá!* — repetiu o papagaio.

A música parou.

Engasguei, levantei e girei. Ninguém na sala. O papagaio mordia um alpiste preso na garra. Voltei-me e através das manchas pretas espalhadas no espelho vi meu rosto assustado e pálido, dividido em dois pela rachadura do vidro.

Tia Ida e Mimi desciam as escadas no maior escarcéu. Louca para sair da sala, peguei o lado errado da sacola de papel e o alpiste caiu e se espalhou pelo chão.

Peguei as sementes aos bocados, rasgando o saco na pressa de guardá-las. Afinal, enfiei o resto dentro de um buracão no tapete e saí correndo porta afora de volta à cozinha.

QUINTA-FEIRA, 7 DE AGOSTO

ROGER

Ia fazer um calor de rachar. Os contornos dos pântanos lá na Chase rachavam ao secar.

Pete e eu tivemos a ideia de ir até a casa da sra. Eastfield para ver se Cora e Mimi haviam saído. Pete tinha certeza de que elas tinham sido transformadas em galinhas, mas eu fui logo avisando que acabasse com essa história.

Não queríamos chegar perto demais, pois se a sra. Eastfield estivesse junto podíamos nos esconder entre as árvores ou fugir rapidinho, antes de ela nos ver.

Por sorte esperamos apenas dez minutos, discutindo sobre o acampamento, mas chegando à conclusão de, afinal, não ser o local ideal — na verdade, era perto demais de Guerdon Hall —, quando ouvimos a voz de Cora. Ela gritava com Mimi.

Espiamos primeiro para nos certificarmos de que a sra. Eastfield não se encontrava por perto e saímos do esconderijo atrás das árvores.

Mimi pulava numa perna só enquanto Cora tirava água de sua bota, chamando-a de burra aos berros. Mimi perdeu o equilíbrio e colocou o pé numa enorme poça de lama. Cora gritou ainda mais alto e lhe deu um tapa no braço. Mimi começou a chorar.

— Tem alguém de mau humor — sussurrei para Pete.

— Tá precisando de uma bota aí? — gritou ele.

— É isso aí, pode ter certeza de que ela precisa — respondeu Cora aos berros. — Titia nos deu botas, mas as de Mimi são grandes demais.

— Ela não fez de propósito — disse eu.

— Bem, eu não dormi e estou cheia de Mimi — avisou Cora, com a aparência um bocado cansada mesmo.

Ela puxou a borda de um envelope do bolso da saia.

— Olha, não coloquei esta carta no correio na terça-feira porque fomos à igreja, então não posso me esquecer disso hoje.

— Essa é a carta para vocês voltarem para casa? Ainda não entendo por que têm de voltar se acabaram de chegar.

— Já disse: mamãe não está em casa e papai precisa trabalhar.

— Então quem vai cuidar de vocês quando voltarem?

Cora abaixou a cabeça.

— Não sei — murmurou. — Acho que posso cuidar de Mimi.

— Não seria mais fácil ficar aqui até sua mãe voltar?

Ela encostou a ponta da bota numa poça-d'água.

— Tia Ida anda muito ocupada para tomar conta da gente.

— Por que você não dormiu? Foi a chuva?

— Não. Deixa para lá. Pare de fazer perguntas.

— Quer ir primeiro até a igreja?

— Tudo bem, mas tem de ser rápido. Titia vai ficar furiosa se souber que não coloquei a carta no correio.

— Eu não gosto de lá — resmungou Mimi. — Não gosto daquela igreja. Titia disse para não ir lá.

— Ah, cala a boca, está bem? Você é uma peste — rosnou Cora, empurrando-a com força.

— Achamos que aquelas palavras, *Cave Bestiam*, podem ser em latim — disse eu.

— Não sei nada de latim — disse Cora. — Como você sabe?

Estufei o peito e disse desenvolto:

— Tudo na igreja é em latim. Aos domingos, todos falamos latim, sabe, como os romanos, bem, quase todos os domingos. Às vezes fica difícil ir porque a igreja é em Daneflete, a uns cinco quilômetros, e não tem muitos ônibus, ainda mais aos domingos. Ou a gente espera um tempão ou vai andando. Durante a semana, tudo bem, porque seguimos pela pista e um ônibus da escola nos pega lá no alto, mas é difícil mamãe levar todo mundo até a igreja, ainda mais agora com Bebê Pamela. Quando ela consegue, as senhoras ficam se virando e fazendo psiu! psiu!, se as crianças fazem barulho.

— Então por que seu pai não leva vocês? — perguntou Cora.

— Porque ele é pagão — disse Pete.

Alcançamos o portão velho do cemitério.

— O problema — expliquei —, é que toda segunda-feira de manhã a primeira coisa que a irmã Aquinas pergunta é quem foi à igreja no domingo. Se alguém não foi, ela obriga a criança a ficar em pé diante da turma por uma hora. É horrível, posso garantir, constrangedor de verdade. Ninguém ficou de castigo tantas vezes quanto eu.

— Por que você não diz que foi, mesmo sem ter ido? — perguntou Cora.

— Minha nossa! — exclamou Pete. — Mentir para uma freira? Isso é pecado mortal.

— De qualquer jeito, sempre vai ter alguém como aquele Stephen Mylord — disse eu. — Ele é tão católico, que nunca perde a missa. Ele me entregaria à irmã Aquinas só para ganhar outra estrela dourada.

— Afinal de contas, que negócio é esse de pecado mortal?

— É o pior pecado que existe — explicou Pete em tom pomposo. — Quem comete unzinho vai para o inferno.

Erguemos o rosto para o arco, onde as palavras CAVE BESTIAM estavam escritas.

— Se ao menos a gente pudesse encontrar alguém para nos dizer o que significa — disse Cora, protegendo os olhos com a mão.

— É, estávamos pensando nisso — comentei. — A única pessoa inteligente que conhecemos é o sr. Treasure, diretor da escola.

— Eu, hein! — exclamou Pete. — Não vou lá de jeito nenhum. É como o Palácio de Buquinam.*

---

* Corruptela de Buckingham — Palácio de Buckingham, residência oficial da rainha da Inglaterra. (N.T.)

— Eu sei... podíamos tentar o padre Mansell. Ele é legal. Sempre convida Pete, Dennis e a mim para a festança de Natal, no salão nos fundos, embora a gente não frequente a igreja dele. Acho que talvez ele não convide neste Natal porque no ano passado Dennis derrubou de propósito gelatina na menina vencedora do jogo das cadeiras.

— Mas o padre Mansell mora nos fundos dos Treasure — continuou Pete. — Primeiro precisamos passar pelo jardim deles.

O padre Mansell era o encarregado da Igreja Anglicana em Bryers Guerdon. Rezava a missa naquela igreja velha, All Hallows, e na St. Mary, em North Fairing também, e levava os escoteiros às segundas-feiras à noite à cabana dos escoteiros. Às quartas-feiras era o encontro da patrulha e a sra. Aylott era a chefe do grupo. Vovó Bardock não deixava Pete e eu fazermos parte dos lobinhos porque é protestante, mas Tooboy nos deixa acompanhá-lo e ajudá-lo quando é semana de trabalho dos escoteiros.

Pete abriu o largo portão para nós. Começamos a trilhar o caminho na direção da igreja quando Cora perguntou:

— O que é isso?

Havia parado ao lado dos restos de uma grade baixa de ferro trabalhado, em torno de um largo retângulo de terra, que se estendia até o velho portão trancado. Um sabugueiro retorcido crescia no centro, despido de seus frutos pelos pássaros.

— Não sei, o mais provável é que seja um túmulo — disse, aproximando-me dela.

— Vou entrar. Vem comigo?

Pulamos a grade.

— Vão demorar? — perguntou Pete, mostrando a Mimi como bater o pé na grama para os gafanhotos pularem.

Cora e eu andamos devagar pelo terreno, evitando pisar nas pedras dos túmulos, algumas já quase escondidas pelas ervas daninhas.

— Que coisinha velha! — disse ela, pulando um grupo de arbustos espinhosos para atingir uma moita desordenada de rosas perto da extremidade da grade, quase no portão.

Cora se ajoelhou e tocou com cuidado o único botão cor-de-rosa pendente na ponta do caule delgado.

— Veja isso. — Cora apreciou a flor, perdida em seus pensamentos. — Depois que essa abrir e morrer, não sobrará mais nenhuma. É a última. — Começou a afastar o capim sob a moita de rosas com as mãos. Raízes quase na superfície surgiram sobre uma laje lisa de pedra. Ajudei-a a arrancar o capim, e com os dedos Cora cavou a terra sobre as letras gravadas da inscrição.

— Ora! — Sentou-se nos calcanhares. — Aqui diz *Guerdon.*

— Tem mais — disse eu, limpando a pedra. — *É chegado...* hã, *é chegado o...* hã, *o tempo de cantar...*

— Vamos entrar na igreja — disse Cora, levantando-se de imediato.

O rosto dela empalideceu. Passou a mão na testa e retomou o caminho por onde tínhamos vindo.

— Provavelmente aqui ficam todos os Guerdon — disse eu, seguindo-a ao longo da grade.

— Vamos entrar na igreja — avisou Cora, empurrando Mimi com firmeza em direção ao pórtico.

— Não gosto — disse Mimi, fincando os pés sem se mover.

— Droga, como você é chata! — exclamou Cora, agarrando a mão da irmã e arrastando-a pelo caminho.

Uma vez no pórtico, Mimi começou a chorar de novo.

— Você é o máximo da chatice! — exclamou Cora. — Porcaria, se não gosta, fica aqui esperando a gente.

— Quanto tempo vão demorar? — perguntou Mimi, limpando o nariz na manga. Notei seu olhar para o túmulo em formato de caixão perto do muro da igreja.

— O dia inteirinho se a gente quiser — respondeu Cora zangada, largando a mão de Mimi.

Nós três atravessamos o portão de madeira da igreja e vi Cora lançar um olhar rápido para a irmã. Mimi parecia tão pequena, uma silhueta minúscula e escura contra a luz do cemitério, emoldurada pelo arco sombreado do pórtico.

— Volto num instante, está bem? — avisou Cora. — Não saia daí, ouviu?

CORA

— Aqui fede que é um horror — disse eu, tapando o nariz.

— Deve ser a chuva — sussurrou Roger. — Está úmido mesmo.

— Nossa, tomara que não tenha sido a gente que sujou isso da outra vez — disse, apontando uma trilha de terra nos azulejos desde a porta até o altar.

— Puxa, olhe só isso!

Cinco dos imensos candelabros de prata estavam virados e o sexto se encontrava no chão. As velas haviam sumido.

— Engraçado — disse. — As velas estavam aqui na terça.

— Tem certeza? — perguntou Roger.

— Claro. Seis velas. Eu contei porque nunca tinha visto velas tão grandes antes. Onde foram parar?

— Talvez tenha entrado um ladrão — sugeriu Pete.

— Que ladrão idiota! — exclamou Roger. — Levar as velas e deixar os candelabros. Tem poucas chances de ganhar dinheiro.

Pegamos os candelabros e os colocamos alinhados na parte de trás do altar, onde se encontravam antes, três de cada lado da cruz.

— Tenho certeza que nossos sapatos não estavam sujos de lama quando viemos na terça — afirmou Roger.

ROGER

Na parede inferior esquerda da igreja, uma imensa lápide com os nomes de sete jovens de Bryers Guerdon mortos durante a Primeira Guerra Mundial. Nunca havia me dado ao trabalho de olhar antes, mas Cora me chamou e passamos os olhos pelos nomes. Reconheci o nome de todas as famílias. Um tenente Roland Guerdon, fuzileiro naval, um Campbell, um Holloway e três Thorston. Conto a Cora que Haldane Thorston é um velho que mora num chalé lá no Patches. Deviam ser seus filhos, três filhos perdidos.

O último nome na lápide era o do capitão James Eastfield, de 22 anos.

Ypres, abril de 1917.*

Mais duas semanas, apenas duas mais — sem incluir o tempo que vai levar para você receber esta —, e voltaremos a dançar sob os salgueiros no jardim em North End. Se eles ainda não tiverem consertado a porcaria da mola do gramofone, eu pedirei a Will para tocar piano na sala de visitas com as janelas abertas.

Estou te avisando, vou pedir sua mão de novo, então não finja surpresa. Só para que saiba, não estou nem um pouco impressionado com toda aquela baboseira que inventou da última vez. Você não precisa morar para sempre na casa de seus ancestrais. Coube a Roland assumir essa responsabilidade, pobre coitado, não a você.

---

* Ypres — cidade no sudoeste da Bélgica onde ocorreram três grandes batalhas durante a Primeira Guerra Mundial. (N.T.)

Então, depois que terminar a batalha de Lesboeufs, suponho que Agnes não faça nada após concluída a divisão de bens. Além do mais, ela e Roland estão ambos na sua frente na linha de herança, não se esqueça. Não há nada que a prenda aí, minha amada Ida. Posso ajudá-la a se libertar disso. Apenas permita que eu a ajude. Você precisa se afastar desse lugar.

Algumas criancinhas apareceram ontem esmolando por chocolate. As menores jamais conheceram uma vida sem tiros de revólveres...

Sua última carta. Roland disse que acompanhou sua morte durante três horas; em seguida, o deitou na cratera por outras duas, até a luz amortecer um pouco, e conseguiu arrastar seu corpo ainda sob rajadas.

Mesmo que tivesse vivido, nunca voltaria a dançar sob os salgueiros em North End.

CORA

Um órgão, com folhas e flores pintadas nos tubos, isolado numa saleta ao lado do altar. Um pequeno espelho pendurado acima das teclas. Percebo um movimento — meu rosto no espelho — e me lembro da mulher cantando aquela música terrível na sala de estar em Guerdon Hall; de como eu passara a noite com medo de ouvir sua voz, observando o peito de Mimi subir e descer tranquilo, apavorada demais para dormir.

Mimi. Lá fora. Sozinha.

— Mimi! Deixamos minha irmã horas sozinha. — Corri pela nave da igreja. Os meninos me seguiram, o som de nossos pés ecoando nas vigas.

Abri a pesada porta de madeira.

Mimi não estava onde a deixáramos. Por um instante achei tê-la visto, a figura de uma criancinha contra um túmulo, mas pisquei e me dei conta de ser o movimento da sombra de uma árvore. Passei correndo pelo pórtico. Não estava em lugar nenhum; senti um nó na garganta.

— Mimi! Mimi! — gritamos, procurando do lado de fora da igreja. Meu peito parecia explodir. — Roger! O que vamos fazer? Onde ela está? Onde ela está? Mimi! Mimi!

— Psiu! — disse Roger, colocando o dedo nos lábios. — Preste atenção!

Um gemido a distância.

— Acho que ela está na alameda! — berrou Roger. Saímos às pressas pelo portão.

— Ai, graças a Deus! Olhem, ela está ali! — gritei, percebendo a ponta de seu vestidinho branco esvoaçar ao virar à esquerda e pegar a estradinha Chase à nossa frente, correndo o mais rápido que conseguia com suas botas grandes.

Arrancamos pela alameda atrás dela. Apesar de ter caído uma vez, corria tão rápido que só a alcançamos em Guerdon Hall.

— Tia Ida! Tia Ida! — gritava, atravessando correndo a ponte e batendo com toda a força no portão de madeira no pórtico. — Tia Ida!

De dentro da casa, Finn começou a latir furioso. O bebê chorando nos fitou de seu lugar acima do arco quando Pete, Roger e eu cruzamos a ponte apressados. Tia Ida e o cachorro, pulando de animação, saíram.

— Posso saber o que está acontecendo? — gritou titia, pegando Mimi no colo e afastando-lhe o cabelo do rosto. — Desça, Finn! Quieto!

Titia remexeu no bolso do avental procurando um lenço e enxugou o nariz de Mimi. Mimi não parava de chorar.

— Aquele, aquele... homem! — Engasgou. — Aquele... homem... horroroso, horroroso.

— Do que está falando? Que homem horroroso, Mimi? Onde você esteve?

— Naquele, naquele lugar. Lá naquela igreja... É horrível... Aquele, aquele homem está lá.

— Que homem? Quem?

— Aquele... aquele homem assustador de roupa preta! Eles entraram. Ele... ele veio e disse umas coisas!

Tia Ida ergueu o olhar e nos encarou. Os olhos ficaram duros como duas pedrinhas de carvão negro.

— Cora! — exclamou numa voz trêmula assustadora. — Por acaso... por acaso você ousou ir à igreja!?

Fiquei tonta.

ROGER

Num segundo a sra. Eastfield quase derrubou Mimi no chão e avançou sobre nós. Agarrou Cora pelo braço e a arrastou para dentro de casa. Cora mal conseguia seguir-lhe os passos, tentando se desvencilhar, mas a sra. Eastfield a segurava com força, as unhas enfiadas em sua pele.

Mimi seguia atrás delas gritando:

— Cora! Cora! Não faça isso, tia Ida.

Pete e eu não sabíamos o que fazer.

Ficamos plantados sobre o piso de pedra no pórtico um segundo e então, apressados, atravessamos o portão da frente quando ele começou a se fechar com um rangido.

Seguindo os gritos, chegamos à porta aberta da cozinha a tempo de ver a sra. Eastfield esbofetear Cora — um golpe tão forte que Cora desabou. Antes, bateu com a perna na mesa e depois caiu sentada com toda a força no chão de pedra. O dinheiro tilintou em seu bolso. Ela gritou.

Sem fôlego de tanta raiva, o branco dos olhos da sra. Eastfield cintilavam arregalados no rosto vermelho.

Cora mal conseguia se levantar, mas Pete e eu, morrendo de medo, não ousávamos cruzar a porta e ajudá-la.

CORA

Tentei levantar, mas meu bumbum doía demais e meu rosto ardia como se tivesse sido queimado. Tentei me erguer com a ajuda das mãos, mas não funcionou. As mãos pareciam não me pertencer. Mimi tremia. Vislumbrei Roger e Pete na porta, de boca aberta.

Estendi o braço e segurei o tampo da grande mesa com as mãos trêmulas e consegui ficar de pé, mas minhas pernas tremiam e eu não consegui andar.

Não queria olhar para tia Ida, mas ela bateu com as duas mãos do outro lado da mesa e curvou-se para me encarar. Eu podia sentir sua respiração, o cheiro de chá. Lágrimas escorriam em minhas bochechas como dois riachos quentes.

— Eu *avisei* — berrou — que nunca, *jamais,* fosse à igreja. Você não tem noção do que fez, sua idiota, garota *idiota*. Que *audácia*! Que *audácia*! Como pôde deixar essa criança sozinha? Como pôde fazer isso? *Não tem noção do que fez!*

Então, por entre a cortina de lágrimas, vi seus olhos baixarem até a minha saia. Arrancou algo do meu bolso. A carta para papai. Soltou um som horrível entre os dentes e retorceu o envelope com tanta força que quase o rasgou.

ROGER

A sra. Eastfield investiu em nossa direção. Achei que ela fosse nos bater também.

— E vocês! — berrou. — Podem ter certeza que a mãe de vocês vai saber! Eu mesma vou contar.

Passando apressada entre nós, nos empurrou com tanta força que a cabeça de Pete foi para trás e bateu na moldura da porta com um estalo. Ele gemeu, cambaleou ligeiramente e depois me fitou com os olhos molhados e caiu no choro.

— Eu... quero... minha... mãe — soluçou Cora em voz baixa.

Eu não sabia como agir. Só pensava em sair daquela casa o mais rápido possível, mas tinha de confessar à mamãe ter ido à igreja. Seria muito, mas muito pior, se ela soubesse pela sra. Eastfield.

Então, embora fosse a última coisa que eu quisesse no mundo, precisava procurar a sra. Eastfield e pedir que não contasse nada. Ela tinha passado pela sala, em direção à escadaria, então a segui, mas encontrei todos os quartos que tentei abrir trancados. A porta grande e larga no final do corredor era a única que cedeu quando a empurrei. Ao enfiar a cabeça, alguém disse: "*Olá.*" Numa gaiola, um papagaio de verdade.

A sra. Eastfield, acocorada no canto de um sofá velho vermelho, estava amassando um lenço. Ergueu o rosto, os olhos vermelhos e úmidos. Eu olhei para baixo.

— Sra. Eastfield. — Engoli em seco. — Será que Cora e Mimi podem ir um pouco lá em casa? Prometo nunca mais voltar à igreja. Sinto muito, sinto muito mesmo. Foi — respirei fundo —, foi culpa minha e de Pete. Da próxima vez vamos levá-las nos Bosques e no Patches. Não desobedeceremos mais.

— Faça o que bem entender — disse baixinho, enxugando o nariz no lenço. — Estou pouco ligando.

— Vou colocar a carta no correio. Prometo ir à loja da sra. Wickerby. Pode perguntar a ela se compramos selo. Prometo. Verdade. Juro de pé junto. Palavra de escoteiro.

Ela se voltou e me entregou a carta amarrotada sem nem me olhar.

— Faça o que bem entender — repetiu. — Agora é tarde demais...

Foi uma caminhada triste pela Chase, devo confessar: todos estávamos chorosos.

— Papai bateu na gente um dia, não foi, Pete? Porque brigamos — disse, me esforçando para Cora se sentir melhor.

— Foi culpa sua — fungou Pete. — Você sabe que aquela locomotiva verde sempre foi minha. Tia Barbara me deu.

— Bobagem!

— Deu sim! — Ele se deteve na estrada, fechando os punhos.

— Ah, pelo amor de Deus, pode ficar com aquela droga. — Gesticulei com a mão para o alto em sua direção e me voltei para Cora. — A irmã Laserian na escola é quem bate mais. Ela tem uma vareta especial. Grossa assim. — Afastei o polegar e o indicador uns cinco centímetros.

— Não, a irmã Camillus é a pior — disse Pete. — Ela bate com as mãos. São duras como couro, como sola de sapato. Deve ser de tanto bater na gente.

— Deve ter doído da primeira vez.

— É provável que no começo fosse por penitência — prosseguiu Pete. — Então, num milagre, Deus tornou as mãos dela bem duras, para ela impedir a gente de ser tão levado, como quando a gente fala nas refeições.

— São as Irmãs da Divina Providência — disse eu a Cora.

Pelo menos ela levantou a cabeça.

— Tem um professor na escola, o sr. Diamond — disse ela —, que os meninos contam que quando se comportam mal, ele pega um e bate nele com um chinelo cheio de pregos.

— Puxa! Você conhece alguém que já tenha apanhado dele?

— Não, ninguém.

Fazia um calor abafado. Pete tirou o lenço, amarrou as pontas e prendeu-o na cabeça, como vovô costumava usar. Só que vovô não assoava o nariz toda hora nele nem o largava no bolso semanas até as melecas ficarem verdes e duras.

Cora voltou a baixar a cabeça. Andava esquisito — imagino que por ter batido com a perna na mesa e caído no chão. No rosto havia uma grande mancha vermelha, e uma marca de unhas em formato de meia-lua no braço. Mimi continuava puxando a saia dela, tentando fazê-la falar com ela.

Ao nos aproximarmos do topo da colina, apontamos para o velho abrigo, um bunker de concreto do tempo da guerra, atrás das árvores à direita, mas Cora nem prestou atenção. Quando passamos pelo Bosque Glebe, do outro lado da estrada, nos fundos da casa dos Treasure, tentei alegrá-la mostrando a cerca quebrada por onde podíamos entrar. Desde que se tivesse cuidado para depois colocá-la no lugar, da estrada ninguém precisava saber que alguém tinha estado ali.

— Tem um castelo arruinado no bosque — disse Pete.

— Sei — murmurou Cora, como se fosse mentira. Não era mentira. Havia pilhas de pedras antigas e tijolos meio enterrados cobertos por árvores, moitas e musgo. Era divertido andar sobre eles e explorar a área. Uma vez o sr. Crawford, jardineiro dos Treasure, nos viu do jardim e nos expulsou aos gritos e palavrões. Não costumamos ir lá com tanta frequência, porque se formos pegos mamãe vai nos dar a maior bronca, mas se ouvimos o cortador de grama no gramado da frente sabemos que ele está do outro lado da casa, então atravessamos a cerca e pulamos no castelo até o motor parar, e fugimos rapidinho.

Logo depois do Bosque Glebe tem um riacho que passa por baixo da estrada e atrás do abrigo do outro lado. A água é clara, dá para jogar pedaços de galho de um lado da estrada e esperar aparecerem do outro lado, mas em geral estão cobertos de capim.

Continuamos subindo a alameda e atravessamos a estrada principal de Daneflete do lado oposto ao Thin Man.

Para chegar a Bryers Guerdon, é preciso descer um pouco a estrada de Daneflete, depois atravessar para descer a Ottery Lane que vai dar no vilarejo. É como atravessar um túnel verde porque as árvores se inclinam e seus galhos mais altos se encontram no meio.

Tem uma vala funda margeando o lado direito da estrada. Eu empurrei Pete lá dentro uma vez quando ele era pequeno e foi horrível, porque mamãe foi obrigada a jogar o casaco dele fora. Ele engoliu um pouco d'água e durante dias achei que ele fosse morrer de febre.

Quando se alcança o lugar onde começam as casas, há pontes sobre a vala. Cada casa tem a sua própria ponte.

A primeira casa à esquerda é a loja do sr. Granville. Ele é açougueiro e tem um bigode grandão que sobe dos dois lados em ponta. Quando eu perguntei à mamãe como o bigode fica para cima, ela contou que ele põe cera. Um pouco mais adiante, do outro lado, fica a sra. Wickerby nos Correios; então, mais adiante, tem duas mercearias. A gente costuma frequentar a da sra. Aylott — a outra parece nunca ter nada. Se chama The Dairy. A dona, a sra. Rust, fica o dia inteiro sentada, de rede no cabelo, tricotando. Tem gente que vai lá, mas nós nunca. Tudo nas prateleiras da loja tem um espaço enorme ao redor. Às vezes tem um pacote de pão de fôrma e uns noventa centímetros de prateleira vazia; depois um pote de geleia Golden Shred e mais um metro e vinte de prateleira; uma caixa de detergente em pó Daz e uns frascos de geleia Marmite.

Mamãe me manda com a lista à loja da sra. Aylott e, se não consigo carregar tudo, o sr. Aylott leva as compras numa caixa quando a loja fecha.

Eu gosto um bocado do sr. Aylott.

Quando teve a feira beneficente lá no campo em junho, o sr. Aylott fez o papel de Madame Zazá, a vidente. Amarrou uma das echarpes da sra. Aylott como um turbante e umas argolas de ferro da cortina entrelaçadas. Quando saiu da tenda para uma xícara de chá, Dennis e o seu amigo Bernard correram atrás dele, levantando a sua saia. O sr. Aylott virava de supetão e fingia atacá-los e eles saíam correndo e gritando. Não entendo por que repetiam a brincadeira sem parar; o sr. Aylott usava calças por baixo.

Contei a Cora o que mamãe disse sobre o sr. Aylott: que uma bomba explodira perto dele na Primeira Grande Guerra e ele tinha sido o único sobrevivente da unidade. Por isso ele é surdo e temos de gritar com ele.

— Ele tem um estilingue na cabeça — disse Pete.

— Do que está falando? — perguntei. — Que estilingue?

— Mamãe falou — disse Pete. — É da guerra e ele continua lá depois de quarenta anos.

— Seu idiota — disse. — Um estilhaço, não um estilingue.

— Então o que é estilhaço?

— É um pedaço de metal de uma bomba, como uma bala — expliquei.

— Então ela pode sair?

— Sair? Claro que não. A droga da bomba já explodiu uma vez. Por isso sobrou um pouco na cabeça dele. Às vezes você diz cada idiotice, Pete. Não sei como vai conseguir uma bolsa de estudos. E tire essa droga desse lenço da cabeça. Que nojo!

Fomos comprar selo para a carta de Cora na loja da sra. Wickerby. Ela parece uma daquelas aranhas pequenas pretas que comem o marido, principalmente quando fica sentada na caixa do correio, esperando o marido trazer o chá. O sr. Wickerby é muito calado.

Ela deixou a gente esperando um tempão, ocupada com umas ordens postais importantes, embora nos visse ali parados. Depois, percebeu Cora pelo canto do olho e se inclinou para examiná-la dos pés à cabeça.

— Pois não, posso ajudá-la?

— Preciso de um selo — disse Cora.

— Ninguém te ensinou a dizer *por favor*? *Por favor, pode me dar um selo?*

— Preciso de um selo, *por favor* — disse Cora.

Colocamos a carta na caixa de correio do lado de fora da loja e fomos para a Ottery Lane.

Nossa casa fica acima de uma pista suja chamada Fieldpath Road, à esquerda logo depois da loja The Dairy. A primeira casa é a da velha Gussie Jetherell. Em geral passamos voando por lá porque ela costuma sair gritando besteira, com o cabelo branco espetado feito uma vassoura. Sempre usa a mesma saia manchada, os mesmos chinelos de xadrez masculinos com buracos nos dedos, e o mesmo cardigã cinza sujo, todo frouxo na frente, então não sei onde ela guarda os peitos. Ela tem milhões de gatos.

A casa ao lado é da sra. Campbell. Ela trabalha para os Treasure e limpa a igreja. Acho que a sra. Campbell vai de vez em quando à casa da velha Gussie ver se está tudo bem. Deve ser louca de entrar lá, parece tão nojento. Então, depois da casa da sra. Campbell, no final da Fieldpath Road, moramos nós e mais ninguém.

Nossa casa é de madeira com varanda e temos um jardim legal ao redor. Papai planta dálias na frente e não temos permissão de tocá-las. No inverno ele as retira e as guarda numa caixa no galpão. O jardim atrás é bom porque papai não tem tempo de cuidar dele e o abandonou, e tem muitas árvores para subir e muitos trechos selvagens com cobras de jardim e vermes, e podemos andar de bicicleta por lá. A grama não é lisinha como a dos Treasure. De vez em quando o pneu fura e preciso dar logo um jeito antes que papai descubra, porque a minha bicicleta é nova. Uma Raleigh. Ganhei de presente por conseguir a bolsa de estudos.

Mamãe estava do lado de fora pendurando fraldas na corda enquanto Pamela dormia no grande carrinho de bebê preto. Dennis e Terry discutiam no lago.

— Pelo amor de Deus, dê o pote para ele, Dennis! — gritava mamãe.

— Não, ele só guarda lama dentro — respondeu Dennis.

— Olá! — exclamou mamãe ao nos ver. — Já que chegou, Roger, pode dar uma olhada no galpão e verificar se tem outro pote para Terry?

— Pete não pode ir?

— Eu pedi a você. Ande logo, antes que eu te pegue para pendurar as fraldas.

Eu me arrastei até o galpão para pegar um pote de geleia. Claro, quando descobri um e o levei para o lago, Dennis já tinha pescado uma daquelas grandes salamandras de barriga laranja e manchinhas, e a cutucava com o dedo. Não dava mais a mínima para o pote e o entregara a Terry, portanto eu não precisava ter me dado ao trabalho. Sabia que isso ia acontecer.

CORA

A sra. Jotman descansou a cesta vazia e veio na nossa direção olhando Mimi nos olhos.

— Qual o seu nome?

— Mimi, e esse é Sid.

— Oi, Sid — cumprimentou, me olhando em seguida. — E você?

— Cora, Cora Drumm.

— Elas estão na casa da sra. Eastfield — explicou Pete.

— É mesmo? Faz um tempão que não aparece nenhuma criança por lá — disse a sra. Jotman.

De repente ela franziu as sobrancelhas.

— A não ser que... Roger! Venha aqui!

Roger certamente conhecia aquele tom de voz e revirou os olhos.

Pelo menos a sra. Jotman teve a decência de não brigar com Roger na frente de estranhos. Pegou-o pelo cotovelo e o conduziu para a lateral da casa. Mesmo assim ouvimos cada uma das palavras.

— Eu já te disse uma vez, mil vezes... — começou.

Pete e eu mantivemos os olhos baixos e reviramos a terra, enquanto Mimi foi ver o que os meninos faziam no lago.

— Você tem os bosques e o jardim para brincar, pode até ir ao parque ou ao cinema em Daneflete! — gritava. — Será que tenho de manter você trancado? Algum dia vai me obedecer? — Então se ouviu uma pancada surda, mas não forte. — Você sabe que não quero que vá à igreja. Você sabe, Roger. Imaginei que tivesse ido ao brejo. Está coberto de mordidas de mosquito.

— Só fomos à casa da sra. Eastfield, não à igreja.

— Deixa de besteira! Sei que está mentindo. Suas orelhas estão vermelhas. Você não deve nunca, nunca mais, voltar lá, ouviu? Não quero problemas durante as férias. Você vai botar suas moedas na caixa de são Pedro da próxima vez que for à igreja. Entendeu?

Voltaram. Roger seguia os passos da sra. Jotman, olhos baixos, massageando o braço. Ao se aproximar, olhou por baixo da franja e abriu um sorrisinho.

Bebê Pamela começou a fazer um barulho igual ao de uma ovelha. A sra. Jotman foi vê-la e disse a Roger para entrar comigo e preparar chá.

Na cozinha, Roger encheu a chaleira, colocou-a sobre o fogão e riscou um fósforo para acender o gás. Depois esvaziou as folhas velhas de chá num balde debaixo da pia. Pete recolheu umas xícaras e pires do escorredor e arrumou a mesa; pegamos uns biscoitos quebrados na lata.

— Sabe o que me deixa furioso? — perguntou Roger enquanto esperávamos a água da chaleira ferver. — Todo mundo grita conosco por irmos à igreja, mas ninguém nunca explica por que não devemos ir lá.

— Por que não pergunta? — indaguei, remexendo dentro da lata em busca de alguma coisa com chocolate.

— Eu não. Não se usam as palavras *por que* nesta casa. Se perguntamos o motivo de alguma coisa a mamãe, ela nos dá um safanão e responde: Porque sim e pronto.

— E se perguntar à irmã Camillus na escola — disse Pete —, ela responde que é mistério e que descobriremos quando morrermos. Aí qual é a graça?

— Tudo que não podem explicar dizem que é mistério. Como eu ganhar uma bolsa de estudos — disse Roger. — A irmã Aquinas disse ter sido o maior mistério na História da Salvação. De qualquer modo, eu e Pete nunca perguntamos o motivo de nada, para evitar confusão.

— Entretanto, acho que elas têm razão — disse eu, quando a chaleira começou a assobiar. — Se não se pode explicar alguma coisa, então é um mistério. De qualquer modo, vou perguntar à sua mãe sobre a igreja se você quiser. Não me importo.

De repente, um barulho semelhante ao estrondo de dez trens ao redor da casa. Quase engasguei com as migalhas.

— Ah, está tudo bem — explicou Pete. — São Dennis e Terry apostando corrida na varanda. Acho que sua irmã também está brincando com eles.

Para piorar a situação, a sra. Jotman entrou carregando a neném, que berrava feito louca. Não era a melhor hora para perguntas.

— Vou dar comida e mudar a fralda de Pamela — explicou a sra. Jotman em voz alta em meio à barulheira. — Tem bolos na travessa. Dennis me ajudou a prepará-los.

— Não vou comer — disse Roger quando ela saiu. — Ele não deve ter lavado as mãos.

— Lavei sim, e com sabão — avisou Dennis, entrando correndo com Terry e Mimi, e mirando os biscoitos. — Droga! Vocês comeram os melhores.

Cuspiu em Pete e fez uma careta para Roger que, furioso, se levantou, o agarrou pelo pescoço e quase o levantou do chão. Arrastou-o para fora, soltando-o na varanda. Depois, antes que Dennis pudesse se levantar, deu meia-volta e trancou a porta. Terry e Pete riam sem parar.

Dennis ficou furioso.

— Vou derrubar a porta! — gritou do lado de fora, batendo na porta com tanta força que ela sacudia.

— Tente! — berrou Pete.

Tudo ficou em silêncio. Ele tinha ido embora, mas um minuto depois Pete o viu pela janela da cozinha. Ele voltava correndo na direção da casa.

— Puxa! — berrou Pete. — Ele foi buscar um martelo no galpão.

— Inferno! — berrou Roger. — Saia da frente! Rápido.

Saiu correndo pela porta da frente, mas não atingira os degraus quando o ouvimos correndo em volta da varanda na nossa direção.

Fugimos de Dennis, trêmulos e rindo, dando voltas e mais voltas, nossos pés ressoando nas tábuas de madeira. Arrastando minha perna machucada, eu me virei para gritar para Roger que, da próxima vez, deveríamos pular os degraus da frente e fugir pela estrada, mas, ao me virar, fiquei paralisada de medo. Dei de cara com tia Ida na minha frente, parada na varanda.

Enquanto arquejava, sem saber o que fazer, todos os outros surgiram às minhas costas, um a um. Dennis, o último da fila, imóvel feito uma estátua, brandia o martelo.

A sra. Jotman saiu pela porta da frente com Bebê Pamela no ombro.

— Que diabos! Ora... ora... sra. Eastfield, que surpresa — disse, realmente surpresa, como todos nós. — Meu Deus... é... entre. Dennis, guarde o martelo. Ele adora marcenaria, sra. Eastfield.

Dennis saiu quietinho.

Tia Ida entrou pela porta da frente sem nos fitar, e a sra. Jotman voltou os olhos na direção do jardim de trás, então saímos e nos sentamos quietinhos e brincamos de jogo de pedrinhas no chão, aguçando nossos ouvidos como antenas para ouvir o que diziam dentro da casa.

ROGER

Mimi correu com Dennis e Terry para uma brincadeira barulhenta de soldados. Tudo que conseguíamos ouvir era o apito da chaleira e o bater das xícaras. Com alguma sorte a sra. Eastfield comeria um dos bolos de Dennis e morreria envenenada. Depois de um tempo, mamãe apareceu com ar sério. Inclinou-se e, com gentileza, acariciou o braço de Cora.

— A sra. Eastfield veio buscar vocês para jantar, meu amor. Mimi! Hora de interromper o jogo! Sua tia Ida disse que vocês podem voltar para brincar com os meninos amanhã!

Mimi se levantou do chão e veio correndo, o bonito vestido coberto de grama.

— Só mais um pouquinho. Só mais um pouquinho — pediu, pressionando as mãozinhas juntas sob o queixo.

— Sinto muito, querida — disse mamãe. — Volte amanhã.

A sra. Eastfield deixou a casa e, no mesmo instante, saímos em disparada. Sem olhá-la, Cora deu a mão a Mimi e a conduziu da lateral da casa para a frente. A sra. Eastfield as seguiu.

— Vejo vocês amanhã! — gritei quando saíram. — Ah! — olhei mamãe —, pode ser? Podemos brincar?

— Sim, sim, podem sim — respondeu mamãe. — Primeiro Cora vai trazer Mimi para brincar com Dennis e Terry; mas vocês precisam jurar, num voto solene... — Exibiu os dedos na saudação de escoteiros.

— Que não vamos à igreja?

— Há muitos outros lugares para brincar. Promete?

Fiz a saudação dos escoteiros também e fingi cortar minha garganta e ser pendurado.

— É importante mesmo, Roger. O fato de você ter estado lá com Peter quando eu avisei que não fosse me preocupa. Eu e seu tio Bill nunca desobedecemos a sua avó e seu avô como vocês. Nunca fomos lá. Nenhuma criança foi. Isso foi realmente muito feio.

— Mas as pessoas não vão à missa?

— Na Igreja Anglicana, chamam missa de serviço, Roger. O padre Mansell reza uma missa por mês lá, para mantê-la aberta, mas não conheço ninguém que a frequente, exceto a sra. Mansell, é claro, e talvez o sr. Hibbert e a sra. Campbell. Para ser sincera, é uma caminhada e tanto para as pessoas idosas. Os outros todos vão à igreja de St. Mary em North Fairing. Agora vamos entrar e lanchar.

Subimos os degraus e entramos na cozinha. Abri uma lata de conservas de carne; Pete pegou o pão e a manteiga.

SEXTA-FEIRA, 8 DE AGOSTO

CORA

Acordei com um barulhão, ainda tão cedo que mal amanhecera. Não ousei tentar adivinhar o que seria aquele som. Algo pesado sendo arrastado pelo chão no corredor, do lado de fora de nosso quarto, até o outro lado da casa. Depois de um instante ouvi o barulho do chinelo de titia voltando e ela desceu.

Para variar, a cama estava seca. Continuei deitada um tempo, mas me sentia desconfortável sob o peso das pesadas cobertas pressionando o meu corpo dolorido. Saí da cama e examinei a enorme mancha roxa que se espalhara na parte de cima da minha perna.

Mancando, entrei no corredorzinho que conduzia ao banheiro e levei um susto ao ver o enorme espaço vazio sobre a porta. Uma escada encostada na parede. O Velho Peter se fora.

Naquele lugar escuro nunca conseguira enxergá-lo direito, para ver se ele era mesmo o homem que eu e Mimi havíamos vislumbrado no portão. Se titia o guardara em outro lugar na casa, talvez eu pudesse descobri-lo e examiná-lo mais de perto. E o homem de pele retorcida? Tinha quase certeza que o Velho Peter da foto não tinha a pele retorcida.

ROGER

Mamãe pediu que Pete e eu pegássemos biscoito de cereal Shredded Wheat para todo mundo enquanto ela dava de comer a Pamela. Pete acabou respingando o leite ao servi-lo, e Terry tinha quase esvaziado o açúcar do açucareiro todo no prato, antes que eu o impedisse. Dennis mais uma vez criava confusão porque só tinha um Shredded Wheat sobrando quando chegou a vez de servi-lo. Peguei um dos meus e o enfiei em sua tigela, mas ele começou a pular, reclamando que estava encharcado.

Então as meninas chegaram.

— Desculpe, não sobrou nada — disse a Cora. — O pão acabou e esse é o último Shredded Wheat.

— Tudo bem, já comemos ovos cozidos.

— Por que eu não posso comer um ovo cozido? — berrou Dennis.

— Porque vai comer biscoito de cereal Shredded Wheat, seu bobão! — berrou Pete.

A cara de Dennis ficou vermelha de raiva. Ele bateu os dois pés com força no linóleo e abanou os braços tentando alcançar Pete, que botou pedaços de Shredded Wheat na parte de trás da colher e atirou-os nele enquanto dançava. Dennis subiu na mesa e pisoteou o café da manhã de Terry, espalhando leite e açúcar a torto e a direito. Terry se levantou e choramingou.

Mamãe entrou com Pamela, que começou a guinchar por causa do barulho.

— O que está acontecendo aqui? — berrou. — Quem bateu em Terry?

CORA

Antes de poder sair para brincar, Roger e eu vamos fazer compras para a mãe dele na loja da sra. Aylott.

— Oi, amor — disse ela para Roger. — Sua mãe vai bem?

— Muito bem, obrigado, sra. Aylott. Ah, essa é minha amiga Cora.

— Prazer em conhecê-la, querida.

— O prazer é todo meu.

Roger colocou a lista sobre o balcão e enquanto ela se encarregava de pegar as compras na loja, continuava me olhando de esguelha. Eu desci a manga, mas não a tempo de esconder as manchas.

No exato momento em que outra senhora entrou na loja, a sra. Aylott me perguntou:

— De onde você é, querida? Pelo sotaque, imagino que seja de Londres.

— Isso mesmo. Eu e minha irmã estamos passando uns dias, poucos dias, na casa da sra. Eastfield.

As duas senhoras se entreolharam, e a sra. Aylott estalou a língua.

Fez as contas.

— Três libras e quatro centavos, Roger. Pode pegar uma bala na lata. Você também, querida.

— Obrigada, sra. Aylott.

Paramos do lado de fora da loja. Esquentava.

— Tia Ida tirou aquele retrato, sabe? O do Velho Peter, se lembra? Vou descobrir onde foi parar. Vou examiná-lo direitinho na luz para ver se é o homem da igreja. — Roger não me olhou enquanto desembrulhava o caramelo. — Você nunca acreditou em mim, não é? Achou que eu tinha inventado, e Mimi também.

Ele fitou a loja da sra. Wickerby.

— Acho que não estava fingindo, mas — enfiou o caramelo na boca —, não tenho certeza. Mastigando, olhou a caixa do correio. — Sabe, um dia no verão passado... Não, deixa para lá.

— Agora vai ter que contar.

— Você vai rir.

— Não vou não. Prometo. Sabe que não vou.

— Bem, nós, Pete e eu, estávamos brincando lá na igreja, sabe? Brincávamos de pique-esconde e era minha vez de procurar Pete. Bem, achei que ele tinha saído do esconderijo e estragado a brincadeira. Eu já ia gritar um desaforo quando... quando me dei conta de que não era ele, e sim...

— O que era? Fale, Roger...

— Era um garotinho, bem menor que Pete, parado no escuro. Olhei ao redor para ver se a mãe ou outra pessoa estava lá; então, quando olhei de novo, ele havia desaparecido.

Voltamos a subir a Fieldpath Road.

— Cora, promete não contar nada para o Pete? Para falar a verdade, fiquei com os cabelos arrepiados. Ele era, hummm, bem, apavorante.

— Como uma criança pode ser apavorante?

— Estou falando sério, aquela era. Não vi seu rosto, mas a pele saía das mãos e ele tinha cabelo grisalho ralo, como um velho.

Deixamos as compras na cozinha. Mimi ajudava a sra. Jotman a dar papinha de frutas silvestres para Bebê Pamela com uma colher. Ao deixarmos a casa, Pete veio desembestado pelos degraus da varanda atrás de nós.

— Vamos ao Patches ou aos bosques? — perguntou Roger ao entrarmos na Fieldpath Road.

— Aos bosques. Nunca fui lá — disse eu. — O que é o Patches?

— É um lugar onde umas pessoas moram — disse Roger. — Pessoas de Londres.

— Temos uns acampamentos lá, mas não são tão bons quanto os dos bosques — comentou Pete.

— Então não sei qual prefiro.

— Se formos ao bosque, podemos mostrar a Cora os buracos feitos pelas bombas — disse Pete.

Viramos à esquerda, na Ottery Lane, e pegamos uma trilha à direita.

— Esse é o atalho de cinzas — explicou Roger —, onde montamos nosso iglu na neve no ano passado. Tooboy nos ajudou, mas ficou tão pequeno que não dava para dois entrarem juntos.

Eu li num lugar que se deve acender uma fogueira dentro do iglu para o gelo desmanchar e selar todas as fendas, mas como não tínhamos espaço para fogueira, Pete eu levamos uma vela. Quando acendemos a vela, estávamos tão espremidos que o gorro dele ficou chamuscado.

— Congelei as sobrancelhas — disse Pete. — Então aquele homem do *Lokswood Herald* ia tirar um retrato nosso bem na frente do iglu. Ele foi até lá em casa com a máquina fotográfica. Ficamos todos animados e o trouxemos aqui, mas ao chegarmos alguém tinha derrubado o iglu.

— Aposto que foi Figsy, ou então Malcolm, o amigo de Tooboy — resmungou Roger. — Mas mamãe e papai tentaram nos consolar por não aparecermos no jornal e naquela noite, quando já tínhamos ido dormir, eles saíram de mansinho e fizeram uma boneca de neve enorme no jardim.

— Ela tinha um peitão — disse Pete, me mostrando como eram — e estava agachada com as pernas abertas, aí botamos o apelido nela de Marilyn Monroe.

— E sabe de uma coisa? — perguntou Roger. — Até abril ainda havia um montinho da Marilyn Monroe no jardim.

À nossa frente vimos um muro de árvores. Na margem do bosque, o atalho coberto de cinzas se transformou numa estreita trilha serpenteando ao redor dos troncos. Ergui o olhar ao caminharmos e vi tênues raios de luz brilhando vez por outra através das folhas sussurrantes sobre nossas cabeças.

Os tais dos buracos de bombas eram três míseras crateras.

Por todo lado em nossa vizinhança em Londres, até mesmo no final de nossa rua, havia lugares onde ainda não tinham retirado os entulhos desde o bombardeio. Papai afirmava que o governo não tinha dinheiro para nada. Eles começaram a construção de novos apartamentos, mas levaria séculos. Algumas pessoas moraram anos em casas pré-fabricadas. Meus amigos e eu brincávamos nas ruínas o tempo todo e encontrávamos toda espécie de troços no entulho — às vezes algumas moedas de cobre para comprar balas.

Para ser honesta, aquelas crateras no bosque não eram lá grande coisa — apenas buracos no chão com folhas molhadas e molengas no meio. Não falei nada.

Porém havia um enorme balanço de corda feito por aquele garoto grande, o Figsy. O balanço era tão alto que se tinha de subir a árvore gigante onde ele ficava pendurado, inclinar-se sobre a forquilha formada por dois galhos grossos e esperar alguém te entregar o balanço. Então era preciso se sentar na tábua de madeira com uma perna de cada lado da corda, depois pular da árvore e balançar. Eu podia enroscar as pernas na tábua, depois me inclinar para trás e pendurar minha cabeça e braços para baixo quando balançava, tendo um friozinho na barriga.

Roger e Pete me mostraram alguns de seus acampamentos. O melhor era numa árvore alta com uma plataforma de galhos no meio. Roger e Tooboy, irmão de Figsy, haviam achado a porta preta de um carro velho no atalho das cinzas e a levaram para o alto da árvore, fixando-a entre os galhos, então dava para se sentar nela, embora ela se inclinasse um pouco. Pete escorregou para o lado e amassou nosso saco de sanduíches de geleia. Acabaram achatados, mas comemos assim mesmo, sentados na porta, olhando por cima das copas das árvores o trigal amarelo abaixo. Roger apontou a torre distante da igreja North Fairing.

Quando voltamos para a casa de Roger, Mimi tinha caído no lago e usava um short de Terry. A sra. Jotman me disse que pedisse desculpas à tia Ida. Ela havia lavado o vestido e estaria seco no dia seguinte.

— Melhor se apressarem — acrescentou. — Parece que a chuva já vai chegar. Olhem essas nuvens escuras enormes. Vocês não vão querer ser surpreendidas por um temporal no meio do caminho.

Mimi quis que eu a carregasse no colo da Old Glebe Lane até a casa de tia Ida, mas eu avisei que se ela não andasse eu ia largá-la. Não poderia carregá-la mesmo que quisesse. Tudo doía e agora até meus ombros estavam doloridos de tanto me balançar.

Ao atingirmos o topo da colina, a luz estava mudando. O céu no horizonte se tornou de um amarelo-esverdeado assustador e sobre nós nuvens pesadas azul-marinho, feito monstruosas couves-flores, surgiam e se aglomeravam. Uma brisa gelada soprou dos pântanos.

Ouvimos o primeiro rolar distante do trovão. Percebi o tremor de Mimi ao segurar-lhe a mão.

— Onde está mamãe? — perguntou.

Era a primeira vez que Mimi falava dela.

— Não sei. Ninguém me contou nada.

Apesar dos dedinhos de Mimi estarem entrelaçados aos meus, me senti muito só, contemplando do alto da colina a desolação de todo o terreno até o rio distante. Era como se estivesse parada no topo do mundo.

De súbito meu coração pulou. Alguma coisa — alguém — subia a colina em nossa direção.

Independentemente de quem fosse, estava entre nós e Guerdon Hall. Não conseguiríamos chegar lá sem passar por ela. Se déssemos as costas e corrêssemos, não sabia se conseguiríamos voltar à estrada principal antes de nos alcançarem. Mimi estava tão exausta e eu tão dolorida... Será que conseguiríamos correr?

— Mimi, precisamos voltar para a casa de Roger e rápido! — sussurrei.

— Por que, Cora? Olhe, tia Ida está lá embaixo — disse, largando minha mão e descendo a colina. — Tia Ida está chegando.

— Mimi, não — bradei, mas me interrompi.

Eu devia ter enlouquecido.

Era tia Ida. *Era* sim.

Qual o meu problema? O que acontecia comigo naquele lugar?

IDA EASTFIELD

Eu não deveria ter saído tão tarde para buscá-las, mas, quando a escuridão caiu, foi de repente. Embora a tempestade ainda esteja longe, pelos trovões ela se aproxima.

As duas pareciam tão dignas de pé ali no topo da colina...

Provavelmente foi uma perda de tempo escrever para Harry. Não ficaria surpresa se ele nem respondesse, quanto mais se aparecesse.

Não posso acreditar que Cora levou Mimi à igreja e deixou a irmã sozinha. Só a ideia me é insuportável.

Mas já faz tanto tempo... e com a enchente... achei que a água tivesse acabado com ele. Eu pensei, ou talvez tenha apenas desejado, até Mimi mencionar o homem no cemitério. Será que uma menininha inventaria essa história? Talvez ela tenha visto Reg Hibbert. Foi imaginação minha... O antigo medo... que nunca me abandonará.

Eu deveria ter descido o retrato do Velho Peter quando Cora pediu daquela primeira vez. Nem sei mais o que é certo.

Contudo, agora ele está afastado do caminho. Eu as proibi de explorarem o andar de cima. Não quero as duas bisbilhotando lá em cima. Acho bom Cora não me desobedecer de novo.

Harry tem de encontrar outra solução. Não posso lidar com isso. Elas precisam voltar para casa.

Um relâmpago. O trovão segue bem atrás. Pode-se ouvir a tempestade. Melhor ir pegar os baldes. Não consigo manter em ordem essa casa velha. É demais para mim.

CORA

Venho tentando me manter acordada há séculos. Estou esperando tia Ida ir dormir. Faz pouco eu a ouvi subir e perambular destrancando portas, entrando nos quartos, espalhando baldes pelo piso.

Desde então não ouvi mais nada. A tempestade cai mais forte, o vento sopra tão forte que sacode os caixilhos da janela e a chuva golpeia em ondas furiosas os vidros velhos.

Devo ter cochilado e não ouvi os passos de titia. Tampouco percebi a luz da vela por baixo da porta. Ela já deve ter ido se deitar.

O vento parece o choro de alguém.

Os pingos da chuva caem no chão em algum lugar perto do armário, iguais ao tique-taque de um relógio. É irritante porque às vezes chega quando estou esperando e outras vezes espera de propósito, só para me irritar.

Estou surpresa que Mimi tenha dormido, sobretudo porque o quarto se ilumina por causa dos relâmpagos e o estrondo dos trovões dá a impressão de que o mundo inteiro vai desabar. Mamãe costumava nos sentar debaixo da mesa da cozinha em noites de tempestade. Será que hoje ela pode ouvir a mesma tempestade?

Se não encontrar o Velho Peter desta vez, vou precisar tentar amanhã de novo. Titia deve ter escondido o retrato num quarto trancado. Não sei onde ela guarda as chaves.

A essa hora ela já deve ter ido dormir. Por que ficaria acordada sozinha?

Estou muito nervosa, mas acho que devo fazer isso agora. Meu coração dispara. Espero que não esteja muito frio.

Cubro bem Mimi e me arrasto até a porta. Sei qual taco estala, então o pulo e, com cuidado, abro o trinco. Está duro. Prendo a respiração à espera do clique barulhento. Sopram rajadas de vento. Por sorte o barulho vai abafar o som. Empurro a porta, mas não ouso fechá-la de pronto com medo de acordar tia Ida.

Uma luzinha sobe pelas escadas do hall lá embaixo. Lança compridas sombras de carretéis subindo pela parede. Titia deve ter deixado uma lamparina acesa para Finn.

Não escuto nenhum som no quarto dela. Deve ter caído no sono.

Deslizo pelo corredor, que vai ficando mais escuro a cada passo. Minha sombra vai à minha frente, movendo-se e se alterando como um fantasma, como se tivesse vida própria. Tento a maçaneta de uma porta à minha direita. Ela se abre devagar e eu vislumbro as estranhas formas da mobília cobertas por lençóis. Suas sombras negras levantam-se de um salto sobre a parede atrás. No piso, onde a porta acaba de abrir, há uma grossa camada de poeira intocável. Ninguém entra ali faz muito tempo.

Vou ao aposento à esquerda, do lado oposto ao de tia Ida. A porta é pesada. Quando a empurro, algo se move — uma cortina transparente drapeada, pendurada do teto de uma cama imensa com teias de aranhas. Não há pegadas ou marcas de objeto arrastado na poeira do chão atrás da porta. Ela range baixinho ao fechar e a parte de baixo arranha um pouco a soleira de madeira. Tenho a impressão de ouvir outro barulho na casa, mas então o trovão volta a ribombar.

No fundo, antes que o corredor vire numa curva à esquerda, há uma janelinha que dá para o pátio calçado de pedras e o jardim dos fundos. Enquanto aguardo, ouço minha respiração apesar do barulho da chuva respingando nas vidraças negras. Um suor gelado escorre pela minha pele. O pijama está colado, apesar de eu sentir frio.

Quando me viro para olhar o alto das escadas vejo a luz do lampião na sala abaixo tremeluzir e, em seguida, se apagar. Pisco por um instante na escuridão.

Então ouço o sino, sua nota distante e solitária badalando junto ao lamento do vento, enquanto percorre as árvores e os juncos, o barro e a água, entre a igreja e Guerdon Hall. Em minha mente vejo a igreja nas trevas da noite, a corda do sino subindo e descendo na torre vazia.

No clarão seguinte do raio, percebo os três degraus de madeira do lado oposto à janela, subindo na direção da frente da casa.

Eu poderia voltar sem dificuldade. A porta do meu quarto está escancarada, bem no topo da escadaria. Levaria segundos para subir correndo e me enfiar debaixo das cobertas quentes.

Ou poderia encontrar o Velho Peter.

Volto-me e coloco meu pé no primeiro degrau.

Um estreito corredor vai dar à direita. Sigo tateando a parede. Gesso úmido se esmigalha sob meus dedos. Um forte cheiro de umidade impregna o ar. Esbarro numa porta à esquerda, mas ela não abre. Logo depois, outra curva.

De repente o chão desaparece sob meus pés. Tropeço e desabo degraus abaixo fazendo um ruído terrível e batendo com o cotovelo na parede.

Por poucos segundos permaneço no chão, esfregando os joelhos machucados. A seguir, me levanto desajeitada e sigo em frente. Os tacos de madeira cedem ligeiramente sob meus pés. Pisando com cuidado, procuro buracos esponjosos ou lascas de madeira soltas e, com os dedos, tateio em busca de portas. Uma está trancada, outra se abre uns oito centímetros antes de emperrar, e outra está fechada com uma barra de madeira. Um pouco antes do final da passagem, minha mão direita volta a roçar na fechadura de outra porta. O trinco cede. A porta se abre.

Uma corrente de ar frio arrepia os pelos de meus braços. Após a profunda escuridão do corredor, uma luzinha entra pela janela do céu tempestuoso lá fora. O quarto parece respirar quando as teias de aranha ondulam no ar.

Pegadas e, ao lado delas, uma faixa larga, como se algo tivesse sido arrastado pelo chão empoeirado, levado para uma porta aberta no canto, uma porta que dá para outro quarto. Desse outro quarto nas sombras vem o som de respingos-d'água caindo em mais água ainda.

Sigo as pegadas e ando devagar na direção da porta distante. Quando olho o lugar, os fios de cabelo de minha cabeça começam a ficar em pé.

Um balde de metal grande no chão está quase transbordando da água que pinga gota a gota das vigas do teto, rompendo as teias em fios molhados. A princípio, no escuro, penso ver uma cadeira velha perto do balde, uma cadeira coberta com um lençol. Mas então ela se move. O que vejo não é uma cadeira.

É uma mulher inclinada, ajoelhada, de costas para mim. Não é tia Ida.

Minhas pernas começam a tremer.

A mulher segura a cabeça dos dois lados com mãos finas e brancas e se balança para a frente e para trás, os calcanhares escondidos pelas dobras de uma comprida saia marrom amarrotada ao seu redor. Uma única grossa trança de cabelo claro desce pelas costas.

Meu coração dispara.

A mulher para de oscilar e devagar, muito devagar, se ajoelha ereta. Retira as mãos da cabeça, ergue a direita e aponta o dedo para o teto.

Senta-se novamente nos calcanhares, apontando para cima, ainda de costas para mim, imóvel.

De repente uma explosão de trovão, seguida da luz forte do relâmpago, estremece o quarto. Pulo e então me dou conta de que só vejo o balde. A mulher desapareceu. O rugir dos pingos da chuva quase abafa o constante plim, plim, plim da água descendo do teto.

Não consigo tirar os olhos do espaço vazio onde ela estava. Minha respiração sai aos solavancos. Forço as pernas a se moverem para trás na direção da porta aberta. Fecho-a de imediato e seguro a maçaneta com mãos trêmulas. O trovão volta a ribombar. Eu me encosto à parede e espero ali, ofegante, até o ribombar do trovão morrer.

Fechando os olhos, respiro fundo, devagar, então me lembro de algo visto no meu campo de visão, ao lado da mulher ajoelhada. É o quadro, encostado contra a parede sob a janela, coberto com uma manta.

Espero. Quanto? Dois? Cinco minutos? Tento afastar a imagem dela do olho da minha mente. Ela não passou de um movimento do ar, uma ilusão da tempestade, um espectro do tempo ruim que eu invoquei.

Se ela pretendesse me fazer mal, já poderia tê-lo feito — podia aparecer por trás de mim no escuro.

Engulo em seco, afasto-me da parede, estico a mão e volto a erguer o trinco. Posso ouvir o palpitar de meu coração contra o peito e mal consigo colocar um pé na frente do outro enquanto me movo na direção da porta do canto mais uma vez. Ao alcançá-la, prendo a respiração e devagar espio de novo.

Um relâmpago ilumina o quarto. Ninguém.

Quando um trovão explode num demorado e assustador rufar, movo-me pelo quarto, na direção do quadro, sento nos calcanhares diante dele e, olhando depressa por cima do ombro, retiro a manta.

O Velho Peter me fita com olhos selvagens, dilatados. O cabelo desalinhado cai em torno das maçãs do rosto proeminentes. Sua mão direita agarra o ar e a esquerda aperta uma cruz de madeira comum presa num bloco de pedra. Na pedra, as palavras CAVE BESTIAM. Eu sei — tenho absoluta certeza — de que ele é o homem que Mimi e eu vimos ao lado do portão no cemitério.

Sua pele é lisa e um pouco enrugada, não cheia de bolhas, mas é o mesmo homem.

As janelas manchadas de chuva batem nos caixilhos. Agora acredito que tudo é possível. Vi esse homem do quadro parado ao lado do portão do cemitério. Vi uma mulher desconhecida ajoelhada nesse quarto vazio. É como se o mundo que eu conhecesse tivesse ido parar em outro lugar, e eu não sei como me comportar neste. Não tem luz, a não ser a luz da tempestade, e a casa tem vida na noite que me envolve.

Começo a notar outras coisas no quarto — uma lareira de pedra; ao lado uma cômoda de gavetas com puxadores faltando. Na poeira sobre a cômoda, uma caixa preta enferrujada, de cerca de um metro, uma pilha de roupinhas dobradas com cuidado. Estendo o braço e pego um cardigã tricotado à mão. Levo-o ao rosto e vejo na frente a letra *E* bordada em azul. Os botões são cavalinhos de balanço azuis. Ao lado da pilha uma cesta suja que já deve ter sido branca. Dentro, meias tricotadas e luvas com laços, manchadas de sujeira e pedaços de gesso velho.

Quando o relâmpago volta a iluminar o quarto vejo um lindo berço de madeira no qual foram pintadas sentinelas marchando. As mantas dobradas no berço estão cinza de poeira. No mesmo clarão de luz, enquanto seguro o pequeno cardigã nas mãos, tomo consciência do tremeluzir da chama de uma vela e ouço a voz na porta, dura e fria como o vidro:

— *Posso saber que diabos está fazendo aí???*

SÁBADO, 9 DE AGOSTO

ROGER

Elas não vieram; não vieram.

Pete, cansado de esperar, foi à casa da amiga de mamãe, tia Barbara, ver os filhotes da gata Flossy. Dennis e Terry estão se engalfinhando no andar de cima.

Eu não arredo pé da casa.

Papai, sentado com sua xícara de chá, tentava ler o *Express* e dar uma pitada. Às vezes precisa trabalhar no sábado de manhã, mas não hoje, e está irritado comigo.

— Você precisa ficar colado no meu pé desse jeito? — perguntou. — Olhe só, o dia está lindo. A tempestade limpou o ar. Por que não sai e vai brincar no bosque, fazer qualquer coisa?

— Estou esperando Cora e Mimi — respondi, aborrecido.

— Uau! Com esses nomes, até parecem meninas glamorosas — disse ele, debochado.

— Cala a boca, Rex! — exclamou mamãe, entrando. — São as meninas de quem falei, da casa da sra. Eastfield.

— É mesmo. Bem, por que você não vai até lá chamá-las?

— Mamãe não deixa — respondi, emburrado.

— Você sabe que não gosto dos meninos indo lá, Rex — afirmou, um pouco agitada. — De qualquer maneira, o negócio é o seguinte: a sra. Eastfield concordou que Cora deixaria a menorzinha, Mimi, aqui para que os mais velhos pudessem sair e brincar sozinhos. Cora vinha deixar a irmãzinha, mas não apareceram.

— Bem, talvez não estivessem com vontade. Talvez ela tenha se enchido de você, meu velho camarada — disse papai, me batendo com o jornal. Minhas orelhas arderam.

— Vá preparar uma xícara de chá para mim, está bem? — pediu mamãe. — Bom menino!

Fui para a cozinha e coloquei a chaleira no fogão.

— Eu também vou tomar outra — avisou papai —, mas menos açúcar dessa vez. Quase deu para fincar a colher na última.

Ouço os dois conversando apesar do barulho da chaleira chacoalhando na boca de gás. Não entendi tudo o que mamãe disse por causa de seu jeito baixo de falar, mas ouvi o suficiente. "Tem alguma coisa errada..." e "Sra. Eastfield... marcas roxas... Roger não deve ir lá sozinho..."

A voz alta de papai atravessou a parede.

— Por que cargas-d'água *eu* devo ir? Dou um duro danado a semana inteira. Mereço ter um tempo só para mim nos fins de semana. Não é pedir muito, ou é? Por que você não enfia Pamela no carrinho e vai até lá? Eu nem conheço as drogas das crianças.

Aquela maldita igreja! Vocês todos aqui ainda vivem na droga da Idade Média. Assim que eu conseguir o emprego do Velho Clark, vamos nos mudar para Chelmsfield, onde há um pouco de civilização.

Quando voltei com a bandeja, mamãe disse:

— Roger, seu pai concordou em levar você a Guerdon Hall para buscarem Cora e Mimi, se estiver tudo bem. É provável que elas tenham acordado tarde. Talvez até as encontrem a caminho. Papai não vai de carro porque o caminho está coberto de lama por causa do temporal e talvez não consigam subir a colina. Ele pode trazer Mimi para brincar aqui com Dennis e Terry.

Eu resmungo: — Obrigado, papai —, sabendo que na verdade ele não quer ir.

Ele sopra e bufa toda a descida da nossa rua, mas ao chegar à Ottery Lane se anima um pouco e até me leva à loja da sra. Wickerby e compra umas balas de anis e uma revista em quadrinhos *Beezer*, para eu ler mais tarde.

— Quase nunca venho aqui — disse ao descermos a colina da Old Glebe Lane, a lama grossa grudando em nossas botas. — Sua mãe sempre conta aquela história de que, quando pequenos, ela e o tio Bill ouviam que a igreja era mal-assombrada. Esse tipo de coisa não me assusta, sabe? Eu lutei contra Hitler.

— Sabe por que achavam que era mal-assombrada?

— Eu não, nem pergunto. Sei que as pessoas não gostam que os filhos venham aqui. Eu, é claro, nasci em Great Sawdon, onde vovô e vovó Jotman moram. Não tem nada estranho em Great

Sawdon, quer dizer, se a gente não considerar o Percy Wheedon, um sujeito que colocou um barrete turco e foi morar num galpão. Conheci sua mãe durante a guerra quando ela trabalhava no NAAFI* em Colchester. Sua mãe preparava uma xícara de chá e tanto. Então vamos dar uma olhada nessa igreja velha.

Fomos até o final da Chase e continuamos a descida entre as árvores. Não gostava muito de papai estar ali. Era nosso lugar especial.

— Puxa, olha só aquilo — disse ele, aproximando-se do velho portão e sacudindo as correntes. — Sabe o que é isso, né?

— Um portão?

— Claro que é um portão, mas encimado por um pórtico.

— Então que portão é esse quando está numa casa?

— É conhecido como *portal dos mortos* — explicou. — Eu me pergunto por que está todo fechado com correntes. Ali velavam o morto antes de ser enterrado. O padre o abençoava, fazia algumas orações e em seguida autorizava que o esquife fosse levado ao adro.

Não fiquei muito surpreso por papai saber esse tipo de coisa, pois ele sempre se sai com um monte de coisas engraçadas e sabe responder a tudo que perguntam no *Brain of Britain*** no rádio.

---

* NAAFI — Navy, Army and Air Forces Institutes (Instituto da Marinha, do Exército e da Aeronáutica). Clubes, bares, lojas, restaurantes, etc., criados pelo governo britânico em 1921 para atender as Forças Armadas na maioria das bases militares e em navios. Nesses estabelecimentos não era permitida a entrada de oficiais, a não ser a serviço. (N.T.)

** *Brain of Britain* — programa de perguntas da rádio BBC existente até hoje. (N.T.)

Ele lê um monte de livros e se tivesse nascido numa família mais rica, é provável que tivesse ido para a universidade.

— Interessante encontrar esses portais antigos aqui — prosseguiu, enquanto ladeávamos o portão de metal. — São como linhas divisórias entre o terreno sagrado do adro e o terreno profano do lado de fora.

— E o que tem isso de especial? — perguntei, tentando destrancá-lo.

— Vou te explicar. Se alguém morre pelas próprias mãos, sabe, se suicida, ou se for um assassino ou um lunático, jamais, por nada deste mundo, será enterrado aqui dentro. Tais pessoas não têm permissão para entrar no paraíso.

— Então onde colocam a pessoa?

— Quase sempre a enterram à noite numa encruzilhada, às vezes de bruços.

— Por que fazem isso? — perguntei, enfiando uma bala de anis na boca.

Subimos pela trilha na direção da igreja.

— Para confundir o espírito, caso ele decidisse se levantar de novo e causar mal aos vivos — explicou papai, despenteando o meu cabelo. — Bebezinhos que não foram batizados tampouco podiam ser enterrados aqui.

— Isso é triste mesmo. Eles não tinham culpa.

Papai inclinou-se sobre um túmulo e apanhou uma das coroas de flores, agora marrom e encharcada, que havíamos feito com Cora e Mimi.

— O que faz essa coisa velha aqui? — perguntou, atirando-a nas moitas. — Em Yorkshire, costumavam cantar uma música apavorante chamada *The Lyke-Wake Dirge** — continuou enquanto caminhávamos com dificuldade no mato em volta dos fundos da igreja. — A mesma palavra, entende? *Lych* e *lyke,* querem dizer cadáver. Os vizinhos montavam guarda, ou *vigília*, na noite anterior ao enterro, para evitar que o morto fosse possuído por espíritos malignos antes de ser sepultado, a salvo, em terra sagrada. Acreditavam que o corpo de alguém recém-falecido era muito vulnerável, entende, porque o espírito ainda não estava no outro mundo nem continuava neste.

Enquanto deixávamos a trilha e íamos para a estrada, papai começou a cantar a música. Eu me juntei a ele, pulando as poças pela rua rumo a Guerdon Hall.

"*This aye neet, this aye neet, every neet and all,*
Fire and fleet and candle leet, may God receive thy soul..."**

---

* *The Lyke-Wake Dirge* — tradicional música inglesa que fala dos perigos enfrentados por uma alma durante a viagem da Terra ao Paraíso. O título se refere a vigília (*wake*) e a *lyke*, palavra obsoleta que significa cadáver. É considerada uma das mais sinistras melodias de todos os tempos. A música foi gravada várias vezes, inclusive por Jethro Tull. (N.T.)

** Considerado por alguns um dialeto de Yorkshire, e, por outros, linguagem pré-shakespeariana. (Nessa noite, nessa noite, a noite inteira / Casa, luz de vela e lareira, / Deus sua alma receber queira.) (N.T.)

CORA

Olhei meu rosto no espelhinho na parede de nosso quarto, meu olho direito semifechado, roxo e inchado. No meio do meu lábio inferior uma marca de sangue escuro pisado. Mimi chorou quando acordou e me viu.

Quando saí do quarto para ir ao banheiro, encontrei uma tigela esmaltada no chão, cheia de água branca cheirando a antisséptico Dettol e, ao lado, uma esponja num pires velho. Tia Ida devia ter deixado tudo ali. Levei a tigela para o banheiro e me lavei o melhor que pude, mas doeu. Apesar de toda a dor e tristeza, meus olhos não conseguiam derramar mais nenhuma lágrima. De manhã, quando acordei, encontrei o travesseiro ensopado de lágrimas, misturadas ao sangue rosado e aguado de minha boca.

Voltei ao quarto e fiquei sentada na cama olhando pela janela. Fazia um lindo dia ensolarado e a chuva forte havia lavado todas as árvores e a grama, que pareciam reluzentes e limpas.

Mimi trouxe um ovo quente e tiras de pão, e ficou parada chorando baixinho quando eu disse que não queria. Subiu na cama e colocou os braços ao redor de meus ombros, o rosto colado ao meu, mas eu me sentia uma pedra. Depois de um tempo ela saiu e voltei ao espelho, penteei o cabelo e tentei fazer as tranças.

Ouvi baterem no portão da frente, vozes, e as passadas de Mimi subindo as escadas correndo.

— Cora, Cora, é Roger! Venha brincar, venha... por favor, Cora, venha — implorou ela, puxando meu braço. — Tia Ida disse que pode.

Eu não queria ir a lugar algum.

Mimi desceu as escadas correndo. Depois de um tempo ouvi alguém subir. Bateram à porta. Sabia que só podia ser tia Ida. Não queria vê-la.

— Cora, Cora, sou eu! — Era a voz de Roger. — O que foi? Por que não desce para brincar? Papai comprou umas balas de anis na loja da sra. Wickerby. Vem comer.

Abri uma fresta da porta e quando ele me viu soltou um assovio baixo e comprido.

— Depois te conto — murmurei.

— Pegue uma bala — disse em tom tranquilo, estendendo o saco de papel.

— Acho que não consigo.

Ele remexeu o bolso traseiro da calça retirando um cachimbo de chocolate, desembrulhou-o e me entregou.

— Prova esse, é mais macio. — Quando sorri meu lábio rachou.

Descemos. Ouvi tia Ida entrar na cozinha. Plantado perto da porta da frente com Mimi, um homem alto desconhecido. Finn cheirava os pés do homem, que acariciava a cabeça do cachorro.

— Está tudo bem, é papai — disse Roger.

— Nossa! Olá, ciclope — exclamou o sr. Jotman. — Você foi à guerra?

— Ela despencou da escada — murmurou Roger.

— A sra. Eastfield já viu isso?

— Estou bem, sério, sr. Jotman.

— Pode melhorar com uma compressa quente. Minha mulher vai cuidar disso.

Ouviu-se um tinido alto de louça na cozinha. Deixamos a casa, mas titia não apareceu para se despedir.

O sr. Jotman cantou musiquinhas bobas para Mimi durante todo o percurso pela Chase e a Old Glebe Lane. Fazia muito que não via Mimi rir tanto.

Atravessamos a estrada principal em frente ao Thin Man.

— Papai, será que pode nos deixar aqui? — perguntou Roger. — Cora não consegue ir em frente. Pode levar Mimi e depois a gente se vê?

— Sim, sim, meu capitão — disse o sr. Jotman, batendo continência. Em seguida, perguntou a Mimi: — Está pronta, colega de bordo?

Mimi riu e bateu continência e lá se foram em direção à Ottery Lane.

Roger e eu nos sentamos no banco sob a placa oscilante.

Contei que encontrei o Velho Peter e as tais palavras *Cave Bestiam* escritas no retrato. Contei até sobre as roupinhas e o berço, mas por algum motivo, que não conseguia explicar nem para mim mesma, não mencionei a mulher no quarto.

— Papai me falou daquele portão velho — disse Roger, e explicou tudo sobre portais de mortos, enterros e velórios, acrescentando: — Precisamos descobrir o que *Cave Bestiam* quer dizer. Vamos precisar falar com padre Mansell.

ROGER

Não faço ideia de quanto tempo tem a Glebe House, mas não é tão velha quanto a da sra. Eastfield. Mamãe diz que ali era a casa paroquial, mas de tão gigantesca, agora foi dividida em duas. O padre Mansell, que é o pároco, e a mulher vivem numa metade, na parte dos fundos; e o sr. Treasure e a família moram na parte maior, na frente, onde fica a porta grandona preta envernizada.

O sr. Treasure é o diretor da Lokswood School, localizada do outro lado de Daneflete. Mamãe diz que os pais das crianças pagam um dinheirão para elas estudarem lá — por isso os Treasure podem morar naquela casa grande e ter um jardineiro com um cortador de grama elétrico no qual a gente pode até montar.

O padre e a sra. Mansell são muito sossegados. Os filhos, adultos, já saíram de casa e têm as próprias famílias. Fico pensando como deve ser morar do lado dos Treasure. Fico pensando se eles podem ouvir o papo educado e bacana do outro lado da parede do salão.

CORA

Roger me levou até os altos portões de ferro da Glebe House. Entramos por um portão lateral.

O jardim era quase tão grande quanto o Poplar Park, perto do prédio da prefeitura de Limehouse. Antes da casa, havia uma curva, rodeada por árvores sombrias de troncos grossos retorcidos. Eu não sabia que alguém podia morar numa casa tão grande, com tantos quartos e não ser a rainha. Uma janela enorme em arco corria por toda a extensão da casa de cima a baixo. Atrás dos painéis de vidro, uma escadaria em zigue-zague.

— Eles têm criados? — sussurrei.

— Têm um homem que cuida do jardim, o sr. Crawford, esqueceu? E têm também a sra. Campbell, que mora perto da gente e vem aqui todo dia arrumar a casa. Já te falei dela. Mamãe diz que uma pessoa como a sra. Treasure não deve passar a própria roupa e que gente inteligente assim não cuida da casa porque nunca aprendeu. Ela diz que leem tantos livros que nunca sobra tempo para lavar a louça. Vamos passar agachados pelas janelas a caminho dos fundos.

Mas então ouvimos um irritante au-au. De um canto da casa apareceu uma menina com um cachorrinho marrom e branco perto de seus sapatos bonitos de verniz preto. A menina era mais velha que eu. Usava um vestido branco de mangas bufantes e cinto e trazia o cabelo preto sedoso preso do lado, com uma fivela e uma larga fita de xadrez.

— Puxa vida — exclamou Roger entre os dentes, quando ela chegou mais perto. — É a chata da Maisie Treasure e seu cachorrinho irritante. Pippin ou Drippin ou alguma coisa assim.

Maisie Treasure sorria, mas de fingimento. Os cantos da boca subiram, mas os olhos brilharam, frios como dois besouros negros.

— Oi, Roger! — cumprimentou numa voz de aluna educada em escola particular.

Ela não me disse oi, embora eu estivesse bem do lado de Roger, mas percebi que ela me incluía.

Roger resmungou que não podíamos parar porque íamos visitar o padre Mansell na parte dos fundos.

— Que pena, ele está na nossa casa. Ele e meu pai se reúnem quase todos os sábados para discutir o tema de domingo. Você sabe, papai não é sacerdote, mas lê partes do ofício religioso em North Fairing.

Seja lá o que isso for, pensei.

— Irritante esse problema com a eletricidade, não é? — prosseguiu.

— O quê?

— Ora, onde moram não está faltando luz? Alguns postes caíram durante a tempestade e não vamos ter luz até segunda-feira, quando os homens virão providenciar o conserto. Na casa da sra. Eastfield também.

Infelizmente para nós, Maisie não entrou logo, mas ficou ali parada, balançando as mãos nas costas. Percebi seus olhos nas minhas calças, depois ela ergueu o olhar para meu cabelo despenteado e meu rosto. Me encolhi e olhei para o piso de cascalho com meu único olho bom.

— O que aconteceu com ela? — acabou perguntando a Roger, apontando na minha direção com a cabeça.

— Esta é minha amiga Cora — disse Roger. — Ela caiu da escada.

— Ela está usando minhas roupas velhas — disse Maisie.

Minha cara ficou vermelha.

Um sininho retiniu dentro da casa.

— Preciso ir. Tchau! — exclamou, girando em seus elegantes calcanhares. Prestei atenção ao *crec crec* no cascalho, e soube que aquele era o tipo de sapato que faria *clique clique clique* no chão. O cachorro saiu saltitando em suas perninhas curtas, olhando para nós, rosnando e latindo. Tive vontade de lhe dar um pontapé no traseiro.

Roger ficou olhando para ela.

— Bem, se não podemos perguntar ao padre Mansell — disse —, parece que vou ter que procurar um dos padres da igreja de St. Cedd em Daneflete. Mamãe vai pensar que fiquei doido quando disser que vou à igreja por livre e espontânea vontade amanhã. Vai achar que eu tive uma visão como a de são Paulo na estrada para Damasco.

DOMINGO, 10 DE AGOSTO

ROGER

Como mamãe achou que ia fazer sol, me fez vestir a blusa azul fina listrada. Enfiei a gravata no bolso tão logo me vi na alameda.

Ao chegar à estrada principal, o vento tinha mudado e uma garoa gelada soprava na colina dos pântanos. Fiquei parado um tempo no ponto de ônibus, morrendo de frio, e acabei decidindo ir a pé. Entre as paradas, o ônibus passou, mas o motorista não parou, embora eu fizesse sinal com a mão.

A chuva batia enviesada e precisei apertar a mão na bochecha direita para ela não ficar tão dormente; mas então a dormência passou também para a minha mão.

Enquanto caminhava fiquei pensando qual padre estaria rezando a missa. Tudo bem se fosse o Velho Silverwood com seus óculos redondos e o cabelo branco fino, sempre arrepiado como se tivesse levado um susto. Mas se fosse Geraghty, era capaz de me perguntar por que eu não ajudava mais no altar; então eu seria obrigado a confessar ter sido o responsável por pisar a batina, pela cera quente da vela e por Brian Buntree ter ido parar no hospital.

A cada passo, meu coração apertava mais no meu peito.

CORA

Vovó costumava chamar esse tipo de chuva de neblina forte. Preferia ser Roger indo para Daneflete, apesar do tempo, do que ficar aqui sentada olhando pela janela, me lembrando das últimas duas noites.

A casa está escura, mas não podemos acender as luzes ou ligar o rádio. Não tem eletricidade. Tia Ida colocou um lampião grande de dois pavios sobre a mesa da cozinha, avisando que tomássemos cuidado para não esbarrar nele ou acabaríamos botando fogo na casa. Eu nem me importaria. Pelo menos assim poderíamos voltar para casa. Titia fez umas bonecas para Mimi com prendedores de roupa e pedaços de pano e lã. Brinquei com elas um pouco, mas subi, de tão cansada.

Dou uma olhada na cama. Deveria me deitar para tirar um cochilo, me livrar dessa horrível dor de cabeça, mas ouço coisas quando estou quase pegando no sono e elas me causam arrepios. Tudo bem morrer de medo de um pesadelo, mas acho que essas coisas não são pesadelos. Acho que são reais.

A noite passada ouvi sussurros bem perto de mim. Espiei o rosto de Mimi, semimergulhado nas sombras sobre o travesseiro. Ela movia os lábios no sono, como se falasse. Ao me curvar sobre ela, e com a sua respiração em meu rosto, ouvi: "*Nos ajude... nos ajude... nos salve...*", mas não era a voz dela, não era nem mesmo uma voz — eram várias vozes.

Fiquei deitada, o coração disparado e achei que de algum lugar lá embaixo podia ouvir um som como o de unhas afiadas arranhando devagar uma porta. Cobri meus ombros encolhidos com o edredom.

Então, de outro quarto, mais distante, em algum ponto da casa, alguém gritou: "É tudo minha culpa! É tudo minha culpa!"

Tive o mesmo pesadelo em Londres. Barulhos horríveis, soluços e gemidos, subindo da lareira lá embaixo até o nosso quarto. Adultos falavam em ritmo acelerado. Eu queria me enroscar na cama grande de mamãe e papai e me aconchegar no meio deles, mas sabia que a cama estaria vazia e fria. De manhã mamãe não estava mais lá. Papai parecia arrasado. Não tinha feito a barba. O queixo estava áspero.

Sei que não foi um pesadelo de verdade, mas sempre tentei fingir que tinha sido.

A noite passada ouvi as mesmas palavras: "É tudo minha culpa! É tudo minha culpa!"

As horas passam e eu continuo deitada, assustada demais para fechar os olhos de novo, esperando o amanhecer.

Não posso contar a Roger. Ele vai achar que estou ficando doida.

ROGER

Pensei em bater na porta da casa paroquial depois da missa e a sra. O'Hara, a governanta dos padres, atender.

"O que você quer?" perguntaria ela. "Vá embora. Eles estão jantando."

A sra. O'Hara era igual às freiras. Fazia a gente se sentir pecador.

Não podia enfrentar isso e voltei para Bryers Guerdon.

Continuei até o final da Ottery Lane e fui em direção de Hilsea, com minhas mangas curtas molhadas coladas à pele. Olhei o relógio, pensando que teria que matar o tempo dando voltas sob aquela chuva gelada por uma hora e meia para que mamãe não soubesse que eu desistira de ir à igreja.

Então senti o cheiro de tabaco St. Bruno. Sabia que era St. Bruno porque era o mesmo que Vovô Bardock fumava.

Olhei para cima e vi uma figura alta encolhida contra o muro do Thin Man, a gola do casaco levantada, a aba do chapéu abaixada, tentando acender o cachimbo.

Ao me aproximar, o homem ergueu o rosto e me vi refletido nos óculos respingados de chuva do padre Mansell.

— Olá, padre Mansell — cumprimentei.

— Ah, olá... — respondeu, puxando a fumaça do cachimbo. — Que tempo horroroso.

— Roger — ajudei. — Roger Jotman.

— Isso mesmo.

— O senhor está indo para St. Mary?

— Sim. O carro não quer pegar. Deve ser um problema de válvulas úmidas. Não consegui carona dos Treasure. Eles já haviam saído. De qualquer modo, preciso ir. Até logo!

Ele se moveu na direção da estrada e começou a caminhar para a Ottery Lane.

Hesitei por um segundo, depois corri atrás dele.

— Padre Mansell! — chamei em voz alta. — O que quer dizer *Cave Bestiam*?

Percebi sua irritação ao se voltar.

— O quê? Olha aqui, Roger, não posso me atrasar para a Sagrada Comunhão.

— *Cave Bestiam*. Acho que é latim.

— O quê? Como se escreve?

— C-a-v-e b-e...

— Isso, isso, não é *cave*, se pronuncia *carvay*. Significa *cuidado*. É isso? Preciso ir.

— E o outro pedaço... *Bestiam*?

— Deve ser *com a fera*. Preciso ir, Roger.

Caminhei todo o percurso até Hilsea, passei horas olhando os irrequietos porquinhos-da-índia na vitrine escura da lojinha de animais e voltei para casa, sem conseguir pensar em outra coisa a não ser no que o padre Mansell havia dito.

Cave Bestiam — Cuidado com a fera!

SEGUNDA-FEIRA, 11 DE AGOSTO

CORA

Chovia de novo.

Continuava sem luz. O lampião de vidro grande, com os pavios mal aparecendo, lançava sua fraca luz sobre o tampo da mesa, enquanto os cantos da cozinha permaneciam sem cor, exceto pela brasa do fogo sob a panela de cobre.

Mimi arrumara Sid e as bonecas de pregadores debaixo do lampião e lhes servia água em xícaras e pires de uma velha jarra esmaltada.

Titia tirou o ferro de passar roupa do anexo e espanou a poeira com o pano de prato.

— Quando a chaleira ferver, pode preparar chá, Cora? Ah, e tem umas bolachas de trigo na despensa.

Quando a chaleira começou a fazer barulho no fogão grande e escuro, esvaziei a água do bule e fui pegar as bolachas.

Ainda não tinha ido à despensa. Era um quartinho escuro com prateleiras até o teto, entulhado de latas (algumas enferrujadas), sacos (a maioria rasgados), e pacotes disso e daquilo (metade dos sacos virados e vazando). Procurando pelos biscoitos

McVitie, percebi uma porta na parede dos fundos fechada por tijolos. Embora os tijolos mais novos fossem pintados da mesma cor do resto do aposento, um branco sujo, não havia como não notar o contorno. A argamassa áspera e mal-acabada demonstrava um trabalho feito às pressas, e os tijolos eram de tamanho diferente.

Apanhei o pacote vermelho de biscoitos e perturbei umas traças de farinha de cor creme. Quando voaram na direção dos imensos ganchos enferrujados presos no teto, usados para pendurar carne, dei uma olhada na parede e fiquei imaginando o lugar secreto escondido lá atrás.

Tia Ida e eu tomamos chá sem falar. Mimi conversava imitando vozes de bonecas, a água quente fervia na panela de cobre, a chuva batia nas janelas. Finn, deitado debaixo da mesa, de vez em quando movia as patas. Eu chupava uma bolacha com a minha boca inchada e sentia falta do rádio.

De repente ouviu-se uma batida forte na porta da frente. Titia empalideceu. Finn, latindo, saiu em disparada.

— Pode deixar. Eu vou — me ofereci.

— Não vai não. Ignore. Não estou esperando ninguém.

— Pode ser o sr. Aylott com as compras.

— Ele vem sempre pelos fundos, e nunca às segundas-feiras.

— Quem sabe é o Roger? Ou Roger e Pete? Quem sabe o carteiro ou sei lá quem? Talvez seja uma encomenda para a senhora. Pode ser, pode ser de papai, tia Ida...

Quando disse isso, ela se levantou e saiu da cozinha rumando para a porta da frente. Os golpes recomeçaram.

— Tem alguém aí? — retumbou uma voz masculina. — Sra. Eastfield, a senhora está em casa? É do serviço de eletricidade!

Que bênção ter o rádio funcionando de novo!

ROGER

É um horror quando mamãe lava roupa e chove. A casa toda fica úmida, enfumaçada e cheirando a sabão em pó. Mamãe ferve os lenços de papai no panelão das fraldas e o cheiro da água acinzentada de sabão é nojento. Nunca olho, com medo de imaginar dar de cara com alguma coisa flutuando entre as bolhas. Quando o sol brilha não é tão ruim. A roupa lavada pode ser pendurada no varal lá fora ou na varanda; mas quando chove parece que o mundo inteiro fica encharcado.

Quase sempre as fraldas de Pamela ficam penduradas em fileiras nos varais da cozinha, mas às segundas, se chove, tem roupa espalhada por todo canto, dobrada sobre os pequenos varais de pé de madeira na frente do fogareiro de parafina no corredor, arrastando-se perto do fogareiro grande ao lado da lareira na sala de estar e penduradas sobre qualquer cadeira com as costas livres. Todo mundo anda devagar, os braços colados ao corpo, para não derrubar os varais e tacar fogo nas horríveis calcinhas amarelas de Terry, embora isso pudesse ser uma bênção.

O pior é que eu e Pete estamos trancados em casa e mamãe nos obriga ao pior trabalho de todos — botar a roupa na máquina de secar. Os lençóis molhados pesam quase uma tonelada e se não dobrá-los direitinho antes de enfiá-los na máquina, não cabem nos cilindros. Então a gente tem que girá-los de novo e às vezes a alavanca prende. Quando mamãe faz isso, a água volta direto para o tubo, mas quando é a gente, a água se espalha pela droga do chão e nossos chinelos ficam ensopados.

Pete e eu ficamos furiosos por não podermos ir à casa da sra. Eastfield.

CORA

Tia Ida se levanta e vai até a janela.

— Que aguaceiro! Parece que não vai melhorar tão cedo! Vou dar comida às galinhas e pegar os ovos. Não faz sentido esperar mais. Cora, tome conta de Mimi. Não deixe sua irmã chegar perto da panela enquanto estou fora. Agora está esquentando.

— Está tudo fervendo, titia. Não podemos abrir a janela um pouquinho?

— Não! — vocifera. — Você sabe que nunca se deve abrir janelas nesta casa! Nunca! Entendeu?

Ela pega o xale e a capa do gancho atrás da porta e sai pela passagem de pedra para os fundos. Sabia que ia demorar um pouco calçando as botas.

— Mimi, você fica quieta um minutinho? — sussurro, ligando o rádio.

— Fico — responde, tomando o suco de laranja numa xícara de chá. — Para que ligou isso? Está doendo minhas orelhas.

— Não chegue perto da panela, está bem, maninha?

— Aonde você vai?

— Ao banheiro lá em cima, está bem? Tem um vazamento no outro. Não demoro.

Entrei apressada no saguão e subi as escadas o mais rápido que pude sem muito barulho. Lá em cima, em vez de ir ao banheiro, virei à esquerda e entrei no corredor. Olhei pela janelinha dos fundos. Minha respiração embaçou as plaquinhas de vidro. Esfreguei uma com o dedo e espiei tia Ida, a cabeça curvada contra a chuva, indo para o galinheiro.

Subi bem rápido os três degraus de madeira, virei à direita e desci as escadas onde tropeçara na noite anterior. A luz fraca de uma janelinha, quase escondida pelas teias de aranhas, banhava a passagem. Consegui enxergar o suficiente para evitar os blocos de gesso caídos das paredes e os buracos escuros das tábuas podres do assoalho. Passei pelos quartos trancados dos dois lados do corredor e respirei fundo antes de erguer a mão na direção da tranca e empurrar a última porta à direita.

Ouvi o som abafado da estação de rádio BBC Home Service, o relógio anunciando a hora e o homem lendo as notícias.

Apesar da penumbra, enxerguei a trilha apagada dos pés dando para a porta do canto e senti o coração bater forte ao percorrê-la mais uma vez. Espiei dentro do outro quarto antes de me atrever a entrar.

O berço havia sido desmontado e se encontrava encostado contra a parede; toda a roupa de cama foi retirada. As roupas de bebê na cômoda de gavetas haviam sumido, mas o Velho Peter ainda estava lá, exatamente como eu o deixara, a manta que o cobria num monte bagunçado no chão.

Sentei diante do quadro e examinei as palavras CAVE BESTIAM, imaginando se Roger descobrira o seu significado.

Então percebi outras palavras no quadro, escritas em letras douradas miúdas, na tinta escura no canto superior, perto da cabeça do Velho Peter — palavras e números em letra ondulada. Nunca os teria enxergado à noite ou na parede sombria em cima da porta do banheiro onde passara tanto tempo pendurado.

Inclinei-me para ler as palavras. *Petrus Hilliardus 1584*. Não conseguia compreendê-las.

Passei um tempo tentando decifrá-las, mas aí ouvi algo; algo jamais ouvido. Pouco a pouco, minha nuca se arrepiou.

"'Onde está o dono desta casa?', perguntou Long Lankin.
'Viajou para Londres', respondeu a falsa ama-seca."

A mesma voz que eu ouvira na sala de estar: a da mulher cantando. Fiquei congelada ao ouvir passos suaves se moverem no chão do outro quarto.

Então ouvi a voz na soleira da porta.

"'Onde está o herdeiro da casa?', perguntou Long Lankin.
'Adormecido no berço', respondeu a falsa ama-seca."

Sinto a mulher atrás de mim; ouço o suave farfalhar da saia tocar o chão.

"Vamos furá-lo, furá-lo todinho com um alfinete,
E isso fará com que milady desça para o pequeno acolher."

De repente a porta dos fundos bateu lá embaixo.

— Cora! Onde você está? Cora!

Logo fiquei aterrorizada, imóvel, trêmula. Devagar girei a cabeça, e não vi nada.

— Que-quem é você? — gaguejei, a boca tão seca que mal conseguia pronunciar as palavras.

O nome roçou minha orelha como um sussurro no ar.

Kittie. Sou Kittie.

A voz zangada de tia Ida voltou a chamar meu nome.

Encaminhei-me devagar para a porta da passagem e, tateando com as mãos trêmulas, abri o trinco.

O corredor estava vazio.

Apressei-me pelas tábuas do piso estalando, subi e desci os pequenos lances de degraus e me voltei na direção do alto da escadaria.

— Cora! Responda!

Corri até o banheiro, puxei a descarga com estrondo e esperei um instante para recuperar o fôlego. Em seguida, devagar, com calma, me dirigi à escadaria.

Encontrei tia Ida na cozinha. Gotas-d'água respigavam quando ela balançou o xale. Enquanto desabotoava a capa, lançou-me um olhar frio e desconfiado.

— Eu avisei que não deixasse Mimi sozinha! — vociferou.

— Eu precisei ir ao banheiro. Tem uma goteira no banheiro dos fundos.

Esperei outra explosão raivosa, mas ela não veio. Chovia muito, o rádio berrava. Ela não me ouviu subir as escadas correndo.

— Devia ter esperado até eu voltar. Não pode deixar sua irmã sozinha.

— Ela ficou bem. Além do mais, Finn estava aqui.

Ela me deu as costas e pendurou o xale e o capa no gancho.

— Quem é Kittie? — perguntei.

— *O quê?*

— Nada não.

Vi as costas de titia se retesarem. Depois os ombros relaxaram e ela se inclinou, pressionando a testa contra a porta.

— Nunca deixe Mimi sozinha! — avisou, ainda sem me encarar. Depois desligou o rádio.

ROGER

— Roger, o sabão em pó está acabando — informou mamãe depois do jantar. — Pode dar um pulo na loja da sra. Aylott e comprar outro pacote de sabão em pó Fairy Snow para mim?

— Puxa, *mãezinha,* está chovendo *pra cachorro.*

— Depois pode ir à loja da sra. Wickerby comprar bala. Pegue dois centavos do troco e não se esqueça de guardar o sabão em pó dentro do casaco senão ele vai ficar encharcado.

Calcei as botas e vesti a capa de chuva.

— Compre uma goma de mascar, parceiro — pediu Pete quando eu saí.

Que lixo de tempo!

Passei pelos dois chalés no final da Fieldpath Road, onde moram a sra. Campbell e a velha Gussie.

A casa da sra. Campbell — número 2 Bull Cottages — está sempre arrumada. O sr. Holloway havia pintado as molduras da janela na semana passada. Deixou seu lampião no caminho e quando o peguei ele emitiu um ruído de chamas. O sr. Holloway me viu do topo da escada e começou a xingar como um marinheiro. Fiquei tão assustado que deixei o lampião cair. Não fiquei por perto para descobrir se quebrou, mas se o sr. Holloway não tiver aparecido lá em casa para fazer queixa ao papai, então nada deve ter acontecido.

O número 1 do Bull Cottages, onde Gussie mora, é uma bagunça, e o jardim, um amontoado de ervas daninhas. Ela afastou a cortina rasgada e cinza, me olhando enquanto eu passava apressado. Ao vê-la corri ainda mais rápido.

Depois de ir à loja da sra. Aylott, fui à da sra. Wickerby e comprei duas gomas de mascar de banana, grandes. Abri uma delas e joguei o papel fora. De tão grande, o chiclete mal cabia na minha boca.

Meu cabelo pingava quando passei de volta pela Fieldpath Road. Certificava-me de que o sabão em pó Fairy Snow estava bem protegido debaixo da minha capa de chuva quando, para meu terror, vi Gussie saindo pela porta da frente. Não consegui raciocinar sobre o que fazer — correr bem rápido antes de ela começar a gritar ou cumprimentar com educação, abaixar a cabeça e fugir para casa.

Ao chegar lá, já a encontrei, ensopada, no portão despencado da frente.

— Ei, garoto.

Quase dei um pulo. Não pude responder, pois meus dentes colaram na goma de mascar de banana.

— Venha me ajudar.

Tentei separar os dentes com a língua. Queria explicar a pressa porque mamãe precisava do sabão em pó, mas da minha boca só saiu um murmúrio.

Ela me fez sinal com o dedo branco e ossudo. A última coisa no mundo que eu queria era atravessar aquele caminho cheio de ervas daninhas e entrar naquela casa. Fiquei imaginando se eu sairia o mesmo menino que entrou. Isso, se eu saísse... Papai sempre disse que se eu não comesse meu ruibarbo, as bruxas iam me pegar.

Apesar dos pés doidos para fugir, olhei o rosto velho, murcho e enrugado de Gussie, o cardigã cinza sujo faltando metade dos botões, os chinelos de xadrez grandes cada vez mais molhados e me surpreendi ao me pegar com pena dela.

Então obedeci ao dedo, atravessei o jardim e entrei pela porta da frente.

A sala fedia a carne estragada, gordura rançosa e xixi de gato. Devia ter uma fumaça verde subindo do linóleo. Tapei a boca com a mão, prendi a respiração e acabei engolindo o chiclete. O bolo me fez mal quando grudou a meio caminho da minha barriga. Que desperdício!

Passamos pelas escadas. Respinguei todo o chão da sala escura. Fiquei com medo de pegar alguma doença horrorosa. Tinha pires sujos com restos de comida de gato por todo canto — no chão e até nas escadas. Em volta dos pires, umas salsichinhas duras e marrons. Quando chuto uma por engano e ela sai quicando no chão, sei que definitivamente não é o tipo de salsicha que alguém gostaria de comer.

Gussie não me levou longe, graças a Deus; apenas até a pequena cozinha imunda nos fundos. Gatos eriçavam os pelos, erguiam os rabos e se plantavam no meu caminho, os pelos ralos nas pontas das orelhas crivados de carrapatos, com os corpos de um tom verde metálico inchados de sangue.

— Lá — disse Gussie. Pela luz da janela suja dos fundos vi seus olhos embaçados, avermelhados. — Pluto ficou preso no depósito de carvão. Não consigo tirá-lo. Ele vai morrer lá e eu não vou poder pegar carvão para o fogo.

Nunca me ocorreu que Gussie seria capaz de dizer frases como as outras pessoas. Para mim era apenas uma velha doida que saía pela estrada gritando bobagens. Eu sempre passava correndo o mais rápido possível por lá, e se estivesse com Pete, ríamos desde a casa dela até a nossa.

Dois dos vidros da porta dos fundos estavam quebrados. Sabia que Tooboy havia entrado em seu jardim dos fundos uma vez, para ganhar uma aposta com o irmão Figsy, e contou que tinha atirado pedras na casa. Na época, Pete e eu achamos a maior graça.

Chovia a baldes.

No depósito, uma pequena escotilha com carvão quase caindo e um grande buraco quadrado no topo para o carvoeiro esvaziar seu saco lá dentro. Uma tampa de madeira cobria o buraco pela metade.

Eu sabia exatamente o que ela queria — que eu subisse na maldita coisa. O que eu podia fazer?

Deixei o pacote de sabão em pó sobre o fogão da cozinha, o único espaço livre à vista. Então voltei e subi no teto do depósito.

O lugar estava coberto de fuligem molhada e folhas. Empurrei a tampa e me abaixei pelo buraco no meio da escuridão. Apesar da luz da abertura no teto, mal conseguia enxergar, a não ser o pedaço de céu acima de mim, escuro, coberto de nuvens pesadas de chuva. Escorreguei por causa das galochas e deslizei pelo carvão empilhado, arranhando minhas costas no teto ao descer.

Por um estranho segundo achei que Gussie ia puxar a tampa e me prender lá dentro, mas então ouvi um miado baixinho.

Algo pulou em mim. Pego de surpresa, caí contra a pilha de carvão e escorreguei até meu traseiro bater no chão de concreto. Dois olhos amarelos brilharam na escuridão.

Ao pegar o gato, ele esfregou a cara em minha bochecha. Fui logo passando-o pelo buraco.

— Pluto, Pluto — ouvi Gussie dizer. — Seu menino levado.

Sair foi bem mais difícil do que entrar. Não conseguia encontrar um apoio no carvão escorregadio. Afinal escalei até o teto, pulei no chão e fechei a tampa de madeira por completo, para que o carvão não ficasse mais molhado do que já estava, e para evitar a entrada de outros gatos.

Nunca havia visto Gussie sorrir antes. Não vou dizer que foi agradável de ver, porque seus dentes na verdade eram apenas uns cacos marrons, mas senti alegria pela boa ação.

Apanhei o sabão em pó do fogão. Quando Pluto pulou de seus braços, Gussie me agradeceu sem parar, mas voltei para a sala, com cuidado, desesperado para fugir daquele fedor.

Quando me virei para abrir a porta da frente, a velha de repente agarrou meu braço com tanta força que doeu. *Oh, lá vem confusão,* pensei em pânico — ela não vai me deixar escapar. Voltei-me em sua direção e ela encostou o rosto no meu. O odor de sua respiração fedia a queijo velho. O sorriso desaparecera e aquele olhar alucinado retornara.

— Ele está aqui de novo — sussurrou.

— Quem? Quem está aqui de novo?

— Eu vi a menininha ir para a sua casa. Você precisa cuidar dela. Vi Ida Guerdon...

— Ida Guerdon? Não, a senhora quer dizer Ida Eastfield...

— A última dos Guerdon...

— Não entendo o que está dizendo. Preciso voltar para casa.

— Ele vai persegui-la, exatamente como fez antes...

— Acho que preciso voltar. Mamãe vai ficar preocupada sem saber onde eu...

— Preste atenção. Já vi isso acontecer antes. Ele sabe que ela está aqui e vai persegui-la. Vai farejar o cheiro da menina.

— Quem? Não sei do que está falando.

— Ninguém vai te contar nada. Todos torcem para que se tenha ido, mas ele nunca vai embora. Ele apenas espera... espera até a próxima chegar. Eu já o vi. Corri dele. O antigo padre me salvou, faz muitos anos. O velho padre Hillyard me salvou, mas eu me lembro, me lembro muito bem, garoto. Cuide daquela menininha. Ela não está a salvo lá...

— Quem? Cora? Mimi? De quem está falando?

— Eu avisei aquele tal de Will Eastfield. Eu disse a ele o que aconteceria, mas ele me chamou de maluca. Riu na minha cara. Tampouco deu ouvidos à mulher. Então o encontraram na grama com o revólver. Não venham me dizer que foi acidente. Ele sabia que era culpa dele. Eu avisei. Ida Guerdon também avisou. Falou que eu era maluca, uma velha maluca, e a mulher, uma tonta. Está me ouvindo, não está, garoto?

— Sim, sim, estou ouvindo, mas quero ir para casa.

— Ele vai procurá-la, depois pode voltar a descansar... até a chegada da próxima...

— Quem? De quem está falando?

— *De Long Lankin, garoto* — sibilou, segurando-me pela gola com as mãos sujas, velhas, cobertas de veias. — *Long Lankin*...

Saí tonto, aos tropeções, pela estrada, debaixo do temporal. Não consigo nem me lembrar do que mamãe disse ao me ver entrar correndo pela porta dos fundos, sujo de carvão da cabeça aos pés, agarrando contra o peito um pacote molhado de Fairy Snow.

TERÇA-FEIRA, 12 DE AGOSTO

CORA

A mãe de Roger nos deu dinheiro para comprar uns picolés na loja da sra. Wickerby. Precisamos passar pela casa de Gussie. As cortinas balançaram enquanto caminhávamos.

— Quantos anos acha que a velha Gussie tem? — cochichei.

— Sei lá — respondeu Roger. — Noventa ou cem, algo assim. A casa dela fede muito. Devo ter pegado pulgas. Dá para pegar pulga de um gato careca?

— Então quando acha que ela escapou desse tal de Long Lankin? Deve ter sido quando era criança. Ou será que está ficando doida e inventando coisas?

— Sabe — disse Roger —, se descobríssemos quando aquele padre, aquele tal de Hillyard, foi pároco da igreja, a gente ia saber mais ou menos quando aconteceu, se é que ele foi pároco aqui, é claro.

— Talvez ele trabalhasse aqui antes do padre Mansell. Como vamos descobrir essas coisas?

— Não sei. Mamãe deve saber, imagino. Ela nunca saiu daqui desde que nasceu.

Entramos no correio e nos debruçamos sobre o grande refrigerador branco para escolher picolés para todo mundo.

Não contei a Roger que eu já ouvira falar de Long Lankin, na música daquela mulher. Deveria ter contado, mas aí teria de contar um monte de outras coisas e, se contasse, a história acabaria virando real. Eu não seria capaz de fingir para mim mesma que talvez não tivesse acontecido. Eu fora obrigada a fingir tantas coisas nos últimos anos... Fingir para Mimi, para papai, para nossos vizinhos em Limehouse, fingir até para mim — que tudo andava bem, normal, como os outros acreditavam.

Embora Roger tivesse me contado sobre o garotinho estranho que vira no cemitério, não tenho certeza se acreditaria em mim se eu lhe contasse sobre *Kittie. Sou Kittie.*

Melhor ficar calada e ninguém vai te olhar de esguelha.

— Ah, isso mesmo — disse Roger quando voltávamos pela Fieldpath. — Quase esqueci. O padre Mansell me contou o que aquelas palavras significam. Tínhamos razão. São em latim.

ROGER

Cora, Pete e eu brincamos no jardim um tempo e, depois, decidimos ir ao bosque. Mamãe disse que Mimi podia ficar em casa com Terry.

— Vou logo avisando a vocês que não posso tomar conta dela amanhã. Preciso levar Pamela à clínica em Lokswood. A sra. Harvey disse que Dennis e Terry podem ficar na casa dela brincando com Lynette e Philip, mas achei que não podia pedir para levar uma criança que ela não conhece. Cá entre nós, ela já vai ter um trabalho danado com os nossos dois. Lynette e Philip são tão bem-comportados que chega a ser estranho.

Ajudei mamãe a colocar uns biscoitos numa sacola de pão para levar ao bosque.

— Hum... mamãe? — chamei, empurrando uns bolos recheados de chocolate em sua direção. — Quem foi o último pároco em All Hallows antes do padre Mansell?

— Que pergunta estranha, Roger — respondeu, me olhando de lado. — O que vocês andam aprontando?

— Nada. Só estava pensando numa coisa que Gussie disse.

— E que diabos Gussie te disse? — perguntou, me lançando um olhar duro e fixo. — Achei que só tivesse entrado para tirar o gato dela do depósito de carvão.

— Foi isso mesmo. Ai, esquece, não tem importância — disse eu, pegando a sacola e me dirigindo para a porta antes de me meter em alguma trapalhada.

— Por falar nisso — disse ela, quando coloquei o pé na varanda —, quando você sair amanhã para brincar com Mimi, fiquem juntos e...

— E nada de ir à igreja! — terminei para ela. — Vamos sair de bicicleta. Consertei o pneu furado da bicicleta de Pete. Cora nunca andou de bicicleta.

— Não deixe Mimi fora da brincadeira. Façam alguma coisa que ela goste, no bosque ou no Patches. Vou deixar a porta de trás aberta e você pode preparar uns sanduíches na hora do almoço. Tem um pouco de rosbife no armário.

— Tá bem, tá bem.

Desci as escadas disparado, atrás de Cora e Pete, que já tinham começado a descer a Ottery Lane.

— Puxa, como demorou para pegar uns biscoitos — disse Cora, quando os alcancei.

O caminho ao redor do bosque estava muito lamacento e alguns de nossos acampamentos, encharcados; principalmente aquele perto do lugar onde a mulher guardava os porcos selvagens. Todos os galhos tinham caído, então tivemos que recolocá-los no lugar. Quando terminei já passara a vontade de brincar. Pensando bem, acho que nunca brincamos naquele acampamento. Só tinha uma entrada e se a mulher dos porcos selvagens saísse para nos pegar, não teríamos para onde correr.

Podíamos ouvir uma algazarra vinda lá dos lados do balanço, então passamos pelo arvoredo cerrado nos fundos, onde ninguém podia nos ver a não ser que espiassem. Se fosse Figsy, então sairíamos em disparada. Avisamos Cora para ficar quietinha enquanto andávamos devagarzinho, mas por sorte só Tooboy e seu amigo Malcolm brincavam.

Mamãe achava Malcolm mal-educado e não queria que a gente brincasse com ele. Na verdade, ele se metia em confusões de vez em quando, como soltar fogos no meio da Ottery Lane antes da noite de São João, então evitávamos Malcolm, por medida de precaução, caso ele aprontasse alguma com a gente.

Tooboy estava no balanço e Malcolm corria, gritava e tentava alcançá-lo e tirá-lo do balanço. Surgimos por trás das árvores. Quando o balanço parou, Tooboy pulou e se aproximou. Malcolm foi se chegando com pose de valentão, na certa porque Cora estava ali.

— Puxa vida! — Riu, apontando o olho de Cora. — Andou brigando? Quem te deixou com esse olho roxo?

Cora não disse nada. Eu previa que isso acabaria em confusão. Malcolm não gostava quando as pessoas o ignoravam.

— O gato comeu sua língua? — perguntou, rodeando-a, obviamente irritado.

— Deixe-a em paz, Malc — avisou Tooboy.

— Caí da escada — acabou respondendo Cora.

Foi pior do que não dizer nada. Malcolm começou a debochar dela.

— Até parece! Caiu da escada! Tá achando a gente com cara de bobo? Até parece!

Segurou uma das tranças dela e começou a enrolá-la em torno do dedo. Ela ficou imóvel, olhando para a frente. Percebi que estava chateada porque ela piscava um bocado.

De repente Malcolm pegou um pequeno canivete do bolso traseiro e o abriu. Pete e eu demos um pulo de quase um metro para trás. Cora não se moveu um milímetro. Num segundo ele tinha encostado a faca em sua trança.

— Eu podia cortar essa trança — ameaçou, o rosto bem colado ao dela, que continuou imóvel.

— Eu já disse para parar — avisou Tooboy. — Olha, eu peguei uma moeda de dois xelins da bolsa da minha mãe. Que tal tomar o ônibus e ir ao cinema?

Malcolm riu de gargalhar, largou a trança num impulso e guardou o canivete.

— Vamos lá, parceiro — disse, abraçando Tooboy pelo ombro. Ao saírem, Tooboy olhou para trás e fez um sinal secreto erguendo o polegar por trás das costas de Malcolm.

Ficamos ali paralisados. Minhas pernas tremiam.

— Não quero mais vir ao bosque — disse Cora.

Voltamos para casa.

QUARTA-FEIRA, 13 DE AGOSTO

CORA

A manhã chegava ao fim quando Roger e Pete chegaram de bicicleta em Guerdon Hall.

Disseram a tia Ida que iam nos levar até Bryers Guerdon, mas é claro que ela não acreditou, porque nos acompanhou até o final da rua e ficou olhando quase até chegarmos ao topo da colina.

Ficamos olhando enquanto ela voltava para Guerdon Hall até perdê-la de vista. Então Roger e Pete desceram buzinando.

— Quer que eu te ensine a andar de bicicleta? — berrou Roger enquanto empurravam as bicicletas de novo até o topo.

— Eu ia adorar!

A parte mais plana da estrada, sem muitos buracos, ficava ao pé da colina. Para começar, Roger segurou o selim enquanto eu tentava pedalar. Minhas pernas, ainda machucadas, doíam. Depois de alguns tombos fiquei com os dois joelhos e um cotovelo arranhados também, mas acabei conseguindo andar sozinha. Mimi arrancava tufos de grama e as atirava nas rodas quando passávamos.

— Vê se consegue descer a colina — disse ele. Fui apertando os freios durante quase toda a descida, mas, depois de algumas tentativas, consegui chegar ao pé da colina sem usar o freio. Tirei os pés dos pedais e levantei as pernas enquanto voava, como Colin Mole, o entregador do açougue lá da minha cidade. Colin se exibia na bicicleta o tempo todo, dando voltas em círculos no meio da rua e levantando a roda da frente no ar, quando tinha garotas por perto. Como em cima da roda da frente tinha uma enorme cesta de vime para a carne, às vezes Colin perdia o equilíbrio quando tentava alguma extravagância. Uma vez, levou um tombo e derrubou o fígado numa pilha de cocô de cachorro na sarjeta. Morremos de rir dele.

Depois de uma descida caprichada, ao virar a bicicleta, pronta para subir de novo, vi alguém parado no cume da colina, uma sombra escura contra o céu azul brilhante. Não havia como me confundir. Mimi já o tinha visto.

— Papai! Papai! — berrou correndo colina acima. Larguei a bicicleta e saí correndo atrás dela. Papai tinha vindo nos buscar.

Quando já quase o alcançávamos, ele deu aquele sorriso aberto, deixou no chão sua mochila velha, tirou o cigarro da boca e o atirou na grama. Então eu e Mimi, que gargalhava feito uma doidinha, nos atiramos em seus braços abertos. Eu sentia o adorável cheiro familiar do seu terno. Ele fez cócegas e nós nos retorcemos, rindo. Peguei sua mochila e a pendurei no ombro. Papai suspendeu Mimi e, felizes, descemos a colina rumo à casa de tia Ida.

ROGER

Imaginei logo que fosse o pai delas. Era bem mais moço e mais bonito do que o nosso pai. Parecia um pirata boa-pinta com aquela cicatriz grande na face.

Cora tinha derrubado minha bicicleta e a roda da frente ainda girava. Levantei-a e verifiquei se o guidom estava reto. Pete me olhava. Apontei o topo da colina e começamos a empurrar nossas bicicletas, mas perdemos a vontade de descer. Com o céu meio nublado, era melhor voltar para casa. Cora, Mimi e o pai gargalhavam quando passamos por eles. Pete comentou ter encontrado um centavo no bolso, então pensamos em dar uma passadinha na sra. Wickerby a caminho de casa e comprar umas balas de chocolate Gobstoppers, parecidas com MM.

CORA

Enquanto percorríamos o caminho, papai perguntou como era morar com tia Ida e que diabos eu andara aprontando para estar com o olho roxo e tantos hematomas. Inventei uma história de que me machucara brincando com os meninos no bosque e pisquei o olho para Mimi para que ela não contasse nada, mas, nos ombros de papai, tentando enrolar o cabelo dele para formar dois chifres, ela não parecia prestar atenção à conversa. Falei de Finn e das galinhas e ele nos contou uma piada sobre um porco de três pernas. Papai em geral usava o cabelo penteado para trás como o de James Stewart, mas hoje a franja pesada quase caía nos olhos. Talvez não tivesse achado o creme de cabelo Brylcreem. Mamãe e papai pareciam artistas. O cabelo de mamãe era lindo, macio e ondulado e ela nunca precisava botar bobes como as outras senhoras da nossa rua, que viviam com bobes debaixo dos lenços e só os tiravam no Natal e em dia de enterro.

— Ela voltou? Mamãe voltou? — sussurrei animada em seu ouvido.

Pelo jeito como revirou os olhos, entendi que não.

IDA EASTFIELD

Ouvi que chegavam bem antes de vê-los. Eu recebera a carta curta e pouco esclarecedora, mas não havia contado nada às meninas. Harry nunca foi confiável e eu não queria que se desapontassem, caso ele não aparecesse. Passei a vida neste lugar ermo e posso prever a direção do vento com mais facilidade do que para que lado Harry vai soprar.

Observei os três chegando, rindo, Mimi nos ombros do pai, batendo palmas. Ele é como são Jorge para as duas, assim como era para Susan.

Deixa para lá, o importante é que veio. Crédito a seu favor. Algum negócio duvidoso deve ter dado errado para fazê-lo vir aqui no meio da semana.

Detenho-me na ponte e aceno. Finn sai disparado na direção deles, latindo como sempre. Incrível, mas ele encanta até o cachorro. Finn não o ataca.

Harry sorri e me dá um beijo rápido no rosto.

— Hummm, eu bem que aceitaria uma xícara de chá, Ida. Gostoso e forte com dois cubos de açúcar. Da estação até aqui é uma caminhada e tanto. Puxa, o ônibus não chega até sua rua?

— Ah, deixa disso, Harry, são só poucos quilômetros.

CORA

Deito na cama, animada, sentindo o cheiro do cigarro de papai subindo lá de baixo; cheiro de aconchego, de segurança. Todos os domingos pela manhã eu ia à loja da sra. Prewitt comprar dez Players para papai, cinco Weights para mamãe e um pacote de confetes para mim e Mimi, mas na última semana antes de virmos para cá, só comprei o cigarro Players.

Gostaria que quando mamãe voltasse para casa não tivesse emagrecido ainda mais. Ela mudou muito desde aquela foto de casamento. Casaram-se logo depois da guerra. Mamãe tinha apenas 18 anos e papai usava seu terno de desmobilização, o azul com risquinhas vermelhas, ainda pendurado no armário. Papai era tão jovem que voltou logo depois de partir. Às vezes, quando achavam que eu e Mimi tínhamos caído no sono, eu ouvia os dois brigando no andar de baixo. Uma vez ouvi mamãe gritar que o máximo que papai tinha visto de ação fora atrás das barracas em Catterick Camp.

Talvez um dia eles voltem a frequentar aqueles bailes da Legião Britânica e ela caiba naquele vestido lindo preto de rosas cor-de-rosa e bailarinas, a saia rodada forrada de camadas de filó brancas. Talvez dessa vez os ossos não apareçam embaixo do pescoço. Às vezes eu olhava o vestido pendurado atrás da porta do quarto e passava os dedos nas rosas e nas bailarinas. Ele fazia com que todo o resto do quarto parecesse velho e encardido. Mamãe o chamava de vestido "Sapatilhas Douradas". Papai ganhara um monte de dinheiro num cavalo chamado Sapatilhas Douradas. O sr. Bates havia aparecido e comemorado com papai na cozinha e nós comemos bolo de creme duas vezes na mesma semana.

Quando mamãe ficava naquele humor esquisito e deitava com as cortinas fechadas horas e horas, às vezes eu levava Mimi para a casa de nossa vizinha, tia Ivy — a sra. Bedelius, na porta ao lado da nossa, do outro lado dos Woollett — para nosso lanche. Tia Ivy morava com os seis filhos numa casa igual à nossa e uma vez, quando eram pequenos, tiveram que ir todos para o hospital porque pegaram uma doença por dormirem na mesma cama, três em cima e três embaixo, e um deles morreu e nunca voltou para casa. Por isso agora só tem cinco, embora já estejam quase todos crescidos.

A filha mais velha de tia Ivy, Cissie, era minha melhor amiga, embora bem mais velha do que eu. Ela era muito engraçada e me fazia rir um bocado. Uma vez contou que o velho sujo e esquisito do final da rua, chamado sr. Pickles, tinha dito que se ela lhe desse um centavo, ele lhe mostraria algo que valia a pena. Então Cissie caiu na gargalhada e contou que disse que se ele lhe desse dez moedas, ela buscaria o irmão Mike, que poderia mostrar a ele um negócio em melhores condições de ver do que qualquer coisa do sr. Pickles.

Eu não entendi direito, mas ri de qualquer jeito porque era impossível não rir quando Cissie ria.

Sempre tinha jovens esperançosos batendo à procura de Cissie, mas ela acabou se apaixonando por um cara de Hoxton, chamado Roy Poupart. Ele não era bonitão, mas ria quase tanto quanto ela. Papai falava que os dois pareciam um casal de hienas. Dava para ouvir as risadas através das paredes.

Roy e os amigos tocavam numa banda chamada Mervyn and the Wildfires, e quando ele e Cissie se casaram, eles montaram a banda na nossa rua. Pela janela da tia Ivy passaram fios para as guitarras e os microfones, e os ligaram na luz. Larry, o sujeito que tocava baixo, teve de ficar perto da parede a tarde inteira, senão o fio não alcançava a tomada. De vez em quando ele me chamava para conseguir um salgadinho de linguiça e uma garrafa de cerveja Watneys.

Depois que Roy e Cissie voltaram da igreja, veio gente de todos os lugares para dançar, beber e comer um pedaço de bolo, mas a sra. Peake, do número 6, disse a tia Ivy que a rua inteira ia explodir com todos aqueles instrumentos elétricos — isso se o barulho não acabasse com seus nervos antes. Então a sra. Woollett saiu e disse que a mãe — a sra. Bracegirdle — estava à morte e que se iam tocar música aos berros, melhor tocarem hinos religiosos. Aí tia Ivy a mandou calar a boca, porque já fazia uns três anos que a maldita da mãe morria e que não íamos ouvir *Abide with Me* a noite inteira. Então a sra. Woollett gritou com tia Ivy que ela dissesse o que bem entendesse sobre a mãe, mas que ela ainda tinha todos os dentes, coisa que tia Ivy não tinha.

Depois que Roy mandou a banda tocar *Great Balls of Fire*, dava para ouvir a sra. Bracegirdle batendo com a cabeça na cama, no quarto da frente dos Woollett. Eles aumentaram ainda mais os alto-falantes.

Cissie passou o dia inteiro do casamento às gargalhadas, mesmo quando Roy derramou cerveja no vestido branco, que o pai ainda não acabara de pagar para o "felizes para sempre".

O sr. e a sra. Lan, donos do restaurante chinês Dragão de Jade, na Commercial Road, vieram com os dois filhinhos: filho número um e filho número dois, e uma enorme tigela de arroz misturado com ovo frito e até uma caixa de palitos para todo mundo, mas eu não consegui usá-los. Entrei e peguei uma colher. Mimi, sozinha em casa, tirava um cochilo no berço, apesar de todo o barulho lá fora. Eu chamei mamãe, mas não a encontrei em lugar nenhum.

Papai e tio Dick Bedelius tomaram um porre e cantaram umas músicas grosseiras do Exército e tia Ivy xingou tio Dick na frente dos vizinhos, mas ele não deu a mínima. Então achei que ela também devia ter tomado muito champanhe Babycham, pois começou outro bate-boca com a sra. Peak dizendo que ela reclamava da música, mas não se importava em encher a pança de comida.

Eu ouvi as pessoas cantando, rindo, gritando e brigando a noite inteira. De manhã a rua virara uma bagunça horrorosa. Por muito tempo as pessoas comentaram sobre aquele dia maravilhoso, o dia do casamento de Cissie Bedelius. Foi o melhor dia da minha vida, ou teria sido se isso não significasse que Cissie deixaria de morar lá.

Depois do casamento, Cissie e Roy se mudaram para a casa da família dele em Hoxton. Por sorte, a avó húngara, mãe da mãe dele, havia morrido e eles iam ter um quarto só para eles.

Poucos meses depois, mamãe dormia no quarto do andar de cima e papai saíra. Com as panelas sujas na pia, eu não conseguia encontrar um prato no armário para Mimi jantar. Não tinha um centavo no jarro azul para eu sair e comprar pão. Resolvi ir com Mimi até a casa de tia Ivy comer alguma coisa. Ela nos espremeu em torno da mesa com a família e preparou ovos e batatas fritas. Quando terminávamos, um assustador gemido veio da nossa casa. "*É tudo minha culpa, é tudo minha culpa*", repetido um milhão de vezes. A família Bedelius se entreolhou e afinal olhou para Mimi e para mim.

Tia Ivy se ergueu de supetão, saiu pelos fundos e voltou cinco minutos depois. Disse que o carrinho de bebê velho estava no quintal para tio Dick dar um jeito nele porque Cissie estava esperando bebê. Perguntou se eu não queria levar Mimi para uma volta. Respondi que adoraria, então ela pegou uma almofada e a colocou no assento porque parte do forro saíra.

O carrinho de bebê fazia uma barulheira de se ouvir a dois quilômetros de distância. Passamos pela Commercial Road, com o carrinho guinchando e levei Mimi para ver os barcos grandes e as barcaças chegando às docas, vindos de todos os lugares do mundo. De um barco enorme descarregavam bananas. Eu não comia banana fazia um tempão.

Um dos estivadores piscou para mim e tirou duas bananas de uma penca e nos deu. Estavam verdes e duras. Eu sabia que o nome do marinheiro era Albert porque seu colega o viu falando comigo e perguntou: "Essa é sua namoradinha, Albert?"

Albert respondeu que se ficássemos por ali poderíamos ver uma tarântula, uma aranha grande e cabeluda, que às vezes se esconde nas pencas de bananas. Contou que um colega, o Velho Jacko, morrera envenenado depois de levar uma mordida no nariz. Albert disse que a substância química expelida pela aranha era de um tipo especial chamado veneno. Não sabia se era brincadeira, mas por via das dúvidas, com medo de uma pular e enfiar os dentes na gente, nos mandamos.

Quando entramos na nossa rua, uma das rodas do carrinho caiu. Foi sorte ter ido às docas e voltar. A essa altura papai estava na casa de tia Ivy, mas parecia cansado e não me contou nenhuma piada quando pedi. Ele nos levou para a casa de uns amigos dele, tia Kath e tio Norman.

Tia Kath era bonita e gorducha, e nos dias de calor usava uma roupa de praia azul com bolinhas brancas, que mostrava os seios. Ficamos na casa deles algumas semanas, mas não gostei. De vez em quando tia Kath nos dava beijos estalados. Não era como ficar na casa de vovó, mas vovó tinha voltado para a Escócia e já nem ligava para a gente. Tia Kath obrigou Mimi a comer bolinhos e ela vomitou no prato. Acho que por isso eles não quiseram mais cuidar da gente e tivemos de ficar com tia Ida. Como não conseguia dormir, afastei as cobertas e coloquei o pé no piso frio. Abri a porta e fui para o patamar entre os dois lances da escada. A luz suave na sala lá embaixo e a fumaça azul confortante me levaram a descer.

Eu podia ouvir papai e tia Ida conversando em voz baixa na sala de estar. Pareciam sussurrar de propósito. Apesar da porta aberta, eu não conseguia ouvir direito. Quando saí do quarto, pensei em descer e ver papai, mas agora estava curiosa em saber o que ele e tia Ida discutiam tão secretamente.

Já conhecia cada tábua solta na comprida escadaria e desci devagar, evitando-as. Sem fazer barulho, como uma sombra, me acomodei no velho e pequeno banquinho de tirar leite, equilibrando-me em suas três perninhas na sala perto da porta da sala de estar. Mal respirava para que papai e tia Ida não me escutassem.

— ... Kath e Norman não se mostraram muito dispostos depois da última vez... — dizia papai.

Quando mamãe voltou para casa daquela vez não conseguia se lembrar de algumas coisas. Esqueceu até o aniversário de Mimi.

— Sei bem o motivo de não poder pedir a Kath e a Norman, Harry — comentou tia Ida. — Susan costumava me escrever de vez em quando, você sabe. Ela não é boba. Sabia que você tinha um caso com Kath.

— Imaginação de Sue — disse papai apressado. — Deve fazer parte de seu... seu estado.

— Pare com isso, Harry. Não sou tão ignorante quanto pensa — retrucou tia Ida. — Você nunca me enganou. Não tem nada a ver com o estado de Susan. De qualquer maneira, não te ocorre que é bem mais provável que seu estado seja consequência de... de... você sabe, de Anne.

— Não sei. Não sei mesmo. Ela não fala disso, Ida. Nunca.

— Talvez seja esse o problema.

Ficaram quietos por um tempo. Ouvi o barulho de um líquido num copo e depois de papai acendendo um fósforo, e o cheiro de cigarro.

— E se ela ficar lá semanas? — perguntou ele afinal. — E... se nunca melhorar?

Tia Ida voltou a falar.

— Não quero as meninas aqui, Harry.

— Ida, elas não têm para onde ir, você sabe — retrucou papai. — Não sei quanto tempo Susan vai ficar lá dessa vez. Nunca esteve tão mal. Não sei se é pela idade de Mimi. Além do mais, Cora é a irmã mais velha, como ela era...

— Mais um motivo para não ficarem aqui, Harry. Não sei se estão a salvo. Estou cansada de ficar à espreita olhando, de ouvidos atentos. Não sei se tudo faz parte do passado ou se ainda existe algo... Eu não sei...

— Não sabia que Susan tinha problemas — disse papai. — Todos os rapazes andavam atrás dela, ela era uma beleza. No começo, nos divertíamos. Sabe como é depois da guerra... uma pobreza danada, um tempo gelado, desgraçado, sem nada para comer, o país em ruínas... mas eu e Sue éramos felizes. Só quando ela começou a desfiar essa ladainha sobre Annie, e realmente acreditou no que dizia, Ida, foi que eu pensei: *Oh, tem alguma coisa errada aqui*. Eu pedi para ela não falar disso, que devia esquecer esse monte de bobagens antigas. Já estava cheio, Ida. Era o bastante para acabar com a paciência de um santo, vou te contar.

— Não é de estranhar que ela não fale do assunto.

Fez-se um momento de silêncio, seguido de um profundo suspiro de tia Ida.

— Não posso andar atrás delas vinte e quatro horas por dia, Harry. Está além das minhas forças. Graças a Deus, Cora fica feliz de levar Mimi para todo o lado com ela, pelo menos nisso ela ajuda; é muito paciente com a irmã. Fizeram amizade com uns garotos das redondezas. Para mim é ótimo quando brincam na cidade; quase posso relaxar quando sei que estão lá, mas as crianças não conseguem resistir a visitar aquela igreja. Tentei impedi-las de ir lá, mas acho que elas viram alguma coisa. Não tenho certeza. Sabe como são as crianças. — Ela fez uma pausa. — Bati nela, Harry. Precisei dar uma lição em Cora.

— Percebi as manchas roxas — disse papai, pouco à vontade, se revirando na cadeira. — Espero que não tenha sido muito enérgica com ela, Ida. Com tudo o que está acontecendo, sem Susan, ela deve se sentir mal. De qualquer modo, pelo amor de Deus, é só uma antiga superstição, bem doida, se quer minha opinião.

— Não quero sua opinião! — berrou titia. — Você não tem ideia do que diz, então não finja saber! É perigoso, e ponto final. Não posso trancá-las o dia inteiro, posso? Não se pode esperar que fiquem em casa todo o tempo, e no calor...

— Bem, que lugarzinho maldito para Agnes mandar Susan e Anne, hein? — retrucou papai aos berros em resposta. — Não era nada seguro por aqui durante a guerra, com Hitler do outro lado do canal, maldita Batalha da Grã-Bretanha no maldito espaço aéreo, isso sem contar toda essa baboseira. Que diabos passou pela cabeça da mãe delas para mandá-las para cá? Estariam muito melhor em casa, em Londres, apesar dos ataques aéreos. Afinal eu e mamãe nos viramos bem.

— Bem, não tenho certeza. Você sabe, Agnes precisava trabalhar na fábrica em Woolwich. Além do mais, além do mais você conhece toda a sua dificuldade... entende ... ter bebês. Ou mandava as meninas para cá, para a sua família, ou a milhares de quilômetros para estranhos. Agnes não faria isso.

— Bem, pois deveria, assim nunca teriam passado por toda essa tragédia. Eu teria uma vida bem mais fácil, posso te garantir. Na época em que perdeu Anne, Agnes era velha demais para ter outro filho. Foi isso que a matou, não foi? E aquele marido safado que não servia para nada, Jack Swift Caolho, ainda largou a filha Susan sozinha. Ainda bem que a minha velha pegou Sue, caso contrário, ela não teria ninguém.

Eu já não aguentava de cansaço. Não sabia do que falavam. Agnes era irmã de tia Ida, mãe de mamãe, e morrera ao ter um filho num bombardeio aéreo e Jack Swift Caolho era seu marido. Mas quem era Anne? Nunca tinha ouvido falar dela.

— Bem, é fácil julgar para quem está de fora — criticou titia. — Pelo menos, graças a Deus, você veio buscar Cora e Mimi para levá-las de volta. Tirarei um peso dos ombros. Além do mais, Cora é muito curiosa, vive remexendo e espiando pela casa. Ela me dá nos nervos. Não posso aguentar, Harry.

Fez-se um silêncio demorado, pesado.

— Ida... — disse papai baixinho. Achei que ele não devia estar olhando para ela enquanto falava; não conseguiria. — Tem outra coisa, Ida, preciso trabalhar. Tenho esse negócio para cuidar. Preciso pagar o aluguel. Mamãe agora mora na Escócia. Como vou ficar com elas? Não faço a menor ideia de como se cuida de crianças, sobretudo meninas. Elas vão ficar pela rua o dia inteiro. Se o conselho tutelar souber, vai tirá-las de mim e colocá-las num orfanato. O que eu vou fazer com elas...? E ainda tem aquela gente... sabe? Se perceberem que não tem ninguém tomando conta de minhas filhas... Não sei não.

Sentia o piso de madeira sob meus pés entorpecidos. Frio e duro. De repente tudo no mundo era duro e frio.

— Posso saber por que cargas-d'água veio até aqui, se não tinha a intenção de levá-las para casa? — berrou tia Ida. — Que diabo de vizinha é essa? Susan uma vez me escreveu sobre ela: uma mulher gentil, com um nome esquisito, começando com B, eu acho. Por que não deixa as meninas com ela?

— B? Ah, Bedelius, Ivy Bedelius — disse papai. — Para dizer a verdade, ela não é tão boa assim. E ainda tem quatro filhos para cuidar, além de Dick, é claro. Como vai conseguir? Estou te pedindo, Ida.

— Não quero as meninas aqui, Harry. Tenho medo do que possa acontecer.

— Ida, não banque a durona — disse papai, soando esgotado. — Eu queria vê-las... Queria que vissem o pai...

Não consegui ouvir mais. Não entendia nada, exceto que tia Ida não queria a gente e, o pior, papai também não. Mimi e eu não passávamos de um peso.

Subi bem devagar as escadas.

QUINTA-FEIRA, 14 DE AGOSTO

IDA EASTFIELD

Quase tive que agarrar Harry pelo colarinho para ele ir até o quarto delas dar um beijo de despedida. Mesmo assim, só foi porque sabia que elas estariam dormindo. Mal chegou perto delas, com medo de acordarem e armarem um escândalo.

CORA

Ouvi papai entrar em nosso quarto antes de ir embora. Curvou-se e beijou minha testa, tão de leve que parecia um sopro, mas mantive os olhos bem apertados.

IDA EASTFIELD

Observei-o descer a Chase, a mochila balançando de um lado para o outro. Não olhou para trás. O sol nascera e já fazia calor. Caminharia até Daneflete para pegar o primeiro trem para Londres. Se tivesse esperado os ônibus começarem a circular, ainda estaria em casa quando as meninas acordassem, então preferiu andar.

No final, todo mundo dá as costas para este lugar.

Agnes, a idiota da Agnes, foi embora com Jack Swift, aquele patife, que veio para cá procurando trabalho braçal dizendo ter perdido o olho na batalha em Somme, e se fazendo de coitadinho. Devem ter lhe arrancado o olho em alguma briga em Mile End Road. Claro que usou isso em seu proveito. Todas as meninas achavam que piscava para elas.

Perdi a conta dos natimortos, dos abortos que Agnes sofreu. Susan e Anne. Apenas Susan e Anne. Apenas Susan.

Susan gritando, histérica, correndo no escuro e rasgando aquele soldadinho tricotado da árvore cigana no cemitério onde eu o pendurara.

Nem pensei. Sempre havíamos feito aquilo.

Preparava um bule de chá na cozinha quando Cora desceu as escadas. Pelos passos identifiquei que sabia que o pai fora embora sem elas.

Passei a manhã exausta por causa do choro de Mimi e do silêncio de Cora.

SEXTA-FEIRA, 15 DE AGOSTO

ROGER

Engraçado: só chegaram aqui para passar um tempinho, mas era estranho pensar nelas de volta a Londres. Em breve vai ser como um sonho, como se nunca tivessem vindo para cá. As pessoas vêm e vão... Acontece, disse mamãe. Mais uns dias e vão até esquecer como elas eram.

Perambulamos em casa um tempo, Pete e eu, apesar do dia quente e ensolarado. Não estávamos com vontade de ir ao bosque depois do encontro com Malcolm e seu canivete. Achamos melhor não ir à igreja, tampouco tínhamos vontade de ir ao Patches. Mamãe pegou o laboratório de química que Vovó Bardock me deu de presente de aniversário, mas eu não queria perder tempo com todas as instruções e o enfiei de volta no armário.

Então ela mandou Pete e eu irmos com uma lista à loja da sra. Aylott, mas a sra. Pratt, que morava na Dry Street, perto da Hobb's Lane, e a sra. Cleaver, mãe de Tooboy e de Figsy, já estavam lá, então fomos obrigados a esperar.

— Isso mesmo, Anthony falou que viu as meninas no bosque... — dizia a sra. Cleaver em voz baixa. Às vezes esqueço que o nome de Tooboy é Anthony. Ele não tinha cara de Anthony.

— Uma desgraça, se quer saber minha opinião — disse a sra. Pratt. As três senhoras tinham aproximado as cabeças como se cozinhassem algo fedorento num caldeirão. O sino tilintou ao entrarmos, mas estavam tão ocupadas conversando que nem se viraram para nos olhar.

— Ela não devia ter permissão para manter crianças lá — continuou a sra. Pratt —, depois do que aconteceu, sabe, e são duas menininhas também. Eu te pergunto...

De repente a sra. Aylott deu conosco e se esticou.

— Duas latas de vagens, não é isso, Beryl? — perguntou em voz alta, revirando os olhos em nossa direção. As sras. Pratt e Cleaver se viraram, nos olharam e sorriram.

— Oi, Roger, oi, Peter — disse a sra. Cleaver. — Não, ervilhas em conserva, por favor, Dulcie. As meninas não estão com vocês hoje?

— Hum, não. Voltaram para Londres — respondi. — O pai veio buscá-las ontem.

— Já veio tarde — disse a sra. Pratt em tom meio abafado, ao se voltar para o balcão.

SÁBADO, 16 DE AGOSTO

CORA

Tia Ida me mandou buscar o leite lá no final da Chase, onde o leiteiro o deixava todos os dias numa grande lata de metal. Um litro — meio litro extra, agora que Mimi e eu morávamos com ela —, e eu tinha que colocar o dinheiro na caixa para o leiteiro pegar quando voltasse. Titia disse que antigamente tinha uma vaca no estábulo para ter sempre leite fresco, mas depois que ela havia morrido nunca comprou outra.

O tempo estava incrível, lindo e ensolarado. O barro na rua voltava a endurecer. Eu andava irritada desde que papai fora embora, mas voltando para casa, pegando ranúnculos com a mão livre e com o sol quente em meu rosto, me senti um pouquinho melhor.

Arrumei as ranúnculos na jarra com água e perguntei a titia se podia visitar Roger e Pete. Acho que ela ficou contente em nos ver pelas costas.

Mimi começou a saltitar ao descermos a Ottery Lane, entrando e saindo das sombras formadas pelas árvores grandes. Parecia ter se esquecido de papai, embora tenha chorado até ficar roxa um dia depois de ele ter ido embora sem a gente.

Roger e os irmãos pescavam no lago do jardim. Vi uma coisa lamacenta e fedorenta na borda e quando nos aproximamos pela lateral da casa, eles a cutucavam com espetos. Roger ficou tão surpreso ao nos ver que quase caiu dentro d'água.

— Puxa! — gritou, um enorme sorriso se abrindo em seu rosto. — Que diabos estão fazendo aqui?

— Roger! Olha o que faz! — berrou Terry. — Você pisou no meu melhor peixe.

— Por que não estão em Londres? — perguntou Pete, correndo ao nosso encontro. — Achamos que tivessem ido com seu pai.

— Não — respondi. — Ele tem muito trabalho no momento, mas logo, logo volta para nos buscar. Queria se certificar de que estávamos bem. Veio nos visitar, só isso.

A sra. Jotman apareceu com suco de laranja e biscoitos e quase derrubou a bandeja.

— Minha Nossa Senhora! — exclamou. — Que surpresa. Vou entrar e pegar mais.

— Vai ver o jogo de críquete amanhã? — perguntou Pete ao sentarmos na grama.

— Não sei. Nunca fui a um jogo de críquete.

— Nosso pai é o melhor lançador do time — disse Roger.

— Bem, Graham Crawford é quase tão bom quanto ele — disse Pete. — Eles vão jogar contra o Clevedon Mortimer. Vocês têm de ir. Roger e eu cuidamos das placas do escore. Você também pode ajudar, se quiser. E depois tem um lanche delicioso. Mamãe já fez um montão de bolos. Todo mundo vai e papai disse que o tempo vai estar ótimo.

O som distante do tilintar do carro do sorvete chegou ao jardim. Desapareceu, mas depois recomeçou mais perto.

— Mamãe! Mamãe! — gritou Dennis com voz esganiçada. — Papai! É o homem do sorvete!

Entrou correndo na casa e de lá saiu em disparada.

— Roger! Mamãe me deu uma moeda de meia coroa! Vamos!

Todos nos levantamos e corremos até a Fieldpath Road, onde a carroça do sorveteiro parara do lado de fora da loja da sra. Wickerby.

— Mamãe e papai querem biscoito wafers — disse Dennis, pulando enquanto esperávamos na fila, atrás de outras crianças. Finalmente pegamos nossas casquinhas e corremos de volta para casa. Dennis corria tão rápido que, quando zuniu pelos degraus da varanda com o wafer da mãe numa das mãos e o troco e a casquinha de sorvete na outra, tropeçou. O sorvete saiu voando do cone e aterrissou com o dinheiro num montinho no piso de madeira. Um centavo ficou rodopiando até escorregar entre uma fresta entre as tábuas. Silêncio total, interrompido pelos gritos de Dennis.

A sra. Jotman saiu apressada achando que a perna do filho tinha, no mínimo, saído.

— Ai, querido — disse, levantando-o do chão da varanda, onde se debatia. — Pronto, toma o meu wafer.

— Não, não gosto de wafer! — resmungou — Quero minha casquinha!

Podíamos ouvir a carroça de sorvete descendo a alameda em direção a North Fairing. Todo mundo tomava rápido o sorvete para não precisar dividir com Dennis. A sra. Jotman desapareceu dentro de casa e voltou com uma colher. Pegou o cone vazio e o encheu com o sorvete de seu wafer.

— Não é a mesma coisa — disse ele, fungando.

— Então eu como — disse ela, fazendo menção de dar uma lambida. Ele arrancou-o de sua mão e começou a comer, e ela voltou para casa para pegar um pano, mordendo os wafers vazios.

DOMINGO, 17 DE AGOSTO

ROGER

Ia fazer um calor de rachar. O sol penetrava pelas frestas das cortinas mal encaixadas na janela.

Eu me inclinei do alto do beliche. Pete ainda dormia. Peguei uma meia enrolada de cima do armário na extremidade da cama e atirei nele.

— Ei, pare com isso, entendeu?

— É críquete, Pete!

De tão animado, ele pulou da cama feito um louco, gritando: "Críquete! Oba!", e pulando bem alto, esticou os braços com os punhos fechados.

Depois do café da manhã, mamãe nos obrigou a ajudá-la a preparar dez toneladas de sanduíches — pepino, presunto, carne suína enlatada, queijo, picles e algumas gostosuras de verdade com salmão em lata. Quando ela saiu para dar de comer à Bebê Pamela, eu e Pete pegamos uns bolinhos e entupimos as caixas de papelão bem no fundo da cesta.

Depois do almoço, Cora e Mimi apareceram com um bolo grande de frutas numa fôrma.

— Tia Ida preparou para o jogo de críquete — disse Cora. Mimi entregou à mamãe uma caixa de chocolates em formato de rosas numa sacola de papel.

— Titia disse que é para a rifa — disse Mimi. — Eu não comi nenhum.

— Foi muita gentileza de sua tia — disse mamãe, colocando a sacola com as outras.

Papai entrou muito elegante em sua jaqueta e uniforme branco, mas irritado porque o boné havia sumido.

Lembrei que Dennis aparecera no jardim com o boné na cabeça, treinando bater com uma vareta grande. Quando saí para buscá-lo, Dennis havia atirado a vareta e o boné de lado e perseguia o gato pelo gramado. De manhã cedo, mamãe molhara o cabelo de Dennis para alisá-lo, então, quando ele tirou o boné, o cabelo tinha secado num formato bem esquisito, igual a um ovo frito.

— Onde está o boné de papai? — berrei correndo atrás dele. Ele nem olhou para trás.

Encontrei-o no chão, todo sujo. Esfreguei cuspe nele e aí o boné ficou mais imundo ainda.

Mamãe saiu.

— Deixa que eu cuido disso. Guardem as coisas no carrinho e não amassem nada.

Enchemos o carrinho de bebê com latas, sacolas e pratos de sanduíches cobertos com papel-alumínio e saímos. Relutantes, Pete e Dennis empurravam o carrinho; mamãe carregava Pamela no colo e papai balançava sua bolsa de críquete.

O caminho para o campo era uma trilha de grama ao lado da loja da sra. Aylott. Só cabia um carro, e precisamos nos afastar para o lado quando os Treasure passaram no Rover preto brilhante. O sr. Treasure dirigia usando chapéu de palha e o casacão branco porque ele era sempre o juiz. Outros carros passaram, mas quase todos levavam o pessoal do outro time, o Clevedon Mortimer. Disse a Cora que ela não devia torcer nem bater palmas para ninguém de boné azul com emblema vermelho, mas só para os homens de boné roxo e emblema dourado, porque estes eram do time Bryers Guerdon e North Fairing. Ela me prometeu fazer o que eu disse.

As mulheres arrumaram tudo na cabana dos escoteiros, cobriram as mesas compridas de pés de madeira com toalhas brancas engomadas e arrumaram os grandes pratos de sanduíches, bolos e tortas de linguiça. Ajudamos a arrumar os pratinhos com um guardanapo em cada um, copos e jarras de limonada de saquinho e suco de laranja. Parecia tão tentador, mas não ousamos beliscar comida nenhuma porque os olhos das mulheres cuidavam de tudo.

Vi uma ou duas delas olhando para Cora e Mimi e cochichando, tapando as bocas.

Enquanto os homens vestiam o uniforme no vestiário, Cora, Pete e eu saímos para nos certificar de que o placar estava pronto. Checamos se todas as placas de metal pretas com os números estavam na ordem certa. O sr. Bannister, morador do Elms, para lá da Ottery Lane, anotaria o resultado em seu bloco especial e verificaria se colocávamos os números certos no placar.

— O time Clevedon Mortimer ganhou o arremesso — nos disse ele. — Decidiram atirar a bola primeiro.

Vimos Bob Slattery entrando, atrasado, na cabana. Apostei com Pete uma moeda de seis pence, da próxima vez que tivesse uma, que Bob Slattery se agacharia para escapar do arremesso. Seus óculos eram tão grossos que os olhos pareciam bolas de gude gigantes.

— Olha! — avisei a Cora. — Olha ali a família Treasure. Aquele é o Tobias, o irmão de cara bichada de Maisie. Ele nunca joga críquete com a gente; na certa se acha muito bacana. E aquele é o padre Mansell e a sra. Mansell e o outro é o nosso médico, que mora no final da estrada de North End. E aquele ali é o dr. Meldrum e a mulher, a sra. Meldrum, e a filha deles, Caroline, que é um pouco mais velha que Maisie Treasure, mas acho que as duas vão à mesma escola.

Estavam sentados na sombra, em volta de uma mesa coberta com toalha rendada, arrumada com xícaras e pires de porcelana e delicados sanduíches sem casca, em guardanapos de renda. Os Treasure, os Meldrum e os Mansell usavam chapéus, os homens de panamá e as senhoras, incluindo Maisie e Caroline, umas coisinhas vistosas com rendinha. As saias largas e floridas desciam até a grama, escondendo completamente as cadeirinhas de dobrar onde se sentavam.

A sra. Campbell saiu da cabana dos escoteiros com uma bandeja. Fiquei surpresa por ela não ter feito uma reverência ao colocar a leiteira e o açucareiro com colheres de prata na mesa. Depois, ergueu um imenso bule com uma cobertura parecida com um enorme pudim de Natal e o empurrou delicadamente entre as pequeninas xícaras.

Quando voltava para a cabana, os times saíram, então, segurando a bandeja, ela esperou que passassem. Todos aplaudimos quando os jogadores assumiram suas posições.

CORA

Mal fazia ideia do que estava acontecendo. O sr. Bannister informou o número de pontos e Pete os passou para Roger, que os mudou no placar. Num determinado ponto um homem chamado Dick Lorimer deu uma pancada na bola com tanta força, que ela aterrissou além da grade, do outro lado do campo, e todo mundo berrou de alegria: “Seis!”

Roger começou a mudar os números. Eu perguntei o que ele estava fazendo porque o sujeito nem se dera ao trabalho de correr, mas Roger me disse que não fosse idiota: conseguira seis pontos. Perguntei como eu podia adivinhar o que era um seis. Então o sr. Bannister mandou Peter buscar a bola no jardim do conselheiro Henderson. Pete saiu correndo pelo campo, pulou a cerca e a pegou. Atirou-a ao arremessador, que a esfregou na frente das calças e as manchou de vermelho. Na verdade, achei meio grosseiro.

Pouco depois, o sr. Granville rebateu a bola com força. Quando ela disparou no ar, comecei a torcer. Um homem muito alto de boné azul pulou no ar e pegou a bola. Em vez de torcerem como eu, resmungaram. Roger colocou o número 1 no gancho escrito "varetas". Então o pai dele foi bater, mas eu perdi a conta de quantas bolas ele acertou.

Olhei para o padre Mansell e a mulher, sentados quietinhos na sombra tomando chá, o mesmo tipo de cabelo grisalho saindo por baixo dos chapéus, metade marrom e metade cinza.

Fiquei imaginando se o padre Mansell saberia a época em que o padre Hillyard tinha sido pároco.

— Roger, Roger — cochichei.

— Agora não, Cora, aguenta aí. Isso! Bravo! Quatro! Muito bem, papai.

Minha mente vagava. Lembrei-me da minha visita ao quarto acima do alpendre em Guerdon Hall, de olhar as palavras encontradas no quadro do Velho Peter — PETRUS HILLIARDUS.

Precisava de um pedaço de papel e de um lápis. Pete achou o cotoco de lápis no bolso e me deu.

— Fora! — gritou o sr. Bannister. Um dos homens parado perto do campo pegara a bola arremessada pelo sr. Jotman. Pete colocou as mãos na cabeça, mas Roger correu atrás do pai e disse:

— Não tem importância, papai.

O sr. Jotman sorriu e despenteou o cabelo de Roger, e foi para a cabana dos escoteiros. Graham Crawford o substituiu para bater.

Enquanto Graham se preparava, entusiasmada, pedi ao sr. Bannister uma folha de seu bloco. Ele sorriu e arrancou uma em branco. Anotei: *Petrus Hilliardus – Hillyard.*

— Roger, olha! Olha só!

— Puxa! — Roger riu. — Pete, olha só o que Bob Slattery fez.

Bob Slattery havia acertado o taco no próprio nariz. Saía tanto sangue que parecia caso de hospital. Chamaram a mulher dele, Gladys, na cabana de escoteiros. Ela correu e limpou o pulôver branco com o avental. Ele ficou por um tempo sentado atrás de nós, a cabeça inclinada para trás. Gladys pegou uma colher e a enfiou entre os dentes dele para impedi-lo de sufocar. Ele parecia ter sido atacado por um leão.

Pararam às quatro horas. Bryers Guerdon tinha marcado sessenta e oito pontos, e seis dos jogadores do Clevedon Mortimer foram eliminados, incluindo Dick Lorimer no final. Roger disse que sessenta e oito pontos não era nada espetacular, mas que a partida ainda não fora decidida. Como eu poderia saber?

As pessoas começaram a se aproximar da cabana dos escoteiros para o lanche. Procurei Mimi, que passara quase toda a primeira metade da partida jogando bola sob as árvores com Dennis e Terry. Fiz questão de lhe dar um sanduíche, uma fatia de bolo e vaca-preta, e fazia menção de pegar uns sanduíches para mim quando a sra. Jotman chegou e perguntou se eu gostaria de vender uns bilhetes de rifa enquanto o pessoal comia. Amarrou na minha cintura um avental de velhota com bolsos na frente para o dinheiro, dizendo que eu não devia esquecer de vender bilhetes para os jogadores, mas precisava de coragem antes de poder me aproximar deles, que devoravam os croquetes de linguiça. Um ou dois debocharam do meu jeito de falar. Fingi não ligar.

Achei que o padre Mansell nunca viria à cabana, mas então o vi passando pela multidão em direção ao banheiro. Esperei por ele perto da porta e, na saída, acenei meu carnê de bilhetes debaixo de seu nariz.

— Quer comprar, padre Mansell? — perguntei. — Um penny cada um.

Ele sorriu, enfiou a mão no bolso procurando moedas e me entregou seis pence.

— Já ouvi falar de você: a menina de Londres — disse, enquanto eu me demorava a separar as tiras dos bilhetes para ganhar tempo.

— É isso mesmo, estou hospedada na casa da sra. Eastfield. O senhor a conhece?

— Claro que conheço a sra. Eastfield — respondeu. — Você gosta daquela casa velha?

— Bem, não muito. Ah, não devia ter dito isso, porque ela nos recebeu e coisa e tal, mas o negócio é que prefiro minha casa em Limehouse; não é tão grande.

Ele riu.

— Já vi sua casa — acrescentei. — É grande como a de titia.

— É mesmo, mas assim como você, a sra. Mansell e eu preferimos uma casa menor. É grande demais para nós dois. Quando meu predecessor... desculpa, o pároco antes de mim, o padre Scaplehorn... morava lá, foi convertida em duas. Os Treasure moram na metade da frente. O sr. Treasure é o diretor da Lokswood School. Ele é o juiz da partida de hoje.

— É, eu vi.

— Ele tem uma filha encantadora, Maisie; muito inteligente, sabe? É um pouco mais velha do que você, mas se quiser posso apresentá-la. Seria agradável fazer amigos durante sua estada. Ela está assistindo ao jogo hoje.

— Eu já conheci Maisie.

— Excelente, excelente. Bem, não vou mais prendê-la, minha querida. Foi um prazer conversar com você.

Um dos jogadores do time Clevedon Mortimer passou por nós para ir ao banheiro. O pároco ficou colado na parede por um instante.

— Hum, hum, aquilo no seu jardim, no bosque, um pouco abaixo da colina são as ruínas de um castelo? — perguntei rapidamente.

— Castelo? Ruínas de um castelo? Ah, já sei do que está falando! É verdade, você consegue vê-lo da alameda, mas hoje não passa de uma pilha de pedras escuras. É a antiga casa paroquial, minha querida. Posso ver os destroços da janela do meu quarto. Eu tenho uma vista linda dos pântanos. Principalmente no inverno, quando as árvores perdem as folhas, consigo ver a ponta da torre de All Hallows e as chaminés de Guerdon Hall também. São chaminés muito bonitas, não são?

— O que aconteceu com a antiga casa paroquial?

— Bem, pegou fogo, no final do século XVI. Dizem ter sido um incêndio pavoroso. Acho que os Guerdon começaram a construí-la, e também a igreja, quando chegaram a Bryers, pouco depois da Conquista Normanda. Acho que Guerdon Hall foi originalmente construída com pedra e vem afundando nos pântanos desde então. O solar existente foi reconstruído e alterado ao longo dos séculos por sucessivos cavaleiros da família Guerdon. Ainda devem existir vários celeiros da época do prédio original, embora, imagino, assustadores e úmidos. Você devia perguntar a sua tia. Lamento, não sou um grande historiador, como o padre Scaplehorn. Conhecia muito sobre a história do local. Na verdade, se quer minha opinião, sabia até demais.

Ele riu e de repente parou. Então disse:

— Deve ser estranho viver cercada pelo fluxo e refluxo das marés.

— Titia nunca para de olhar pela janela para saber se a maré está alta ou baixa. Virou mania. — Eu estava desesperada para manter padre Mansell falando. — Sabe que nunca vi ninguém naquela igreja?

— É verdade, muito pouca gente vai lá. O povo prefere ir à igreja de St. Mary, em North Fairing. É uma pena, porque All Hallows é muito mais bonita. Sabe, não fiz um batismo ou um casamento em All Hallows desde que cheguei, embora façamos enterros.

— Por que acha que as pessoas não gostam dela?

— Não sei. Fica meio longe da cidade, é claro, e contam umas histórias esquisitas, mas não dou muita atenção a elas. Sou um velho cético. Além do mais, vou me aposentar em breve.

— Então por que esse sr. Scaplehorn foi embora? Ele se aposentou?

— Meu Deus, olha só a hora! Você tem que dobrar esses bilhetes. A rifa vai começar daqui a pouco.

— Só mais uma pergunta: como se pode descobrir quem eram os párocos em Bryers Guerdon muito tempo atrás?

— Meu Deus, menina, você é curiosa!

— Não consigo parar de fazer perguntas — afirmei.

— Bem, é claro, existem os registros da paróquia, mas quase todos os documentos mais antigos foram destruídos no incêndio. Olha, deixe-me te ajudar a dobrar esses bilhetes. O tempo está passando. Podemos colocá-los aqui.

O padre Mansell tirou o chapéu-de-panamá e o colocou nos pés. Rasgamos as tiras, dobramos cada bilhete e os jogamos dentro do chapéu.

— Pensando bem — disse, de repente —, quase tinha me esquecido. Pode olhar dentro da igreja. Tem uma lista de todos os párocos da paróquia desde os primeiros encarregados até o padre Scaple...

— Cora! — chamou Pete, esquivando-se em meio à multidão. — Onde se meteu? Ah, olá, padre Mansell. Cora, estão esperando para o sorteio. Onde estão os bilhetes?

— Ora, estão aqui, no chapéu do padre Mansell.

O padre Mansell sorriu.

— Não se preocupe. Eu os levo. Vou dizer que prendi você conversando, o que é verdade.

Dobrou o último bilhete e o atirou dentro do chapéu. O padre se despediu com um "muito prazer em conhecê-la", levou o chapéu e o esvaziou no tambor giratório.

Uma mulher grandalhona chamada sra. Teale girou o tambor pela manivela, abriu a frente e pediu ao padre Mansell que sorteasse um bilhete, já que estava ali perto. Todo mundo riu e bateu palmas quando ele mesmo ganhou uma garrafa de Sanatogen Tonic Wine. As senhoras acharam engraçado e se recusaram a aceitá-la de volta.

O melhor foi Pete ganhar um prêmio — pena ter sido uma toalha de chá e não a caixa de chocolates em formato de rosas de tia Ida. Ele se aproximou com a toalha de chá enrolada na cabeça e disse:

— Posso ser o Red Shadow.*

ROGER

Como as garotas são tolas! Não têm a menor ideia de críquete. Os tempos de ataque do Clevedon Mortimer foram empolgantes mesmo. O batedor foi eliminado depois de apenas duas corridas, mas Cora parecia entediada e tentava todo o tempo atrair minha atenção.

Dava para ver a hora passando por causa das sombras se espalhando pela grama, mas tudo corria bem para nós porque Pete e eu não parávamos de trocar os números do placar.

---

* Red Shadow — personagem mascarado argelino de um dos primeiros filmes falados, o musical *The Desert Song* (Canção do Deserto), de 1929, que posteriormente deu origem a vários filmes e jogos. (N.T.)

Ganhamos por apenas cinquenta pontos. Ainda não eram sete horas. Quando terminou, os homens saíram do campo, e os jogadores do time de Clevedon Mortimer se mostraram bons esportistas e apertaram as mãos uns dos outros e bateram nas costas dos adversários. Pete e eu fizemos algazarra ao se aproximarem. Papai e Graham Crawford colocaram os bonés deles em nossas cabeças. Arrumamos o placar com o sr. Bannister e ele tirou umas balas de hortelã do bolso e nos deu.

De volta à cabana dos escoteiros, as senhoras tinham limpado quase tudo durante o tempo de jogada do Clevedon Mortimer. Cora continuava me amolando enquanto ajudávamos a juntar os pratos vazios de mamãe e a encostar as cadeiras nas paredes.

— Pronto, quando a gente terminar você pode me contar — disse eu —, mas não podemos conversar agora ou eles vão nos mandar embora porque não estamos ajudando. Quer saber? Quando eu terminar, eu ouço.

Mas não sobrou tempo naquela noite. De repente reinou o silêncio na cabana dos escoteiros, restando apenas o chacoalhar dos talheres e o rumor distante de conversa na cozinha. A sra. Eastfield entrou segurando Mimi pela mão. Olhou ao redor e viu Cora.

— Vamos. Está ficando tarde. Agradeça a sra. Jotman por ter cuidado de vocês.

Assim que saíram, todos voltaram a falar, mas acho que não cochichavam apenas sobre a partida de críquete.

SEGUNDA-FEIRA, 18 DE AGOSTO

CORA

Mimi molhou a cama de novo. Tia Ida põe a panela de bronze para ferver a água e eu separo as roupas dos lençóis e das colchas. Tia Ida desce à passagem de pedra para soltar Finn para sua corrida e pega a tina grande de banho.

Mimi está se portando mal, ainda alvoroçada por conta da partida de críquete. Eu inspeciono atrás da cortina da pia e encontro um saco de amendoins. Retiro e mordisco cascas vazias e migalhas. Cocô de rato cai pelo saco pardo furado no chão.

— Vamos dar isso de presente para o papagaio — digo a Mimi guardando os poucos amendoins inteiros numa xícara de chá. — Enfie os amendoins do pires pela grade da gaiola, um de cada vez. Veja se consegue fazê-lo te dizer "Olá". E não deve chegar perto do piano ou um gigante vai aparecer e te esmagar. Além do mais, não adianta querer me enganar porque vou ouvir você tocando. Quando voltar te preparo um suco.

Titia empurra a tina pela porta. Eu a aviso do paradeiro de Mimi. Ela liga o rádio, arregaça as mangas e começa a esfregar a roupa na tábua com um sabão verde. Eu a ajudo a torcer o lençol grande. Tomamos chá com biscoitos e enquanto lavo as xícaras ouvimos as badaladas do relógio. Hora do jornal.

— Já é tarde assim? — pergunto. — Aposto que Mimi comeu os amendoins.

De repente, com um grande estardalhaço, tia Ida deixa cair a toalha molhada pesada que esfrega na tina. A espuma do sabão se espalha no chão.

— Já deve ter se passado meia hora! — exclama, levantando e enxugando as mãos, histérica, no avental.

— Ela deve ter ido ao banheiro — digo.

— Por meia hora? Mimi! — grita titia correndo pelo hall para a porta da frente e verificando se ainda está trancada. — *Mimi!* Ah, meu Deus, será que eu tranquei a porta de trás quando deixei Finn sair? Cheque os fundos, Cora! Meu Deus, a maré está baixa?

Corro até a cozinha e desço a passagem de pedra. A porta de trás está trancada, a chave pendurada no gancho grande.

Quando volto para a sala, titia entra e sai dos quartos, batendo nas portas trancadas.

— *Mimi! Mimi!* Responda! *MIMI!*

Subo correndo as escadas, o som de meus passos ecoando pelo assoalho. Levanto o trinco da porta de nosso quarto e abro. Mimi não está lá.

— Mimi, você está no banheiro? — grito. Paro e ouço, depois corro para o banheiro e verifico o vaso sanitário. As portas estão abertas. Os aposentos vazios.

— Titia! Posso ir até a passagem lá em cima? — pergunto, recostando-me no corrimão. — Tenho permissão?

Titia vem subindo as escadas correndo. Seu rosto está pálido.

— Sim! Não, não! Eu vou. *MIMI!* Onde você está?

Ouço seus passos nas tábuas de madeira entrando e saindo dos quartos pelo caminho, abrindo e batendo as portas. Quando volta, as suas mãos tremem e os olhos arregalados se movimentam pra lá e pra cá. Esfrega a testa e não para de repetir: "Ai, meu Deus, ai, meu Deus..."

— Aposto que se escondeu. Às vezes faz isso. Vive aprontando travessuras — digo, tentando manter a calma, mas minha voz treme como as mãos de titia. — Deve estar atrás do sofá na sala de estar rindo de nós duas, cobertas de espuma de sabão. Vou voltar e olhar. Vou te contar, vou lhe dar uma boa de uma palmada quando botar as mãos nela.

Desço correndo as escadas, viro à direita ao lado da parede escura de lambri e sigo na direção da sala de estar.

Ouço uma suave batida, bem perto de mim. Me detenho, o som cessa. Em seguida, um ruído abafado. A batidinha recomeça, algumas leves batidas. Depois de alguns segundos tudo volta a mergulhar no silêncio.

As escadas rangem quando tia Ida desce.

— *Mimi! MIMI!* — berro. — É bom parar com essa brincadeirinha idiota. É você quem está fazendo esse barulho? Diga alguma coisa. Não tem graça.

Vou para a sala de estar. Titia me segue. Me debruço sobre o sofá para olhar atrás. O papagaio diz "Olá". Levanto o rosto e lá está Mimi, parada no vão da porta.

Titia afunda numa poltrona e cobre o rosto com as mãos. Eu disparo na direção de Mimi e a sacudo pelos ombros.

— Que diabo de brincadeira é essa? — grito. Ela começa a chorar. As lágrimas jorram enquanto a sacudo. Me pego chorando também.

Então a abraço e a aperto com força.

— Não tem a menor graça. Não tem graça se esconder assim. Para onde você foi? Procuramos pela porcaria do lugar todo.

O vestido dela está sujo e o cabelo coberto de teias de aranha.

— O que é isso? — pergunto retirando-as. — Para onde você foi, Mimi?

Primeiro ela olha para tia Ida e depois para mim.

— Posso tomar meu suco agora? — pede.

Tia Ida sai para o corredor.

— Você não deve brincar de esconde-esconde aqui! — aviso. — Não deve sair sozinha.

— Eu não estava sozinha — diz. — Fui lá naquela casinha.

— Você está me gozando, Mimi?

— Não tô. Eu não tava sozinha.

Vejo Sid em sua mão.

— Você quer dizer que estava com Sid?

— Nada disso, mas ela conhece Sid. Ela já tinha visto ele antes.

— De quem diabos está falando? Quem já tinha visto Sid antes?

— Não vou dizer — insiste. — Não vou dizer nada.

— Mimi, se não me contar, vou te dar o maior beliscão do mundo. — Seguro seu braço com minhas duas mãos e começo a torcer a pele.

— Não vou dizer — repete, franzindo o rosto e mostrando os dentinhos de dor. Mais lágrimas escorrem de seus olhos. Não posso continuar. Solto minha irmã. — Não vou contar — soluça, esfregando o braço. — Eu prometi; prefiro morrer.

— Não diga isso!

Saímos do aposento e voltamos para a sala. Titia está parada ao pé da escada de costas para nós, o braço apoiado no corrimão. Depois de um minuto ergue o avental e enxuga o rosto; então, ainda sem se voltar, entra na cozinha.

— Posso tomar meu suco agora? — pede Mimi.

— Cala a boca, Mimi — digo seguindo titia. — Você se comportou mal, muito mal. Não vai ganhar suco nem tão cedo.

Finn late na porta dos fundos. Titia vai buscá-lo.

— Outra xícara de chá? — pergunto quando ela volta.

— Não — responde. — Por que não leva Mimi a Bryers Guerdon e convida os meninos dos Jotman para brincar? Vou com vocês até o alto da colina.

— Vamos ficar bem — digo. — Não precisa vir conosco.

— Melhor assim — diz, retirando o xale do gancho. — Além do mais, ainda não fomos buscar o leite.

Mimi corre na frente, atirando galhos para Finn. Tia Ida e eu caminhamos caladas. De vez em quando a pego olhando por trás das árvores na direção da igreja.

No Glebe Woods, titia se detém por um instante e olha para trás, protegendo os olhos com a mão. Deixa-nos sozinhas, pega o leite e volta para acabar de lavar a roupa.

Mimi e eu seguimos para a estrada principal. Estou zangada por ela guardar um segredo de mim.

— Para onde você foi? — pergunto pela milésima vez.

Ela desvia o olhar para o campo de trigo.

ROGER

Acompanhei Pete até o topo da alameda e o esperei tomar o ônibus para Daneflete. Ele ia à festa de aniversário de Pip Bracken. Pip mora em Corsey Island e a mãe ia encontrar todos os amiguinhos em Daneflete e levá-los para casa. Pete disse que vão pegar caramujos na lama, do lado de fora da casa de Pip, arrancá-los das conchas com uma agulha e comê-los. Isso não é o que eu considero festa.

Quando o ônibus se afastou, vi Cora e Mimi passando pelo Thin Man. Cora contou que Mimi tinha bancado uma perfeita idiota se escondendo, e não ia ganhar nenhuma gostosura na minha casa: nem biscoitos nem sorvete.

Ao chegarmos, queria não ter ido pelos fundos porque mamãe nos viu e entregou uma enorme cesta de roupa lavada para pendurar no varal. Pelo menos podíamos conversar enquanto pendurávamos as roupas.

— Sabe — disse Cora —, o padre Mansell disse que o pároco antes dele se chamava sr. Scaplehorn. Contou que existia uma casa paroquial antes de chegar à Glebe House, mas que queimou num incêndio horrível centenas de anos atrás e que aquilo no bosque são as ruínas. Nunca foi um castelo, sabe, nunca foi.

Cora retirou umas calças minhas da cesta e já ia pegando dois prendedores para pendurá-las quando as arranquei de sua mão e as enfiei no bolso. Eram minhas calças rasgadas nos fundilhos.

— De Pete — resmunguei.

CORA

Quando terminamos de pendurar a roupa, mostrei a Roger o pedaço de papel do bloco do sr. Bannister.

— Olha! — disse eu. — *Petrus Hilliardus, Hillyard.* Era isso que eu queria te mostrar ontem na partida de críquete. Olha só: o nome é quase igual. Acho que o quadro é um retrato desse padre Hillyard de quem Gussie falou, mas o quadro é muito, muito velho mesmo. Ele já deve ter morrido há séculos.

— A não ser que seja o nome da pessoa que pintou o quadro, o artista. Eles sempre colocam os nomes.

— Bem, mesmo assim é velho.

— Essa primeira palavra, *Petrus* — disse ele. — É Peter em latim. Está no meu missal: *Tu es Petrus*, que quer dizer *És Peter.*

A sra. Jotman saiu.

— Roger, vou visitar tia Barbara. Como ela está doente, lavei umas roupas dela. Pamela está tirando seu cochilo. Não vai incomodar. Se eu não voltar a tempo, pode preparar torradas com queijo para o jantar? Não se esqueça de tirar da corda tudo o que estiver seco e *dobrar*, e não jogue tudo de qualquer jeito na cesta. Se Pamela acordar, melhor me chamar, mas ela deve dormir por cerca de duas horas. E fique de olho em Dennis. Pete não achou o canivete hoje de manhã e acho que foi Dennis quem pegou. Ele jura de pé junto que não foi, mas sei que está mentindo. Não quero que ele rasgue as cortinas.

— Tá bem. Tchau.

— A melhor parte — disse eu quando a sra. Jotman tinha sumido na lateral da casa — é que o padre Mansell contou que tem uma lista de todos os párocos que já serviram em All Hallows em algum lugar na igreja.

— Mas, como eu disse, nem sabemos se esse tal de Hillyard foi um pároco, né? — perguntou Roger.

— Se não olharmos, aí é que não vamos saber mesmo.

— Está bem, mas vamos esperar até mamãe voltar.

ROGER

Cora e eu demos uma espiadela para nos certificar de que não havia ninguém por perto e nos esgueiramos pela cerca quebrada. As velhas ruínas não ficam longe da alameda. Ao redor, muitas árvores tapam as ruínas, que só são vistas caso se preste muita atenção. Não que haja muita coisa para ver: restos de muros, todos verdes de musgo, e montinhos de um negócio meio queimado, no meio da erva daninha. A maioria apenas montinhos aplainados, mas se você cava a terra e o musgo com um graveto, os tijolos quase chegam ao topo.

— Quando se sabe do incêndio, então dá para ver — disse Cora, cutucando entre as pedras. — Alguns desses tijolos estão pretos.

Entramos um pouco mais no bosque, pensando até onde iam as ruínas.

— Deve ter sido um lugar enorme, lindo — disse Cora.

Voltamos para a alameda, passamos pela cerca e corremos até a igreja.

— Posso saber o que está procurando? — perguntei ofegante, abrindo a porta.

— Não faço ideia. Pete interrompeu o padre Mansell quando ele ia dizer.

Entramos.

— Hoje isso aqui não está horrível — sussurrou Cora.

— Estava pensando nisso. Alguém fez uma limpeza desde a última vez que viemos aqui. Tem velas novas nos castiçais. Teve algum serviço ontem de manhã?

— Não faço a menor ideia. A sra. Campbell deve ter vindo arrumar.

CORA

Procuramos pela lista dos párocos em todo canto — nas placas nas paredes, nos livros de hinos, lá fora no pórtico, nas lápides no chão.

— Que tal atrás da cortina? — diz Roger.

Paramos e contemplamos a cortina bordada pesada pendurada atrás do altar, ocupando toda a largura do vitral. Ao longo da parede, um degrau de madeira.

— Se eu subir nisso, posso conseguir ver o que tem atrás da cortina — digo. Subo, mas o degrau é estreito demais para meus pés. Perco o equilíbrio e me agarro ao tecido. As argolas de metal se inclinam com um barulho estridente. Acabo no chão, arrastando a cortina junto com o trilho.

— Nossa! — sussurra Roger.

— O que foi?

— Põe isso de volta no lugar e depois vem aqui.

Deixo a cortina de lado e vou ao encontro de Roger.

Perco a respiração.

Na parede de pedra, gravado em letras enormes e irregulares, está escrito:

LIBERA ME DE MORTE AETERNA LIBERA ME DE ORE LEONIS

LIBERA ME LIBERA ME LIBERA ME PH 1584

Abaixo, mais garranchos, cavados com tamanha fúria usando chave de fenda ou buril, que a argamassa se partiu em lascas em torno das letras.

LIVRA-ME DA MORTE ETERNA LIVRA-ME DA BOCA DO LEÃO LIVRA-ME LIVRA-ME LIVRA-ME JS 1948

Andamos apressados pela nave da igreja, escancaramos a porta e corremos para o sol.

Eu me equilibro numa sepultura.

Por um tempão não conseguimos falar.

— Vamos ter que voltar — diz Roger. — Precisamos cobrir aquilo de novo.

— Não sei se consigo.

— E-eu vou se você quiser.

— Não, tudo bem. Eu vou.

Arrastamo-nos de volta ao pórtico e entramos mais uma vez na igreja. O ar parece pesado. Cobrimos a escrita com a cortina e damos as costas.

— Vamos ter que tentar aqui — digo, caminhando rumo ao arco da torre. — Nunca mais quero voltar a essa igreja enquanto viver, e esse é o único lugar onde ainda não olhamos.

ROGER

A pele de Cora estava úmida e brilhante. Ela olhou o teto da torre como se pudesse ver através dela. Esfregou a testa com a mão.

— Dá para ser rápido? — perguntou irritada. — Não suporto ficar aqui.

Na parede da direita tinha uma porta de madeira trancada que achei que devia levar aos sinos; à esquerda, outra cortina pesada pendurada. Peguei a ponta.

— Vamos olhar?

Cora suspirou e meneou a cabeça.

Atrás da cortina, havia outra pequena porta de madeira, escura de tão velha, perfurada por cupim e podre embaixo. Eu sacudi o ferrolho e abri a porta. A fechadura comprida se soltou da madeira e ficou na minha mão.

— Ei — gritou Cora. — Que brincadeira é essa?

— Quase todos os pregos estão faltando — disse eu, tentando com cuidado alinhar os pregos enferrujados restantes e colocar a fechadura de volta no lugar.

— Deixe essa porcaria pra lá. Olhe, aqui está.

Acima da porta uma comprida placa de mármore gravada com uma lista de nomes em duas colunas sob o título: PÁROCOS DESTA PARÓQUIA.

No topo da lista, somente nomes: *Guillaume de Pycard, Guillaume de Machaut, Jean de Fontcheval.* O primeiro com data era *William de Sutton 1231-1237*, e o último, *Jasper Scaplehorn 1932-1948.*

— Jasper Scaplehorn, JS. Será que ele escreveu aquele negócio na parede?

— Imagino que sim. *JS 1948*, o ano em que partiu.

Cora estendeu a mão e percorreu os nomes com o dedo. Lá estava, perto do final da primeira coluna: *Piers Hillyard 1540-1584*. Depois de Piers Hillyard não havia nenhum nome de pároco até *Walter Gomeringe 1643-1652*.

Botamos a cortina no lugar.

— Vamos nos mandar — disse Cora. — Estou enjoada.

Abri a porta e franzi os olhos contra a luz brilhante que cintilava no pátio do cemitério, do outro lado do arco escuro do pórtico. Por um segundo, apesar de meus olhos semicerrados, achei ter visto algo se mover.

CORA

Quando Roger e eu botamos o pé do lado de fora, o céu foi sacudido por gritos alarmados e bater de asas. Centenas de pássaros voaram das árvores ao redor. Quando os gritos emudeceram e os pássaros aos poucos desapareceram sobre o topo da colina, um estranho silêncio pairou sobre o cemitério. Parecia que tínhamos levado o ar abafado da igreja para fora conosco, um ar carregado e desconfortável.

Começamos a andar na direção da alameda. Uma brisa leve começou a soprar o capim entre os túmulos. Tudo quieto, exceto um baixo zumbido em meus ouvidos como o barulho de moscas. Talvez seja o som de meu próprio sangue.

Algo me faz olhar na direção do portal do cemitério, o portal dos mortos.

Meus pés congelam. Roger não se move. Ele também viu o homem próximo ao portal, usando uma roupa preta comprida. Fiapos de cabelo grisalho contornam o rosto coberto de bolhas. O topo da cabeça é careca. Sua barba fina flutua para o lado.

Ele nos encara, a mim e a Roger, sem piscar.

Num segundo ele desaparece. Quando suspiro aliviada, ele volta a aparecer, atrás de uma lápide, um pouco mais perto de nós. Desaparece de novo e reaparece ainda mais perto, cada vez mais perto, mais perto ainda, desaparecendo e reaparecendo mais uma vez.

Minha boca resseca.

O homem está a apenas três metros de distância. O rosto parece em carne viva.

Então, de dentro dele, através dos lábios que mal se movem, sai uma voz, uma voz fina e distante, que parece nos alcançar de um imenso mar de tempo, de outra terra a milhões de quilômetros.

Saiam deste lugar, diz ele, a voz vindo de um lugar distante, de outro mundo. *Ele voltou a perambular. Saiam deste lugar. Levem a criança embora. Ele está caçando. Vai encontrá-la.*

Então, entre as lápides, flutuando no ar, pequenas figuras aparecem. Embora sejam do tamanho de criancinhas, seus rostos descoloridos são velhos e corroídos, como os rostos dos mortos, os olhos nada além de buracos negros, os cabelos grisalhos e ralos.

Elas abrem os lábios arroxeados, rachados e começam a gritar em voz alta, chorosa: *Venham nos salvar, venham nos salvar...*

Quando olho, boquiaberta, muda de pavor, vejo que algumas não estão tão putrefatas quanto outras. Uma das menores, uma menina ainda de cabelo ondulado, dá um passo à frente do grupo e estende os braços para mim. Fico rígida. Ela parece Mimi... Me fita com seus olhos escuros vazios. *Venha me salvar, venha me salvar.*

O velho grita com as crianças. *Vocês estão perdidas. Voltem. Voltem.*

Elas começam a gemer, as vozes aumentando e abaixando de tom em ondas desoladas.

Depois do que parece um tempo enorme, enorme, começo a ver a grama, as flores silvestres e as sepulturas através dos corpos das crianças. Elas vão se desvanecendo, mas os gemidos continuam incessantes, bem depois de terem ido embora. A menininha é a última a desaparecer, os braços ainda estendidos na minha direção.

Leve a criança embora, repete o homem quando seu corpo se transforma em ar. *Ele voltou a perambular. Sabe que ela está aqui...*

Não sei quantos minutos se passaram. A brisa se foi. Sombras se movem pela grama quando os pássaros retornam e as árvores mais uma vez se enchem de música. Não tenho certeza de ainda estar no mundo que conheço.

— Já ouvi essas crianças antes — sussurro, o olhar ainda fixo no lugar onde se encontravam.

— O quê? Quando? — pergunta Roger em tom estridente.

— Em Guerdon Hall, de noite, achei que estava sonhando. Ele é o homem do quadro, é Piers Hillyard. Veio nos avisar.

— *Cave Bestiam.* — Roger estremece. — Cuidado com a fera.

ROGER

Deito, os olhos arregalados, fixos, ao som do tique-taque do relógio da cozinha marcando as horas da madrugada. Vejo o rosto do homem nas cortinas coloridas do quarto. Viro para a parede. Sinto seus dedos em minhas costas. Estremeço.

Não posso contar nada para Pete. Como poderia contar o que vimos?

CORA

Não quero dormir. Tenho medo de pesadelo. Me obrigo a permanecer acordada, ouvindo os camundongos arranhando as tábuas do assoalho.

Mimi cochila. Chutou a coberta. Faz tanto calor... Meu cabelo está úmido e grudento. Mimi se volta na minha direção, abre a sua boca. Puxo seu lábio inferior para cima e movo sua cabeça para a boca continuar fechada, depois dou um suspiro profundo e saio da cama.

O piso de madeira está frio. Vou até a janela e afasto as cortinas. Uma lua grande e amarela brilha num céu claro coalhado de estrelas, tão cintilantes que o jardim desperta com sombras ondulando através das cortinas sujas. A faixa do horizonte resplandece turquesa.

Ergo o ferrolho enferrujado de metal e tento abrir a janela, mas ela não se move. Empurro com força a madeira com as palmas das mãos e sinto um ligeiro movimento, depois bato com os punhos algumas vezes. Fico atenta, tentando descobrir se acordei tia Ida. Como não ouço nenhum som por trás da porta, empurro a moldura da janela com toda a força. Afinal ela chacoalha. Pequenas lascas de madeira se soltam, pintura velha e poeira saem, e aos poucos a janela range ao contato da pedra do parapeito e range ao se abrir, mas não por completo, por causa dos pregos enferrujados.

Me debruço o máximo no vão da janela e respiro o ar quente, contemplando a imensidão do jardim, a curva escura do riacho vazio ao redor e a desolação dos pântanos ao longe.

Uma suave brisa inclina as lâminas do capim; as folhas farfalham nas moitas. Um cheiro invade minhas narinas, podre e doce ao mesmo tempo, cheiro de animais mortos, de túmulo aberto. Senti esse cheiro hoje na torre da igreja.

Vislumbro um movimento nas árvores perto do galinheiro. Se uma raposa está querendo pegar as galinhas vou fazer barulho, bater palmas, jogar alguma coisa. Prendo a respiração e espero que surja entre as moitas.

Não é uma raposa.

Movendo-se devagar, sorrateiramente, aproxima-se de um ponto iluminado pela lua perto da cerca de arame. Embora o formato seja de um homem alto, rasteja como um animal.

Aproxima-se mais da luz, estica uma das mãos e depois a outra.

Minha respiração acelera.

Com o coração disparado, fecho a janela.

Devagar ele gira a cabeça e olha para cima. Pelos vidros da janela vejo o rosto ossudo como o de uma caveira. A coisa me olha das órbitas escuras dos olhos e arreganha a mandíbula, exibindo os dentes compridos, amarelos e pontudos tremeluzindo através dos vidros antigos como chamas de velas.

Em algum lugar na casa, Finn se inquieta e rosna.

TERÇA FEIRA, 19 DE AGOSTO

ROGER

No andar de cima, Pete brincava com seus soldados e pediu que o chamássemos quando saíssemos.

Mamãe foi dar comida e mudar a fralda de Bebê Pamela. Cora e eu sentamos na cozinha, quase sem falar. Ela estava um lixo, o cabelo solto, as olheiras escuras.

Eu fitei uma casca de pão no azulejo.

— Você tem certeza?

— Claro que tenho absoluta certeza.

— Pode ter sido um pesadelo, sabe? Depois de tudo que vimos.

— Já tive um monte de pesadelos malditos desde que cheguei aqui para saber a diferença. Não sou idiota.

— A luz da lua nos prega peças...

— Cala a boca, tá bem? Eu vi aquela coisa maldita! Assim como vimos aquele homem na igreja!

Mamãe entrou. Ambos fitamos o pedaço de pão.

— Vocês dois brigaram? — perguntou, acrescentando alegremente: — Não achou nenhum laço de fita, Cora? Quer que eu faça as tranças? Não me importo se não quiser, mas a sra. Eastfield não está acostumada a ter crianças por perto. Não tem prática. Eu faço, se quiser. Nunca consigo pentear um cabelo de menina nesta casa. Bebê Pamela ainda não tem cabelo.

— Tá bem — disse Cora, forçando um sorriso. — Obrigada. De vez em quando titia faz as tranças, mas aperta tanto que parece que vai arrancar as raízes dos meus cabelos.

Mamãe pegou a cesta de bugigangas na penteadeira.

— Qual cor prefere? Esse vermelho é bonito, não acha?

— Puxa, é muito bonito, é lindo — disse Cora. Mamãe pegou uma escova grande de cerdas pretas e começou a desembaraçar o cabelo de Cora. — Sra. Jotman, é verdade que a sra. Eastfield não está acostumada a ter crianças por perto? O que aconteceu com o filhinho dela?

Mamãe ficou de boca aberta e eu também. Ela parou a escova no ar.

— Que pergunta! — exclamou ela, recomeçando a escovar mais rápido.

— Ela teve um filho, não teve?

Mamãe passou os dedos pelos cabelos. Sempre fazia isso quando estava nervosa.

— Bem, para ser sincera, ela teve mesmo um — disse mamãe, repartindo o cabelo atrás. — Hum, acho que ele se chamava Edward. Você não deve ser tão rigorosa com sua tia, Cora. Ela passou por maus bocados.

— O que aconteceu com ele?

— Escuta, por que não pergunta a ela? Isso não é da minha conta. Você tem um cabelo lindo, grosso, querida. Tem mesmo um bocado de sorte. Puxou esse cabelo de sua mãe ou de seu pai?

— O que aconteceu com o filhinho dela? Eu não posso perguntar a *ela*, posso?

— Bem, Cora, se acha que ela não quer que você saiba, não é justo me perguntar. De qualquer maneira, é só fofoca.

— O que é fofoca? Se é fofoca e todo mundo daqui sabe, por que eu não posso saber? É minha família, não é? Se alguma coisa não é justa é eu não saber o que aconteceu com minha própria carne e sangue.

Mamãe suspirou. Os olhos de Cora umedeceram e ela fungou. Sinceramente não sabia se ia começar a chorar ou se era só fingimento, mas mamãe não gosta de ver ninguém sofrer, é uma manteiga derretida, e Cora sabe disso.

— Ah, Cora, não se aborreça. Ah, querida, você me coloca numa situação tão constrangedora. Olha, não diga a ninguém que eu falei, principalmente a sua tia... Para ser honesta, Cora, ninguém tem certeza. Ninguém sabe o que aconteceu com o pequenino, esse é que é o problema. Quando eu era pequena, ouvi uns comentários aqui e ali das conversas dos adultos. Tudo que sei é que ele morreu... desapareceu... em algum lugar por lá...

— O marido dela também morreu? — perguntei. Mamãe me lançou um olhar que me fez engolir em seco.

— Bem, sim, ele morreu, é óbvio. Caso contrário estaria por aqui, não é? — disse ela, pouco à vontade.

— Como ele morreu? — perguntei, me enchendo de coragem.

— Você está indo longe demais, Roger. Por que começaram a fazer todas essas perguntas? Isso é assunto particular da sra. Eastfield. Não temos nada com isso.

— Ele se matou? — perguntou Cora.

— Cora! Isso é pergunta que se faça? — exclamou mamãe. — Nin-ninguém sabe o que aconteceu. Foi encontrado em Upper Field, perto de Glebe Woods, logo depois do sumiço do menininho. Estava caçando coelhos ou algo assim. Deve ter sido um acidente. Essas coisas acontecem. Uma arma pode disparar do lado errado.

Mamãe ficou quieta. Em seguida, para minha surpresa, continuou.

— A sra. Eastfield começou a entregar os pontos depois disso. Sua família, os Guerdon, eram donos de quase tudo. Desde a casa até Daneflete e o rio, depois subia até Hilsea e chegava quase ao outro lado de Fairing... muito pântano, é claro, não tinha muito uso para homens ou animais. A família Guerdon pertencia à nobreza muitos anos atrás, mas às vezes os títulos de nobreza são deixados de lado ou se perdem, e os Guerdon acabaram virando fazendeiros ricos. Não falta dinheiro, nunca faltou.

"Quando eu era criança, lembro-me da sra. Eastfield dirigindo um trator pela estrada principal. Durante a guerra ela contou com a ajuda das voluntárias que substituíam os agricultores convocados para a guerra e de trabalhadores braçais, mas nenhum ficou muito tempo. Era muito trabalho para ela. Aos poucos vendeu as terras para outros fazendeiros e, o que não vendeu, aluga."

— Bem, se ela tem dinheiro, por que não arruma aquela porcaria de casa? — perguntou Cora. — Está caindo aos pedaços.

— Ah, Cora — disse mamãe, trançando os cabelos de Cora —, às vezes quando coisas terríveis acontecem com alguém, ela... ela perde o ânimo, imagino. Deve ser duro. Há séculos aquela casa pertence à família Guerdon. E agora ela é... bem, é a última dos Guerdon, a única que nasceu com aquele nome e sobreviveu.

Foi isso o que a velha Gussie tinha dito: *a última dos Guerdon.*

— Na certa, não queria se dar ao trabalho — prosseguiu mamãe. — De qualquer jeito, por que deveria? Não vale a pena gastar dinheiro naquela casa velha, não acha? Depois que se for, quem vai querer morar ali, naquele lugar solitário, perto daquela igreja velha e esquisita...? São tantas histórias estranhas. Ninguém com a cabeça no lugar escolheria viver ali. Vai ser derrubada ou abandonada e acabará desabando sozinha.

— Por que então ela não se muda? — perguntou Cora.

— Para onde iria?

Cora não parava.

— Por que as pessoas aqui não querem que as crianças cheguem perto da igreja, então, sra. Jotman? Qual o problema? Que histórias estranhas são essas que a senhora falou? E por que ninguém gosta de tia Ida? Por que cochicham pelas suas costas? Por que ficam quietas quando ela entra em algum lugar?

— Ponto final, Cora! Sinceramente, isso não é o tipo de coisa que crianças devam perguntar. Já chega!

— Por que os adultos não contam nada às crianças? — resmungou Cora. — Como se a gente fosse idiota.

Mamãe suspirou.

— Era assim quando eu era criança.

Prendeu a ponta da primeira trança e depois se ocupou em pentear e dividir o resto do cabelo de Cora em três para a outra trança.

— Olha — prosseguiu —, o pessoal daqui sempre desconfia daquela igreja, sempre desconfiou. Na certa não passam de superstições sem sentido, mas, bem, algumas coisas estranhas e, para ser sincera, esquisitas aconteceram lá e nunca foram esclarecidas. Quanto a sua tia Ida, as pessoas têm reações estranhas com gente tocada pela tragédia. Acho que imaginam ser uma doença contagiosa ou algo parecido, então preferem manter a distância. As pessoas podem ser muito donas da verdade, sobretudo em cidades pequenas como a nossa. Todo mundo deve saber como vivem seus vizinhos, o que pensam. Têm de saber o terreno onde pisam. Isso as deixa seguras. Às vezes se sentem pouco à vontade com alguém diferente, ou esquisita, ou imprevisível, e, é claro, isso lhes dá assunto para falar. Certo?

— Mas é cruel não conversar com tia Ida — comentou Cora. — Já não basta toda a sua família ter ido embora e morrido? Ainda ter as pessoas fofocando...?

— Bem, tem outras coisas também, Cora — explicou mamãe. — Não é só por causa do marido e do filho da sra. Eastfield.

Quero dizer, mais recentemente, durante a guerra... Ouça, não estou nada à vontade em te contar isso. Não cabe a mim...

— Então continue falando.

— Não precisa ser grosseira, Cora. É feio.

— Desculpe, desculpe, sra. Jotman.

— Tem gente que ficaria horrorizada por eu dizer isso, principalmente sua tia. Se você abrir a boca...

— Prometo, juro pela minha mãe.

— Bem, durante a guerra — disse mamãe e eu me curvei. — Não tão perto, Roger, assim nem consigo respirar. Durante a guerra, duas irmãs que moravam em Londres foram mandadas para a casa da sra. Eastfield... acho que eram parentes, assim como você e Mimi, imagino... uma mais velha e a outra bem mais nova, na verdade mal começara a andar. Bem, a pequenininha desapareceu do mesmo jeito que Edward Eastfield.

— Mas o que aconteceu com ela?

— Bem, hum, ela pode ter se perdido. Os pântanos são traiçoeiros. Os juncos podem crescer e ficar do tamanho de uma casa, e tem charcos escondidos e lama. Você precisa ver direito onde anda quando se aproxima do rio. Os córregos cercam a casa e às vezes a maré sobe e desce. Não é lugar para crianças.

— Não procuraram a menina? A polícia não enviou equipes de busca? — perguntei.

— Sim, procuraram o quanto puderam, mas era na época da guerra. Tinham mais pedidos do que podiam atender. A Equipe de Voluntários da Defesa Local se envolveu, acho que eram chamados Guarda de Defesa Interna naquela época. Eu sei porque seu avô Bardock foi com a equipe aos pântanos procurar a menininha, Roger, mas acabaram desistindo. Sei lá, acho que não acreditaram que pudessem encontrá-la. Lembro-me de ouvir papai e mamãe cochichando quando achavam que eu não podia escutar. Ele esperava que fosse diferente daquela vez. Depois ouvi quando ela perguntou a ele, bem baixinho, se eles tinham atravessado a porta, não sei qual porta nem onde, para procurar a criança, mas ele cochichou que estava trancada. Pude perceber que ele estava... vamos dizer... assustado, o que me surpreendeu, porque seu avô não ficava preocupado com facilidade. Então ele disse que talvez acontecesse um milagre e ela aparecesse. Mas não aconteceu. Ela nunca apareceu.

"Para falar a verdade, odeio contar isso a vocês, mas a polícia levou a sra. Eastfield para um interrogatório. Não havia prova de delito, como dizem, e, no final, a soltaram."

— Nossa! — exclamei, surpreso ao imaginar a sra. Eastfield sendo presa como uma assassina.

— O que aconteceu com a irmã mais velha? — perguntou Cora.

— Alguém acabou vindo e a levando de volta para Londres. Ainda me lembro de ter ouvido comentários um ou mais anos depois que, para completar, a mãe da menina tinha morrido.

— Então as pessoas não gostam de tia Ida porque acham que ela mata crianças ou alguma coisa parecida?

— Não, ninguém pensa isso, Cora, sinceramente — respondeu mamãe. — Têm muitos motivos para não gostar dela. Para começar, ela não precisa deles. Não demonstra interesse em fazer parte da comunidade de Bryers Guerdon. Não dá nada e não pede nada, a não ser que absolutamente necessário. Na certa acreditam que ela é um pouco esnobe também, por causa do sotaque. De qualquer modo, isso na certa não importaria se ela se envolvesse com a comunidade, como o sr. e a sra. Treasure, por exemplo, mas ela se mantém à parte. Escolheu viver isolada, solitária, sozinha naquela casa velha. De qualquer modo, os Guerdon sempre foram considerados meio esquisitos.

Mamãe apertou bem a segunda trança com a fita vermelha.

— Sempre ouvimos histórias sobre Guerdon Hall — prosseguiu. — E é esquisito que a igreja fique abandonada quando tem uma cidade aqui em cima. Desde crianças nos diziam que os pântanos produziam uma praga e que as pessoas se mudaram para cá para cima para viver num terreno mais saudável. O medo de pegar a Peste Negra era suficiente para nos manter afastados quando crianças, além de outras histórias. — Mamãe riu. — O padre Mansell não liga muito para All Hallows. Quase todos os seus ofícios são na igreja de St. Mary, em North Fairing. Até o sr. Herbert, o sacristão, evita entrar lá se puder. Quando éramos crianças, nunca me esqueci... ele quase matou de susto a mim e a seu tio Bill inventando uma história de fantasma que ele havia visto no cemitério. Fiquei realmente de cabelo em pé, posso garantir. Que homem irresponsável e tolo.

"De qualquer modo, o fato é que os habitantes daqui de Bryers Guerdon gostam de pensar que basta ignorar coisas desagradáveis por bastante tempo para elas desaparecerem. Preferem não ser lembrados daqueles eventos pavorosos referentes à sra. Eastfield, então não gostam quando ela aparece aqui na cidade. Ela os obriga a se lembrarem de coisas que preferiam esquecer.

— Na certa a sra. Aylott e as amigas acharam que a sra. Eastfield não era a pessoa certa para hospedar Cora e Mimi — comentei. — Não é de espantar que estivessem cochichando na loja.

— Ah, sim, é claro — disse mamãe. — Elas cochicharam? Puxa vida!

— Sra. Jotman — disse Cora —, a senhora disse "supersti-ções sem sentido"? Então por que tudo isso?

— Ai, Cora, pensei que tivéssemos terminado. Ouça, quando você é... hum... alertada sobre certas coisas quando pequena, cresce acreditando em histórias idiotas e é muito difícil esquecê-las quando tem seus próprios filhos. Sempre passa pela nossa cabeça: *Será que tem alguma verdade nelas...?* Você entende o que eu quero dizer...

— Que histórias idiotas?

— Ai, Cora. — Mamãe levantou as mãos para o céu. — Você não deixa escapar nada? Quando penso nelas, não passam de bobagem.

— Quando pensa no quê?

— Ufa! — suspirou mamãe, dando as costas e se dirigindo para a porta. — Ufa! Eles costumavam nos avisar... Venha, vou te mostrar uma coisa. Vai ser rápido.

Cora e eu nos entreolhamos quando mamãe deixou a cozinha com a cesta. Voltou com um álbum de recortes vermelho e grande. Eu nunca havia olhado o livro, repelido por umas coisas sentimentais que ela prendera nele, como entradas para os filmes a que ela e papai assistiram no tempo em que namoravam.

Folheou umas páginas cinza enormes.

— Ah, aqui estão — disse, abrindo o livro sobre a mesa. Era a página dos recortes de jornais, presos com uma fita adesiva marrom velha. Os recortes amarelados pelo tempo ainda eram do jornal que entregavam toda quarta-feira, o *Lokswood Herald.*

Mamãe riu um pouco enquanto virava o álbum para que pudéssemos ver.

— A maioria dos repórteres na época era formada por jovens iniciantes, recém-saídos da escola, não tendo ainda atingido a idade para o serviço militar, ou por caras velhos. Publicavam umas notas bem idiotas no jornal, mas com a guerra as histórias locais não rendiam muito. É óbvio que o fato de aquela menininha sumir e a sra. Eastfield ser levada para a delegacia despertou certo interesse. Mandaram um repórter e um fotógrafo na tentativa de conseguir um furo, mas descobriram pouca coisa porque o pessoal aqui costuma se fechar diante de estranhos.

"Imagino que os rapazes acharam que deviam publicar qualquer coisa, para justificar terem vindo até aqui. Devem ter colhido informação de alguém, comentários. Olhe só isso. Diga se não é uma idiotice."

Numa página interna do jornal, uma manchete de pouco mais de um centímetro de altura: UM MONSTRO NOS PÂNTANOS?

— Os adultos costumavam nos assustar com isso — contou mamãe em tom baixo.

Voltei-me para Cora. Não esperava o que vi.

Seu rosto empalidecera. Não lia o artigo, mas fitava uma foto pequena, granulada, no canto inferior da página. A foto original era de duas meninas de pé, de braços dados, uma bem maior do que a outra, mas o jornal tinha imprimido apenas metade da foto, a da menor. Na legenda, as palavras impressas: *Anne Swift, a criança desaparecida.*

Mamãe percebeu a perturbação de Cora. Fechou rápido o álbum antes de eu conseguir olhar direito a foto e o levou da sala. Quando fui procurar o álbum mais tarde, não o encontrei.

Cora não disse uma palavra. Levantou-se e saiu para o jardim.

QUARTA-FEIRA, 20 DE AGOSTO

CORA

Observei tia Ida ajeitar o chapéu marrom se olhando no espelho da sala.

— Edith Shardlow e eu estudamos juntas no colégio interno — disse ela. — Nos encontramos mais ou menos uma vez por ano, para não perdermos o contato.

Retirou uma escova velha da mesinha e a passou nas pontas do cabelo, depois limpou uma mancha da bochecha. Quem acreditaria que tia Ida tinha uma amiga? Percebi quão pouco sabia da vida dela, exceto que sob aquele chapéu marrom mil segredos habitavam sua cabeça.

— A vida de Edith foi mais tranquila — acrescentou baixinho.

Tia Ida devia saber muito bem quem era aquela criança no jornal, a mesma menininha que estendera os braços para mim no cemitério: *A criança desaparecida. Anne Swift.*

— Vamos nos encontrar no Wren's Coffee House, em Lokswood, às onze e meia.

Anne Swift. Duas irmãs. Mamãe se chamava Susan Swift antes de se casar com papai. Susan e Anne. Papai e tia Ida tinham falado delas na sala de estar naquela noite da semana passada. Certamente mamãe não era a menina mais velha, cujo braço ainda aparecia na fotografia do jornal, junto ao da irmãzinha. Eu saberia se tivesse tido uma irmã — na certa alguém teria contado.

Não poderia ser mamãe a menina que voltara para Londres sozinha e cuja mãe morrera pouco depois — Agnes Swift, irmã de tia Ida. Papai sempre disse que seu marido, Jack Caolho, achava que ficaria rico casando com ela porque os Guerdon tinham um montão de dinheiro, mas ele não calculava que o pai de Agnes a deserdaria por ter se casado com ele. Agnes Swift — a ovelha negra. O Velho Guerdon nunca lhes deu um centavo.

— Vou comprar uma banana split para Mimi — disse titia. — A do Wren é uma delícia; vem coberta com calda grossa de chocolate. Então, como fecha cedo, se o tempo estiver bonito, vou levá-la para um passeio à beira-mar no andar de cima, sem capota, do ônibus.

Titia nunca me perguntou se eu também queria ir. Fiquei pensando se ela teria vergonha de mim, na frente da amiga dos tempos elegantes no colégio interno, do jeito que eu falava ou de onde viera, ou porque Edith Shardlow podia me perguntar sobre o meu olho. A mancha roxa desbotara para um tom amarelado. Talvez titia não tivesse me convidado porque não queria correr o risco de eu aceitar.

Era possível que não quisesse levar Mimi, mas não tinha escolha, por não confiar que eu cuidasse dela direito.

Eu nunca tinha comido uma banana split coberta com calda grossa de chocolate nem passeado à beira-mar.

Titia tinha se arrumado para a ocasião. Quando Mimi, no vestidinho branco de casinha de abelha rosa e verde, saiu da cozinha e entrou na sala e titia se ajoelhou para prender as fivelas de seus sapatos, senti o cheiro de naftalina.

— Vou levar Mimi ao banheiro — disse titia. — O padre Mansell vai nos dar uma carona até a estação em Daneflete. Se alguém bater à porta, se certifique de que é ele antes de abrir.

Observei a pequenina Mimi, de mãos dadas com tia Ida, erguendo os joelhos bem alto para subir os degraus, e titia se movendo com vagar e paciência ao seu lado.

Teria titia levado a pequena Anne lá em cima do mesmo jeito? Mamãe teria observado as duas, como eu agora?

Ouvi o barulho forte da aldrava. Abri a porta para o padre Mansell, que sorriu, tocou o chapéu como um cavalheiro, me olhou e avisou que o motorista estava à espera para levar a sra. Eastfield e a menininha para a estação em Daneflete.

— Seu chapéu está cheio de poeira — avisei quando ele cruzou a soleira.

— Ah, é mesmo — disse, tirando o chapéu e dando-lhe uma boa espanada. Depois, nervoso, passou os dedos na borda, sem saber direito o que dizer. Ele devia ter esquecido que já me conhecia até eu perguntar se ele havia bebido todo o Sanatogen que ganhara na rifa.

— Ah, é isso mesmo, os bilhetes, os bilhetes da rifa... — disse, reparando nas teias de aranha, na poeira grossa, nas cortinas rasgadas da janela na escada. — Por falar nisso, sabia que tem uma tigela de tomates no pórtico e um coelho morto?

— Vou avisar titia. Sabe, no jogo de críquete, o senhor estava me contando sobre o sr. Scaplehorn, o reitor antes do senhor.

— É verdade. Acho que ele vinha um bocado a esta casa. Ele e a sra. Eastfield eram bons amigos, sabe? — Olhou para o alto das escadas em busca de sinal de tia Ida e Mimi.

— O senhor estava dizendo que ele conhecia um bocado sobre este lugar, a igreja e tudo o mais.

— É, isso, ele... hum... fez muitas pesquisas acerca da história desta área, visitou os escritórios de registros do condado, a cidade e tudo quanto é lugar em seu tempo livre, ia a todo canto de bicicleta, assim me contaram.

Tirou o lenço do bolso e enxugou a testa. Tive a sensação de que ele não queria falar do padre Scaplehorn nem de nada comigo.

— O que ele fez com todo o material que encontrou?

— Deus meu, nunca conheci uma criança tão perguntadeira. Quer dizer, quando a sra. Mansell e eu nos mudamos para a Glebe House — continuou o pároco —, a maioria de seus papéis haviam sido deixados para trás. Em uma das gavetas de sua escrivaninha encontrei cadernos de anotações, cartas e cópias feitas de documentos históricos ligados a Guerdon Hall, à paróquia e à igreja. Para ser sincero, nem olhei direito. Sou mais matemático do que historiador. Também não sou bom em dar ênfase ao passado.

Dobrou o lenço e o guardou no bolso, depois deu uma olhada no relógio, enquanto se balançava para a frente e para trás, rangendo os sapatos.

— Imagino que tenha jogado tudo no lixo, já que não tinha interesse.

— Não, não — continuou, dando outra olhada de esguelha na direção da escadaria. — Não se pode jogar coisas fora assim. Não, guardei tudo em uma caixa de metal velha e a entreguei à sra. Eastfield. Achei que ela seria a única que poderia se interessar, já que quase todo o material dizia respeito à sua família. Você devia perguntar se ela ainda a tem. Num dia chuvoso, podia se distrair examinando o que tem lá dentro. Você me parece tão fascinada pelo assunto... Deve estar em algum lugar da casa. Você vai identificá-la porque pintei JS na tampa, Jasper Scaplehorn. A caixa é preta. Claro que também pode ser uma chatice. Quando a sra. Eastfield descer, eu pergunto onde guardou a caixa.

— Não, não se preocupe. Num dia chuvoso eu procuro. — Subi três degraus e gritei: — O padre Mansell está aqui! Está esperando faz um tempão! Tem um coelho e uns tomates no pórtico!

Ouvi os passinhos de Mimi no piso de madeira. Os passos de tia Ida os acompanharam.

— Guarde o coelho — disse ela. — O sr. Crawford deve ter trazido. Amanhã preparo um cozido.

Titia fechou Finn em sua casa. Ela encontrou dificuldade em fechar a porta antes de trancá-la, tamanho o estardalhaço que ele fez.

Descemos pela Chase. O padre Mansell deixara o carro Wolseley em casa.

— Não precisa se dar ao trabalho de nos acompanhar — dizia tia Ida. Eu tentava me lembrar onde tinha visto uma caixa preta como a que o pároco descrevera.

— Ah, eu gosto de caminhar — disse o padre Mansell. — Hoje parece um dia lindo para seu passeio. Dizem que vai chegar uma frente de calor.

— Hum, dizem qualquer coisa — comentou tia Ida. — Tem certeza de que pode nos buscar no trem das dezoito e quarenta? Caso contrário, podemos pegar o ônibus.

Lembrei! Tinha sido no quarto com o retrato do Velho Peter, na cômoda de gavetas, perto da cesta com as roupinhas de bebê.

— Incômodo nenhum, sra. Eastfield. Alegro-me em poder ajudá-la. Além do mais, hoje tenho uns afazeres em Daneflete. Tenho que checar umas impressões, que estão preparando para mim em Cottle, perto de Longship. Talvez até dê um pulo lá para tomar um traguinho. Depois vou visitar Edgar Selwyn. Faz tempo que não o encontro.

Conversaram então, enquanto virávamos à esquerda para subir a colina, de onde Roger e Pete desciam correndo tanto que não conseguiram parar. Passaram zunindo pela gente, berrando a plenos pulmões.

— Vou esperar aqui até eles subirem de novo — disse eu. — Tchau, Mimi. Divirta-se. Até logo, padre Mansell.

Padre Mansell tocou o chapéu, Mimi acenou com Sid e eu dei tchau para ele. Tia Ida apontou na direção da igreja, sacudiu o dedo e depois se voltou na direção da colina.

Roger e Pete, curvados, riam, as mãos nos joelhos, tentando recuperar o fôlego.

— Você quase se esborrachou, parceiro — disse Pete.

Eu me sentei na beira da grama e esperei que eles parassem de ofegar.

— Ai, doeu — disse Roger, esfregando o flanco. — Mas ganhei.

— Ganhou, mas amanhã eu ganho de você — disse Pete, se atirando de costas na grama.

— Aonde eles estão indo?

— Tia Ida vai encontrar uma amiga em Lokswood. Padre Mansell vai dar carona para elas até a estação de Daneflete. Melhor andarmos logo ou tia Ida vai ficar preocupada achando que vamos à igreja.

Limpamo-nos e começamos a subir a colina. Como era de se esperar, embora estivessem a uma grande distância na frente, tia Ida se virou, protegeu os olhos com a mão e olhou na nossa direção. Quando teve certeza de que subíamos atrás deles, voltou a se virar e a caminhar com Mimi e o padre Mansell.

— Olha, eu não quero ir à igreja. Quero voltar para casa. Podemos esperar até ouvir o motor do carro do padre Mansell se afastar?

— Para que diabos quer voltar para casa? — perguntou Pete.

— Quero tentar achar uma coisa. Uma caixa. Não posso procurar nada com titia por perto.

— Como vai encontrar uma caixa naquele lugar velho enorme? Sabe-se lá onde está! O que tem dentro? — perguntou Pete.

— Só documentos. É uma caixa de metal. Acho que sei onde está, então não vamos demorar.

Continuamos a subir a colina. Ao passarmos pelo Glebe Woods, ouvimos o bater das portas do carro, o motor sendo ligado, e depois o barulho das rodas do Wolseley no cascalho. Ao apontar o nariz na estrada saindo da Glebe House, vi tia Ida se curvar para a frente, no banco do carona, tentando ver se ainda subíamos a colina. Acenei, o carro virou à esquerda e seguiram pela alameda.

— Vamos! — gritei. Viramos e descemos correndo a colina, tão rápido que não podíamos parar nossas pernas, que nos levavam sozinhas para baixo até a Chase.

Ao chegarmos em casa, Finn começou a latir. Entramos no pórtico da frente e tentei sacudir a porta enorme. Ouvi as unhas do cachorro arranhando as tábuas e ele rosnou e gemeu para nós do outro lado.

— Vamos tentar as janelas — disse a Roger, arrastando-o de onde se plantara embaixo da placa do bebê chorando.

— Olha, as janelas foram todas fechadas com pregos, cada uma delas — disse ele ao se mover de uma janela a outra na direção dos fundos da casa, cobrindo as laterais do rosto com as mãos e espiando os aposentos através do vidro enquanto caminhávamos. Pregos compridos de ferro enferrujados tinham sido martelados nos peitoris para impedir a abertura das janelas.

— Alguém deve ter um bocado de medo de assaltantes — comentou Pete.

— Deve fazer um calor de rachar aí dentro — disse Roger ao chegarmos ao jardim dos fundos. — Nenhuma delas abre? O pobre do cachorro deve estar assando.

— Titia deixou água para ele. Vai ficar bem. Lembra que eu contei que abri minha janela uma noite dessas? Foi um trabalho do cão, os pregos estavam tão enferrujados que quebraram. Olha, lá em cima é o meu quarto.

Apontei para cima onde se via um caixilho de janela quebrado. Entre os dentes-de-leão na trilha encontramos lascas de madeira que, de tão podres, se desmancharam entre nossos dedos.

— Olha lá! — disse Roger. — Olha só isso! O que aconteceu aqui?

Estávamos de pé no pátio de pedras de cantaria entre as duas alas da casa, onde a hera se espalhara sobre as calhas e subia até o teto. Como, não faço ideia, mas galhos inteiros, as pontas quebradas ainda brancas e vivas, haviam sido arrancados e se estendiam pela trilha formando um tapete de folhas.

— Alguém subiu — disse Roger.

— Até o teto — acrescentou Pete, apontando. — Olha aquelas telhas soltas.

— Foi sua tia? — perguntou Roger.

— Pode me dizer por que cargas-d'água ela subiria no teto? Para se bronzear?

Rodeamos a casa, batendo nas janelas pregadas, Finn latindo para nós de vez em quando de lá de dentro, até chegarmos à extremidade do jardim onde titia nos proibira de ir por causa do poço. Sob as árvores, montes de urtigas e arbustos espinhosos tão perigosos quanto arame farpado. As amoras silvestres, depois de alguns dias de sol, já estavam doces.

Na extremidade da casa uma enorme chaminé de pedra subia desde abaixo do nível do chão. A casa afundara bastante desse lado, pois ao longo da parte inferior do muro, de cada lado da chaminé, viam-se as janelas cruzadas com barras de ferro e o vidro quebrado e sujo, quase obscurecido por ervas daninhas, capim e velhas folhas apodrecidas.

De um lado dessa gigantesca chaminé, outra menor, de tijolos, com certeza construída bem depois. Pressionei o rosto contra a janela mais próxima e vi que essa mais recente chaminé subia por trás do grande fogão preto da cozinha de tia Ida.

— Olha! — disse Roger. — Alguém andou cavando.

A alguns passos do muro, um monte de terra ainda úmida empilhada em torno de três lados de um buraco escuro.

— Cuidado — disse ele, se aproximando com cautela. — Pode ser o poço. — Ajoelhou-se na relva plana, apoiou as mãos de cada lado e se curvou. — Atire uma pedra, Pete.

Ela pousou quase de imediato, com um suave golpe surdo.

— Não me parece um poço — disse eu, me ajoelhando ao lado de Roger e examinando as bordas gramadas do buraco. — Não é fundo o suficiente, a não ser que tenham colocado uma tampa. Me ajude a descer.

— Não seja idiota. Se tiver uma tampa deve estar podre e você vai cair e se afogar.

— Agarre meus braços.

— Você não regula bem. Pete, venha ajudar.

Eles seguraram minhas mãos e balancei para trás. Meus pés tocaram a superfície firme, que pouco cedeu quando me mexi. Fiquei de pé. O buraco ia até meus joelhos.

— Preparem-se para me segurar — disse eu — e passem um galho.

Pete encontrou um galho pequeno. Eu cavei em volta dos meus pés; grande parte da terra tinha sido removida. Me vi plantada em pranchas de madeira que afundaram de leve quando mudei de posição. Movi-me com cuidado. O galho arranhou o metal, uma velha corrente de ferro presa por duas argolas enlameadas.

De repente um pedaço da prancha cedeu e meus pés afundaram num buraco pontiagudo. Senti uma pontada de dor, dei uma guinada e agarrei os braços dos meninos. Eles me puxaram. Meu tornozelo sangrava.

— É um alçapão preso com argolas e uma corrente de ferro — disse, limpando o sangue com a meia suja. — Tem um igualzinho lá nos fundos do Half Moon, perto da minha casa. Os homens da cervejaria rolam os barris da carroça para guardar dentro do porão.

— Ainda acho que é um poço — insistiu Roger. — Foi o que sua tia disse. — E eles colocaram essa porta para impedir as pessoas de cair.

— Sei lá, pode ser — disse eu —, mas é melhor irmos embora. Venha, Pete. A madeira apodreceu, tome cuidado.

Pete examinava a borda.

— Então quem foi que cavou e tirou a terra daí? Foi a sra. Eastfield? Para que vai querer esse buracão no jardim?

A casa estava fechada com tantos pregos e barras que não houve jeito de entrar. Fiquei irritada para valer.

— Quer olhar o antigo abrigo de guerra? — sugeriu Roger enquanto subíamos a colina rumo a Bryers Guerdon. — Papai disse que os soldados se instalavam ali comendo sanduíches, jogando cartas e esperando por Hitler.

O riacho, com árvores pendendo nas margens, corria pela estrada e marcava o limite entre dois campos, um de terreno plano no topo da colina que conduzia à estrada principal e o outro na ladeira.

— Ele passa por trás do abrigo de cimento para metralhadoras — explicou, apontando com o dedo o curso do riacho — e pelos campos de Bryers Guerdon até South Fairing e Daneflete. Depois fica bem mais largo e termina no estuario.

O portão trancado para o campo na colina ficava bem mais afastado, então, em vez de voltar, nos esprememos e passamos por um vão na cerca. Os arranhões nas pernas e nos braços por causa dos abrunheiros e espinheiros quase nos mataram de dor.

O alto trigo amarelo, quase maduro para colher, espalhava-se à nossa frente, oscilando devagar em ondas curvas sob o céu azul e sem nuvens. Entre os caules, ramalhetes de papoulas expunham seus cálices de flores escarlate ao sol quente.

— Aqui — gritou Roger, mergulhando entre o trigo.

— O fazendeiro não vai ficar danado se nos pegar amassando sua plantação?

— Não, é do Velho Ferguson. Ele é um sujeito grandalhão com a cara igualzinha a um balão púrpura grande. Jamais vai nos alcançar. Ele não é de nada na corrida.

Pete e eu escalamos o morro atrás de Roger, pisoteando o trigo. Arranquei umas papoulas e arrumei um buquê.

O abrigo era um bunker de concreto liso; na frente, o rio, e atrás, a cerca viva. Fora abandonado fazia tantos anos que as flores silvestres e urtigas cresciam e se espalhavam em torno dele, e os arbustos, recheados de roseiras bravas, cresciam tão alto quanto as janelas, fendas abertas de onde se enxergavam os pântanos à frente e o rio com o mar atrás.

Uma parede grossa e extra se erguia a meio metro de distância da porta. Roger disse que servia de abrigo para os soldados escaparem das explosões das bombas e para fornecer um pouco mais de proteção contra o vento e a chuva, mas para mim parecia a entrada de um banheiro de homem.

Dentro, também cheirava a banheiro de homem. Prendi a respiração.

— Aposto que o sr. Ferguson andou fazendo xixi aqui dentro — disse, tapando o nariz.

— E mais de uma vez — concluiu Roger.

A princípio era impossível ver alguma coisa naquela escuridão. Depois, aos poucos, consegui distinguir as formas de garrafas velhas quebradas, papéis de carta, jornais e outras porcarias largadas no chão de terra úmida.

— Pete e eu pensamos uma vez em montar um acampamento aqui, mas não quisemos nos sentar...

— Nem comer nada — acrescentou Pete —, com medo de pegar uma doença.

— Imagine se a gente fosse soldado e tivesse que passar a noite aqui, esperando pela invasão — disse eu. — Devia dar vontade de vomitar.

— É, mas eles não iam fazer xixi aqui dentro — disse Roger. — Teriam ido lá fora.

Pete começou a pular de um pé para o outro.

— Por que tinham que falar de xixi? Vou dar uma saidinha. Volto já.

Não sei quanto tempo demorou antes de Roger e eu mergulharmos no silêncio, pressentindo alguém lá fora, alguém que não era Pete.

Quando começamos a ouvir o barulho baixo, sibilante, triturante de alguma coisa se aproximando sorrateiramente, arrastando-se pela plantação? Quando percebemos pela primeira vez o cheiro de uma coisa velha, úmida e podre, mais forte que o cheiro dentro do abrigo? Por que nos olhamos, os olhos arregalados, sem ousar piscar, sem sequer ousar sussurrar?

Por que fiquei arrepiada e minha respiração saiu ofegante?

Voltamos os olhos na direção da entrada.

Uma sombra enorme e escura se movia lentamente, rastejando pelo piso de concreto atrás do muro externo, no formato de um homem comprido. Ao se aproximar da entrada, a sombra se agigantou de tal forma que cobriu cada centímetro de sol na parede.

A mão de carne fina, quase transparente e apodrecida, de dedos ossudos e retorcidos e unhas negras curvadas como garras de ferro estendeu-se e agarrou a beirada da porta.

Esperou um momento e em seguida emitiu um som de estertor, estridente, como se aspirasse o ar ou *farejasse*.

Não havia escapatória. Minhas pernas ficaram bambas. As flores caíram da minha mão. Fiquei tonta. Vacilei.

De repente me dei conta de que Roger me segurava. Minhas pernas tinham cedido. Quase desmaiei no chão.

— Já foi! Já foi! — disse em tom áspero.

— Pete! Cadê Pete? — Ofeguei. Nós nos erguemos e saímos correndo pela entrada.

Pete deitara nas moitas do outro lado da trincheira. Depois pulou e aterrissou na beirada.

— Já vamos embora? — perguntou com voz esganiçada.

— Vamos — disse Roger com voz fraca. — Vamos, meu parceiro.

— Puxa, qual o problema de vocês? Parece que viram um fantasma!

Enquanto Pete saltava pelo campo de trigo a caminho do vão da cerca, Roger e eu nos detivemos e observamos as pegadas. De um lado, as nossas, que formavam uma curva em direção à alameda. Do outro, marcas de que algo maior e mais pesado se movera, de quatro, em direção à beira do cemitério, além da cerca viva. Onde o trigo havia sido pisoteado, viam-se os traços de cor vermelho-sangue das pétalas esmagadas de papoulas.

ROGER

Montamos uns barquinhos com caixas de fósforo para Dennis e Terry, como os que papai fizera na enchente. Um pequeno ramo encaixado num quadrado de papel servia de vela presa com uma massinha de modelagem. Se a massa não fosse colocada direitinho, o barco viraria.

Empurramos os barquinhos pelo lago com talos de cana e armamos uma bonita frota, até Dennis começar um bate-boca com Terry por causa de um barco, ter um ataque, atirar pedras na água e afundar metade dos barcos. Quando Terry resmungou, Dennis acertou-o com o talo de cana, deixando-lhe uma enorme marca vermelha. Mamãe saiu correndo de dentro de casa e deu-lhe uma surra.

O almoço era *toad-in-the-hole** e purê, mas eu não estava com muito apetite. Mamãe examinou minha testa e perguntou se eu estava doente. Depois do almoço pegamos a mangueira. Dennis e Terry adoraram, pulando pelo jardim só de cuecas e soltando gargalhadas, enquanto eu e Cora corríamos atrás deles, acertando-lhes as pernas com jatos de água fria, mas sem vontade de rir.

Cora ficou cada vez mais quieta quando a tarde se foi.

---

* *Toad-in-the-hole* — prato tradicional inglês feito com massa de empada e linguiças. (N.T.)

— Melhor ir embora — disse ela, escondida atrás do barraco para evitar levar um banho. — Tia Ida e Mimi já devem ter voltado.

Fui com ela até a Ottery Lane. As sombras das árvores se estendiam pela estrada.

— Vou tentar encontrar a caixa de metal — disse ela. — Tem um monte de coisas do sr. Scaplehorn lá dentro. Aposto que tem informações que devemos saber.

— Mas você precisa tomar cuidado ou vai acabar com outro olho roxo.

Cora olhou para o chão.

— Eu devia ter contado antes. Talvez esteja ficando maluca, mas da última vez que entrei naquele quarto, ouvi uma mulher cantando...

— Era tia Ida?

— Não, ela tinha saído na chuva para ir ao galinheiro.

— Talvez outra pessoa more na casa. Já perguntou a ela?

— Roger, não tem ninguém morrendo naquela porcaria de casa. Estou te dizendo!

— Podem estar escondidas.

— Pode me explicar por que alguém ficaria escondido? Use essa droga de bom-senso.

— Então está me dizendo que era um fantasma?

— Como diabos vou saber? E-eu perguntei o nome dela.

— Puxa vida! Ela respondeu?

— *Kittie*. Ela disse: *Sou Kittie*.

— A gente, a gente tem visto umas coisas estranhas, Cora.

— Esqueça. É provável que eu esteja ficando doida. Aquela maldita casa leva qualquer um à loucura.

— Passo para te buscar amanhã?

— Não, não se preocupe. Eu levo Mimi. Tchau.

Cora atravessou a estrada principal sozinha.

CORA

Sabia que aquilo não estava caçando Roger, Pete nem a mim. Queria crianças menores do que nós. Por isso nos deixou em paz no abrigo de guerra. Levava criancinhas como Anne e... e Mimi, como as pequeninas almas no cemitério.

Cheguei ao cume da colina. Ao me deter e ouvir o escoar do riacho correndo sob a alameda, da cerca viva um melro chilreou sua música alta e clara. Dei mais alguns passos e estremeci. Ao atravessar sobre a água oculta, senti que eu me movia de um lugar seguro e acolhedor para outro, completamente diferente, hostil e perigoso.

Percorri os pântanos com o olhar. Entre os macios tufos de junco acinzentados, a luz quente faiscava dourada na água dos charcos. Talvez existissem lugares onde ninguém devesse viver, nem mesmo ir, não importa quão lindos parecessem.

Tia Ida e Mimi ainda não haviam voltado. Eu já sabia antes de chegar a Guerdon Hall. Ao me aproximar, ouvi os latidos de

Finn. Imaginei as unhas afiadas arranhando, inutilmente, as tábuas do chão, o dia inteiro.

Estava muito assustada para ir sozinha até os fundos da casa. Nem atravessar a ponte eu queria.

Em vez disso, passei pelo antigo galpão dos equipamentos, e me dirigi ao grande estábulo, metade da porta já estava despencada. As paredes eram de vigas de madeira marrom-escura, o teto de telha como a casa. Meio escondida na palha suja havia uma velha bicicleta enferrujada de homem, os pneus achatados como panquecas. Parecia que o estábulo não era limpo desde que as vacas moravam ali. Empurrei parte da palha para tapar a porta de entrada e juntei um montinho para servir de almofada. Depois, me sentei para observar algum movimento na estradinha Chase.

Lágrimas escorreram dos meus olhos. Não queria estar ali, sem ninguém perto de mim além daquele céu e das árvores farfalhando, do barro seco na estrada e daquele cachorrão latindo como se fosse passar o resto da vida preso. Queria estar bem longe daquela casa grande e velha afundando, dos esqueletos dos chalés do lado oposto, com suas ervas daninhas e janelas quebradas que nem olhos cegos, vazios. O que andava acontecendo ali e o que tinha acontecido antes — coisas horríveis que eu nem sequer conseguia compreender?

Queria estar de volta a Limehouse — junto de papai lendo o *Eagle* com os pés apoiados na lareira e mamãe na cozinha preparando torradas com ovos mexidos.

IDA EASTFIELD

Eu devia ter desconfiado que Hugh Mansell ia nos deixar na mão. Mesmo o melhor dos clérigos tem suas fraquezas, como o resto de nós. O padre Mansell tem um fraco por uísque. Umas doses de Buchanan com Edgar Selwyn em Daneflete, e a última coisa a cruzar sua mente seria o trem das 18h40.

Só espero que ele e o Wolseley cheguem em casa sem acidentes. Esperei por ele muito tempo, depois carreguei Mimi mais de três quilômetros até aparecer um ônibus.

Onde estará Cora? Nos Jotman? Como vou buscá-la? Com certeza não deve estar em casa sozinha.

Desço a escura estradinha Chase com dificuldade. Mimi pesa em meus braços. No sono, continua agarrada a Sid e ao cata-vento colorido comprado à beira-mar, o bonito vestido pregueado estava manchado de calda de chocolate.

Na casa, Finn uiva feito um lobo. Quando uma estrela solitária começa a piscar baixinho no céu, ao lado da lua cheia, uma pequena silhueta escura vem na minha direção saindo do estábulo.

CORA

Depois de tirar o vestido imundo de Mimi e colocá-la na cama, desci e preparei uma xícara de chá para tia Ida. Ela estava arriada na cozinha, esfregando os pés por cima das meias. Comemos umas linguiças frias que haviam sobrado da noite anterior, limpamos a maldita bagunça na frente da porta, onde Finn se servira do coelho, e espalhara e esmagara os tomates.

Lembro vagamente de me arrastar para o andar de cima para dormir, exausta demais para pensar em procurar a caixa.

QUINTA-FEIRA, 21 DE AGOSTO

CORA

Esperava que titia estivesse tão fatigada que me deixasse dormir até tarde, mas fui acordada por um latido, seguido do abrir e fechar da porta dos fundos. No silêncio do amanhecer ouvi a chave grande de ferro girando na fechadura da porta dos fundos, o alto e distinto estalar ecoando na passagem de pedra que levava à cozinha. Finn voltou a latir.

Tomada tanto pela surpresa quanto pelo medo, pulei da cama e corri para a janela. Afastei de leve as cortinas e espiei. Ao ouvir passos, olhei para baixo e, no lusco-fusco, vi tia Ida de casaco e xale caminhar debaixo da minha janela. Continuou contornando a casa e sumiu de vista. Aonde ia? Ainda era muito cedo para recolher o leite. Por que nos deixaria sozinhas?

Eu estava muito alerta para voltar para a cama, então decidi aproveitar a saída de titia para procurar a caixa de Jasper Scaplehorn. Eu ouvira titia nos trancando à chave. Finn se encontrava no andar de baixo; se alguém chegasse, ele latiria.

Peguei o cata-vento de Mimi caído no chão, coloquei-o perto dela, no travesseiro, abri a porta e saí. Passei pelo quarto vazio de titia, parei onde o corredor dobra à esquerda, logo antes dos três degraus, e espiei pela janela para verificar se titia já voltava. No jardim, a luz pálida do sol se espalhava pela grama fazendo cada folha úmida brilhar em sua própria capa de orvalho. Nenhum sinal de titia.

Subi correndo os três degraus pela passagem, desci do outro lado, atravessei o corredor bolorento, parei do lado de fora da última porta e puxei o ferrolho.

O quarto e o anexo estavam escuros como a noite; as janelas escurecidas por alguma massa pesada, compacta, impediam a entrada da luz do dia.

Caminhei sobre as tábuas, inclinei-me na direção da janela e recuei apavorada.

A janela estava totalmente coberta por moscas enormes, que rastejavam pelos vidros, os gordos corpos pretos e brancos amontoados. Moscas-varejeiras — moscas que não se dão ao trabalho de botar ovos, apenas larvas. Vovó uma vez me falou delas.

Enquanto olhava horrorizada, minúsculos frisos de luz começaram a aparecer nos vidros. As moscas decolavam voando para a porta aberta atrás de mim, zunindo perto da minha cabeça, roçando meu corpo, pousando por um momento e voando em seguida.

Para onde iriam numa casa onde as janelas viviam fechadas, as portas sempre trancadas? Podiam voar pela casa para todo o sempre. E circular sem parar. Subir e descer as escadas. Entrar e sair dos aposentos. Moscas grandes, sujas. Invadir os armários da cozinha. Inundar a despensa. Pousar na comida.

Tomada de nojo, me aproximei da cômoda e procurei a caixa preta de metal arranhado e enferrujado. Na tampa duas letras douradas cuidadosamente pintadas: JS. Respiro fundo, aliso a tampa e pego a caixa, surpresa com o peso. Dou uma espiada em Piers Hillyard, olhando para mim da moldura. Uma mosca rasteja sobre o seu rosto.

Na placa embaixo da lareira percebo algo murcho. Não imagino o que possa ter sido — um pedaço de pássaro ou de animal, que caiu da chaminé no chão da lareira, um banquete para os vermes. Suspendo o pesado atiçador de ferro, encostado na parede, e o cutuco. Parecia um pedaço de pele seca, de cor esverdeada.

De volta ao meu quarto arrasto a cadeira de madeira para a janela, para ficar de olho em tia Ida.

— O que tá fazendo, Cora? É o café da manhã?

— Tudo bem, Mimi. Ainda não tá na hora. Vai dormir.

Sento com a caixa nos joelhos; quebro duas unhas antes de conseguir abri-la. A parte de dentro da tampa brilha como nova, numa tonalidade amarela e verde cintilante em torno das palavras: CARAMELOS HORNER — O MELHOR CARAMELO DE TODOS OS TEMPOS.

A caixa está cheia de papéis velhos, de diferentes formatos e tamanhos, brancos e nítidos, velhos e amarelos, marrons e despedaçados nas beiradas, rasgados, dobrados e amassados. Páginas arrancadas, algumas impressas, outras de velhos jornais e ainda outras escritas à mão. No fundo da caixa, um caderno de anotações de capa de couro vinho, de cerca de dez por sete centímetros.

Nas páginas manuscritas, notei a letra irregular, apressada, às vezes subindo, de repente inclinando-se para a direita, cheias de palavras rabiscadas ou corrigidas que nem respingos de tinta. A impressão é de que o escritor não se importara com a profunda pressão do bico de pena na página.

Cada uma das observações trazia a assinatura *JS* — Jasper Scaplehorn.

Guardei tudo na caixa e peguei um envelope em cima da pilha no chão. Num papel lindo, grosso e creme, trazia gravadas as palavras: DIOCESE DE LOKSWOOD.

Havia sido aberta cuidadosamente com uma espátula. Li a carta.

Casa do Bispo,
Lokswood

30 de setembro de 1940.

Prezado Jasper,

Com referência à sua recente carta, o bispo tem muito prazer em colocar ao seu dispor qualquer documento de que necessite. Costumo ficar na biblioteca às segundas e terças à tarde, entre as 14 e as 16 horas. Basta aparecer e ficarei feliz em ajudá-lo a localizar o material relevante. Venha às 13 horas e almoçaremos juntos.

Terça é o dia de folga da sra. Berry, então, caso venha nesse dia, eu o convido para almoçar no Blue Anchor. A sopa de cogumelos deles é deliciosa.

Faz muito não nos vemos. Fico na expectativa de voltar a encontrá-lo.

Sinceras saudações,

Henry Massinger
Arquivista da Diocese de Lokswood

Recoloquei a carta no envelope e voltei a pegar a caderneta de couro. Na primeira página estava rabiscado:

O cavaleiro normando, Guillaume de Guerdon, desembarcou com o Conquistador e lutou ao lado do duque na batalha de Hastings. William recompensou seu fiel cavaleiro com terras em Bryers e a doação está registrada no Livro de Winchester. A terra, que faz fronteira com Daneflete e Faring a leste e os pântanos de Hilsey a oeste, é rica e fértil.

A família Guerdon construiu sua casa no terreno pantanoso, rodeada quase por completo por um riacho natural, originalmente fortificada para melhor defendê-la contra a desapropriação saxônica. Também construíram a igreja, All Hallows, e se tornaram senhores dos pastores de gado e ovelhas que ali habitavam.

A guerra, a peste e a fome passaram por Bryers Guerdon a caminho do mundo como sempre haviam feito, e as marés chegaram e se foram, subiram e baixaram, dia após dia, semana após semana, mês após mês e ano após ano.

A igreja é estranhamente isolada. Hoje em dia o vilarejo de Bryers Guerdon se localiza mais ao norte e a antiga calma das redondezas permanece inalterada. A igreja foi erigida em ponto central, entre as residências dos camponeses nos pântanos e a casa do lorde do solar, chamada de Guerdon Hall.

Uma das primeiras imagens militares na Inglaterra se encontra no santuário ao lado do altar. Representa Sir John Guerdon, falecido em 1348, provavelmente de Peste Negra.

No reinado da rainha Elizabeth I, Sir Edmund Carey Guerdon foi o primeiro lorde do solar. Ele se casou com Ygurne, filha mais nova da tradicional família Pleshett, e foi nessa época que Cain Lankin morou nos terrenos acidentados dos pântanos.

Fecho o livro e o coloco de volta na caixa; em seguida recolho mais cartas.

Vicariato de Hunsham,
Hunsham Parva,
Lokswood

13 de fevereiro de 1941.

Meu estimado Jasper,

O bispo me solicitou, como seu velho amigo e em caráter confidencial, que tentasse demovê-lo da ideia, pois acredita ser eu capaz de maiores progressos em convencê-lo do que ele foi capaz até o momento. Tomei conhecimento de que a situação encontra-se ligeiramente tensa entre vocês dois, mas escrevo munido de boa intenção, para deixá-lo saber que ele se preocupa muitíssimo com o seu bem-estar, sobretudo no que diz respeito à doença que enfrentou alguns anos atrás.

Ele acreditou que a solidão e o relativo conforto de viver em Bryers Guerdon lhe seriam benéficos; entretanto, começa a achar ter cometido um engano ao lhe sugerir isso. No relatório do dr. Rowstone, após sua recente consulta no Hospital Coldwell, o doutor recomendou sua transferência para uma paróquia mais movimentada, com um cura para ajudá-lo e também lhe fazer companhia, acreditando que isso pode vir a lhe ser útil. O bispo lhe informará caso surja uma vaga conveniente.

O bispo acredita também ser imperativo que se dissocie dos estranhos rumores que andam circulando em Bryers Guerdon quanto ao desaparecimento da pequena Anne Swift no verão passado. Em sua mais recente carta, o amigo comenta acreditar que algo sobrenatural contribuiu para a morte de Edward Eastfield em agosto de 1925. Posso apenas reiterar o que o bispo já lhe comunicou durante o curso de sua extensa correspondência: a polícia investigou ambos os desaparecimentos detidamente, fazendo uso de todos os recursos e potenciais humanos à disposição, e chegou à conclusão de não existir nenhuma evidência de qualquer atividade dessa espécie.

Ficou definido que o terreno pantanoso atrás de Guerdon Hall é perigoso e que, infelizmente, uma vez que o corpo de uma criancinha seja sugado pelo lodo ou pela água, torna-se extremamente difícil localizá-lo, sobretudo numa área despovoada como aquela, cobrindo muitos quilômetros quadrados e se estendendo até o estuário. Apesar de o amigo ter sido informado acerca das conclusões em diversas ocasiões, ainda insiste em perturbar o bispo com suas teorias mirabolantes (palavras dele, Jasper, não minhas).

Meu velho amigo, pela última vez, ele não irá tolerar em absoluto nenhuma outra investigação na área em torno da igreja All Hallows. Afirma que, como ministro ordenado pela Igreja, você deveria servir de exemplo, e que é seu dever supremo atenuar as suspeitas de natureza duvidosa entre seus paroquianos. Crenças supersticiosas persistem em algumas áreas rurais e é preciso desestimulá-las. Afinal, vivemos no século XX e não na Idade Média, embora deva dizer que, nesse período de guerra, eu me pergunte o quanto, efetivamente, progredimos.

Se continuar a dar crédito a essas ideias extravagantes e absurdas, o bispo acredita que você estará interferindo seriamente no processo natural de luto necessário ao bem-estar da família Swift e, decerto, da sra. Ida Eastfield, que, segundo é do nosso conhecimento, sofre muita pressão levando em conta todos esses acontecimentos. Deve ser um enorme fardo para ela carregar o peso da culpa por duas crianças sob seus cuidados se perderem desse modo, em incidentes com vários anos de intervalo, acumulado à dor da perda do marido, William Eastfield. As investigações quanto à sua morte se provaram inconclusivas, mas acredita-se que ele tirou a própria vida vítima de um ataque nervoso, em consequência do desaparecimento do filho.

A sra. Eastfield precisa de apoio incondicional e orientação espiritual nesse período. Compreendemos que, nessas circunstâncias, é natural que a suspeita recaia sobre ela, obrigando-a a suportar investigações humilhantes e sistemáticas por parte da polícia, o que seria mortificante para qualquer um, sobretudo para uma senhora de sua posição social.

Você é responsável por muitas pessoas em sua paróquia durante esses anos difíceis. Fomos informados de que a sra. Avis Goodwin, da Ottery Lane, perdeu seu marido durante a evacuação de Dunquerque, que a deixou com três crianças pequenas. Os pais e a irmã de outra paroquiana, a sra. Josephine Bennett, foram mortos num bombardeio que destruiu a casa da família em Shadwell, e agora ela se vê responsável pela criação de seus dois sobrinhos, que moram com ela desde o início da guerra, bem como de seus quatro filhos.

Essas pessoas precisam de seu cuidado e atenção, Jasper. O sacristão, Reginald Hibbert, nos comunicou acerca dessas famílias carentes para que as ajudemos com os fundos do bispado. Caso não nos tivesse avisado, não estaríamos a par das dificuldades enfrentadas pelas famílias. Você não deve, em absoluto, negligenciar os deveres impostos por seu cargo.

Solicito que considere com atenção tudo o que escrevi, Jasper. O bispo se recusa a manter qualquer espécie de correspondência com você no momento, portanto, me entregará todas as cartas enviadas, sem nem sequer abri-las. Assim sendo, no futuro próximo, eu lidarei diretamente com você. Solicitou-me também que lhe informasse, sem nem que pairasse nenhuma sombra de dúvida, que qualquer outra solicitação será inútil. Deixou claro que está disposto a ajudá-lo quanto aos assuntos paroquiais corriqueiros. Sei que você não deseja *se*r *transferido para outra paróquia, e farei o possível para evitar tal medida, todavia tenho pouca esperança em obter êxito, caso persista em continuar a trilhar o caminho que escolheu.*

Em termos pessoais, bem sabe que minha porta sempre estará aberta para você, Jasper. Ainda tenho um pouco daquele ótimo brandy Napoleon que trouxemos da França em 1932.

Sincera e humildemente me despeço.
Seu amigo,

Martin Godfrey Gilbert

De repente escuto passos na trilha lá embaixo. Pelo canto do olho percebo movimento lá fora e espio pela janela. Tia Ida se aproxima da casa. Relanceia os olhos para cima e me escondo, torcendo para que não me tenha visto. Ouço a chave grande girando na fechadura e o som das patas de Finn na cerâmica indo ao seu encontro.

Titia não deve imaginar que eu já esteja acordada. Tinha certeza de estar segura e poder ler mais. Abri outra carta. Havia sido escrita mais de quatro anos após a anterior.

Vicariato de Hunsham,
Hunsham Parva,
Lokswood

25 de junho de 1945.

Meu estimado Jasper,

Um novo começo para todos nós é o que sinceramente espero. Acredito que esteja melhor e que, afinal, se recupere por completo. Fiquei muito preocupado por você parecer não me reconhecer durante toda a sua permanência no Hospital de Coldwell, então foi com o coração mais leve que o deixei, após minha visita a Bryers Guerdon na última terça-feira. Você parecia ter, de certo modo, recuperado o ânimo, e fui tranquilizado pelo dr. Meldrum, que confirmou que você recuperaria a maioria de suas lembranças. Às vezes tratamentos que nos parecem cruéis e brutais nos fazem bem.

A sra. Eastfield me informou que seu substituto temporário, o jovem John Fox-Leigh, manteve All Hallows trancada durante a sua ausência e conduziu todos os serviços religiosos na igreja de St. Mary, em North Fairing. Compreendo que a esposa dele se sentisse pouco à vontade em All Hallows e não gostasse de morar ali, mas todos sabemos como as mulheres são quando à espera de um evento feliz. Lembro-me bem de Audrey quando Bernard estava a caminho — ela também sofria de pesadelos.

Assim que se sentir capaz, recomendo abrir a igreja ou a estrutura do prédio se deteriorará sem que nada possamos fazer. Compreendo que o prédio é vítima da umidade, o que causa odores ruins. Melhoraria bastante com uma dose regular de ar fresco. Talvez seja conveniente comemorar o Dia de Ação de Graças com uma cerimônia e encorajar uma alegre retomada dos paroquianos a essa igreja. Estou ciente de que preferem North Fairing, embora All Hallows seja a igreja da paróquia. Seria uma grande tragédia se caísse em desuso e seu estado de conservação fosse deixado de lado. É uma linda construção antiga.

Devo informá-lo, Jasper, de que enfrentei sérios problemas para persuadir o bispo a deixá-lo permanecer como pároco de Bryers Guerdon. Sei que não pretende deixar o local, então insisto em que faça as pazes com ele. Por favor, não torne a situação ainda mais difícil do que já é para você. Felizmente, Bryers Guerdon não é um trabalho árduo e, aos poucos, tenho certeza, você recobrará seu antigo ânimo, e será capaz de cumprir seus deveres com perfeição.

Por último, devo informá-lo de que o bispo deseja prosseguir com os planos de dividir a Glebe House em duas residências separadas. Como bem sabe, faz muito ele julga a casa grande demais para as necessidades modernas. Representantes do Comissariado Eclesiástico entrarão em contato num futuro próximo para marcar uma reunião com o objetivo de discutir as propostas.

Cuide-se, Jasper. Avise se eu puder ser de alguma utilidade.

Seu amigo mais sincero,

Martin Godfrey Gilbert

Quase ardendo de curiosidade e sem saber ao certo o que procurar, voltei a consultar o caderno de anotações.

Glebe House

7 de abril de 1947.

Preciso escrever, pois temo perder o resto de lucidez e o que me restou de memória. Sei o que dizem de mim no bispado. Martin, que Deus o proteja, me conta tudo, mas é difícil para ele, eu sei, pois deve continuar trabalhando como assistente do bispo. Quando estou sozinho, tarde da noite, por vezes me pergunto se eles têm razão, porque tudo me parece loucura, mas eu vi as crianças no cemitério. Estão aprisionadas num lugar que Hillyard chama de mundo intermediário. Eu também já o encontrei, mantendo sua eterna vigília, como castigo pelo que fez, sempre observando com seu pobre rosto queimado.

Haldane Thorston me confiou os documentos resgatados da antiga Glebe House por seu antepassado, que tudo arriscou para salvá-los do incêndio. Piers Hillyard parece ter tentado destruir a fera com o fogo e falhou na tentativa (se eu ao menos pudesse dizer "que sua alma repouse em paz"), mas ele não pode ter tido êxito, pois aquilo não pode ser vencido por meio de elementos deste mundo. Ele foi pendurado no ar, enterrado na terra, queimado com o fogo, e pelo que posso entender evita a água. Acredito que seja sustentado pela energia do sangue das criancinhas.

E disse o Senhor a Caim: "E agora maldito és tu desde a terra..." E disse Caim ao Senhor: "Veja! Por me teres expulsado da terra, de tua face me esconderei; e serei um fugitivo e um vagabundo na terra..."

Preciso descobrir mais... Deus nos ajude.

JS

Depois, na página seguinte:

23 de novembro de 25 Eliz. Indiciação de Aphra Rushes, de Shersted, Boxton, Bryers Guerdon e outros, solteirona, feiticeira e bruxa (*communis incantatrix et magica*). Enfeitiçadora tanto de homens quanto de animais e outras coisas mais, praticava a arte do sortilégio, da bruxaria e da magia. Sem Deus diante de seus olhos, mas movida por instigação diabólica, com sua malícia premeditada, contrária à Lei 5 da rainha Elizabeth, astuciosamente enfeitiçou e encantou John, filho de Edmund Carey Guerdon, cavaleiro, em Guerdon Hall, Bryers Guerdon, de um ano de idade, que morreu no dia 1º de agosto de 25 Eliz. A mencionada Aphra enfeitiçou Ygurne, mulher do mesmo Edmund Carey Guerdon, cavaleiro, em Guerdon Hall, Bryers Guerdon, dia 1º de agosto e a matou; a mencionada Aphra Rushes, com seus feitiços e encantamentos e sua grande malícia criminosa, assassinou os mencionados John Guerdon e Ygurne Guerdon.*

Bruxa.

Pedido negado.

Recusa-se a confessar.

Condenada a voltar à prisão, e ser colocada no pelourinho, para exposição pública, quatro vezes por seis horas, até confessar seu crime.

Indiciação de crime capital sancionada no ano 25 Eliz. e autorizada para os próximos inquéritos judiciais.

---

* O ano 25 do período elisabetano corresponde ao ano de 1583. (N. T.)

Virei a página.

16 de dezembro de 25 Eliz. Inquisição realizada no Mote Hall em Lokswood na presença de Robert Lord Myldmaye, Thomas Petrie, John Fawkes, Henry Cottingly, cavaleiros, William Chunce, Thomas Vernon, Edmund Purton e Henry Coker, escudeiros, e outros. Os jurados alegaram que a mencionada Aphra Rushes, de Shersted e Bryers Guerdon, solteirona, enfeitiçou e assassinou o mencionado John Guerdon, filho de Edmund Carey Guerdon, cavaleiro, e Ygurne Guerdon, esposa dele.

Julgamento de acordo com a constituição do Statute Incendetur ad Cindres (a ser queimado e transformado em cinzas).

Minhas mãos ficaram frias e úmidas e deixaram marcas na folha fina.

Dando prosseguimento, o juiz encerrou o processo e pronunciou a sentença de morte contra ela, como bem o merecia. Depois de ter recebido a condenação, Aphra foi conduzida do tribunal de volta à prisão, onde não permaneceu por mais de duas horas, enquanto os oficiais se preparavam para conduzi-la ao local da execução, em Bryers Guerdon. Para lá a acompanharam e no caminho, Miles Fortyce, um hábil especialista no assunto e conhecido sábio, enaltecido pela retidão, no dia designado, exortou essa mulher perniciosa a se arrepender. Tentou persuadi-la a reconhecer sua perversidade diante do povo e clamar a Deus por perdão, com o coração penitente, e se entregar nas mãos Dele, rogando que lhe fosse concedido o perdão. Contudo, ela não cedeu e foi para a morte, merecedora da punição da lei.

De repente ouço um barulho: os passos de tia Ida subindo as escadas.

Com a maior rapidez possível, recolhi os papéis do chão, andei na ponta dos pés até a cama e pulei nela com a caixa, o caderno de anotações e tudo o mais, cobrindo-me até o pescoço com o edredom. Prendi a respiração e apertei bem os olhos, com a caixa dura e fria encostada ao meu corpo e uma ponta da caderneta de couro espetando meu pescoço.

Mimi se virou.

Tia Ida parou do lado de fora do quarto, ouvidos atentos. Prendi minha respiração por tanto tempo que achei que morreria.

Não havia fechado as cortinas. Será que veria a fresta de luz por baixo da porta e descobriria que eu estava acordada?

O trinco estalou. Engoli em seco. Os papéis farfalharam. Não ousei, não ousei me mover.

O trinco voltou a estalar. Fez-se silêncio por um minuto, depois ouvi os pés de titia afastando-se na direção do seu quarto. A porta foi aberta com um rangido e fechada a seguir. Saí de debaixo das cobertas, a respiração acelerada.

Guardei os papéis soltos e as cartas dentro da caixa e a deixei no edredom entre Mimi e mim. Depois, me sentei e ajeitei o travesseiro macio de penas atrás de minha cabeça.

Abri mais uma vez o caderno de anotações. A luz quente do sol derramou-se pela cama. Cobri-me com o edredom. Os dedinhos dos pés de Mimi encostaram nas minhas pernas, mas enquanto lia comecei a sentir um frio gélido nos ossos.

ROGER

Cora batia na porta dos fundos. Só estava de pé porque papai me acordara antes de ir para o trabalho para avisar que mamãe não se sentia muito bem e que eu levasse uma xícara de chá para ela, na cama.

— Puxa, você chegou cedo — disse, espiando pela porta, tentando esconder meu pijama de caubói que ganhara de vovó.

— Preciso te mostrar uma coisa! É importante de verdade! — Cora perdera o fôlego. Entrou, arrastando Mimi, cujos olhos estavam turvos de sono.

— Não bata a porta! Mamãe ainda está deitada. Pamela teve febre e passou mal a noite inteira. Mamãe está um trapo. Acho que Terry também não está lá muito bem. Mantenha Mimi aqui dentro por um minuto.

Levei chá para mamãe, mas acho que ela nem notou. Fui até o quarto mudar de roupa. Pete ainda dormia.

Vesti a camisa velha usada ontem, ainda jogada no chão. Ao fechar a porta ouvi um barulho horrível de ânsia de vômito vindo do quarto de Terry e de Dennis. Esperei alguns segundos, na esperança de que mamãe aparecesse. Como isso não aconteceu, não tive escolha.

Terry se aproximou de mim tropeçando e vomitou na minha camisa e nas minhas calças. Fui esperto e recuei, e parte jorrou no piso.

— Que diabos, Terry! — berrei.

— Eu estava tentando ir ao banheiro — disse ele, limpando a boca com as costas da mão. — Estou me sentindo péssimo, Roger. Ai, lá vem mais...

E veio.

CORA

Sem saber como ligar a máquina de lavar, enchemos a banheira de água quente com o pacote inteiro de sabão em pó. Depois enfiamos as roupas dentro e as mexemos com uma colher de madeira da cozinha.

Bebê Pamela começou a chorar e Roger foi buscá-la no quarto da mãe. Pela fresta da porta, vi a sra. Jotman estatelada na cama. Pamela fedia que era um horror. Roger disse que eu deveria trocar sua fralda. Por sorte a sra. Jotman, os olhos vermelhos de sangue e os cabelos espetados, saiu do quarto e pegou a bebê.

Tentou limpar o chão do quarto de Terry usando detergente Dettol e mandou o filho permanecer no banheiro até passar o enjoo.

Dennis e Mimi foram brincar no jardim. Pete caiu logo dormindo. A sra. Jotman perambulou ninando Pamela, tentando decidir se devia ou não incomodar o médico.

ROGER

Não conseguimos achar muita coisa no armário; então preparamos uns sanduíches de manteiga e açúcar e nos sentamos lado a lado no galho do grande carvalho.

Cora tirou um caderninho de anotações de couro e umas cartas velhas e amassadas do bolso.

— Estavam todas naquela caixa. Eu a encontrei. Titia saiu bem cedinho, cedo mesmo, e eu entrei no quarto e a peguei.

— Cadê a caixa?

— Escondida debaixo da minha cama. Não pude trazer tudo, mas isso é o mais importante. Tive que vestir essas calças porque era a única roupa com um bolso grandão. Olha só isso.

Abriu o caderno de notas e o enfiou debaixo do meu nariz.

— A letra é horrível — disse eu, lendo.

— *...ela não cedeu e foi para a morte, merecedora da punição da lei.*

— Que negócio é esse? — perguntei ao terminar de ler todas as cartas e páginas que Cora queria que eu lesse por enquanto. — É horrível.

— E essa Anne Swift da carta é a menina na foto do jornal, no álbum de recortes de sua mãe. E... e ela é a mesma menininha do cemitério, aquela com os braços estendidos. Do lado da minha mãe são todos Swift, sabe? O sobrenome de mamãe antes de se casar com meu pai era Swift. A mãe dela, Agnes Guerdon, era irmã da tia Ida, e o pai era Jack Swift, o Caolho. Papai e tia Ida falaram de Anne quando ele veio aqui. Eu escutei a conversa. Tem a ver com a minha família.

Olhei as cartas de novo.

— Está vendo isso, Hospital Coldwell — apontei —, onde diz que o sr. Scaplehorn foi? É um hospital onde as pessoas vão quando ficam loucas. Fica fora da cidade, do outro lado de Lokswood. No feriado da Páscoa quando mamãe teve Terry, papai precisou ir até lá fazer uma inspeção. Ele me levou. Levou Pete e Dennis também para a gente deixar mamãe em paz.

"Atravessamos uns portões enormes com um muro gigantesco cheio de pedaços de vidro quebrado em cima. Ele nos deixou no carro enquanto entrou para fazer o que tinha que fazer. Havia um monte de janelinhas com grades e os muros eram muito altos. Vi alguém de camisolão branco olhando para fora, mas parecia um homem. Fiquei morrendo de medo até papai voltar."

— Talvez o sr. Scaplehorn estivesse ficando louco... Veja isso — disse Cora, folheando novamente o caderno de anotações e me mostrando uma página.

— *...apelos foram feitos aos bispos de Lokswood em 1753, 1812 e depois em 1878 e novamente em 1902 para realizar o Rito do Exorcismo em Guerdon Hall, Bryers Guerdon, todas as vezes por solicitação da família Guerdon.* Que palavra é essa aqui? — Ela colocou o dedo na palavra *exorcismo.* — Olha, diz os nomes dos padres que fizeram isso: *Francis Payne, Inigo Ryecart, Percival Wormald...*

— Espere um minuto — disse, me levantando. — Vou pegar meu dicionário.

A casa ainda estava com um cheiro de embrulhar o estômago, cheia de fumaça do panelão fervendo no gás com fraldas borbulhantes. Mamãe abria as janelas. Disse que Terry passara mal de novo, então eu precisava ir à loja da sra. Aylott comprar mais detergente. Pete amarrava os sapatos, quase pronto para buscar o dr. Meldrum lá no North End.

Encontrei meu dicionário debaixo de uma almofada no sofá da sala de estar. Estava aberto na letra S. Pete devia estar procurando *sutiã* ou *seio* de novo.

Levei o livro e encontramos a palavra *exorcismo.* Parecia ser um ritual realizado num lugar mal-assombrado por um padre com licença especial do bispo para expulsar fantasmas ou espíritos diabólicos.

— Mas esses exorcismos não devem ter funcionado, ou não precisariam pedir que os fizessem de novo.

— E olhe isso aqui — disse Cora. — A família Guerdon pediu outra espécie de cerimônia... talvez a mesma coisa, talvez um exorcismo, mas aqui não diz... no cemitério da igreja e isso foi em 1910!

— Puxa! — exclamei. — A sra. Eastfield deve conhecer essa história. Deve ter sido um acontecimento e tanto. Ela devia ter mais ou menos a nossa idade.

— Bem, sabemos que o que quer que tenham feito não deu resultado, porque nós mesmos vimos coisas no cemitério. E olhe só isso... — Cora folheou depressa o caderno de notas. — É a coisa mais importante de todas...

Então, uma senhora gorda de uniforme azul-escuro apareceu na lateral da casa. Ela nos viu na árvore.

— Olá, Roger! — exclamou. — O doutor Meldrum está amarrado, então vim no lugar dele, ha-ha-ha, quando digo "amarrado" quero dizer ocupado, não que um ladrão o pegou. Ha-ha-ha. Tem muita gente com isso, com essa doença. Sua mãe está em casa?

Desci da árvore.

— Claro. Vai ficar muito contente em vê-la, enfermeira.

Ela subiu as escadas da varanda e bateu no caixilho da porta dos fundos, que se encontrava escancarada.

— Ó de casa! Sou eu, a enfermeira Smallbone,* sra. Jotman! — berrou, antes de desaparecer dentro da casa.

— Que nome engraçado para uma mulher tão grande — comentou Cora.

— Foi ela que nos trouxe ao mundo — contei. — Mas que desgraça! Quando Dennis estava a caminho, a enfermeira Smallbone corria pela Fieldpath Road no seu carrinho velho,

---

* *Smallbone* — osso pequeno. (N. T.)

um Ford Prefect, para atender mamãe, quando nosso cachorro, Bonzo, saiu correndo e se meteu bem na frente do carro. Pumba!, caiu mortinho. Ele era um cachorro maravilhoso, o Velho Bonzo. Quantas vezes eu preferia que ele estivesse conosco no lugar de Dennis.

Mamãe apareceu na porta e nos chamou, esfregando a testa.

— Podem ir até a loja da sra. Aylott e comprar mais Dettol e sabão em pó? Tome aqui o dinheiro.

Já de volta, no início da Fieldpath Road, puxei o braço de Cora e a interrompi.

— Escute aqui, não dá para eu ver aquilo que ia me mostrar quando a enfermeira Smallbone apareceu? Podemos não ter outra chance.

Percebi pelo canto do olho umas cortinas rasgadas e cinzentas se mexendo e me dei conta de estarmos diante do portão quebrado, na frente da casa da velha Gussie.

— Agora não — sussurrou Cora. — Aqui não. Depois.

Em casa, a enfermeira Smallbone tentava fazer Bebê Pamela tomar um pouco de água fervida com açúcar de uma mamadeira. Disse que se ela não melhorasse dentro de umas duas horas, teria que levá-la para a clínica em Daneflete.

Terry continuava choramingando, pendurado na barra da saia de mamãe, se sentindo infeliz porque ninguém lhe dava muita atenção. Mamãe começava a se irritar. Se a enfermeira Smallbone não estivesse ali, acho que o teria acertado.

Cora e eu retiramos a roupa seca da corda e penduramos as fraldas. Dennis e Mimi saíram correndo quando pedimos ajuda para dobrar a roupa. Levamos a cesta grande para dentro. Mamãe e a enfermeira tomavam chá, mas mamãe só bebia uns golinhos. Apesar de Pamela ter finalmente dormido e a enfermeira Smallbone achar que o pior já passara, mamãe parecia meio chorosa e nem parecia se importar com o chão todo molhado.

— Será que sua mãe não podia vir ajudar? — perguntou a enfermeira Smallbone.

— Ah, você sabe como ela é — disse mamãe baixinho. — Ela não aguenta tanta coisa. Seus nervos. Você vai ver: quando todos estivermos passando bem, aí ela leva os meninos para jantar, só para poder contar às amigas no clube como me ajudou. Nem ligo, sinceramente.

— Vou ter uma conversinha com ela.

— Não, não. Ela não anda bem desde que papai morreu. Já me acostumei. Melhor evitar briga.

Consegui preparar duas xícaras com o resto do chá no bule. Eu e Cora voltamos para o jardim carregando as xícaras e encontramos um lugarzinho sossegado na sombra.

— Veja — disse Cora —, o sr. Scaplehorn copiou isso em seu caderno de uns jornais velhos queimados que o tal sujeito, Haldane Thorston, tinha em casa. Ele diz que levaram dias para decifrar o que dizia o jornal; e onde tem esses pontinhos é porque o jornal estava queimado, então tem uns pedaços faltando.

— Lembra-se daquele dia na igreja quando eu lhe falei que Haldane Thorston era um cara velho que mora no Patches? No memorial da Primeira Grande Guerra tem os nomes dos três filhos dele. De vez em quando, ele costuma vir para esses lados fazer compras na loja da sra. Wickerby e da sra. Aylott. Às vezes eu e Pete o encontramos, quando vamos checar nossos campos lá no Patches.

— Bem, alguém da família do Haldane Thorston, algum antepassado, era esse empregado que trabalhou na antiga paróquia — disse Cora. — Parece que ele retirou alguns papéis ou os salvou antes de o lugar inteiro pegar fogo. Jasper Scaplehorn achava que aquela coisa, aquela coisa, aquela besta deve ter ido até a casa paroquial e Piers Hillyard tentou matá-lo com fogo, mas acabou botando fogo na casa e em si mesmo. Acho que tudo isso devia estar nesses documentos.

Tomei meu chá, peguei as páginas de Cora e comecei a ler.

PIERS HILLYARD

Meu coração palpita só de pensar no que fiz. Escrevo no meu quarto, já tarde da noite. Receio que minha vela apague em breve, e quem sabe o que se esconde na escuridão além dessas paredes. Escrevo morto de pavor da coisa que eu involuntariamente... (parte ilegível, chamuscada). Devo escrever, pois sei que a minha vida está condenada. Devo pagar pelo preço de minha loucura.

Sei que perco aos poucos a razão, e enquanto, graças a Deus, ainda me resta alguma sanidade mental devo escrever. Devo escrever...

Sei que Cain Lankin ameaçou causar mal aos Guerdon, e confrontou Sir Edmund em duas ocasiões, então quando este foi convocado a comparecer ao Conselho Privado por Nossa Majestade, a rainha Elizabeth, e, portanto, precisou se ausentar de casa por algum tempo, Sir Edmund exortou seus serviçais a tomar cuidado com Lankin.

Mas não há provas de que Lankin esteve em Guerdon Hall naquela lamentável noite em que Lady Ygurne e seu bebê foram mortos, que Deus conceda às pobres almas paz e misericórdia. Certamente, eu não podia me recusar a enterrar seu corpo em terreno sagrado baseado apenas em rumores e boatos.

A bruxa, Aphra Rushes, nunca disse que ele esteve lá, nem mesmo quando a enfiaram no barril de piche, nem mesmo quando foi arrastada, erguida e acorrentada na fogueira. Mesmo quando encostaram a tocha na madeira, ela não o denunciou. Miles Fortyce, tendo acompanhado a mulher condenada pelos tribunais superiores, em Lokswood, empenhou-se em persuadi-la a se arrepender de sua maldade, mas ela nada disse. Não soltou um único gemido, nem mesmo quando as chamas começaram a lamber a madeira. Há quem diga tê-la visto sorrir, bem como a sombra escura de Lúcifer abraçá-la no fogo, contudo eu não vi nada além da nuvem escura de fumaça do piche queimando. Mesmo o poste em que se encontrava amarrada começou a arder em chamas. Virei a cabeça e cobri o rosto. A fumaça me envolveu e o fedor da carne queimada me engolfou. Só então, na agonia da morte, Aphra Rushes deixou escapar um grito que trespassou os corações de todos os presentes e um sussurro percorreu a multidão. Naquele grito rouco, proferiu palavras que rasgaram o ar sufocante. Aphra Rushes amaldiçoou todos aqueles que carregassem o nome dos Guerdon, por toda a eternidade.

Em seguida, mergulhou no silêncio e foi consumida pelo fogo. Senti as cinzas quentes em minhas narinas.

De todas as diversas maneiras pelas quais um homem abandona sua vida desgraçada, o fogo deve ser a pior de todas. Estou profundamente aterrorizado de...

Encontrei seu corpo em terreno desolado. Parecia um monte de trapos, balançando ao vento, ao lado do córrego. Havia sangue na roupa esfarrapada e ao redor de sua boca e de seu cabelo, mas não me aproximei muito, pois constatei tratar-se de um leproso.

Para que não o tocassem, mandei embora as mulheres da paróquia que preparam os parentes falecidos. Os sacristãos chegaram com a caixa tosca de madeira montada às pressas, bem maior do que o caixão de qualquer homem que já conheci. Apavorados, amedrontados, apressados, fecharam com pregos a tampa sobre o cadáver sujo. Não sabíamos de quem era o sangue. Qual de nós era homem o suficiente para tocar no corpo? Quem se arriscaria a tal morte — e a tal vida?

Mas as pessoas não me deixaram sossegar até eu ordenar que abrissem o caixão e pendurassem Lankin no cadafalso. Paguei aos sacristãos e aos coveiros dois soberanos para enfiá-lo na jaula, pois não o fariam por menos. Tamanho era o comprimento do corpo que apenas a duras penas conseguiram seu objetivo. Por três dias ele ficou balançando, lá no topo da colina, para que todos o vissem, embora ninguém chegasse perto.

Uma tempestade assombrosa desabou sobre a terra e meu assistente, Moses, veio me dizer que fogos-fátuos tinham sido vistos entre os túmulos, no cemitério.

Um imenso raio, como o do próprio Júpiter, fulminou o campanário da igreja, no exato local em que Aphra Rushes havia sido encerrada, e enquanto tentávamos extinguir as chamas, senti no fundo de meu coração que aquilo era um sinal enviado do reino de Deus. Havíamos condenado sem provas um homem inocente, um homem que morrera sozinho e abandonado, e, portanto, merecedor de um enterro cristão.

Assim como as pessoas o haviam acusado, agora voltavam sua ira contra mim.

Quando, a minhas expensas, o sacristão o removeu da jaula, no terceiro dia, a podridão que consumira o corpo doente de Lankin em vida parecia não ter progredido após sua morte. Ele não mudara desde que eu o descobrira nos pântanos. Não suportava mais olhar aquele cadáver repugnante, portanto, fiz apenas o sinal da cruz em sua testa, antes que fechassem mais uma vez a tampa do caixão.

Ainda continuavam a me coagir a enterrá-lo fora do terreno sagrado, onde as quatro estradas se encontram, pregado na terra. Contudo, eu não podia acreditar que Aphra Rushes pudesse ter sofrido tanto sob tortura, consumida pelas chamas, e não ter jogado a culpa em outra pessoa. Até então recusava-me a considerar Cain Lankin culpado.

Contando apenas com a ajuda do pobre idiota, Shem, que diariamente recolhia grama para meu cavalo, uma vez que eu não mais dispunha de soberanos para dar ao sacristão ou a seus assistentes, arrastei a caixa ordinária que continha o corpo de Lankin, sob a luz da escuridão, até o limiar do portal do cemitério. Ele ficou ali, a meio caminho do solo sagrado. Erguendo minha lanterna para ler o texto, comecei a recitar a oração para encomendar seu corpo.

Naquele momento, um terrível pressentimento me invadiu e tive a sensação de minha alma ter sido arrancada de meu corpo e me observar de outro lugar, fora dos limites do portal do cemitério, do além. Barulhos e lamentos em minha própria cabeça, guinchos e gemidos, causavam-me uma dor mortificante. Nesse febril estupor observei Shem, as mãos apertando as têmporas, gemendo, tomado por aflição semelhante à minha.

Lancei uma desesperada súplica ao Senhor, e acreditando ouvir alguma resposta dos céus, persuadi Shem a me ajudar a arrastar o tosco caixão e cruzar o portal do cemitério. Fui forçado a tomar as mãos da boa alma e firmá-las no caixão e juntos o erguemos sobre o solo sagrado.

O tumulto cessou. Agradecia ao Criador, os cílios ainda selados em oração, quando senti um puxão no meu braço. Shem, o rosto desvairado e demente, apontou a caixa de madeira com a mão trêmula. Juro que a caixa havia se movido pelo menos quinze centímetros do local onde a colocáramos. Enquanto a observamos, ela se moveu para a frente e para trás, sem ajuda humana. Senti o sangue congelar e fui tomado por um pavor nunca antes experimentado.

Shem teria abandonado o local de imediato, mas tive medo de ser deixado sozinho com o cadáver e na escuridão, à exceção de minha lanterna; assim, persuadi o pobre rapaz a me ajudar a empurrar mais um pouco a caixa para dentro do cemitério.

Eu teria preparado um lugar de repouso para a caixa em local mais afastado, ao norte, mas estávamos ambos tão consumidos pela apreensão e pelo medo que não conseguiríamos atravessar o cemitério. Recordei-me da cavidade que o próprio Cain Lankin havia se esforçado para cavar perto do muro da igreja, na vã esperança por ele acalentada de salvar a mulher Aphra Rushes, e que nenhum homem havia coberto.

Por horas a fio, em total estado de exaustão, com a poeira preta e as cinzas das vigas carbonizadas do campanário atingido escurecendo nossas peles úmidas, tentamos a duras penas aumentar ainda mais o buraco. O caixão de Lankin ficou estendido no caminho e, enquanto nos empenhávamos, o vimos se mover três vezes mais. Shem, apesar de agitado e consumido pelo terror, atendeu a meu comando em consideração por eu ser o padre da paróquia.

Afinal havíamos cavado um buraco fundo o suficiente para encaixar o tosco caixão. Com grande dificuldade enterramos os restos repugnantes e o cobrimos de terra.

Shem escapou da igreja sob estado de grande perturbação. Após aquela noite, nunca mais voltei a ver o pobre infeliz. Desde esse dia desconheço seu paradeiro.

Apesar de ser um servidor de Deus, não compreendo muitas das coisas de que nosso mundo é constituído. Agora acredito que, mesmo enquanto vivia, Cain Lankin já era um morto-vivo, de alguma maneira parte da mesma estrutura daquele local inóspito que transformou em moradia.

Sou um homem de Deus, mas sou fraco e agora minha insensatez e meu erro causaram uma maldição tão terrível sobre a população que vive nos pântanos que eu, e apenas eu, devo encontrar um meio de desfazê-la. Maldição não menos terrível do que a que Aphra Rushes lançou sobre os membros da família Guerdon. No fundo de minha alma sei que minha vida está condenada. Eu mesmo me condenei ao inferno do qual busquei poupar Cain Lankin.

A situação não terminou com as abomináveis mortes de Lady Ygurne e seu filhinho ainda bebê. Meu Deus misericordioso, o terror apenas começara. Mais duas crianças... O povo está se mudando das terras pantanosas com seus rebanhos para recomeçar a vida nas terras altas além do...

Temo por meu próprio lar. Uma lavadeira, Kittie Wicken, chegou a essa casa vinda de Guerdon Hall e, graças a Deus, deu a vida, sem complicações, a um filho. Kittie recusou-se a permanecer no local durante as dores do parto e no último momento, enfrentando enorme dificuldade, subiu sozinha a colina. Ela é uma jovem estranha, com a mente afetada de alguma forma, acredito, ou consumida por segredos tenebrosos que lhe perturbam a paz. Ela não deixa o bebê sozinho nem de dia nem de noite e canta sempre para o bebê, sempre a mesma melodia terrível, torturada, pouco adequada aos ouvidos de uma criança. Eu não me esforço em prestar atenção às palavras, pois a voz de Kittie tem o poder de dilacerar a alma. A voz penetra em minha cabeça e me faz perder o pouco de juízo que ainda me resta. Mais um pouco e estaremos todos loucos aqui.

Kittie precisa voltar para Guerdon Hall, pois tem obrigações para com a família Guerdon, embora suplique para permanecer aqui. Ouço seus soluços e gemidos assustados à noite.

Confiou a mim um de seus segredos, que me encheu do mais profundo pesar, e representa um fardo para mim. Kittie confessou que Sir Edmund Guerdon é o pai de seu filho. Também contou que outras empregadas em Guerdon Hall têm medo do apetite do amo.

Não posso manter Kittie aqui por mais tempo, embora no momento talvez todos nós estejamos entregues à própria sorte.

Aqui e em Daneflete, Hilsey e Faring não consigo encontrar um carpinteiro que conserte o estrago no campanário. Talvez além de Lokswood...

Eles gritaram comigo, mas eu permiti que o corpo de um assassino passasse pelo portal do cemitério para ser enterrado em solo sagrado. Naquele momento, Cain Lankin passou para o mundo intermediá rio entre o céu e a terra.

Quem pode desfazer o terrível erro que cometi?

Fiquei cansado, entorpecido.

— Não sei o que dizer — disse eu a Cora. — Tem tanta coisa...

Após alguns momentos ela diz baixinho.

— Essa é a minha Kittie, Kittie Wicken. Ela ainda canta aquela canção, não na antiga casa paroquial, mas em Guerdon Hall.

CORA

Paramos no alto da colina. Segurei a mão de Mimi. Estava suada.

— O que a gente está esperando? — perguntou ela, puxando meu braço.

Minhas têmporas começaram a doer. Senti uma dorzinha nos ombros e joelhos.

Por três dias ele ficou balançando, lá no topo da colina, para que todos o vissem...

O enforcado deve ter sido pendurado aqui.

— Vem, maninha — murmurei. — Não gosto daqui. Vamos correr.

— Não posso. Estou enjoada — disse ela, engasgando.

— Tomara que não tenha pegado a doença que Bebê Pamela pegou.

Tentei apressá-la, mas ela não me acompanhou.

— Mimi, quero sair dessa colina. Temos que correr. Aperte minha mão com força.

— Não posso — se queixou. — Minha barriga está doendo.

— Você precisa, entende? — disse eu, puxando-a com força. Arrastei-a cada vez mais rápido até ouvir o som de seus pezinhos atrás de mim pela estrada.

— Não faz isso — soluçou. — Não gosto de você. Sid! Sid caiu!

Ela empacou. Tive que parar. No segundo que levou para levantar Sid, olhei para trás e vi uma figura alta e escura movendo-se sorrateiramente pela colina atrás de nós.

Oscilante, tonta, coloquei Mimi no colo e comecei a correr, cambaleando sob seu peso. Ela era pesada demais para mim.

— Por favor, tia Ida — sussurrei. — Venha, por favor.

Mimi choramingou, a cabeça balançando de um lado para o outro. Entrei cambaleante na Chase Street, tropeçando nos buracos.

Um homem gritava: "Cora! Cora! O que houve? Pare!"

Ainda correndo, virei a cabeça. O padre Mansell bufava correndo atrás de nós. Parei exausta. Mimi caiu dos meus braços. Meu estômago revirou. Cambaleei, me virei e vomitei na grama ao lado da estrada.

— Filhinha — disse o pároco, tentando recuperar o fôlego. — Minha filha, minha filhinha. Foi só isso? Vamos, minhas filhas, vou levá-las para casa.

Segui cambaleante.

— Eu vim aqui — disse o padre Mansell, ainda ofegante — pedir desculpas a sua tia Ida por não ter ido buscá-la em Daneflete ontem. Foi horrível, fiquei com uma dor de cabeça dos diabos; fui castigado pelo esquecimento.

Eu só pensava em me deitar, ali mesmo, e dormir na terra fria e dura.

— Falta pouco — repetia o padre Mansell em tom monótono, segurando meu cotovelo. — Quando visitava a sra. Pembroke em Bryers Guerdon hoje à tarde, sua tia perguntou se eu podia buscá-las na casa dos Jotman e levá-las para casa, mas quando cheguei lá vocês já tinham ido embora.

Tropecei ao me aproximar da entrada da propriedade de titia. Quando dei por mim estava em meio a um nevoeiro, na sala de tia Ida, que me segurava com carinho pelos ombros e olhava bem no fundo de meus olhos. Eu recuei e as tábuas de madeira do chão subiram na direção do meu rosto.

SEXTA-FEIRA, 22 DE AGOSTO

ROGER

O pão na cesta já estava mofando.

A sra. Lester, vizinha dos Wickerby, trouxe umas latas de sopa de tomate para eu esquentar na panela se alguém melhorasse e quisesse jantar. Agasalhou bem Pamela e disse que eu a levasse para uma volta. Subi a alameda de trás porque só tem uma casa caindo aos pedaços de tão velha lá e ninguém me veria empurrando o carrinho de bebê.

Cora devia estar doente, senão teria vindo.

SÁBADO, 23 DE AGOSTO

CORA

O dia vira noite; só não sei quando. Minha garganta e minha língua têm um gosto azedo. Minha barriga dói. Mimi não está aqui. Me espalho na cama grande. Às vezes sinto tanto calor que empurro o edredom e as colchas com os pés. Outras, tremo de frio e cato as cobertas, me enrolando toda sem conseguir me aquecer e parar de ranger os dentes.

Tia Ida me faz tomar uma bebida fria. Tão logo alcança meu estômago, dispara para fora e cai no balde ao lado da cama. Ouço o constante roçar do esfregão no chão.

Alguém passa uma esponja de água fria em meus braços e pernas e limpa meu rosto e cabelo com uma flanela quente. Às vezes acho que é tia Ida e, às vezes, a senhora de uniforme da casa de Roger. Outros rostos aparecem — um velho com o rosto queimado, uma bruxa de cabelos em chamas gritando: *Libera-me! Libera-me!*

As crianças chegam.

Cora, nos salve... nos salve, Cora...

Kittie se inclina sobre mim, cantando:

"Como a ama-seca dorme, como a ama-seca descansa.
Meu pequenino John, como berra e não se amansa."

Sinto o bafo de sua respiração quente e o roçar de seus cabelos trançados em meu peito.

Duas pessoas falam baixinho no quarto, as vozes suaves indo e vindo. Apesar dos olhos fechados, não estou totalmente adormecida. Sinto um pequenino objeto ser colocado gentilmente debaixo do meu braço. Alguém segura meu punho com delicadeza.

— Sempre tive curiosidade em saber como era essa casa velha, sra. Eastfield — sussurra um homem. — Afinal, depois de ter vivido em North End, a senhora entende. Sinto muito. Por favor, me perdoe. Estou sendo indelicado.

— Ah, não tem importância, doutor — murmura tia Ida. — Faz tanto tempo que tudo aconteceu.

— Como eram os Eastfield? Só conheci a filha, Rosalie, quando compramos a casa. Uma mulher encantadora, extremamente elegante.

— Ah, Rosalie era linda. Mas naquela época éramos todos. Era uma dessas famílias radiantes, doutor, uma dessas famílias que sempre parecia banhada pela luz do sol.

— O velho coronel Eastfield já tinha morrido, é claro, quando chegamos, mas a sra. Eastfield e Rosalie se mudaram para Sussex.

Acho que tinham parentes lá. Estranho uma mulher como ela nunca ter se casado.

— Muitas mulheres ficaram sozinhas depois da Grande Guerra, doutor Meldrum.

Eles mergulham no silêncio. O homem ergue meu braço de repente e retira o objeto.

— Lamento sinceramente, sra. Eastfield — murmura. — Nunca deveria ter tocado no assunto.

Alguém ajeita as minhas cobertas. Muito tempo parece se passar antes de tia Ida voltar a falar.

— Bem, que diferença faz agora? Faz tanto tempo, parece que eu vivi outra vida; entretanto, faz muito, muito tempo, que não penso no passado como nos últimos dias. — Suspirou. — Fiz mal, doutor, quero dizer, em me casar com Will. Só me casei com ele porque era parecido com o irmão.

O homem tosse, pouco à vontade.

— Sempre olhava para ele e desejava que fosse alguém diferente, às vezes até fingia que ele era o outro.

— A-acho melhor ir andando, sra. Eastfield — gagueja o homem.

Acho que tia Ida não está mais falando com ele. Tenho a impressão de que pouco lhe importa se ele ouve ou não, perdida em seu mundo particular.

— Meu irmão, Roland, e... se conheceram em Marlborough. Estranho morarem tão perto e só se conhecerem quando foram para longe de casa. Mas, enfim, nós sempre vivemos isolados das outras crianças. Ninguém queria vir brincar aqui; mesmo que quisessem, os pais não permitiriam. E nunca nos deixaram fazer amizade com os filhos dos empregados da fazenda, o senhor entende. Tínhamos apenas um ao outro como companhia até irmos para a escola.

"Claro, a tragédia para os Eastfield foi terem se envolvido com os Guerdon. Aos poucos, apagamos seu brilho..."

O homem se sente constrangido.

— É, bem... — começa.

— É perigoso se apaixonar por um Guerdon. Eu devia saber. Minha mãe fez o mesmo — continua titia, em seu próprio mundo. — Ele sabia que teria que se empenhar para persuadir o coronel. O velho nunca permitiria, e éramos tão jovens. Como o pai nem sequer aprovava sua amizade com Roland, mantivemos o segredo. Então, depois da guerra, o mundo mudou...

— As meninas já estão se recuperando — diz, apressado, o homem. — Como eu informei, esse vírus atacou muitas pessoas na cidade, mas não dura muito. Ainda não perdi ninguém. Até segunda-feira, essa aí na certa estará comendo como um porco. Talvez a menor demore mais um pouco para ficar boa, mas a senhora está fazendo tudo certinho. Pode me chamar imediatamente se a situação não melhorar.

Ouço o estalo de maleta fechando.

— Desculpe a franqueza, mas acho que a senhora deveria pensar seriamente em instalar uma conexão para telefone. Vive muito isolada. Ainda bem que o pároco me telefonou para avisar que eu deveria vir aqui dar uma olhada nas meninas. Imagine se ele não soubesse. E se fosse alguma doença mais grave? A senhora não tem ninguém para mandar levar recado.

Ele repousa a mão quente em minha testa. Tranquilizo-me.

As cortinas se fecham. Tiro uma soneca, acordo, cochilo e meus visitantes entram e saem de meus sonhos. Não tenho como saber se são reais.

De repente o sol resplandecente se infiltra no quarto.

— Cora, tente beber um pouquinho, querida — diz uma voz apaziguadora. A mão segura minha cabeça e tomo um gole de água adocicada, e depois mais um pouquinho. A mão volta a deitar minha cabeça no travesseiro com delicadeza.

Titia diz:

— Acho que não precisa mais desse balde.

Ainda num estado intermediário entre o sono e o despertar, vejo-a erguer o balde do chão. Uma pancada. Titia grita de dor. Fica de joelhos, ergue a beirada do edredom e olha debaixo da cama. Ouço-a prender o fôlego entre os dentes trincados, agitada. Em seguida se levanta rápido, batendo o balde contra algo metálico. Deixa o quarto com passos rápidos e firmes, e bate a porta.

DOMINGO, 24 DE AGOSTO

IDA EASTFIELD

Que ousadia! Como ousa bisbilhotar a minha casa? A caixa de Jasper! Como diabos ficou sabendo a respeito dela? Terá mostrado alguma coisa ao garoto da família Jotman? Espionando as minhas coisas, bisbilhotando e espionando!

Escrevi outra carta a Harry, mas nem posso sair para colocá-la no correio com as duas doentes. Vou precisar esquentar água na caldeira de cobre e lavar a roupa. Não posso deixar esse negócio fedorento de molho até amanhã.

Há moscas na casa toda. Se eu pudesse escancarar as janelas e deixar o ar fresco entrar, mas, mesmo que pudesse — elas estão pregadas há tanto tempo —, eu não ousaria. Não agora.

Estou furiosa com Cora. Investigar o passado desse jeito... Como ousa me fazer passar por tudo isso de novo?

Ai, meu Deus, é a fotografia que estamparam no jornal. Ah, Agnes... Annie era uma criança tão adorável.

Estou exausta.

SEGUNDA-FEIRA, 25 DE AGOSTO

ROGER

A sra. Campbell apareceu com umas compras e uma gostosa torta de carne e rins para o jantar. A massa tem quase três centímetros de espessura. Disse que eu devia enrolá-la em papel-alumínio e colocá-la no forno, no número cinco, por meia hora. Nunca liguei a porcaria do forno. Será que basta enfiar um fósforo lá dentro? E se eu explodir a casa?

Que bagunça! Dennis largou os carros espalhados. A sra. Campbell me mandou juntar tudo e lavar os pratos, mas não encontro o pano de prato e, afinal, por que eu deveria arrumar a bagunça de Dennis? Pensei em limpar o chão da cozinha, mas quando peguei o esfregão tinha vômito seco nele, aí o enfiei de volta no balde no canto da cozinha. Mamãe vai ter que dar um jeito nisso depois.

IDA EASTFIELD

Eu mesma vou ter que levar Cora e Mimi de volta a Londres, assim que Mimi ficar boa, mas será que Harry estará em casa? Cora diz que tem uma taverna chamada Half Moon perto da casa delas e que, se eu telefonar e deixar recado, o proprietário vai avisar ao pai. Eu deveria ter instalado uma conexão para o telefone quando tive oportunidade. Hugh Mansell me deixaria usar o dele; caso contrário, usaria o de Geoffrey Treasure. Preciso cuidar disso.

Mais alguns anos, é tudo. Quando eu me for, esta casa afundará nos pântanos a que pertence. Para falar a verdade, de onde nunca deveria ter saído. Um dia a igreja será fechada para sempre. Ninguém mais virá a este lugar ermo. Ele não vai mais atravessar a água e tudo terminará — tudo terminará.

Tudo corria bem até elas chegarem.

ROGER

Não acreditei quando vi Cora aparecer na porta dos fundos. Ela estava muito abatida.

— Não consegui ficar lá nem mais um segundo. Titia me deu outra carta para enviar para papai. Coloquei-a no correio no caminho para cá. Ah, e ela pegou a caixa de metal do sr. Scaplehorn.

Servi um pouco de bebida energética Lucozade da sra. Campbell para nós.

— Puxa! — exclamei. — Ela ficou zangada com você?

— Sei lá — respondeu Cora. — Não abriu o bico. Só fica perambulando feito uma pobre coitada. Mimi também não ficou boa. Aquilo lá está parecendo dia de enterro.

— E agora, o que vamos fazer?

— Bem, eu vinha pensando no caminho. Esse tal de Haldane Thorston... Você acha que ele contaria alguma coisa para a gente? Como ele é?

— Não sei direito. Ele não é como as outras pessoas lá do Patches. Ele fala com uma voz toda pomposa. Não dá para imaginar que ele fale daquele jeito quando se olha para ele, entende? Usa a barba comprida, roupas e botas velhas, e está sempre cuidando do jardim. Uma vez perguntei a mamãe e ela disse que alguém contou que o sr. Thorston tinha um tio que ganhou muito dinheiro na Índia e que esse tio pagou seus estudos num colégio interno e depois na faculdade. Mas o sr. Thorston não fez nada com tudo o que aprendeu. Voltou para Bryers Guerdon, casou com uma moça e teve um montão de filhos. Lembra que três morreram na Primeira Guerra Mundial?

— É muito azar — disse Cora. — Mas por que não vamos falar com ele? Não vai doer, né? A única coisa que pode acontecer é ele botar a gente para correr.

— É, pode ser. Você ainda não foi ao Patches, já foi?

Pete chegou assobiando, quase de volta a seu antigo eu. Não que ele tivesse ficado doente de verdade como os outros — provavelmente deve ter enfiado dois dedos na garganta para vomitar e chamar a atenção.

— Então vocês vão ao Patches? — perguntou Pete. — Posso ir?

— Hum, tá bem, parceiro.

Encontramos mamãe no sofá na sala de estar, de olhos fechados, com Pamela, bastante agitada, no colo.

— Podemos sair? — perguntei. Mamãe entreabriu os olhos e disse que tia Barbara viria mais tarde buscar Dennis e Terry, então podíamos sair sem problema porque ela daria o seu jeito.

CORA

Seguimos na direção de North Fairing. As casas desapareceram e a estrada se estreitou até a trilha dar lugar a barrancos lamacentos dos dois lados, nos forçando a andar pelo piche esburacado. Sobre nossas cabeças, o topo das árvores se unia num alto arco sussurrante.

Pouco mais adiante, nesse túnel verde, descemos à direita e demos num muro de tijolos salpicado de florezinhas roxas e samambaias miúdas. Depois de uns seis metros de caminhada, paramos diante de um portão alto de ferro com arabesco, cujas portas abertas deixavam ver um lindo jardim. Três salgueiros-chorões espalhavam suas imensas sombras arredondadas pelo gramado verde luxuriante que cercava uma elegante casa de cor creme, os muros quase escondidos por cascatas de rosas cor-de-rosa.

— Fecha a boca — disse Roger — ou vai acabar engolindo mosca. Essa é a North End, onde o doutor Meldrum mora. Sabe, ele estava no jogo de críquete com a sra. Meldrum e Caroline.

— Ah, é. O doutor Meldrum foi a Guerdon Hall quando eu fiquei doente. Eu ouvi tia Ida e ele conversando no quarto achando que eu estava dormindo. Sabia que antes do doutor Meldrum se mudar para cá era aqui que os Eastfield moravam? Os Eastfield, a família do marido de titia, sabe?

— Nossa, nunca soube.

— É verdade, essa era a casa deles — *uma dessas famílias que sempre parecia banhada pela luz do sol*, foi o que titia falou. *Uma família radiante.* Que bom, que adorável fazer parte de uma família radiante, uma família radiante numa linda casa de cor creme. O pai era coronel do exército.

— Então o capitão James Eastfield, cujo nome está no memorial na igreja — disse Roger —, o que foi morto na guerra de 1418... devia morar aqui...

Seguimos adiante e nos detivemos na sombra escura e fria do muro.

— Roger, tia Ida falou para o médico que ela não deveria ter se casado com Will Eastfield. Disse que só se casaram porque ele era parecido com o irmão. Esse capitão James Eastfield deve ser o irmão de que ela falava. Era um segredo. Ninguém sabia que eles namoravam.

IDA GUERDON

Rosalie e eu vamos juntas à cidade. Caminho para North End e logo depois Hedley nos leva de charrete à estação de Daneflete. Rosalie resolveu comprar um chapéu novo na loja de Rachel Byng, na South Molton Street, e depois vamos ao cinema antes de passar a noite com mamãe em Onslow Gardens.

Tudo corre às mil maravilhas. Descubro que preciso morder a língua para me impedir de mencionar o nome dele. Ontem não pude disfarçar um sorrisinho ridículo quando Rosalie mencionou que ele vinha para casa de folga — falta apenas uma semana. Uma semana, sete dias, cento e sessenta e oito horas (vamos considerar mais ou menos umas doze horas para cobrir os atrasos).

Tenho certeza de que Will sabe. Ele me dá umas olhadas esquisitas de vez em quando. Deve ter nos visto no jardim. Alistou-se no dia seguinte ao aniversário — ao que tudo indica, entusiasmado como uma criança diante de uma vitrine de doces. Decidiu não ir para Oxford até a guerra acabar. Começa o treinamento no mês que vem. Seria ótimo se pudessem ficar juntos na mesma unidade, e Roland também. Isso seria uma sorte e tanto! Mas é claro que eles não devem colocar os novos recrutas com os que estão na guerra desde a batalha de Mons, na Bélgica. Na verdade não sei o que fazem.

Desço a alameda. Há jacintos entre as árvores próximas à trilha de cinzas. Curvo-me para colher um pequeno buquê para Rosalie e ouço o ranger de uma bicicleta se aproximando. O rangido se repete várias vezes. Ergo o olhar e vejo o rapaz do posto dos telégrafos de Daneflete. Quer dizer, vejo o topo de seu boné. Anda rápido e de cabeça baixa.

Derrubo os jacintos. Eles caem entre os outros e tudo se embaralha numa espécie de neblina. Realmente está quente demais para usar casaco. Devia tê-lo deixado em casa, como Agnes repetiu duas vezes.

Que trabalho desagradável para um garoto como esse...

Certamente, há inúmeras outras casas a caminho de North Fairing, não apenas North End. Os Bendall, em Whitebeam, têm um filho, Nicholas, no exército, e tem os Thorston, é claro. Perderam George e o jovem Hal, com intervalo de um dia, na batalha de Somme, na França. Roland era o oficial do batalhão deles. Disse que teve que entornar metade de uma garrafa de uísque antes de conseguir escrever a carta de condolências. Frank Thorston, o mais jovem, ainda está servindo. Também tem Walter Paget, de Lamp Cottage. Ele serve na Marinha. Quem mais? Ah, sim, Albert Hatton — não, ele está no hospital e deve voltar logo para casa.

Ficarei calma. Cento e sessenta e oito horas (por alto).

Caminho pela alameda. O rapaz na bicicleta passa por mim e toca o boné, mas não levanta o rosto. O rangido se repete e continua, atordoando a minha cabeça, depois diminui e chega um momento em que penso ouvi-lo, mas é provável que não. Minhas pernas estão meio bambas. Estou tonta, mas faz tanto calor. Eu não devia ter vestido o casaco.

Minha bolsa é grande. Mamãe insistiu em que eu levasse os dois livros que esqueceu da última vez que veio aqui. Ergo o queixo. Os portões de North End estão próximos. Mantenho a cabeça erguida deliberadamente. Não quero olhar para baixo e ver as marcas das rodas da bicicleta no cascalho. Meu coração começa a bater desenfreado.

Realmente não quero que os Thorston sofram outra perda, ou os Bendall ou a sra. Paget; realmente não quero, mas...

Ele deve saber que eu vou dizer sim desta vez.

Paro no portão, escondida pelos salgueiros. Encosto-me. O maciço muro me sustenta. Descubro-me roendo as unhas.

A copeira, Betty, plantada entre as colunas, na porta da frente aberta, segura um pequeno envelope na mão. Aguarda por um longo momento, esfrega a testa com dedos trêmulos, depois se volta e entra na casa. Uma jovem vem à porta, o cabelo claro sedoso preso num coque acima da gola de renda do vestido verde de seda: Rosalie. A empregada aponta a trilha e mostra o envelope. A jovem leva a mão à boca. Ficam ali paradas por um instante antes de entrarem.

Dez minutos; quinze minutos se passam.

Uma a uma as cortinas são fechadas e a luz dentro da casa se apaga.

CORA

Voltamos à alameda, onde encontramos Pete balançando um besouro num graveto.

— Seguindo mais ou menos uns oitocentos metros, chegamos a North Fairing — disse Roger —, mas não tem muita coisa lá, só a igreja e umas fazendas. Mas o melhor é o touro do sr. Hancock. Fica solto no campo perto da alameda e é grande pra caramba. Às vezes fica lá escondido atrás da sebe e bufa quando alguém passa e a gente leva um susto que até pula. Eu não entraria naquele campo nem por um milhão de libras... bem, imagino que por um milhão eu entraria, mas não por cem. — Morde o lábio pensativo. — Sabe, talvez eu entrasse por cem, mas não por dez.

— Posso ver?

— Tá, levo você mais tarde ou amanhã.

— Melhor amanhã, minhas pernas ainda estão meio bambas. Quanto falta para chegar ao Patches?

— Já chegamos.

Uma trilha coberta de capim faz uma curva na alameda para a esquerda, larga o suficiente para um carro, embora seja bem provável que não fosse muito bom para o carro andar ali.

Nenhum ventinho. Prosseguimos caminho ladeando uma trilha bem castigada, agradecidos pela sombra dos arbustos e das árvores frondosas. Em clareiras atrás das altas cercas vivas, casinhas de madeira, muitas pintadas de verde, azul, cor-de-rosa e algumas com varandas como a dos Jotman.

Cada casa era cercada por um jardim recheado de frutas, flores e verduras — ervilhas graúdas prestes a explodir, vagens macias pendendo entre montes de florezinhas vermelhas subindo por cabanas de galhos, pencas de tomates vermelhos redondos brilhando nas varas de bambu ao lado de monstruosas abóboras, cenouras com penachos, alfaces prontas a serem devoradas e suculentas framboesas vermelhas. Por toda parte, ignorados pelos pássaros, pedaços de papel laminado e velhos canos lustrados pendiam frouxos de cordas.

Paramos e respiramos o odor de doçura. Pete queria entrar e pegar alguma coisa para comer, mas Roger e eu ficamos com medo de alguém ver. Então nos satisfizemos com as framboesas, maduras e macias, que cresciam ao longo da trilha.

Por todo canto flores transbordavam dos canteiros, disputando entre si a luz, subindo entre as árvores ou projetando-se sobre o topo das cercas vivas, acima de nossas cabeças.

— Hummm, cheira só isso — disse Pete, puxando um galho com flores amarelas entrelaçadas e aproximando-a do rosto. — Madressilva... Hummmmm.

Uma das macieiras, vergada sob o peso das frutas maduras, inclinava-se sobre a trilha.

— As maçãs em nosso jardim ainda estão miúdas — disse Roger. — Essas brotaram antes do tempo.

Engatinhamos na grama procurando frutas caídas das árvores e conseguimos encher nossas mãos. Quase todas pequenas, duras e azedas, mas algumas eram macias o bastante para comer. Roger disse que as maçãs estragadas eram recolhidas e dadas aos porcos. Arrancamos os bichos com o canivete de Roger. É preciso tomar cuidado com os bichos. Uma vez, na casa de vovó, ela encontrou um na maçã e cuspiu com tanta força que sua dentadura pulou e foi parar na lareira.

Num dos jardins duas vacas marrons, amarradas em cordas compridas a uma árvore nos olharam, ruminando sem parar, as bocas se mexendo em círculos. Percebi que os olhos enormes eram contornados por cílios espessos como os de Cissie Bedelius quando ela abriu a caixa com espelho e esfregou a mistura preta úmida com uma escovinha para seus olhos parecerem maiores.

— Que tipo de gente vive aqui? — perguntei.

— Gente que veio do East End de Londres entre as guerras e construiu essas casas — explicou Roger. — Eles não vão muito a Bryers Guerdon. Imagino que tenham tudo de que necessitam aqui.

— Então é como se tivessem fugido.

— Suponho que sim.

Papai me contou que temos chance de nos mudarmos para um dos apartamentos novos, quando o Conselho tiver terminado de derrubar as casas velhas como a nossa, em Limehouse. Perguntei onde mamãe penduraria a roupa lavada, onde colocariam a lixeira e se ainda íamos morar entre a tia Ivy e os Woollett, mas ele não sabia. Então, logo depois da Páscoa, a caminho da escola para casa, passei por uma imensa bola de ferro de demolição balançando na ponta de um guindaste, a apenas poucas ruas de distância da nossa.

Agora decidi que se a bola grande chegar à nossa rua, vou contar a papai sobre o Patches — talvez possamos escapar como essas pessoas. Papai poderia construir para nós uma casa de madeira — eu o ajudaria, e não teria mais que me preocupar com os homens que o fizeram ir parar no hospital e levar pontos no rosto, e talvez mamãe não ficasse longe tanto tempo. Seria bom morar no Patches e ter um jardim cheio de framboesas de graça.

Um grande gato malhado enroscou-se em nossas pernas pedindo carinho, depois deu as costas e saiu na direção de um vagão de trem verde sob uma árvore. Os detalhes em metal lustrosos brilhavam ao sol. Havia cortinas de renda penduradas nas janelas e uma chaminé torta, com um pequeno chapéu pontudo como um trabalhador chinês espetado no telhado. Amarrada a um poste no jardim, vimos uma cabra velha e branca.

— É aqui que o sr. Thorston mora? — perguntei, animada, mas Roger apontou um antigo chalé de sapê do outro lado da trilha.

— Ele não é igual a essas outras pessoas — respondeu. — Ele mora ali.

O chalé do sr. Thorston parecia o quadro na tampa da grande caixa de chocolates há meses na vitrine da loja da sra. Prewitt. Seu preço era alto demais para um de nós comprar, mesmo usando a poupança todinha acumulada o ano todo para as compras de Natal. Um dia a caixa sumiu. Acho que a sra. Prewitt acabou comendo tudo sozinha.

O lugar parecia tão velho quanto Guerdon Hall. Flores compridas roxas e cor-de-rosa alcançavam as janelas e o enorme teto de palha chegava quase ao topo das janelas. O sapê era de uma cor verde suja coberto com uma cerca de arame igual àquela dos galinheiros. Um pássaro com um rabo em V precipitou-se de debaixo do teto.

Pete empurrou o portão, que abriu num rangido. Seguimos, enquanto ele caminhava pela trilha entre as plantas embaralhadas até a porta baixa da frente. Bateu com força a aldrava de ferro. Ninguém respondeu.

— Vou dar uma espiada nos fundos — disse ele com voz esganiçada. Antes que pudéssemos impedir, ele correu pela lateral da casa. Segundos depois ouvimos seus passos voltando. Apareceu, pulando de uma perna para outra, segurando a cabeça e berrando: — Ai! Ai! Puxa vida!

A porta da frente se abriu e um rosto velho apareceu, meio escondido por uma espessa barba branca.

— Posso saber o que está acontecendo? — perguntou o homem com uma voz igual à do primeiro-ministro no rádio, profunda, bem articulada.

— Não sei — disse Roger. — Pete apareceu correndo lá dos fundos.

O homem saiu e de tão alto parecia se desdobrar.

— Menino tolo! — chamou a atenção de Pete que, vermelho e nervoso, chorava. — Você correu direto para a trilha de voo de minhas abelhas.

— Como eu podia adivinhar?

— Pelo amor de Deus, venha aqui — repreendeu-o. — Abaixe as mãos um instante. Como posso ajudar se você não me deixa ver?

O velho espiou o rosto de Pete. Depois, apertou-o algumas vezes em lugares diferentes, checando os dedos depois de cada apertão.

— Você é um paspalhão — resmungou. — Matou algumas abelhas de ótima qualidade! Esses pontos pretos são os traseiros delas!

— Estou pouco me importando com as porcarias de seus traseiros! — berrou Pete. — Minha cara está pegando fogo!

— Entre aqui. — O velho se curvou e nos conduziu pela porta da frente. Decidi que, afinal, estaria melhor em Londres, onde era pouco provável sermos perturbados por abelhas. A única vida selvagem por perto vinha depois que os pubs fechavam no sábado à noite.

A porta da frente dava direto na sala de estar. Alguns porta-retratos, dourados, já desbotados, de jovens uniformizados, eram vistos nos peitoris das janelas, que deviam ter no total uns quarenta e cinco centímetros de largura. Abaixei os olhos, sem querer olhar aqueles rostos.

A lareira de tijolos era quase da mesma largura que a parede dos fundos e de cada lado havia uma confortável poltrona de braço florida com almofadas. Na poltrona à direita fiquei surpresa ao ver uma senhora magra, de aparência frágil, a cabeça caída no peito, roncando baixinho. Um gato tigrado alaranjado, enroscado em seu colo, cochilava junto com ela.

Contra a parede lateral, atrás da poltrona, uma grande arca de madeira, que de tão velha era quase preta. Entalhada na frente, uma fileira de arcos e dentro de cada um, uma figurinha de madeira usando roupas antigas, olhando para fora com olhos miúdos.

O chão era mais inclinado do que o de Guerdon Hall. Fiquei surpresa de a mobília continuar onde estava e não ter escorregado pelos tacos e terminado numa pilha no canto inferior.

— Sente aqui — disse o sr. Thorston a Pete, apontando uma cadeirinha de palha. A cabeça do sr. Thorston quase roçava no teto baixo e ele precisava se inclinar bastante para passar para o outro cômodo.

Pete sentou, retorcendo-se e gemendo.

— Cala a boca — sussurrou Roger —, ou vai acabar acordando a sra. Thorston. — Então, tapando a boca com a mão para que só eu escutasse: — Não sabia que ainda existia uma sra. Thorston na terra dos vivos.

Por uma fresta da porta, eu vislumbrava uma mesa de madeira redonda, cadeiras e um guarda-louça entupido de copos, pratos e jarras. O sr. Thorston ainda estava no outro cômodo. Ouvimos o som de água respingando, sendo misturada, agitada. Ele voltou carregando uma xícara de estanho. Molhando o dedo, untou os inchaços rosados no rosto de Pete com uma fina pasta.

— É só um pouco de bicarbonato — explicou. — Tome, segure você mesmo a xícara. Toda vez que sentir pinicar, espalhe um pouco do preparado.

— Esfregue com cebola — disse alguém. Para nossa enorme surpresa, percebemos se tratar da sra. Thorston. Tão logo murmurou as palavras, a cabeça voltou a cair.

— Pouco provável — disse Pete, arrancando a xícara com grosseria. — Esse negócio basta, obrigado.

O sr. Thorston virou-se para mim e para Roger.

— Posso saber o que fazem aqui? E qual a pressa? Pelo amor de Deus, deem a um velho rabugento a chance de chegar até a porta.

— Desculpe, sr. Thorston — disse Roger. — Pete, peça desculpas.

— Desculpe, sr. Thorston — disse Pete, embora achasse que o sr. Thorston é quem deveria lhe pedir desculpas.

— Desculpe, sr Thorston — repeti. — Só queríamos perguntar umas coisinhas ao senhor.

— Desculpe sr. Thorston. Muitas desculpas, sr. Thorston — disse a sra. Thorston de sua poltrona numa voz infantil e trêmula, sem levantar a cabeça. Era tão velha que me deu vontade de rir, mas sabia que não deveria. Pete também. Só que ele não conseguiu conter um sorrisinho à custa da sra. Thorston. Roger chutou seu tornozelo e parte do bicarbonato derramou no joelho de Pete.

— Você está bem, Gracie? — perguntou o sr. Thorston.

— Estou bem, Hal. Você está bem? — retrucou a esposa, a cabeça no peito, os olhos fechados.

— Agora já sei que vocês são dois dos filhos de Rosie Jotman, mas quem será *você*? Do East End, se não me engano.

— Sou Cora Drumm, sr. Thorston — respondi —, e a sra. Eastfield é minha tia-avó Ida. Sua irmã, Agnes, minha avó, foi para Londres e morreu na guerra. Eu e minha irmãzinha Mimi, que é Elizabeth, estamos morando um tempo com tia Ida porque nossa mãe não está em casa no momento.

— E quantos anos tem Elizabeth? — perguntou, olhando-me fixamente, os olhos estreitando-se.

— Ah, por favor, sr. Thorston, chame minha irmã de Mimi. Mamãe e papai deram o nome de Elizabeth em homenagem à rainha, mas ela não se parece nada com uma Elizabeth. Tem quatro anos, mas é muito pequena para a idade.

Ele se sentou por um instante, o olhar fixo num ponto no chão, depois se levantou e cruzou novamente a porta para o outro cômodo sem dizer palavra. Roger e eu nos entreolhamos curiosos. Pete encheu o rosto de bicarbonato até ficar coberto de bolhas brancas grossas.

— Você está com cara de idiota — sibilou Roger. Pete esticou os dedos na direção de Roger, mas a mistura caiu no chão. Eu estendi o pé e esfreguei o pó.

O sr. Thorston voltou trazendo um prato lotado de pedaços amarelos. Passou pela janela, curvando-se para mostrar o prato mais de perto e um raio de sol iluminou os pedaços de cera enquanto o ouro derretido formava uma poça grossa de mel.

— Querem um pouco?

— Puxa, obrigado, sr. Thorston — exclamou Roger. — Olha, Pete, favos de mel.

— Venham se sentar à mesa no outro cômodo — disse o sr. Thorston —, porque lá não tem importância se sujar.

Pete parecia não saber ao certo se deveria comer algo vindo de suas inimigas abelhas, mas afinal resistir ao prato de favos de mel era pedir demais.

Chupamos e estalamos a boca, engolindo o mel doce, cuspindo os pedaços maiores de cera em nossas mãos lambuzadas.

O sr. Thorston sorriu enquanto nos empanturrávamos e contou que tinha três colmeias e uma máquina no galpão que fazia girar os favos para extrair o mel. Então desapareceu na porta dos fundos por alguns minutos e voltou com um enorme chapéu coberto por um véu, grossas luvas que impediam as abelhas de lhe morderem as mãos e um borrifador de fumaça que as deixava sonolentas para ele poder chegar perto das colmeias.

— Mesmo usando todo esse equipamento, de vez em quando sou picado, mas não me importo.

Uma voz chegou vinda do outro aposento.

— Para que mostrar todas essas coisas? Eles não querem ver nada disso.

— Está bem — exclamou o sr. Thorston. — Já vou tirar. Você está bem, Gracie?

— Estou bem, Hal. Você está bem?

O sr. Thorston encharcou uma toalha velha na água da pia e nos limpamos. Pete pediu para botar o chapelão e ficou o próprio idiota.

— Então por que vieram até aqui me procurar? — perguntou o sr. Thorston, enquanto o ajudávamos a limpar a mesa.

ROGER

Quando nos sentamos mais uma vez ao redor da mesa, o sr. Thorston olhou esperançosamente para Cora e depois para mim. Gostaria de ter imaginado uma desculpa para não levar Pete. Não queria falar muito na frente dele, mas como poderia dizer isso ao sr. Thorston? Enquanto ele examinava meu rosto pela terceira vez, eu desviei os olhos na direção de Pete. Logo percebi a sombra de um sorriso na boca do sr. Thorston.

— Então, Peter — disse, levantando-se. — Preciso de um garoto forte para uma tarefa muito importante. Saindo pelos fundos... faz favor, longe das colmeias... verá algumas ervilhas e vagens que precisam ser colhidas e uns tomates vermelhos maravilhosos. Venha comigo.

O sr. Thorston entrou com Pete na cozinha e lhe entregou uma cesta grande. Pete veio até a porta, o rosto manchado, exibindo a cesta e fazendo careta como se fosse uma honra ele ter sido o escolhido e não nós.

— Deixe os tomates por último — explicou o sr. Thorston — ou vai amassá-los com as vagens. Leve essa caixinha e pode enchê-la com framboesas, mas cuidado com os dedos. Talvez ainda tenha alguns morangos. Você vai precisar procurar debaixo das folhas. Veja o que encontra e traga para mim.

Pete saiu correndo, todo animado.

O sr. Thorston voltou trazendo copos e uma jarra numa bandeja de estanho.

— Isso vai mantê-lo ocupado por um tempo. Agora, quem quer limonada? Grace, quer limonada?

Ela não respondeu.

A limonada estava bárbara e não espumante como a da sra. Aylott. Não era transparente, mas de um amarelo-claro e não muito doce. Mesmo depois de termos tomado a bebida, Cora e eu continuávamos sentados como uma dupla de patetas, sem ousar abrir a boca.

O sr. Thorston nos olhou pensativo. Curvou-se em nossa direção.

— Vocês disseram que queriam me fazer uma pergunta — disse baixinho.

— Si-sim, nós... — gaguejou Cora.

— Está bem — suspirou o sr. Thorston. — Se você e sua irmãzinha estão em Guerdon Hall, Cora, imagino que você, hum, tenha notado umas coisas estranhas. Estou certo?

Cora aguardou um instante e depois soltou o verbo.

— Quando perguntamos ninguém quer nos contar nada, ma-mas nós já descobrimos. Sabemos sobre Long Lankin, sr. Thorston. E-eu o vi e estou muito preocupada com Mimi. Quero voltar para Londres.

— Bem — disse o sr. Thorston, respirando fundo e reclinando-se na cadeira. — Sua tia Ida sabe?

— Não. Pelo menos não sabe quanto já descobrimos. Ela não pode saber as coisas que vimos. Também não posso contar.

Ele observou nossos rostos por um tempo antes de falar.

— Claro que devem compreender que os adultos estão apenas tentando protegê-las. É óbvio que não querem que algo de mal lhes aconteça e não querem assustá-las. É simples. Também é uma questão de acreditar que, ignorando a situação, ela desaparecerá, mas não corram nenhum risco desnecessário. Por precaução, não deixe as crianças menores irem lá.

"Tem sido muito difícil para sua tia Ida, Cora, morar naquela velha casa da família. Ela foi abatida pela tragédia tantas vezes — seu próprio filho, seu irmão..."

— O senhor está falando do que foi morto na Primeira Guerra Mundial, aquele na pedra no muro da igreja? — perguntei.

Uma sombra perpassou pelo rosto do sr. Thorston. Ele olhou as mãos. As veias saltadas e inchadas sob a pele fina e sulcos fundos passavam pelas unhas grossas e amarelas. Baixou um pouco a cabeça e percebi várias manchas marrons no couro cabeludo brilhante.

— Ah, não, não, não estava pensando em Roland, mas é isso, ela o perdeu também. Muito antes disso... ela devia ter uns cinco anos, imagino, talvez um pouco mais... seu irmãozinho, Thomas Guerdon, desapareceu.

Ficamos boquiabertos.

— Puxa! — exclamei. — Isso aconteceu mais ou menos em 1902? Isso tem alguma coisa a ver com aquelas coisas, sabe, exorcismo?

— Céus, como descobriram isso? — perguntou o sr. Thorston. Prosseguiu antes que eu pudesse responder. — Cora, para ser franco, estou um bocado surpreso por ela ter concordado em cuidar de você e, e sobretudo, de sua irmãzinha.

— Ela odeia que a gente fique lá, mas acho que não teve escolha. Minha mãe, bem... depois meu pai... sabe, eles não tinham mais ninguém. Papai nos despachou. Ela é a única família que temos, quer dizer, família de verdade. Minha avó voltou para Glasgow. Costumávamos ficar com tia Kath, mas ela não quer mais saber da gente.

O sr. Thorston ficou quieto por um tempo, coçando os fios brancos da barba, o olhar fixo na janela atrás de nós.

Depois perguntou:

— O que mais você sabe?

Cora e eu nos entreolhamos. Ela deu de ombros. Eu balancei os meus. Depois começamos. E quando começamos, tudo saiu de supetão. Pusemos tudo de que nos lembrávamos para fora: Cora ter visto alguém perto do portão do cemitério, a sra. Eastfield viver zangada, a árvore cigana, e Cora ter visto alguma coisa rastejando no jardim. Mencionamos as crianças no cemitério, esperando pela risada do sr. Thorston, mas ele ficou sentado quietinho, puxando os fios dos punhos puídos da camisa enquanto nos fitava. Contamos a ele que tínhamos certeza de ter visto Piers Hillyard, e da primeira vez que encontramos as palavras *Cave Bestiam*, e que o padre Mansell tinha me contado o que significavam, e tudo sobre as cartas escritas pelo sr. Scaplehorn que lemos, e sobre o caderno de anotações de couro, até a sra. Eastfield levar a caixa embora, e que foi assim que soubemos sobre os exorcismos. Depois precisamos parar para recuperar o fôlego.

— Devemos ter esquecido algumas coisas — disse eu.

— Hum... — O sr. Thorston se serviu de limonada, bebeu, perdido em seus pensamentos, e depois cuspiu um caroço de limão no copo vazio. — Ouçam, lembram-se do que viram naquela caixa?

— Lembro — respondeu Cora. — Tinha umas cartas de um sujeito que trabalhava com o bispo e um documento que disse que o senhor tinha dado para ele copiar. Foi assim que pensamos em vir aqui.

— Bem — disse o sr. Thorston recostando-se —, de um jeito ou de outro, vocês conseguiram ler um bocado.

Ouviu-se um baque no outro cômodo. O gato tinha pulado do colo da sra. Thorston. Cruzou a porta e entrou na cozinha.

— Você está bem, Gracie?

— Estou bem, Hal. Você está bem?

— Depois de ter lido tudo isso, suponho que possam imaginar o motivo de Piers Hillyard ter perdido a sanidade. Ele se julgava responsável por desencadear a fúria desse monstro junto à sua comunidade. Vivia consumido pela culpa por ter dado um sepultamento cristão a Lankin, embora tenha agido assim pelos mais nobres motivos...

— Porque não queria que um pobre homem inocente fosse enterrado numa encruzilhada e não tivesse o direito de ir para o céu — disse eu, lembrando-me do que papai tinha dito quando viu o portal do cemitério.

— Isso mesmo. Hillyard, é óbvio, sentiu que algo estranho, algo sobrenatural, fora despertado quando ele passou o caixão pelo portão, a fronteira entre o terreno sagrado e o profano. Depois, mais tarde, quando bebês e criancinhas começaram a desaparecer, ele, desesperado, gravou as palavras *Cave Bestiam*, Cuidado com a fera, por toda parte: nas portas, nas mobílias, nos painéis, usando qualquer faca ou ferramenta à mão e também rabiscou-as nas paredes da igreja.

— Hum... e aquele negócio atrás do altar? — perguntei. — Lib-libera...

— Ah, sim — disse o sr. Thorston. — *Libera me de morte aeterna, libera me de ore leonis*. São palavras retiradas de um texto da liturgia da missa romana para os mortos celebrada em latim.

— E embaixo, estavam traduzidas. *Livra-me da morte eterna, livra-me da boca do leão* — disse Cora.

— Um brado da alma desesperada de um homem, resgatada centenas de anos depois por outro.

— E aquela coisa em cima da porta da frente em Guerdon Hall? Aquele negócio com a cabeça do bebê? — perguntou Cora. — Ele fez aquilo tudo?

— Foi resgatado do fogo — explicou o sr. Thorston. — É tudo que sabemos. Dá para ver as marcas de chamuscados. E você tem certeza de ter visto Hillyard? Como sabe que era ele?

— Tem aquele quadro em Guerdon Hall...

— Tem razão: o retrato do Velho Peter. Então ainda está lá.

— Titia o retirou da parede e o escondeu, mas eu encontrei. Seu nome está escrito naquelas letras douradas miudinhas. E definitivamente ele é o sujeito do cemitério, posso jurar.

— Acredito em você, Cora. Outros também o viram. Claro — prosseguiu o sr. Thorston —, você deve entender que All Hallows, no passado, quando Hillyard era o pároco, era bem diferente. As paredes da igreja eram cobertas de pinturas maravilhosas: cenas da Bíblia e coisas afins. As pinturas sobreviveram à Reforma, possivelmente protegidas pela família Guerdon, mas depois dos tenebrosos eventos referentes a Lankin e do incêndio em 1584, All Hallows foi trancada e abandonada por muitos e muitos anos.

— Ah! — exclamou Cora. — Era o número no quadro, perto do nome de Piers Hillyard: 1584.

— O ano em que foi pintado; o ano em que ele morreu — explicou o sr. Thorston. — Então, na década de 1640, durante a Guerra Civil, outra casa paroquial foi construída, a Glebe House mais acima da colina, além do riacho, e a igreja foi reaberta.

"O novo pároco, Walter Gomeringe, apoiava com punho de ferro o Parlamento e varreu com a eficiência de uma vassoura nova. Foi um período de desassossego terrível, um período triste para a Inglaterra. As pessoas viviam assustadas, eram supersticiosas. Vizinho se voltava contra vizinho. Os iconoclastas chegaram, caiaram as paredes pintadas de All Hallows e destruíram as estátuas, mas nunca destruíram por completo as advertências de Hillyard, bem escondidas nas pedras.

"Não devem esquecer — prosseguiu — que as igrejas eram em geral construídas em terrenos antigos e sagrados, bem antes dos tempos e das histórias que conhecemos. Quem sabe que estranhas forças as pessoas da pré-história detectaram no local onde se situa All Hallows? Tenho certeza de que se cavassem bem fundo, abaixo do período medieval, e mais abaixo ainda dos ossos anglo-saxônicos, ainda mais fundo, encontrariam camadas e mais camadas de restos antigos, remontando a... a.... não sei dizer.

"Os Guerdon apenas fizeram o que centenas de outros já haviam feito, antes e depois deles: construir uma igreja num terreno que já era conectado, de alguma forma, fora de nosso entendimento, ao desconhecido, mas percebido, mundo dos espíritos. Talvez tenham demolido uma casa antiga de adoração para isso. Quanto ao portal do cemitério, talvez sempre tenha existido uma espécie de portal lá. Quem pode saber?"

Permanecemos sentados, perdidos em pensamentos.

Cora quebrou o silêncio.

— Sr. Thorston, o banheiro na casa de tia Ida...

— Sim, eu conheço. Tenho certeza de que deve ter sido no passado a capela dos Guerdon. Eles eram não conformistas, entende?

— O quê?

— Bem, durante aqueles anos difíceis, esperava-se que as pessoas mudassem sua forma de adoração, de fé, a cada novo monarca. Tudo começou quando Henrique VIII rompeu com a Igreja Católica Romana para se divorciar de Catarina de Aragão e se casar com Ana Bolena. Eduardo VI permaneceu fiel ao pai, mas sua irmã, Mary Tudor, a Sanguinária, restaurou a fé católica. Quando ela morreu, Elizabeth subiu ao trono e se tornou líder da Igreja Anglicana. Foi um período muito difícil. Claro, muitos seguiram o fluxo da maré, mas alguns se recusaram a mudar de religião e ficaram conhecidos como recusantes ou não conformistas. Como podem imaginar, correram sérios riscos, porém algumas famílias inglesas conseguiram manter o leme firme, em meio à tempestade, graças a seu poder, influência e fortuna, continuando a manter seu culto, levando padres clandestinamente para suas casas e os escondendo quando a situação se agravava. Se os Guerdon abrigaram padres em Guerdon Hall, talvez exista um esconderijo para padres lá.

— Um o quê? — dissemos eu e Cora quase ao mesmo tempo.

— Em 1585, no reinado de Elizabeth, um Ato do Parlamento transformou a acolhida de padres católicos em ato de traição, então as pessoas inventaram métodos engenhosos para escondê-los se o local fosse revistado: espaços secretos, quartos escondidos e lugares afins.

Permanecemos sentados tentando absorver as palavras do sr. Thorston. De repente, a sra. Thorston disse do outro cômodo:

— Estou escutando. Sei muito bem do que estão falando.

Por um momento, o sr. Thorston deu a impressão de fadiga. Esfregou a mão na testa.

— Você está bem, Gracie?

— Estou bem, Hal. Você está bem? E quanto à bruxa?

O sr. Thorston voltou-se para a porta aberta, suspirou, levantou-se da mesa e foi encher a jarra.

CORA

— Nó-nós sabemos um pouco sobre a bruxa — exclamei. — Era Aphra Rushes. Ela foi queimada. O sr. Hillyard estava lá.

— Comam o bolo de grãos. — O sr. Thorston voltou com limonada fresca e uma grande lata redonda. — A receita é minha.

Colocou a lata sobre a mesa e retirou a tampa. O cheiro era delicioso.

— Não sabia que homem fazia bolo — comentei.

— Gostaria de um pedaço de bolo de grãos, Gracie? — perguntou o sr. Thorston.

Não obteve resposta.

— A verdade — disse, enquanto cortava três fatias e as colocava com cuidado em pratos de sobremesa retirados do guarda-louça — é que a maioria acha que as bruxas eram queimadas na fogueira. Na Escócia esse era um procedimento relativamente comum, mas, na Inglaterra, em geral as enforcavam. Às vezes pregavam os joelhos e os cotovelos com rebites de ferro, depois da execução, para evitar que a bruxa se erguesse do túmulo. As pessoas tinham muito medo dos mortos.

— Pregá-lo no solo — disse eu. — Era isso que os aldeões queriam fazer com Cain Lankin, segundo Hillyard: enterrá-lo numa encruzilhada e pregá-lo no chão.

— Para impedi-lo de se erguer e causar mal — disse Roger. Engoliu um pedaço de bolo antes de voltar a falar. — Então por que essa Aphra Rushes foi queimada?

— Bem, em nosso país apenas poucos morreram no fogo. A madeira era preciosa e era preciso tempo e perícia para construir uma fogueira. Bruxas que morreram dessa maneira deviam ser terrivelmente temidas. Acreditava-se que o fogo limpava e purificava, entendem? Com frequência, mesmo depois do corpo queimado, tudo que sobrasse era cuidadosamente recolhido e queimado de novo, para que qualquer feitiço que ainda restasse no cadáver não poluísse ou corrompesse os vivos.

— Então por que tinham mais medo de Aphra Rushes do que das outras bruxas? — perguntou Roger.

— Bem, a maioria das pobres almas enforcadas por bruxaria era acusada por um vizinho vingativo ou aterrorizado, cuja vida ou criança tivesse morrido ou contraído uma doença desconhecida. Era uma época perigosa para as pessoas diferentes, ou que por acaso tivessem dito alguma coisa errada perto da pessoa errada, mas não foi isso o que aconteceu em Guerdon Hall.

— Então ela fez mesmo alguma maldade.

— Aphra Rushes foi condenada por dois assassinatos brutais, cruéis. As vítimas foram a mulher de Sir Edmund Guerdon, Lady Ygurne, e o filho e herdeiro, um bebê, John. Foi especialmente terrível porque Aphra Rushes era ama de leite do bebê.

— Hã?

— Bem, fosse porque Lady Ygurne não pudesse amamentar seu filho, ou porque isso era considerado inapropriado para uma aristocrata, Aphra Rushes era a ama de leite do bebê. Foi contratada para alimentá-lo, depois de ter perdido um filho.

"Existia um crime pelo qual uma bruxa podia ser executada na fogueira, um crime chamado *traição a um superior*. A mulher podia ser acusada de traição a um superior se acreditassem que ela tivesse usado seus poderes contra o patrão ou o marido."

— E o patrão dela era Sir Edmund — disse Roger.

— Sim, e o pior, como senhor do solar, ele tinha autoridade para decidir o seu castigo. Dizem que Sir Edmund e Lorde Myldmaye, o juiz do julgamento de Aphra Rushes, eram ótimos amigos. Para condenar uma mulher a morrer dessa maneira, era preciso estar determinado a fazê-la sofrer.

O sr. Thorston parecia cansado. Apoiou os cotovelos na mesa e esfregou os olhos.

— Às vezes eu acho — acrescentou baixinho — que, se eu vivesse naquela época, poderia ter sido condenado como bruxo.

— O senhor? Mas o senhor é homem! — exclamou Roger.

— Não faz diferença. Homens, mulheres, crianças e até mesmo animais acabaram na forca.

— Animais?

ROGER

De repente a porta dos fundos se abriu e, com o maior estardalhaço, Pete entrou carregando a cesta entupida de frutas e verduras. Por um segundo achei que alguém havia atirado nele, mas era suco de framboesa lambuzado em sua camisa. Uma abóbora enorme rolou do alto da cesta e despencou com estrondo no chão. Eu poderia tê-la apanhado e ralhado com ele por ter entrado naquele instante, justo no momento errado, justo quando chegávamos a uma conclusão.

— Como diabos vamos botar isso tudo de volta? — perguntei, irritado com sua cara de bobo lambuzada de pasta de bicabornato seca e suco vermelho. Tive vontade de enfiar duas cenouras em seu nariz.

— Não se preocupe — disse o sr. Thorston. Se estava aborrecido com Pete, era bom em disfarçar. — Vamos dividir entre vocês. Tenho umas bolsas bem fortes.

— Obrigado — disse Pete. — Purê de ervilhas!

— Não tem de quê — disse o sr. Thorston. — Não podemos comer todas essas frutas e verduras sozinhos. Eu preparo geleia e chutney, mas nunca ficam tão gostosos quanto os que Gracie fazia. Está tudo bem, Gracie?

— Estou bem, Hal.

Ele ajoelhou, remexeu na parte de baixo do guarda-louça e retirou uma bolsa feita de lona antiga tal qual a do carteiro.

— Ai, isso é tudo que encontrei — disse, levantando-se. — Será que podem voltar amanhã? Assim terei tempo para procurar mais bolsas no galpão. — Piscou para mim e para Cora.

CORA

Acordo e sento, o rosto ensopado de suor. Estou sozinha. Titia levou Mimi para dormir com ela. Posso ouvir o barulho de rasgões, arranhões, estraçalhamentos, o som de algo escorregadio e resvalante.

TERÇA-FEIRA, 26 DE AGOSTO

ROGER

Diacho, como vou me livrar de Pete para voltar à casa do sr. Thorston sem ele? Minha cabeça dói de tanto tentar encontrar uma solução que não seja cruel ou perigosa. Além de pregar seus pés na varanda, não me vem nenhuma ideia.

Enfiei-me no banheiro buscando uma aspirina.

Sem se dar conta, mamãe salva meu dia.

— Vovó convidou todo mundo para almoçar — diz, exausta —, então posso botar as pernas para cima. — Não consigo apagar o sorriso do rosto. — Por que tanta animação? Você só vai lá por causa dos confetes de chocolate Smarties.

Verdade. Ir à casa de vovó é uma chatice. Se comportar bem horas a fio pode causar uma terrível tensão nervosa. A única coisa boa em ir lá hoje, entretanto, é que Pete adora os quebra-cabeças de mil peças da vovó. O resultado final tem sempre alguma coisa a ver com a família real. Já completaram as joias da coroa, a coroação e até os cachorros da raça Corgi. Confesso que me falta paciência, mas quando Pete e vovó jogam, você tem que se virar, se servir sozinho do suco de groselha Ribena e folhear as revistas de moldes da vovó procurando moças bonitas de cardigãs. Com um pouco de sorte, terei chance de dar uma fugida até o Patches sem ele.

Também não terei que ficar de olho em Dennis e Terry porque vovó tem duas jumentas, Flora e Heather, no fundo do jardim. Dennis e Terry podem passar horas pulando das moitas e as cutucando com varetas.

— Por falar nisso, vovó disse que podem convidar Cora e Mimi também. Ela vai preparar um cozido. Mas acho que não vamos ver Mimi. Ela não está nada bem.

Melhor ainda.

Vovó mora numa casa grande chamada York Lodge, que fica na Hobb's Lane. Pete e eu a chamamos de Beco Sem Saída porque só tem gente velha lá.

CORA

A avó de Roger fez permanente no cabelo e usa colar de pérolas e sapatos marrons envernizados com franjinhas na frente.

Não foi muito gentil comigo.

Quando atendeu a porta eu disse oi e expliquei que estava hospedada com a minha irmãzinha na casa da sra. Eastfield, minha tia-avó. Também fiz questão de agradecer por ter me convidado para o almoço, antes que eu me esquecesse. Ela me olhou de um jeito estranho e falou com Roger baixinho e eu não pude escutar. Ele não me contou o que foi, mesmo quando perguntei.

Enquanto comíamos o cozido, ela continuou me espiando e estalando os dentes. Achei que estivesse fazendo alguma coisa errada com as batatas. Aquilo arruinou meu apetite, mas não tive coragem de deixar a comida no prato. Engoli sem nem mastigar.

Depois tentei ajudar empilhando os pratos, mas ela disse:

— Largue isso, por favor!

Eu não me importaria se Dennis não tivesse mexido no copo-d'água e derrubado água no prato, e mesmo assim a avó não brigou com ele; e Terry torceu o nariz para o cozido, só comeu pão e geleia e ela deixou.

Depois de tirada a mesa, ela trouxe um quebra-cabeça novinho em folha. A foto era de uma banda militar. Pete rasgou o celofane, tirou a tampa, derrubou todas as peças na mesa e começou a formar montinhos separando as beiradas.

— Vovó, posso sair umas horinhas para brincar com Cora? — perguntou Roger. — Nó-nós vamos tomar o chá aqui também?

— Não, chá não. Eu disse a sua mãe que vocês voltariam lá pelas quatro e meia, então pode vir pegar seus irmãos às quatro e quinze. Você está com o relógio que ganhou de Natal, Roger? Imagino que você não tenha relógio, Cora.

— Não se preocupe, vovó. Ele está aqui — disse Roger. — Obrigado pelo almoço.

— Obrigada pelo almoço — murmurei, olhando para o tapete.

— Hurra! — berrou Roger correndo pela porta e descendo a estrada para a Hobb's Lane. — Viva! Que sorte vir à casa de vovó hoje!

Eu não disse nada.

ROGER

Encontramos a sra. Thorston sentada na mesma poltrona de antes, a cabeça caída, o grande gato alaranjado no colo. O sr. Thorston nos conduziu ao outro cômodo. Sobre a mesa, duas folhas de papel. A primeira parecia muito velha e frágil, a letra ondulada tão difícil de ler que parecia até chinês. A segunda folha tinha sido recém-arrancada de um caderno de escola, a letra ligeiramente inclinada para a direita com letras maiúsculas perfeitas. Se o sr. Thorston tivesse escrito aquilo na aula da irmã Aquinas, ela lhe teria dado uma estrela de ouro e pregado a folha na parede. Ele espalmou as mãos nas folhas de papel muito cuidadosamente e nos disse que sentássemos.

— Há muito tempo, um membro de minha família, por parte de mãe, chamado Thomas Sumner — começou o sr. Thorston —, era criado da antiga paróquia, na época em que Piers Hillyard era o pároco. Na hora do incêndio, parece que Hillyard e Sumner encontravam-se no mesmo aposento. Era evidente que a situação se agravava. Hillyard mandou Sumner fugir e levar alguns documentos, documentos que ele julgava extremamente importantes. Embora Sumner tenha relutado em partir sem o seu amo, Hillyard o forçou a levar os papéis, e ele conseguiu sair da casa, mas não sem ferimentos gravíssimos.

"Esses papéis permaneceram numa gaveta no cômodo ao lado desde então e, pelo que dizem, vocês já leram as transcrições de Jasper Scaplehorn, incluindo aquela chocante descrição de Aphra Rushers na fogueira.

"Jasper pesquisou muitos outros documentos no Registro Oficial de Arquivos em Londres, nos Arquivos do Condado e da Diocese, e em todos os lugares possíveis. A história de Long Lankin, sabem, se tornou sua obsessão — e seu erro.

"É provável que vocês dois levassem a tarde inteira para descobrir o que diz esse documento. Letra e grafia antigas como essas exigem prática. A transcrição de Jasper ainda pode estar na velha caixa de metal com a sra. Eastfield, então passei a manhã transcrevendo a minha cópia para vocês.

17 de agosto de 26 Eliz. Exame realizado por Neville Harper, cirurgião, em Thomas Sumner, de 23 anos, empregado do falecido padre Piers Hillyard da Glebe House, Bryers Guerdon, que Deus tenha piedade de sua alma. O acima mencionado Thomas Sumner, seriamente debilitado, próximo da morte em consequência de queimaduras e ferimentos sofridos em diversas partes do corpo, na Glebe House, no dia 15 de agosto, deseja tornar público que, por volta das onze horas da noite pelo relógio, dia da solenidade da assunção de Nossa Sagrada Senhora, um espírito do mal, muito alto, parecido com Cain Lankin, antigo morador de Bryers Guerdon, veio à Glebe House com o firme propósito de causar mal a Margery Skynner, filha de Miles Skynner, a criada.

O cirurgião mencionado afirma ter presenciado o padre Piers Hillyard exortar o espírito a partir em nome de Nosso Sagrado Senhor Jesus Cristo. Não sendo obedecido pelo referido espírito, o padre Piers Hillyard pegou uma vela acesa e a atirou com toda a força no espírito. Em vez de ser consumido, o espírito urrou e dançou, disseminando o fogo pelas diversas mobílias e tapeçarias do aposento.

O acima mencionado padre Piers Hillyard ordenou o dito Thomas Sumner a partir incontinênti e a remover vários documentos, mas Thomas Sumner recusou-se, afirmando que não prolongaria sua vida a não ser que Piers Hillyard o acompanhasse e também se salvasse. Thomas Sumner asseverou que por estar com graves queimaduras e Piers Hillyard também queimado, este concordou em partirem juntos, mas antes de abandonarem o aposento, Piers Hillyard caiu e morreu, e o espírito do dito Cain Lankin tomou posse da vida do acima mencionado Piers Hillyard, motivo pelo qual Thomas Sumner afastou-se, sem mais demora, da Glebe House com os diversos artigos, tal qual Piers Hillyard lhe ordenara.

Graças a Deus nenhum criado, criada, cavalariço ou seus filhos, ou qualquer animal pereceram, exceto Piers Hillyard e o dito Thomas Sumner, que, ao que tudo indica, deve falecer ainda hoje em consequência de seus ferimentos. Que Deus tenha piedade de suas almas.

Assim sendo, assino, neste dia de 17 de agosto de 26 Elizabeth (AD 1584).

Neville Harper, cirurgião
Crawden, Daneflete

Continuamos contemplando o documento, mesmo depois de terminada a leitura. Tudo que ouvíamos era o lento tique-taque, tique-taque de um relógio, em algum lugar no chalé. Era como o tique-taque do mundo inteiro, sem parar, por todos os anos da eternidade.

"Então ele furou, furou o bebê todinho com um alfinete,
E a ama-seca segurou a bacia para o sangue recolher."

Senti um calafrio de pavor.

— Minha nossa! — exclamou Cora, dando um pulo e ficando de pé.

Era a sra. Thorston cantando com voz de menininha. Corremos para o outro cômodo. Ela continuava sentada na poltrona, mas com o olhar fixo, a boca escancarada, os olhos de um estranho azul embaçado.

— Gracie, Gracie! Agora chega! — disse o sr. Thorston ajoelhando-se diante dela e segurando-lhe os ombros. O gato pulou fungando.

"Milady então desceu, temerosa, o coração na mão.
Long Lankin estava a postos e ela caiu em suas mãos."

— Ela está me deixando morta de medo! — berrou Cora. — Faça-a parar!

— Pare, Gracie, está ouvindo? — disse o sr. Thorston.

A cabeça da sra. Thorston tombou.

— Eu não devia ter mencionado Long Lankin — disse o sr. Thorston. — Você está bem, Gracie?

— Estou bem, Hal.

Cora estava lívida.

— Essa é a música de Kittie. Kittie Wicken. Eu vi Kittie, sr. Thorston. Como a sra. Thorston conhece essa música? O que está acontecendo?

— Sente-se, Cora, sente-se — insistiu em tom baixo, guiando-a até a cadeira de palha.

— Todos em Bryers Guerdon conhecem essa música, pelo menos todos os idosos. Kittie era lavadeira em Guerdon Hall quando ocorreram os assassinatos.

— Eu sei. Ela tinha um bebê, um menino — disse Cora. — Ele nasceu na casa paroquial, mas, apesar de Kittie não querer, teve que voltar para Guerdon Hall. Tinha medo. O que aconteceu ao bebê?

— Não se tem registro — disse o sr. Thorston, observando as mãos velhas e ásperas. — Pelo menos, não do bebê, mas sabemos o que aconteceu com Kittie. E-ela foi encontrada morta no córrego.

— No córrego de Guerdon Hall? — perguntou Cora.

— Jasper, Jasper Scaplehorn, achou que ela devia estar tentando salvar seu filhinho de Long Lankin.

— A maré estava alta ou baixa?

— Quando a encontraram a maré estava alta... ela boiava... mas isso não significa que havia água no córrego quando morreu. Devia estar tentando cruzar o pântano atrás de Lankin e ele acabou matando-a. Ou a pobre Kittie pode ter tirado a própria vida, se afogado.

— Por que faria isso?

— Piers Hillyard disse que ela carregava o peso de um terrível segredo, que não confiou nem a ele. Ela era uma jovem muito, muito amedrontada.

CORA

Alguém bateu forte na porta.

— Sou eu, sr. Thorston. Posso entrar?

Reconheci a voz da enfermeira Smallbone.

— Já vou — disse Roger, encaminhando-se para a porta.

— Como está passando a sra. Thorston hoje? — perguntou a enfermeira Smallbone entrando como um furacão. — Ah, olá, para os dois! Estranho encontrar vocês aqui. Que bom te ver de pé de novo, querida. Como vai sua mãe, Roger?

— Ainda um pouco cansada.

— Era de se esperar. Vou dar um pulo lá para uma visitinha a caminho de casa. Boa tarde, Grace. Que dia lindo, não acha?

Trouxe seus novos comprimidos. Vou precisar examinar Grace, sr. Thorston. Se importa de... as crianças...

— Ah, entendi. Vamos, chegou a hora de os dois irem embora.

— Ah, está bem — disse Roger. — Até logo, enfermeira Smallbone. Tchau, sra. Thorston.

— Tchau — disse eu.

Nesse instante a sra. Thorston se ajeitou na poltrona. Girou a cabeça e me encarou com os olhos embaçados.

— Ele comeu meu irmão — disse.

— Grace, por favor, não diga bobagem — murmurou Smallbone, abrindo sua maleta preta. — O senhor voltou a preparar para ela aquele chá de plantas, sr. Thorston? Já avisei, não vai lhe fazer nada bem.

— Ele não tinha nenhum brinquedo — continuou a sra. Thorston, os olhos fixos nos meus. — Eu peguei o trapinho que ele carregava para todo o lado e o amarrei na árvore cigana.

— Vamos, Cora, vamos — disse o sr. Thorston. — E-eu vou acompanhá-los por um trecho. Não se esqueçam do resto das verduras, Roger. Volto logo, enfermeira.

Estupefata, peguei uma das sacolas de compras no chão perto da porta da frente e deixei o chalé, aliviada por sentir o sol em meu rosto.

— Sr. Thorston, o que ela quis dizer com: "Ele comeu meu irmão?"

ROGER

— Podemos sentar um instante? — perguntou o sr. Thorston ao passarmos perto de um banco de madeira. Esticamos nossas pernas e vimos um gato se lambendo, deitado na grama banhada pelo sol, ao lado da trilha.

— Sabe — prosseguiu o sr. Thorston —, a sra. Thorston... Se a tivessem visto quando era jovem, não ririam.

— Nós não rimos, sr. Thorston — disse eu. — Foi...

— Não importa. Não se preocupe. — Olhou a cerca viva. — Sabe, eu poderia ter feito fortuna na Índia. Ah, as cores do lugar: vermelho sangue, ocre, dourado fosco, o cheiro de especiarias, a terracota, os pássaros pintados, as joias, os palácios, as mulheres lindas... Meu tio Leonard vivia como um marajá, e eu também poderia ter aquela vida. Ele estendeu um tapete bordado aos meus pés, mas, mas eu não consegui pisá-lo.

— Puxa, por que não?

— Porque Grace não poderia caminhar ao meu lado.

— Ah, que é isso, sr. Thorston... Muitas damas inglesas foram para a Índia — disse eu. — Embora eu sempre tenha achado que elas deviam sentir muito calor com aqueles vestidos compridos lindos.

— E as mulheres usavam espartilhos apertados naquele tempo, todos amarrados — disse Cora. — Devia ser sufocante.

— Bem, é isso — disse o sr. Thorston. — Grace Jetherell nunca seria considerada uma dama.

— Jetherell? Grace Jetherell? — exclamei. — Como a velha Gussie Jetherell?

— Sua irmã — respondeu o sr. Thorston. — Era uma família enorme. Quando eram muito pequenos, o pai trabalhava... quero dizer, quando conseguia se levantar... como lavrador na fazenda de Guerdon Hall. Moravam em um dos chalés atrás da casa. Só Deus sabe onde dormiam todos. Davy Jetherell bebeu, no Thin Man, cada centavo que ganhou. Um dia houve um terrível acidente na época da colheita e ele morreu. De qualquer maneira, duvido que tivesse vivido muito mais, considerando o provável estado de seu fígado.

“A primeira vez que vi Grace eu ainda era menino. Ela era a criatura mais linda que eu já tinha visto. Parecia uma sereia. Os cabelos flutuavam ao vento em tranças douradas. Quando fui embora, primeiro para a escola, e depois para Oxford, eu lhe escrevia poemas, que ela não sabia ler. Sempre que voltava a Bryers Guerdon, eu ia direto para os pântanos encontrá-la e recitar meus poemas tolos, sacudindo os braços em grandes gestos românticos. Claro que ela me achou um perfeito idiota, no que tinha razão.

“Ela, as irmãs e irmãos corriam soltos quando o pai não estava por perto. O irmão mais velho, Charlie, era um encrenqueiro; se meteu em um bocado de confusão, me odiava. Nellie, a mãe, começou a sofrer cedo do mesmo problema que aflige Gracie agora. O mais moço, Bobsy, desapareceu.”

— O que aconteceu? — perguntou Cora. — Fo-foi Long Lankin?

— Não posso dizer. Grace nunca falou disso. Foi a primeira vez que disse... o que acabou de dizer.

— Um deles desapareceu? Estando sempre juntos? — perguntou Cora.

— Bem, Davy Jetherell nunca foi um homem temente a Deus — disse o sr. Thorston. — Não tinha tempo para religião e as crianças sabiam que levariam uma surra se chegassem perto da igreja. Grace costumava me contar como o pai assustava as crianças com suas estúpidas histórias de Long Lankin. Tenho certeza que os Jetherell sabiam muito bem aonde podiam e não podiam ir. É provável que vocês saibam que Lankin parece evitar cruzar as águas, e é claro que toda a área em volta da igreja e de Guerdon Hall é uma rede de córregos e canais, alguns de água doce, outros de água salgada e sujeitas às marés. Muitos dos córregos de água doce correm debaixo da terra de nascentes no alto da colina. Descem em curva e se misturam. Assim, alguns lugares na verdade são seguros para ele, a Chase, por exemplo.

— É isso mesmo. O pedaço seguro começa onde ficam os chalés da fazenda — disse Cora. — Tem um córrego que desaparece debaixo da trilha.

— Quando os fiscais iam até lá tentar obrigar as crianças a ir à escola em North Fairing — prosseguiu o sr. Thorston —, elas fugiam para os pântanos pela trilha atrás do celeiro, porque supunham que Lankin nunca iria até lá, mas não ousavam chegar perto de All Hallows.

"Quando Davy Jetherell morreu, seu tio-avô, Henry Guerdon, expulsou a família. Queria o chalé para outro lavrador, mas a mulher de Guerdon deixou os Jetherell morarem no primeiro dos dois chalés na Fieldpath Road, sem que o marido soubesse. Os dois chalés ainda fazem parte da propriedade dos Guerdon. A moradora de um deles, a sra. Campbell, paga aluguel para sua tia Ida, entretanto, que eu saiba, Gussie nunca pagou aluguel pelo outro. Não sei do que vive, para ser sincero. Nunca se casou. Acho que a sra. Eastfield deve lhe dar mesada e verificar se ela está passando bem. Isso não é da minha conta."

— O dinheiro deve ir todo para comida de gato — disse eu.

— É o que dizem — comentou o sr. Thorston, levantando-se do banco. — Bem, Gussie e Grace são as únicas sobreviventes da família Jetherell. Receio, Cora, que você tenha chegado alguns anos atrasada com suas perguntas. Grace poderia te contar algumas das antigas histórias sobre Long Lankin, mas bem... agora não... agora não mais...

Cora ficou quieta.

— Ouçam — disse o sr. Thorston —, melhor eu voltar ou a enfermeira Smallbone pode ficar preocupada sem saber onde me meti. Vocês dois aguentam essas sacolas?

— Claro. Obrigado, sr. Thorston. Tchau.

Ele se afastou, parou e se voltou.

— Cora.

Ela pareceu acordar de um pensamento só seu.

— Sim, sr. Thorston.

— Você precisa conversar com sua tia sobre isso. Ela sabe muitas coisas que não deveria esconder de você. É sua família, Cora. Precisa perguntar.

— Ela não vai me contar nada, sr. Thorston.

CORA

— Puxa! — exclamou Roger, vendo a hora no relógio. — São quase quatro horas. Melhor voltar para a casa de vovó e pegar os meninos. Ela odeia quando a gente se atrasa.

— Não vou.

— Por quê? Ela vai ficar furiosa.

— Não seja idiota. Ela não vai ficar furiosa comigo, vai? Ela não gosta de mim. Acha que sou inferior. Vai você. Eu te ajudo com essa outra sacola de verduras até a casa dela, depois Pete pode carregar.

— Ah, vem comigo — pediu Roger. — Quem sabe ela te dá uns Smarties?

— Não ia fazer a menor diferença. Eu não ia nem que me desse dez pacotes de Smarties numa caixa de ouro com puxadores de metal. Não vou.

Roger desistiu. Fui com ele até metade da Hobb's Lane e depois me despedi. Entreguei minha bolsa e ele carregou as duas para York Lodge.

Eu sabia para onde ia e não era de volta para Guerdon Hall — ainda não.

Atravessei a Ottery Lane, na frente da loja da sra. Wickerby, e virei à direita na Fieldpath, mas não ia até a casa de Roger.

O jardim do chalé número 1 tinha uns urtigões de uns três metros de altura. Enquanto entrava, vi as cortinas se movendo. A porta se abriu antes de eu alcançá-la, e a velha Gussie abriu um sorriso mostrando a gengiva marrom e os cacos de dentes. Através do cabelo ralo e desgrenhado, vi crostas nojentas no couro cabeludo.

Moscas pousavam nas tigelas com restos de comida de gato nas escadas.

Gussie fechou a porta da frente atrás de mim e me fez sinal com o dedo sujo. Eu a segui à sala da frente entupida de lixo, quase tudo latas de comida de gato, metade de latas há muito abertas e abandonadas no chão. A frente de seu cardigã estava suja com os restos da refeição. Parecia ração de gato Kit-e-Kat.

Ela apontou para uma poltrona imunda ao lado da lareira, tão velha e coberta de manchas e fios puxados que era difícil dizer de que cor tinha sido. Eu me encarapitei bem na beirada, sem querer respirar mais fundo do que precisava.

Gussie pegou o gato esquelético deitado na poltrona diante da minha. Quase não tinha pelo; o rabo parecia um lápis cor-de-rosa comprido.

— Vamos lá — disse, colocando-o no chão. Ele seguiu caminho entre as latas vazias e fugiu pela porta enquanto Gussie se sentava.

Não tinha embromação com Gussie. Ela não perdia tempo falando do tempo.

— Já vi você passando para lá e para cá na estrada — disse a voz num sussurro áspero, como se tivesse problemas de garganta, e assobiando os "s" através dos dentes podres. — Tenho te observado. Tem uma irmãzinha e estão hospedadas com Ida Eastfield. Veio por causa do que eu disse ao garoto dos Jotman outro dia.

— Suponho que sim, mas não é só isso. Entenda, eu vim da casa do sr. e da sra. Thorston.

— Ah, essa é boa! — disse tão de repente que pulei. — Sra. Thorston. Ela é tão sra. Thorston quanto eu!

Mastigou as gengivas um minuto. Não ousei dizer palavra.

— Grace jamais iria à igreja por ninguém. Ela nunca ia se amarrar por um pedaço de papel. Nós todos tínhamos medo de igreja, todos nós. Papai ensinou que igrejas são lugares terríveis. Ele chicotearia a gente se um de nós entrasse numa.

Afastei um gato com o pé.

— Eu costumava observar os dois, Grace e Hal Thorston, lá nos pântanos — prosseguiu. — Costumava me esconder na plantação de juncos. Aqueles juncos são mais altos que um homem, você sabe, e um bocado afiados. Tem que tomar cuidado. Sou ótima espiã, ora se sou. Hal era um homem danado de alto e bonito. Ele declamava poemas e ela ria. Não sabia o que significavam. Às vezes ela deixava cair o papel. Quando os dois iam embora eu procurava as páginas. Se haviam caído na água, eu as pescava com um galho. A tinta escorria, mas não tinha importância, eu não sabia ler. Eu só gostava de ver a letra dele e acariciá-la.

De repente Gussie se levantou e se inclinou sobre mim.

— Era uma letra linda. Quer ver?

Fiz que sim com a cabeça.

Gussie pegou em cima da lareira um pequenino bule de chá marrom com o bico quebrado. Dentro, um bolo verde de papéis velhos, enrolados em camadas como uma cebola. Ela estendeu o braço e colocou a bola em minhas mãos.

— E agora, o que faço com isso?

Ela se inclinou, segurou a bola em seus dedos encardidos e desenrolou a primeira folha de papel. Segurei o papel duro e curvado como uma xícara, impossível de esticar. Observando mais de perto, vi umas linhas de escrita apagada, a letra igual à do sr. Thorston. Li com dificuldade. Sessenta anos antes, talvez mais, ele escrevera isso para Grace Jetherell.

Tua morada é entre o céu e a água, o mundo encantado.
Teu... passo, és do rei dos pântanos a filha,
E... o vapor de teu hálito umectado
Deixas um... que... apesar de tudo continuo a seguir a trilha...

— Não consigo ler. Está tudo borrado.

— Tente outro então — pediu Gussie.

Removi a outra camada de papel. Era bem mais fácil de ler.

Do musgo entrelaçado moldas uma guirlanda.
Teces das gotas-d'água dos juncos pingando
Compridas tranças gotejantes de contas prateadas.

Das joias líquidas transformas os fios reluzentes
Em tua coroa, e de teu trono coberto de algas
Comandas o reino dos esverdeados lagos.

Não consegui abrir o outro pedaço de papel. O resto da bola era um bloco duro, e quando tentei afastar a camada de cima, a lateral rasgou e esfarelou.

— Guardei isso todos esses anos — disse, mostrando os dentes podres. Depois, antes que eu me desse conta, ela arrancou a bola de minhas mãos, voltou a enrolar os dois poemas e os enfiou no bule de chá em cima da lareira. — Mas eu sei o que você quer. — Voltou-se novamente na minha direção. — Quer saber de Long Lankin.

— Bem, suponho...

— Claro que sim. Espere aí. Estou ressecada.

Arrastando os chinelos sujos, saiu da sala e ao voltar trazia uma caneca suja de latão. Senti o cheiro forte de álcool. Ela se sentou, tomou um gole, fechou os olhos e, enquanto a bebida descia, balançou a cabeça, botou para fora a língua horrorosa e exclamou:

— Raaa...!

— Então vai me contar? — Não queria ficar naquela cadeira imunda mais tempo do que precisava; além do mais os gatos chegavam. — Se lembra da história?

— Hum, lembro, lembro sim. Meu velho pai nos contava a história sem parar para a gente nunca esquecer. Lembra? Ah! Você nunca vai se esquecer de Lankin e de sua pobre e velha mãe.

Não era velha, mas parecia, como todo mundo nos pântanos naquele tempo. Vivia doente e todos os seus bebês morreram antes de nascer. Quando aquela criança feia surgiu e sobreviveu, ela achou que as bruxas tinham trocado seu filho por aquela criança defeituosa. Botou um nome amaldiçoado nele porque ele não era dela e não o queria. Chamou-o de Cain.

— Quem era o pai dele?

— Nem a mãe sabia.

Gussie tomou outro gole da caneca de latão.

— Quando cresceu, Cain Lankin era um pária, maior do que qualquer outro homem, pele e osso, feio como o pecado. As pessoas o evitavam, e começaram a chamá-lo de Long Lankin. Ele fazia umas maldades, roubava para comprar comida e matava animais de madrugada. Diziam que ele comia os bichos crus e passou a adorar o gosto de sangue. Nunca perambulava longe da água, mas não a atravessava, mesmo naquela época. Ele achava que a água tirava suas forças. Depois, se apaixonou por aquela jovem, Aphra Rushes, uma nômade. Ninguém sabia de onde ela tinha vindo. Naquele tempo as pessoas gostavam de ficar com seu próprio povo. Por que alguém iria embora de onde tinha nascido para vagar como forasteira, a não ser que tivesse sido expulsa pelo próprio povo?

A velha Gussie tomou outro gole — Raaaa! —, antes de continuar.

— Aphra Rushes tinha acabado de parir um filho morto. Ainda com muito leite, foi contratada como ama de leite de John, o neném dos Guerdon. Naquele tempo bem longínquo, uma mulher de sua laia só servia para parteira ou babá ou então aquela outra profissão, a mais baixa no reino de Deus.

Gussie limpou a boca.

— Nessa vida, gente ruim só se mete com gente ruim.

Inclinou-se novamente e fixou os olhos vermelhos nos meus.

— Uma noite, quando *sir* Edmund Guerdon estava em Londres, sua esposa e seu filho foram mortos na velha cozinha do Guerdon Hall. A esposa tentou escapar e deixou gotas de seu sangue pela escadaria de pedra antes de morrer. Aphra Rushes foi encontrada ainda com o corpo do bebê em suas mãos cheias de sangue, e havia objetos estranhos sobre a mesa: velas acesas, uma tigela de prata e uma faca, também de prata, roubada do patrão.

"Rushes foi condenada por assassinato e bruxaria. Surgiram boatos de que o renegado Cain Lankin precisava beber o sangue de uma criança, despejado em uma tigela de prata, para curar sua terrível doença, porque ele era leproso."

— Mas por que Aphra mataria a mãe do bebê? — perguntei.

— Talvez Aphra tivesse ciúmes, porque seu filho havia morrido e ela precisava alimentar o filho de outra — disse Gussie —, ou odiasse *sir* Edmund Guerdon e quisesse fazê-lo sofrer. Ele corria atrás de mulheres, sabia? Talvez ele tenha tentado algo com Aphra e ela não tenha gostado disso, ou talvez ele a tenha ignorado e ela também não tenha gostado, ou talvez ela fosse simplesmente perversa.

Um gato preto pulou no braço de minha cadeira, sentou-se e começou a coçar furiosamente a orelha. Empurrei-o de leve, e ele foi embora.

— O fato é que Long Lankin não estava na velha cozinha quando os empregados encontraram Aphra Rushes com o bebê morto, mas todos tinham certeza de que ele havia estado por ali. Se Aphra matara o bebê na cozinha, quem havia assassinado a patroa no meio da escadaria? Os homens juraram ter visto pegadas de sangue no chão da cozinha, rumando lá para fora, um rastro que, em certo ponto, simplesmente parava. Então, espalhou-se a história de que Long Lankin poderia estar na sua frente e então desaparecer no curto espaço de tempo que você leva para piscar os olhos, de que ele poderia passar por vãos e espaços estreitos, como buracos de fechadura e por baixo de portas.

Gussie se inclinou em minha direção novamente, e pude sentir o cheiro de uísque.

— Não se conseguiu provar nada contra ele, e Aphra Rushes nunca abriu o bico, nem para salvar a própria pele.

Voltou a se sentar.

— Aphra Rushes foi despachada para a prisão de Lokswood — continuou. — Enfiaram na pele dela alfinetes de dois centímetros pelo corpo todo para encontrar a marca do diabo e ela ficou exposta no pelourinho e fizeram toda espécie de crueldades com ela, mas ela nunca entregou Lankin.

"Então, antes que pudessem levá-la a julgamento, aquela horrível doença se espalhou pela prisão, algo parecido com a praga. Muitos prisioneiros morreram, como morreriam mesmo, todos espremidos na imundície, como acontecia naquele tempo. Claro que ninguém queria que Aphra Rushes morresse assim. Queriam que fosse punida na frente de todo mundo, então a retiraram da prisão e a colocaram em outro lugar de onde não pudesse escapar. E sabe para onde a levaram? De volta a Bryers Guerdon. Foi trancada na torre dos sinos da igreja de All Hallows. Ficou lá semanas, passando mal por conta de toda a tortura que sofreu. Dizem que se podia ouvir seus gritos nos pântanos, quase morta de fome e enlouquecendo.

"Não encontraram ninguém valente o bastante para vigiá-la, principalmente de noite, nem por uma fortuna, então deixaram um pouco de folga nas correntes que a prendiam e colocaram trancas pesadas nas portas. Apenas o padre, Piers Hillyard, graças a seu bom coração cristão, levava pão e água para ela."

Gussie tomou outro gole da caneca de latão.

— Às vezes — continuou —, em noites de tempestade, quando éramos crianças, podíamos ouvir o som do sino vindo da igreja, embora nenhuma mão humana o sacudisse. Minha mãe dizia que era o vento gemendo e se lamuriando na torre e balançando a corda, mas meu pai dizia: "Cala a boca, não é o vento que sacode a corda, é Aphra Rushes badalando o sino, chamando por Long Lankin..."

Então Gussie me olhou fixamente.

— Às vezes acho que ainda ouço o sino, mesmo daqui — sussurrou.

Bebeu de novo.

— Segundo contam, Cain Lankin saía de seu esconderijo nos pântanos todos os dias e rodeava a igreja, procurando um jeito de libertar Aphra Rushes, mas não conseguiu. Dizem que ele cavou a terra no cemitério com unhas que pareciam garras, para construir um túnel e passar pelos muros da igreja. Mas antes que pudesse terminar de cavar com as mãos na morada dos mortos, Aphra Rushes foi retirada e mandada a Lokswood para o julgamento, e condenada à morte. Depois foi trazida de volta a Bryers Guerdon e queimada.

"Piers Hillyard encontrou o corpo de Lankin nos pântanos, mas mesmo depois de morto existe uma lenda que nunca teve fim, nem agora nem nunca... sem final..."

Gussie fitou o chão. A seguir, sem mover a cabeça, ergueu as pálpebras e fixou os olhos nos meus.

— Meu velho pai disse que o padre enterrou Lankin de noite, no mesmo buraco que ele cavara com as próprias mãos. Com o passar dos anos, um antigo sacristão colocou outro túmulo em cima da sepultura de Lankin, mas isso não terminou a maldição, ah!, não mesmo.

— Conte o que aconteceu com o seu irmão — pedi.

Retorceu a boca. Fechou os olhos e esfregou a mão com força na bochecha.

— Nossa, nossa, nossa... — murmurou.

— Desculpe...

Ela esfregou a pele fina mais forte ainda e a pele enrugou sob os dedos. Depois, se sentou e mastigou as gengivas por um bom tempo.

— Ah, nossa, ah, nossa... — disse afinal. — Éramos tantas crianças... Charlie, o mais velho, era um menino mau, acabou mal também. Charlie tinha um par de botas. Devia ter roubado de algum lugar porque não tinha sapatos bons. As botas eram tudo para ele. Vivia engraxando o par de botas com cuspe. Uma noite papai estava no Thin Man como sempre e mamãe de cama, como sempre também. Charlie deu uma surra no meu irmãozinho Bobsy, como sempre fazia, só de farra, mas Bobsy já estava cheio. Quando Charlie saiu, ele pegou as botas no piso perto da lareira e atirou-as ao fogo. Quando Charlie voltou e viu as botas queimadas e esturricadas nas chamas, ficou doido. Pegou uma corda, agarrou Bobsy e o arrastou para fora do chalé. Passou pela Chase e seguiu pela alameda na direção da igreja. Eu e Grace corremos atrás gritando, mas Charlie não parou.

"Ele arrastou Bobsy pelo cemitério até a árvore cigana pela água. Achamos que ia enforcá-lo. Eu e Grace puxamos os braços de Charlie e batemos nele, mas ele era muito forte. Grace era mais velha do que eu, mas nós duas éramos pequenas. Mas Charlie não ia pendurar Bobsy. Não era esse o seu plano. Ele encostou Bobsy no tronco e o amarrou bem apertado com a corda. Depois agarrou as minhas mãos e as de Grace e nos arrastou para longe. Bobsy gritava pedindo socorro. Mesmo Charles não tinha tanta força para aguentar prender duas garotas por tanto tempo. Perto da Chase eu consegui me soltar e escapei. Enquanto corria, ouvia a risada dele.

"Corri o mais rápido que pude e quando cheguei perto de Bobsy ele gritava e chorava. Vi umas coisas no cemitério se movendo, pareciam crianças. Senti muito medo. Tentei desfazer o nó. Meus dedos esfolaram de tanto que tentei, mas Charlie tinha apertado muito os nós. Tive a impressão de ter água atrás da árvore. Meus pés ficaram ensopados. Eu gritava sem parar.

"Então ouvi aquela voz, uma voz estranha. Olhei para cima e vi um velho parado na minha frente. *Você não pode salvá-lo. Salve a si mesma, fuja. Long Lankin está chegando.* "O quê? Quem é você? Me ajude — me ajude a soltar essa corda. Por favor, me ajude!" *Sou Piers Hillyard. Não posso mais salvar seu irmão. Você deve fugir ou ele vai pegar os dois. Preste atenção. É tarde demais para salvar seu irmão. Ele está vindo. Ele está vindo. Fuja!* Então se voltou e olhou por cima do ombro, e atrás dele, de um canto da igreja, aquela coisa assustadora se arrastava na nossa direção pelos túmulos. Bobsy berrou. Eu puxei mais uma vez a corda, então, então..."

Gussie voltou a esfregar a bochecha.

— Eu fugi.

ROGER

Dennis e Terry zuniam pela alameda em direção à Fieldpath Road. Pete e eu seguíamos, carregando as pesadas sacolas, passando-as de uma das mãos para a outra de vez em quando.

Olhei para cima e vi Cora sentada no banco perto da caixa dos correios, do lado de fora da loja da sra. Wickerby. A primeira coisa que me passou pela cabeça foi que vovó não tinha me dado um saco de Smarties para Cora. Eu deveria esconder o meu no bolso para comer mais tarde ou dividir com ela? Será que ela era um daqueles que sempre pegam as de cor laranja para eu ficar com menos? Refletia quando ela se levantou e começou a andar na nossa direção.

Sua aparência estava horrível — carrancuda, pálida, os ombros caídos.

— O que aconteceu? — perguntei.

— Nada — resmungou, lançando um olhar de esguelha para Pete. — Só estou pensando na escola a semana que vem. Não sei qual matéria estão dando, o que devo fazer e não tenho estojo de lápis.

Por não olhar no meu olho, sabia que contava lorotas.

— Tome umas Smarties.

Ela estendeu a mão.

Já em casa, nos sentamos no jardim com um suco enquanto mamãe preparava fígado com bacon.

— Não queria dizer nada na frente de Peter. Fu-fui à casa da velha Gussie.

— Puxa vida! Foi fazer o quê?

CORA

Empurrei um pouco o fígado com o garfo.

— Não gosta de fígado com bacon? — perguntou a sra. Jotman.

Não queria aborrecê-la.

— É que comi muito cozido na casa da avó do Roger.

— Então não vai querer esse pedaço de bacon — disse Roger, inclinando-se sobre a mesa para pegá-lo com seu garfo.

A sra. Jotman agarrou-lhe a mão.

— Pare com isso. Cora esteve doente. Talvez queira comer depois.

Terry comia pão com geleia como sempre.

— Coma um pouco dessas verduras deliciosas de lá do Patches — disse a sra. Jotman, empurrando a tigela de vagens na direção dele.

— Terry diz que se comer alguma coisa verde vai pegar aquela doença perigosa que matou vovô, uma *pneumorria* — disse Pete.

Percebi que a sra. Jotman me observava vez por outra.

— Rex — disse ao sr. Jotman —, Cora está muito cansada. Sabe que ela também pegou aquele vírus. Quando acabarmos, dá para levá-la de carro até a casa da sra. Eastfield?

O sr. Jotman soltou um suspiro bem alto. Óbvio que não queria ir. Eu devia ter dito que estava bem, mas a verdade é que não podia enfrentar a caminhada sozinha. Baixei o olhar para o molho frio no prato, terrivelmente cansada, me perguntando como poderia levar Mimi de volta a Londres.

— Já passamos por isso antes, Rosie, você sabe muito bem — resmungou. — Mesmo nesse tempo ninguém consegue subir a Chase de carro.

— Você podia dirigir até o sopé da colina e caminhar com ela o resto do caminho. Não vai demorar. Olha só para ela.

— Bem, parece que não tenho escolha — disse o sr. Jotman. — Você disse que tinha amoras?

— Tinha, mas misteriosamente a tigela apareceu vazia. Vou abrir uma lata de pêssegos.

Depois da refeição, o sr. Jotman se levantou e pegou as chaves na cômoda.

— Posso ir? — perguntou Roger, levantando-se de um pulo.

ROGER

O carro sacolejou pela Old Glebe Lane, enquanto a canabrás de cada lado se desfazia em bolas de algodão branco. Cora sentou perto de mim, de costas, olhando pela janela. Papai, é óbvio, não conseguiu suportar o silêncio.

— Estou pensando em alugar uma televisão. Custa só dois xelins por semana.

— Oba! Podemos ver *O Cavaleiro Solitário*? — perguntei, sorrindo de orelha a orelha. Depois percebi a expressão no rosto de Cora, um misto de infelicidade e fúria.

Estacionamos no final da Chase.

— Quer levar Cora até em casa? — perguntou papai, pegando o cigarro. — Eu fico aqui esperando.

Cora e eu nos afastamos do carro. Ela não me olhava.

— Qual o problema? — perguntei. Pensando em alegrá-la, adicionei: — Você vai se sentir melhor, sabe. Mamãe sempre diz que tudo passa e que há males que vêm para o bem. — Isso foi um erro. Fiquei muito alegre, muito animado com a televisão.

A raiva de Cora foi como uma grande lufada de vento no meu rosto.

— Diabos, como pode continuar desse jeito? — vociferou ela. Dei um passo atrás, a boca aberta como a de um peixe.

— Por acaso é idiota ou algo parecido? — continuou. — Não entendeu nadinha do que o sr. Thorston e Gussie disseram? Depois de tudo o que vimos? Não acha que estou morrendo de medo por causa da minha irmã? Como pode mudar de humor assim, como se bastasse acender e apagar a luz? Não acredito que estou andando com você! Só se interessa se vou te dar a porcaria do bacon! Você não liga para nada a não ser para a maldita televisão e para quanto da maldita comida vai ter no prato!

Então caiu no choro. Eu não sabia o que fazer. Toquei em seu braço.

— Sinto muito, Cora. — Ela afastou minha mão e enxugou os olhos com o punho da manga.

Olhei para o chão, sem saber o que dizer para ela deixar de chorar. Depois de alguns minutos os ombros pararam de tremer. Ela mordeu o lábio inferior para conter as lágrimas, depois ergueu o rosto manchado e inchado.

— A-acho que a mesma coisa vai acontecer comigo e com Mimi. A mesma coisa que aconteceu com minha mãe e a irmã.

— Ah, pelo amor de Deus, não seja tola. O raio não cai duas vezes no mesmo lugar...

— Aqui cai, Roger. Aqui, o maldito raio pode muito bem cair sempre no mesmo lugar.

QUARTA-FEIRA, 27 DE AGOSTO

CORA

Uma porta pesada bateu lá embaixo, a chave girou na fechadura. Acordei com o coração aos pulos. Tia Ida devia ter saído de novo. Estendi o braço à procura de Mimi e senti apenas o travesseiro frio.

Abri os olhos. O quarto inteiro estava vermelho. Sacudi-me e pisquei. A luz do sol brilhava tão forte através das cortinas velhas cor de tijolo que tudo estava banhado de um vermelho vivo: as paredes, o chão, a colcha, tudo.

Pulei da cama e abri as cortinas com tanta força que umas argolas de metal caíram em algum lugar nas tábuas. Meus olhos estavam inchados; a cabeça, pesada.

Eu dormira mal. Meu sono era interrompido pelo barulho de rastejar e pelo som parecido com vasos de flores se estraçalhando no cascalho.

Recordando os barulhos, meu estômago revirou, meu peito apertou. Enxuguei a testa suada com a palma da mão. Como tia Ida podia ter nos deixado sozinhas de novo? Deixado Mimi?

Saí de pés descalços e abri a porta do quarto de titia.

Parei na soleira por alguns instantes, mal respirando, como se prestes a entrar num local sagrado.

Apenas em parte iluminado pelos finos raios de sol que penetravam pelos vãos entre as cortinas pesadas, vi o pequenino contorno de Mimi debaixo das cobertas da imensa cama de madeira, cuja cabeceira e pés tinham painéis talhados com frutas e folhas recurvadas.

Na semiescuridão, Mimi parecia miúda, pálida e frágil como porcelana. Uma das mãos repousava na colcha tão florida que ela parecia deitada numa campina; segurava Sid. Acariciei seus dedos de leve com as costas dos meus, me curvei e beijei-lhe o cabelo macio.

— Vou levar você para casa, Mimi — sussurrei. — Juro. Assim que titia chegar, vou avisar que vamos embora, mesmo que eu tenha que carregá-la no colo sozinha até Londres. Vou cuidar de você, mantê-la segura.

Ela estremeceu e apertou Sid.

Sentei ao lado de Mimi até ouvir o latido de boas-vindas de Finn. Titia devia ter retornado.

Enquanto voltava para o meu quarto, ouvi outro barulho vindo da direção da cozinha. Inclinei-me no corrimão e prestei atenção. Desci alguns degraus. Fui descendo um a um, até alcançar o primeiro e me encontrar na sala, sem saber o que fazer.

Era um choro apavorante, terrível de se ouvir, o som de um coração partido.

Atravessei a sala na ponta dos pés e espiei por uma fenda entre a porta aberta da cozinha e a moldura.

Tia Ida, o corpo encolhido e trêmulo, na mesa grande, apertava a cabeça entre as mãos, agarrada a um lenço encharcado. Finn, a observava, choramingava, colocava a pata em seu joelho e a descia, equilibrando-se nas patas traseiras.

Sem saber o que fazer, eu decidira voltar de mansinho para não demonstrar ter ouvido nada, quando Finn se levantou, correu para mim e choramingou. Tentei mandá-lo embora, mas ele latiu baixinho e eu tive a certeza de que precisava sair de trás da porta.

Tia Ida ergueu o rosto com os olhos injetados de sangue, inchados, as lágrimas escorrendo. A boca tremeu, o cabelo úmido desabou. Ela se virou, mas o barulho e as lágrimas continuaram.

Movi-me na direção da mesa. Diante de titia havia um livro velho, as páginas abertas molhadas de gotas de lágrimas. Eu olhei. Era *O Peregrino*. Tínhamos lido um pedaço na escola.

> *Porém agora, nesse Vale de* Humilhação, *o pobre* Cristão *não suportou mais. Tão logo entrou no vale, começou Cristão a ver-se em apuros. Apenas dera alguns passos, saiu-lhe ao encontro um abominável demônio, chamado* Apolião. Cristão *teve medo, e começou a refletir se seria melhor fugir ou conservar-se firme no seu posto. Mas lembrou-se de que a armadura não lhe protegeria as costas e que, portanto, voltá-las ao inimigo seria dar-lhe grande vantagem, porque poderia feri-lo com suas setas. Decidiu-se, pois, se arriscar e manter-se firme. Assim, pensou, tenho mais chances de salvar minha vida; portanto, o melhor a fazer é conservar-me firme.*

— Po-posso ajudar, tia Ida? Fiz alguma coisa errada?

— Não, não — disse em meio aos soluços, tentando falar. — Não é você, Cora.

— Quer que eu prepare um pouco de chá? — Fui até a pia de pedra grande e enchi a chaleira.

— Tem muitas, muitas coisas que eu deveria ter te contado — disse, enxugando os olhos.

— É provável que eu saiba a maioria. — Acendi o fogão e coloquei água na chaleira para ferver. — Eu sei sobre Long Lankin, tia.

Ela fitou o livro aberto por um tempão. Parei perto do seu ombro e também olhei o livro.

> *Deu mais alguns passos e se encontrou frente a frente com* Apolião, *o inimigo. Era horrível o aspecto do monstro: coberto de escamas, semelhantes às dos peixes, tinha asas como os dragões e patas de urso. Do ventre saía fogo e fumaça e sua boca era semelhante à de um leão. Ao aproximar-se de* Cristão, *lançou-lhe um olhar de desprezo e lhe perguntou:*
> *"De onde vens e para onde vais?..."*

— Cora — disse afinal tia Ida, lágrimas voltando a aflorar de seus olhos. — Cora, eu vi o meu, o meu filhinho hoje de manhã. Edward, eu o vi...

— O quê?

— Lá, lá na igreja. Eu voltei a ir à igreja e às vezes as crianças aparecem e outras não — soluçou. — Vou na esperança de vê-lo, mas quando o vejo, é terrível, porque ele não está morto nem vivo. Ele ainda me reconhece. E-ele me chama, Cora, ele me chama de mamãe, mas eu não posso, não posso tocá-lo.

Um grito terrível saiu de sua garganta. Os ombros sacudiram e o choro deplorável recomeçou.

— Mas mesmo, mesmo se eu soubesse como libertá-lo — disse chorando, as palavras se embaralhando —, mas mesmo se eu soubesse como, mesmo se fosse capaz, eu nunca mais o veria. Eu o perderia para todo o sempre. E, e o pior é que ele me assusta; meu próprio filhinho me assusta. Só existe um resquício dele, mas não consigo me impedir de querer vê-lo, embora ele tenha se transformado... não sei no que se transformou.

Coloquei uma colher de folhas frescas no bule de água quente.

— Achei, achei que tudo terminara com a inundação. Como pode ter escapado? Como Lankin sobreviveu, tendo medo da água? Então, então quando Mimi disse que viu o homem no cemitério, eu fui, eu fui lá para ver se ainda podia encontrar meu filho... e demorei muito tempo. Se ele não tivesse aparecido para mim primeiro, eu, eu não sei qual é o meu irmão Tom, porque quanto mais tempo as crianças ficam com ele, mais parecidas, mais parecidas ficam com ele. Mas meu filho, seus olhos... seus olhinhos... Ele ainda me reconhece, ele me reconhece, Cora... mesmo agora que estou envelhecendo.

Peguei duas xícaras e pires do armário, procurei a jarra do leite de ontem na despensa e servi o chá. Sentamos de frente uma para a outra e enchemos o chá de açúcar. Tia Ida limpou os olhos e assoou o nariz com o mesmo lenço ensopado.

— Preciso de outro — disse ela.

— Eu vou buscar.

Deixei a cozinha para pegar um lenço da pilha de roupa limpa no anexo. Quando voltei, mais lágrimas escorriam pelo rosto de titia. Ela parecia velha e exaurida, um caco.

— E-eu vi as crianças, tia Ida. Acho que vi a irmãzinha de mamãe, Anne.

— Eu também a vi, e todas as outras, todas as outras... Quando eu era pequenininha costumava ir sempre lá ver o meu irmão Tom. Era como se ele nunca tivesse ido embora, como se estivesse apenas num lugar diferente, e isso me deixava melhor porque, Cora, quando ele foi levado, quando ele desapareceu...

Ela cobriu os olhos com o lenço limpo e gemeu, e o gemido continha tanta apreensão e arrependimento que lágrimas de abandono brotaram dos meus olhos.

— Quando ele desapareceu, Roland, meu irmão mais velho, Roland, e minha irmã, Agnes... Roland, Agnes e eu... — disse, afastando o lenço do rosto e enrolando-o nas mãos. — Cora, nós estávamos, nós estávamos nos escondendo dele, provocando-o. Podíamos ouvi-lo correndo em volta da casa procurando por nós. Estávamos escondidos, escondidos no esconderijo do padre. Roland disse que uma mulher tinha mostrado onde ficava, mas achávamos que ele inventara aquela história e descobrira o esconderijo sozinho. Às vezes, às vezes Roland desaparecia um tempão. Ia a lugares escuros na casa, lugares onde Agnes, Tom e eu nunca íamos. Entramos no esconderijo, mas achamos engraçado nos esconder de Tom. Ríamos dele, ríamos enquanto ele chorava e nos chamava.

"Nossos pais tinham ido à cidade. Quase não tínhamos criados. Eles tinham medo do que viam e ouviam e não suportavam viver com as portas e janelas sempre fechadas. Ninguém trabalhou aqui muito tempo, e mamãe nunca conseguiu ninguém do vilarejo para trabalhar em nossa casa.

"Nossa velha ama-seca, Joan, tinha logo caído no sono, como sempre. Fazia muito calor naquele dia, e ela era praticamente surda. Nunca percebia nada do que se passava. Mas tinha uma nova empregada, de Hilsea, que fazia todo o serviço e chegara aqui alguns dias antes. Ela deve ter aberto a porta dos fundos para ventilar. É provável que tenha imaginado que essa história de fechar portas era absurda, como a maioria dos estranhos. Nós estávamos acostumados à casa abafada — achávamos que as casas eram assim.

"Estávamos escondidos, espremidos, rindo, quando Tom gritou. Foi terrível. Tentamos sair, mas não conseguíamos abrir as portas do esconderijo, enferrujadas de tão velhas. Tem duas portas, uma logo atrás da outra, e não conseguíamos reabrir a primeira. Ficamos presos pelo que pareceu horas, batendo sem parar nos painéis de madeira, gritando, exaustos, até Roland conseguir abri-las, mas chegamos tarde demais, tarde demais."

Titia permanecia sentada, torcendo e retorcendo o lenço ensopado.

— Então, um tempo depois, eu deixei escapar para mamãe que eu costumava ir ao cemitério ver Tom e a convidei para ir comigo e falar com ele, pois isso talvez a fizesse se sentir melhor. Sua fúria foi inimaginável, algo nunca visto. Ela tinha um temperamento espantoso.

"Meu pai, meu pai se sentia culpado pelo que aconteceu com Tom. Achava que devia ter levado a família para longe dessa casa, mas... não sei por que ele não conseguia. Acho que agora compreendo.

"Então, quando, quando Roland foi morto em abril de 1918, papai passou o resto de sua vida, que não foi longa, no clube, e Agnes fugiu com Jack Swift. Mamãe também morreu, na casa em Onslow Gardens. Todos, todos partiram."

Demorou séculos até titia poder voltar a falar e, quando o fez, eu mal conseguia ouvi-la. Acho que ela não ousava dizer.

— É minha culpa, tudo minha culpa, em razão do meu descuido. Deixei Susan e Anne sozinhas na casa. Se eu tivesse dito a Susan por que ela devia manter a porta trancada, em vez de perder a paciência com ela, a menina não teria aberto a porta e Anne ficaria bem. Tínhamos uma moça que fazia parte de um grupo de voluntárias do exército, para substituir os agricultores que partiram para a guerra. O nome dela era Vera e morava aqui um pouco antes de tudo acontecer. Perdi a paciência com ela também. Ela gostava muito de Annie. Teria tomado conta dela, se eu tivesse explicado, mas não achava que alguém fosse acreditar em mim... Se eu tivesse dito a ela para manter Annie segura quando a maré baixasse, para não desgrudar dela quando o lodo secasse...

Tia Ida enxugou o rosto e se levantou da cadeira. Vacilou um pouco, esperou alguns segundos e depois foi até a cômoda e abriu a gaveta direita. Estava entupida de contas e cartas velhas. Envelopes pardos amarrotados, pedaços de papel e cartões-postais amarelados caíram da gaveta e se espalharam pelo chão. Ela encontrou a carta que procurava e não se deu ao trabalho de pegar as coisas esparramadas, nem ao menos de fechar a gaveta.

O endereço está escrito com uma caligrafia de criança. Um esforço brutal em escrever direitinho.

Meus dedos tremem quando removo a folha dobrada do envelope. Lembro-me de ter pensado, quando a carta chegou tantos anos atrás, que as pequeninas marcas de respingo por todo o papel barato eram resultado de desleixo. Na época me irritei; agora meus olhos percorrem a carta e descubro que são lágrimas.

Com o coração angustiado, entrego a carta a Cora.

Limehouse,
Londres E14

14 de agosto de 1940

Querida tia Ida,

Sinto muito. Nem sei como dizer o quanto eu sinto. Nunca senti tanto em toda a minha vida. Todo mundo está um bocado zangado comigo. Mamãe não fala com ninguém, muito menos comigo. Ela chora o tempo todo. Eu preparo xícaras de chá, mas ela as deixa esfriar. Papai vai para o bar e não volta para casa, ou quando volta tomou cerveja demais, grita, me bate, diz que Annie era sua filha favorita e que vai nos deixar.

Mas, tia Ida, eu quero contar para a senhora o que aconteceu para que a senhora saiba. Depois pode escrever uma carta para mamãe e papai e explicar que não foi minha culpa, não toda, para que eles não me tratem tão mal e papai não vá embora.

Morro de saudades de Annie. Ela costumava me seguir pela casa toda e na rua, e às vezes eu gritava para ela ir embora, mas eu não falava sério. Agora que ela foi embora, existe esse lugar vazio atrás de mim e eu passo o tempo pensando que se eu me virar ela vai estar ali dizendo: "Suu, Suu, Suu", e eu não consigo parar de chorar pensando nela, sentindo falta dela e querendo que ela estivesse aqui. Tudo que me restou dela é Sid. Ele dorme ao meu lado na cama e tem o cheiro dela.

Tentei ser boa para a senhora porque a senhora foi gentil em nos receber depois do bombardeio. Obedeci à senhora e não levei Annie àquela igreja. Foi aquela moça, Vera, que a levou, aquela com quem a senhora depois se desentendeu. Ouvi a senhora brigando com ela. Ela respondeu, aos berros, que a casa era horrível e que, de qualquer jeito, não ia ficar aí. Está vendo? Eu ouvi tudo.

Então, naquele dia eu tentava tocar "Carolina Moon" no piano e Annie tirava um cochilo no andar de cima, quando a senhora foi ao estábulo tirar leite de Tilly. Fazia tanto calor, titia, eu sufocava, e foi esse o meu erro: abri a porta de trás para deixar entrar um pouco de ar, embora a senhora tivesse me avisado para mantê-la trancada até a senhora bater, mas nunca me explicou por que precisava ficar sempre trancada. Nunca disse nada. Da janela eu podia ver o estábulo, então sabia que teria tempo para dar uma corrida e fechar a porta antes de a senhora voltar. Desculpa por abrir a porta.

Brincava no piano quando ouvi alguma coisa andando pela sala. Fiquei preocupada que a senhora tivesse terminado no estábulo sem eu ter visto e ficaria um bocado zangada comigo por abrir a porta, quando tinha me dado ordem para não abrir, principalmente porque a maré estava baixa, a senhora disse, mas eu não sabia por que tinha dito aquilo.

Senti um cheiro horrível, semelhante a terra velha e coisas mortas, meio de mofo, e um barulho como se algo rastejasse pelas tábuas do assoalho. O fedor ficou mais forte e o barulho mais alto até chegar bem na porta.

Minha boca ficou úmida, com gosto de metal, e minhas mãos, pegajosas.

Não podia me virar para olhar. Tive tanto medo que fiquei congelada no banco. Sentia o sangue pulsando e meu pescoço doía de tão retesado.

O papagaio disse "Olá", em sua vozinha travessa.

Eu me obriguei a levantar a cabeça e olhei o espelho em cima do piano. Vi algo muito, mas muito horrível na sala, atrás de mim, olhando para mim. Nunca tinha visto nada parecido em toda a minha vida. Minha respiração saiu de supetão e fiz a outra coisa errada. Peguei aquele leão de metal que fica em cima do piano e atirei naquela imagem horrível no espelho com toda a minha força e quebrei o vidro. Desculpe ter estragado seu espelho, tia Ida, mas não sabia o que fazer.

O que era aquela coisa horrível, tia Ida? A senhora sabia que ela vinha e por isso eu devia manter a porta trancada? Por que não me contou? Eu teria deixado a porta trancada se tivesse me dito. Eu teria pavor do monstro entrar. A senhora achou que eu não acreditaria?

A coisa saiu da sala. A porta bateu. Ouvi passadas firmes no assoalho, dirigindo-se para as escadas e depois subindo. Minha língua parecia um caroço duro na boca. Queria gritar, mas as palavras não saíam. Estava paralisada no banco do piano, suando, tão assustada que não me movia.

Eu ouvi aquilo no alto da escada, e portas se abrindo e fechando. Ouvi o som de pés se arrastando, passos lentos, portas batendo, barulhos horríveis.

Então consegui obrigar meus pés a se mexerem. Corri para a porta e foi então que comecei a gritar: "Annie! Tia Ida!"

Subi as escadas correndo. A porta do nosso quarto estava escancarada. A cama, vazia. Sid, no chão. Annie tinha sumido.

Por favor, por favor, tia Ida, sabe onde ela está? Por favor, diga àqueles soldados velhos para continuarem procurando-a Quero ouvir Annie dizer: “Suu, Suu, Suu’, e comprar um daqueles pirulitos vermelhos de que ela tanto gosta.

Por favor, faça com que a minha situação melhore com mamãe e papai. Por favor. Por favor, escreva uma carta para eles dizendo que não foi culpa minha.

Sua carinhosa sobrinha,

Susan

Cora se encolhe.

— Coitadinha de mamãe — soluça. — Coitadinha de mamãe... A senhora mandou a carta?

— Não... — digo, entorpecida de remorso. — Não mandei nenhuma carta.

CORA

Titia escondeu o rosto entre as mãos e gemeu.

Enxuguei as lágrimas e o nariz escorrendo no punho. Nunca ninguém tinha dito a mamãe que ela não era culpada e ela sofrera todos os dias desde que Annie havia sumido.

— Foi minha culpa — disse titia —, e ainda não aprendi, Cora. Também não te contei. Eu tinha esperanças e rezava para que Lankin tivesse desaparecido para sempre.

— Como ele pode desaparecer, tia Ida? — perguntei soluçando. — O que ele é?

— Ele arruinou vidas e mais vidas — disse, tirando as mãos do rosto inchado e velho e fixando a parede dos fundos. — E não apenas vidas de crianças, mas muitas, muitas outras.

— Então o que podemos fazer?

— O único que chegou mais perto de uma resposta foi Jasper, Jasper Scaplehorn. Você leu parte de sua pesquisa, não sei quanto.

— E-eu não sei quanto havia.

— Fui visitá-lo na Glebe House pouco depois do desaparecimento de Annie. Estava desesperada, consumida pela dor. Esperava que Jasper, com todo o seu saber, pudesse me ajudar, que juntos pudéssemos fazer alguma coisa, mas, mas a pobre e querida alma tinha as suas próprias aflições.

IDA EASTFIELD

Era uma daquelas tardes calmas e quentes de verão. Jasper e eu nos sentamos na sala de visitas da Glebe House.

No chão, diante de duas altas janelas, retângulos de luz se estendiam sobre as grandes e desbotadas rosas cor-de-rosa do tapete esfarrapado. Entre as janelas, as portas francesas escancaradas emolduravam o gramado que se estendia da colina até os bosques. Além das copas do arvoredo, o terreno se estendia por terras pantanosas até o estuário a grande distância. Não havia como saber, naquele horizonte enevoado, onde terminava a terra e começava o céu ou o que era água e o que não era. Sobre essa vasta extensão de verde, pequeninas flores rosadas voltavam-se para o oeste, onde o sol começava a descer.

Era uma rara hora de trégua do constante ribombar de aviões ingleses ou dos inimigos, girando como grandes pássaros negros entrando nas nuvens e saindo.

Jasper, como de hábito, sentava-se com as pernas esticadas e os tornozelos cruzados, naquela bergère de couro velha e rasgada, a taça de vinho entre os dedos compridos. A seu lado, numa mesinha com tampo de couro, uma montoeira de papéis; alguns tinham voado da pilha e caído no tapete.

Jasper era alto, dono de um nariz impressionante, curvo como o de um imperador romano, e cabelo farto e ondulado. Na Primeira Guerra Mundial, Jasper era um jovem capelão, pouco mais velho do que alguns dos rapazes por quem devia orar. Acho que foi para Flanders com cabelos castanho-escuros e voltou de cabelos grisalhos.

Cora, se você por acaso tivesse espiado pela janela naquela tarde, e nos tivesse contemplado ali sentados, as compridas sombras espalhando-se pela grama lá fora, os raios do sol quente reluzindo em nossas taças, poderia pensar que formávamos um casal satisfeito, em paz. Entretanto, se houvesse permanecido mais tempo e nos observado com mais atenção, talvez notasse nossa tensão. Lembro-me do tique-taque alto do relógio de ardósia na prateleira da lareira, e de como eu me virava ansiosa quando, a cada quinze minutos, nos avisava da passagem do tempo com um suave repicar.

— Jasper...

Jasper encolheu as pernas e quase derramou o vinho, ao colocar a taça no chão ao lado da cadeira.

— Vou esquentar a sopa que trouxe — disse eu. — É de cenoura, está uma delícia.

Ele ajeitou o paletó, abriu um sorrisinho nervoso e balançou a cabeça.

— Quando foi a última vez que comeu? — perguntei atenciosamente.

Ele não respondeu.

— Ou dormiu?

— Às vezes de tarde me pego cochilando na cadeira. É o suficiente.

Uma quente corrente de ar ergueu os debruns do cortinado florido de três metros de altura desde o trilho de ferro. Levantei-me da cadeira e me aproximei das janelas francesas abertas. Ele se juntou a mim com a taça e a garrafa de vinho.

Os gritos e assobios ecoando do Upper Field significavam que Peter Bardock saíra para manobras com seus homens. Em breve terminariam a noite no Thin Man.

Escureceu. O azul profundo do firmamento formou um arco sobre nós com a lua cercada de estrelas cintilantes, mas, a sudeste, o céu estava em chamas. Listras vermelhas irregulares cobriam parcialmente a bola dourada e baixa do pôr do sol. Enquanto admirávamos o jardim, nossos rostos foram iluminados pela luz.

— Estará ele dormindo lá? Lankin? — perguntei.

— Talvez seja uma espécie de sono, mas é uma existência que nem sequer podemos imaginar, uma espécie de suspensão entre mundos. Acho que se um bebê ou uma criancinha chega muito perto de sua morada, de alguma forma ele se conecta com essa força vital e começa a caçar a criança.

Jasper voltou a encher a taça.

O crepúsculo aumentou, até não restar do dia nada além de uma faixa turquesa ao longo do horizonte. Alguns morcegos voaram e se arremessaram no voo, dispersando-se pelo jardim. Jasper acendeu algumas lamparinas, cujo brilho pálido e frio intensificava a palidez de seu rosto com sombras esverdeadas.

Anoitecia. A brisa, antes tão agradável, se tornara fria. Recolhi o cardigã pendurado nas costas de minha cadeira e Jasper, atencioso, deixou as portas apenas entreabertas e voltou para a sua poltrona.

— Mas ele está vivo? — perguntei.

— Está vivo, mas não como eu ou você. Ele perambula num plano entre os vivos e os mortos. Lankin não pode ser puramente espírito. Ele precisa de algum tipo de alimento para preservar sua imortalidade no mundo físico. Claro que os corpos de crianças muito pequenas são fonte de energia, de crescimento. Em teoria, suponho que a carne delas possa alimentar uma criatura como Lankin por muitos anos nesse mundo intermediário em que habita. Posso apostar que ele bebeu o sangue do pequeno John Guerdon como parte de um ritual de bruxaria para curar sua lepra.

Jasper esvaziou seu corpo e o encheu novamente, com o que havia sobrado na garrafa. A mão que segurava o copo começou a tremer um pouco.

— Por que não pego um pouco de sopa para você?

— Não, não, não quero, obrigado — retrucou Jasper. — Deixe-me continuar. — Tomou o resto do vinho. — E-eu acredito que Lankin é uma criatura da fronteira entre terra e água, em parte no mundo social e em parte na imensidão indomada de lodo e pântano, confinado pela água que flui entre as margens de seu território.

"Mesmo vivo, sabemos que vivia à beira da sociedade, um pária, um bastardo, evitando a morada dos homens normais. Talvez o processo de ter se tornado essa coisa tenha começado antes mesmo de morrer."

Girei a taça vazia na mão.

— Pelo que sabemos — continuou Jasper —, Cain Lankin foi encontrado nos pântanos por Piers Hillyard, pouco depois de Aphra Rushes ter sido queimada na fogueira.

"O pároco e os sacristãos tiveram tanto medo de pegar lepra, que nenhuma investigação satisfatória foi feita e duvido que, na época, tivessem meios de determinar a causa do óbito.

Só podemos assumir que o corpo tinha toda a aparência de cadáver, mas não se esqueça de que não se decompôs depois de pendurado no cadafalso."

— Então, é possível, que naquele ponto, por alguma razão, Lankin estivesse à beira de ser absorvido, por completo, por esse mundo intermediário — arrisquei.

Jasper se mexeu na poltrona.

— É possível. Durante sua vida, foi parcialmente assimilado, mas, em seguida, algum evento cataclísmico, alguma alteração das normas espirituais e sociais aceitas, pode ter provocado sua completa passagem para esse mundo.

"A transição de Lankin pode ter sido o resultado de muitos fatores. Ele devia estar passando por uma enorme tensão emocional. Fracassou em salvar Aphra Rushes do campanário, e é provável que a tenha visto queimar até morrer, mesmo que a certa distância..."

— Jasper — disse eu —, Piers Hillyard foi bem mais específico. Ele parecia convencido de que ao permitir que o corpo, o corpo de um assassino, passasse pelo portão para o solo sagrado, tornara-se responsável por estabelecer a existência permanente de Lankin nesse mundo intermediário. Ele teve uma experiência física desconcertante, e uma sensação de total pavor, se devemos acreditar em seu relato, quando ele e o jovem Shem arrastaram o caixão de Lankin para o cemitério. Só depois de atravessar o portal, Lankin começou a se mover. Poderia esse ser o acontecimento cataclísmico que você mencionou?

— Bem, sem dúvida portais têm significado — disse Jasper —, mesmo em locais comuns, banais. Mas aqui, onde existem limites duvidosos, mutáveis entre um e outro elemento, portas e portais seriam ainda mais importantes. Portais entre os mundos, quem sabe?

— Os aldeões devem ter pressentido algo sinistro sobre o portal. Ele foi abandonado e fechado com correntes desde então. Providenciaram outra entrada, mais adiante, para o cemitério — disse eu.

— Bem, então, talvez fosse melhor tê-lo deixado aberto. — Olhou o vazio.

— O que quer dizer?

— Como disse antes, talvez Lankin já viesse se transformando naquela, naquela criatura durante a vida. É possível haver algo na memória popular de algo similar ocorrido no passado que fez despertar o medo nos aldeões. Mostraram-se desesperados para Hillyard deixá-lo apodrecer no cadafalso, mas ele insistiu em removê-lo no terceiro dia. Talvez, talvez se ele tivesse sido deixado naquele caixão depois do terceiro dia e não houvesse atravessado o portal, seu corpo começaria a se decompor naturalmente. Ou se ele tivesse sido enterrado e seu caixão pregado na encruzilhada, não estaríamos hoje aqui nesta sala. Entretanto, o coração compassivo de Hillyard prevaleceu. Se tudo o que bastava para a total transformação de Cain Lankin fosse atravessar aquele portal antigo, elementar, então só posso imaginar... que talvez se ele o atravessasse... no sentido contrário...

— Mas ele nunca faria isso, sabendo que isso seria o seu fim, certo?

— Você tem razão, Ida. Como diabos poderia ser feito?

A noite nos rodeava. A escuridão rodeou a casa, penetrou pelas janelas e apenas a luz fraca das lamparinas iluminava a sala. Uma coruja piou em algum canto do bosque.

— Estou tão exausto, Ida.

— Você precisa dormir.

— Não me diga o que preciso fazer! — retorquiu bruscamente. — Como pode saber? Eu o vejo em todos os lugares.

— Ele não vem aqui. Não atravessará o córrego...

— Eu disse que o vejo em todos os lugares, Ida. Mesmo quando fecho meus olhos ele está dentro de minhas pálpebras, da minha cabeça.

O relógio marcou a meia hora. Isso me permitiu um instante para me recobrar.

— O que vai fazer quanto aos serviços religiosos? Ao que tudo indica, todos esperavam por você em St. Mary no domingo. Onde estava? Isso vem acontecendo cada vez com mais e mais...

Jasper apoiou os cotovelos em seus joelhos descarnados, abaixou a cabeça e levou as compridas pontas dos dedos ao cabelo, balançando-se suavemente para a frente e para trás. Vi lágrimas escorrendo-lhe pelo rosto.

Uma parte de mim sofria por ele, apesar de eu necessitar tanto de consolo. Quem sofreria por mim? Jasper não dormia havia muito; eu tampouco. Minhas noites eram assombradas pelo lúgubre desespero por causa de Annie e pelo tormento e fúria em relação a Susan, que não conseguia descartar. Tendo Susan como objeto de meu ódio, não precisei confrontar-me com minha própria culpa.

Depois de um tempo Jasper fungou, enxugou o rosto e sentou-se ereto.

— Às vezes me sinto como se fosse duas pessoas, uma olhando a outra no espelho. Já nem tenho certeza de qual dos dois homens eu sou.

Eu também vi duas pessoas, duas menininhas — a Annie daquela última manhã, em que a ajeitei na cama para sua soneca e depositei um copo de leite quente com mel na mesinha de cabeceira — e a outra, a criança no cemitério nos anos que se seguiram — olhos vazios, pele ressecada, arruinada, áspera, velha...

— Jasper — disse, esperando conseguir acalmá-lo naquele momento fugaz. — Por que meu irmão Tom é cada vez menos e menos meu irmão? Por que meu filho Edward não é bem o meu filho? Embora eu não consiga me afastar do cemitério, pois desejo vê-los, eles me assustam. Conforme os anos se passam, ficam cada vez mais parecidos com Lankin. É claro que não pertencem mais a este mundo, mas também não estão... no paraíso.

Jasper fitou o tapete e refletiu por um tempo, mas o momento foi perturbado pelo maçante ruído dos motores das aeronaves.

Ele se levantou, cruzou o vão entre as portas e fitou o céu.

— Aviões Wellington de bombardeio — comentou — a caminho do mar.

— Rumo à Alemanha?

— Talvez.

Ele contemplou as silhuetas dos aviões pesados passando sobre a casa.

— Se Lankin bebeu o sangue deles, como você sugere — pronunciou, afinal, ainda de costas para mim —, então acho que sugou parte de sua força vital para si mesmo. Ele se alimentou deles, e agora eles são forçados a habitar esse estranho local que não é nem a terra nem o paraíso. Quanto mais residirem no mundo do monstro, mais monstruosos se tornarão. Estão ligados a Lankin, portanto não podem ser salvos a não ser que a vida de Lankin seja extinta.

Ele se virou na minha direção, os ossos do rosto estranhamente salientes, as faces encovadas, escuras e murchas. De novo, lágrimas desceram devagar de seus olhos, mas ele não tentou cessar seu curso; não levou sequer um dedo ao rosto.

Por que está chorando, Jasper?

— Parece que eu choro por qualquer coisa durante grande parte dos dias, Ida. Mas agora não posso tolerar o pensamento do que precisará ser feito e sei que sou eu que devo agir.

— Do que está falando?

Ele voltou para a poltrona e passou os olhos úmidos pelas folhas pousadas na mesa ao lado. Folheou-as, depois tomou uma folha com dedos trêmulos.

— Está aqui a declaração de Neville Harper, o cirurgião que atendeu o pobre Thomas Sumner, morto em consequência de queimaduras, após o incêndio da antiga casa paroquial. Lembra-se de que eu mostrei esse documento guardado no cofre de Haldane Thorston para você? Lembra que Lankin entrou na casa para roubar uma criança, Margery Skynner, e Piers Hillyard atirou uma vela nele?

— Sim, me lembro.

— Bem, acho que li o documento antes sem qualquer espécie de discernimento, mas, ouça, o que isso significa? *Mas antes de deixarem o aposento, Piers Hillyard caiu no chão e morreu.* — Então, Jasper disse com muito vagar: — *E o espírito do dito Cain Lankin tomou a vida do acima mencionado Piers Hillyard para si...* Que diabos isso significa, Ida? Nunca se perguntou por que Piers Hillyard está no cemitério dos fundos da igreja ou como ele de fato morreu?

— Bem, sempre soubemos como morreu. No incêndio, é claro. Sempre acreditei ter sido sua escolha permanecer enterrado na terra para servir de alerta aos outros, como castigo pela desastrosa decisão de enterrar o corpo de Cain Lankin em solo sagrado. Ele tentou avisar, durante a sua vida, esculpindo *Cave Bestiam* em todos os lugares e... ele continua avisando mesmo depois de morto. Ele aparece, sobretudo para as crianças...

— Bem — disse Jasper —, nesta declaração também está escrito: *Thomas Sumner afirmou que, estando gravemente queimado, assim como Piers Hillyard, este concordou em saírem juntos.* É óbvio que Hillyard passava mal, mas não *in extremis* naquele momento. Acho que ele e Sumner devem ter sofrido o mesmo grau de ferimentos, mas Sumner só sucumbiu dois dias após o incêndio. Ao que tudo indica, Hillyard caiu e morreu de repente, inesperadamente, quando faziam menção de deixar o aposento. Lankin, por outro lado, estava no centro da ação e em vez de ser consumido pelas chamas, girava e dançava. De alguma forma, ao achar que se encontrava prestes a morrer, *conseguiu se preservar tirando a vida daquele que ameaçava tirar a sua.*

Permanecemos sentados numa espécie de atordoamento.

— Então, assim como as crianças estão condenadas a permanecer com Lankin porque ele bebeu seu sangue — continuou Jasper —, Hillyard também virou prisioneiro nesse mundo intermediário, porque o monstro sugou-lhe a vida.

Tive dificuldade em encontrar o sentido da declaração.

— Está dizendo que quem tenta tirar a vida de Lankin coloca a sua em risco?

Jasper se reclinou aos poucos, o corpo afundando na poltrona.

— Talvez Kittie Wicken também tenha tentado matar Lankin — disse eu —, quando ele veio buscar seu bebê.

— Ela morreu no riacho — acrescentou Jasper. — Acha que ela tentou destruí-lo com água?

— Como Hillyard tentou com fogo — retorqui. — Como Hillyard, ela aparece quando tem crianças na casa. Nunca vi Kittie com clareza, apenas um vislumbre, uma sombra no lugar errado, mas quando criança eu ouvia seu cantar, às vezes bem perto de mim. Com certeza meu irmão Roland devia vê-la. Ele sempre disse que uma mulher lhe mostrara onde era o esconderijo do padre, um lugar para se esconder se Lankin aparecesse. Kittie ainda devia trabalhar em Guerdon Hall quando o construíram. Conhecia o segredo. Mas Roland o usou contra o irmão. Em vez de salvar Tom, ele, ele...

— Calma, Ida, calma — sussurrou Jasper.

Apoiou os cotovelos nos braços da poltrona, inclinou a cabeça e juntou as mãos em oração.

— Continuo pensando no Cristão, preparado para conservar-se firme no seu posto no Vale da Humilhação contra o monstro Apolião. Apolião foi ferido por um golpe da espada de Cristão, mas, apesar de ferido, abriu as asas de dragão e voou. O que nos garante que no momento do sacrifício, quando alguém se encontra preparado para enfrentar Long Lankin, por mais que isso lhe custe, Lankin confunde a morte, como a vem confundindo por séculos?

— Então você teme que o sacrifício seja em vão?

— Sim, Ida.

— Mas talvez Hillyard e Kittie Wicken não tivessem consciência das consequências de seus atos. Talvez... talvez se alguém estivesse disposto...

— Como podemos saber, Ida?

E voltou a chorar.

CORA

— No início do ano seguinte, Jasper foi internado no Hospital Coldwell — disse tia Ida, fitando o vazio.

— Tia Ida, mamãe está num hospital igual a esse, igual ao Coldwell?

— Ah, Cora...

Fechei os olhos. Titia estendeu o braço sobre a mesa para pegar minha mão. Eu a afastei. Tudo poderia ter sido tão diferente. Titia devia ter escrito uma carta para o pai e a mãe de mamãe.

É tudo minha culpa, tudo minha culpa. Nunca ninguém dissera a mamãe que não era.

— Jasper foi liberado assim que a guerra acabou — prosseguiu tia Ida sem intervalo —, mas uns dois anos depois voltou a ser internado. Foi quando Hugh Mansell chegou.

— Estou muito assustada, tia Ida — disse eu, fitando a superfície da mesa. — Quero levar Mimi para casa.

— Vocês devem voltar para casa, Cora. — Tia Ida apoiou a testa nos dedos esticados. — Sinto que ele se aproxima cada vez mais. Já vi Lankin três vezes perto da casa. Está à espera de um momento de descuido, um segundinho em que baixemos a guarda. Estamos todos encurralados, Cora, você e eu também, não apenas as crianças no cemitério atrás da igreja... meu pequenino Edward perdido... Estamos todos encurralados.

Titia ergueu a cabeça.

— Talvez, quem sabe, possamos encontrar alguém na aldeia para tomar conta de vocês por enquanto, até eu poder despachar as duas para Londres. Então, posso tentar de algum jeito desfazer o que Hillyard fez...

— Titia, por favor, não diga uma coisa tão terrível. Isso não pode ser feito.

— Talvez seja o que devo fazer... mas quem me ajudaria? — Encolheu-se de novo. — Ninguém ia querer me ajudar.

Titia caiu no choro de novo.

Quando vi, eu tinha pousado as mãos em seus ombros curvados e os apertava de leve. Então me inclinei e encostei meu rosto no seu.

Titia acariciou minha mão. Não me afastei dessa vez.

— Vou ver se Hugh Mansell está em casa, assim posso deixar um recado no pub para o seu pai. Primeiro preciso passar uma toalha no rosto.

ROGER

Eu amarrava meus sapatos quando Pete entrou.

— Aonde vamos? — Ao colocar o leite no prato de cereais Shredded Wheat, o leite e o açúcar transbordaram.

— Pensei em ir até a casa da sra. Eastfield. Não ponha a caixa em cima do leite derramado. Vai grudar na mesa.

— Depois mamãe limpa. Espere por mim. Preciso achar as meias.

— Então anda logo. Vou buscar as bicicletas.

Ia fazer um calor de matar. Na estrada principal, a pista estava meio mole e o ar fraco.

Paramos no topo da colina da Old Glebe Lane, emparelhando para disputar uma corrida até o sopé.

— Está sentindo esse zunido? — perguntei a Pete.

— Não seja idiota. Que zunido?

— Sei lá, igual quando a gente está debaixo de um poste elétrico, sabe? Como aquele grandão perto do bosque.

— Não estou sentindo nada. Pronto? — Pete deu a partida.

— Ei, Espere aí. Temos que sair ao mesmo tempo! — gritei, pedalando atrás dele.

O piso estava tão duro que cantamos pneu ao chegar lá embaixo e fomos parar direto na Chase. A lama cozinhara formando grandes blocos. Às vezes tínhamos que ficar de pé para seguir adiante, mas em geral saltávamos da bicicleta e empurrávamos.

Aguardamos um tempo na ponte da casa da sra. Eastfield.

— Tá vendo sapo?

— Não deve ter nenhum aqui. Acho que a água é salgada.

— Então não tem sapo no mar?

A maré estava baixa. Apenas um filete de água restava no meio do córrego.

O fio da eletricidade pendia do poste perto da ponte. Tudo parecia estranhamente parado, apesar do zumbido dos insetos nas flores selvagens e o calmo murmúrio do rio ao desaparecer sob a estrada. Nem um único pássaro cantava nas árvores ao redor de Guerdon Hall.

Largamos as bicicletas e caminhamos para a casa. Bati na porta da frente e o cachorro logo latiu.

— Quem é? — perguntaram do outro lado da porta. — Quieto, Finn. Assim não ouço.

— Somos nós.

Ouvimos o som da chave girando na fechadura. Pela frestinha vimos o olho de Cora.

Já havia decidido que se ela estivesse de mau humor, Pete e eu iríamos embora passear no bosque, mas ela falou com a sra. Eastfield sobre o ombro, esperou a resposta e escancarou a porta.

— Tia Ida foi se lavar — disse Cora. — Melhor a gente ir para a cozinha.

CORA

Tia Ida desceu, o rosto limpo, mas ainda vermelho e inchado.

— Mimi está dormindo, mas ainda está com tremores — disse ela. — Dentro de mais ou menos dez minutos, suba e dê uma olhada nela. Se estiver muito quente, molhe uma tolha de rosto na água gelada e passe na testa dela. Vou dar um telefonema na casa do padre Mansell. Você precisa jurar que não vai sair de casa. Tem que jurar.

Ficamos parados, prestando atenção, os olhos arregalados.

— Demoro menos de meia hora. Já verifiquei as janelas. A chave da frente ainda está na fechadura.

— Que falatório danado! — sussurrou Pete quando titia colocou o xale.

Ela trancou a porta de trás e levou a chave. Por algum tempo, Finn pulou nas patas traseiras e arranhou a porta choramingando.

— Está um calor infernal aqui dentro — reclamou Peter, pegando água da torneira para beber. — Por que ela trancou a gente aqui? E se tiver um incêndio? Vamos ficar presos e queimar até morrer?

— Podemos sair pela frente — argumentei. — Não reclame, você vai se acostumar.

— Estou suando em bicas.

— Podemos ir à sua casa quando ela voltar.

— Puxa, espero que ela não demore — resmungou. — Esse lugar parece um forno gigante. Como aguenta com essas janelas todas fechadas? O que tem para fazer aqui?

— Tem um papagaio — disse Roger.

Tirei a sacola de alpiste do armário debaixo da pia e levei Pete para ensinar como retirar a caixinha de comida da gaiola.

Tia Ida havia dito que o papagaio vivia naquela gaiola há tanto tempo que se a gente abrisse a porta para deixá-lo fugir, ele não voaria, nem saberia como.

— Ele perdeu as penas — disse Pete, fascinado. — Dá para ver a pele dele.

Quando o papagaio disse "Olá", Pete caiu na gargalhada e ficou repetindo "Olá" até o velho pássaro voltar a falar. Deixei-o e voltei para a cozinha, onde Roger e eu começamos a lavar os pratos do café da manhã. Roger era um perfeito inútil: só jogava água na louça, em vez de enxugá-las direito com o pano de prato. Tentei contar quase tudo o que tia Ida me contara.

IDA EASTFIELD

Harry tem de vir buscar as meninas. Agora é urgente. Como poderia mandar Cora dar esse recado? Afinal, ele é pai dela. Já é péssimo que a mãe esteja naquele estado. Ele tem de vir. Ainda dá tempo hoje — se não, amanhã. Precisa vir rápido.

Tudo trancado. Verifiquei cada janela. Estou com a chave dos fundos aqui no bolso. Peço a Deus que Hugh esteja em casa. Maureen Mansell deve estar, senão posso tentar na casa dos Treasure. Tenho de achar alguém. Como encontrar o número de telefone do Half Moon? Hugh vai me ajudar. Por que estou tão aflita? Preciso me apressar. Que calor! Vou tirar o xale.

Elas estão com Finn. Não vou demorar.

Preciso tirar o casaco. O ar está carregado. Outra tempestade deve estar a caminho.

CORA

Finn começa a me arranhar. Depois de tudo que aconteceu hoje de manhã, talvez tia Ida tenha se esquecido de dar comida ao cachorro. Abro uma lata de Chappie e coloco a ração no prato. Ele a engole.

Está irrequieto, faminto, choramingando. Não posso lhe dar mais comida. Titia ficaria furiosa.

Quando eu e Roger vamos para a sala, Finn se senta ao pé das escadas e, indeciso, olha para cima com os olhos esbugalhados, os pelos eriçados, em estado de alerta.

Roger e eu o deixamos e vamos para a sala de estar, onde Pete tenta ensinar o papagaio a dizer "Tchau".

Roger se senta no sofá de um lado da mola solta e eu do outro, o estofado solto pinica e espeta a parte de trás das minhas pernas. Nós nos recostamos, fechamos os olhos e soltamos uma baforada quente.

Pete começa a se irritar com o "Tchau, tchau".

— Para, parceiro — diz Roger. — Ele é velho demais. Nunca vai aprender a dizer *tchau*.

Finn entra e se acomoda irrequieto no chão, perto de nossos pés. Coloca a pata em meu joelho.

Então me ocorre levantar e ver se Mimi está bem. Uma pancada súbita e violenta no andar de cima chacoalha a gaiola do papagaio.

— Porcaria! Espero que Mimi não tenha caído da cama — digo, me levantando rápido.

Finn se levanta, rosnando enfurecido; arreganhando a boca, mostra os dentes curvos num esgar.

— Cala a boca, Finn! Por que está fazendo isso? Cala a boca!

Por todas as costas, o pelo se eriça. Rastejando, ele se move na direção da porta. Curiosa eu o sigo. Roger se põe de pé. Pete para de dizer "tchau" e espia.

— Qual o problema dele? — pergunta.

Um fedor horrível invade a sala. Ouço passadas leves, vacilantes, na escada. Finn solta um rosnado longo, ameaçador.

Uma figura pequena em pijamas de flanela estampada de patinhos amarelos desce as escadas. A mãozinha balança Sid, mal tocando o grosso corrimão de madeira. Mimi está quieta como um sussurro, mas de cima vem um chiado, o barulho de uma respiração baixa, irritante.

Com um enorme salto Finn atravessa a sala e alcança o pé da escadaria. Ele se agacha, ameaçador, latindo, os olhos fixos em algo no alto das escadas, algo atrás de Mimi.

— Cora, Cora... — chama Mimi com voz fraca e baixa.

Finn late enlouquecido, os olhos saltando das órbitas, a saliva escorrendo da boca.

Corro até as escadas e olho para cima. Fico boquiaberta. Atrás de Mimi, Cain Lankin desce, rastejando feito um animal. A ponta da língua, molhada de cuspe verde grosso, está espetada entre os dentes amarelos, afiados como uma pedra preta pontuda.

Mimi está sonhando.

Passo por Finn, salto quatro degraus e pego Mimi no colo. Unhas compridas, duras como ferro, me arranham. Eu recuo, apertando Mimi entre os braços. Ao cair no assoalho de madeira, volto a abraçá-la e corro para junto de Roger e Pete. Eles estão imóveis, boquiabertos. Finn recua alguns passos, latindo e rosnando, barrando a passagem de Lankin.

Mimi vacila quando a coloco de pé no chão, perto da porta da sala de estar. Minha mente acelera; penso em Haldane Thorston e em tia Ida, no desaparecimento de Mimi num dia ensolarado.

— Mimi! Mimi! Ouça! Onde fica a casinha onde esteve com aquela moça? Como entrou lá? — grito, sacudindo-a pelos ombros. — Mimi!

Ela está quase fechando os olhos.

— Mimi! Onde fica a casinha? Como entrou na casinha?

Ela levanta a mão e aponta em direção à forração de madeira.

— Ali — sussurra. — Empurra!

Mimi está mole. Eu a carrego.

— Roger! Pete! — berro. — Empurrem o painel. Empurrem!

Eles não sabem onde empurrar. Cutucam a madeira de alto a baixo, onde ela se une à moldura da porta. Roger trinca os dentes e empurra com o ombro.

Finn late. Um som de estertor sai de sua garganta, semelhante a um gargarejo.

— Aí não — diz Mimi, tão baixinho que preciso colar minha orelha a seus lábios. — Desse lado. Aqui.

— Desse lado! — grito. — Desse lado.

ROGER

Corremos em disparada para a outra extremidade.

Mimi aponta vacilante em direção a um quadrado particular da madeira. Em desespero, soco a área com o punho. Nada acontece. Afasto o cabelo úmido dos olhos.

O arrastar de pés continua na escadaria. Uma pancada forte. Finn resfolega.

— Tem certeza, Mimi? É esse?

Com gesto fraco, faz que sim com a cabeça.

Empurro o quadrado de madeira, firme, com as duas mãos e percebo um movimento. Por trás da parede, perto do chão, ouço o som do roçar de pedras, depois um ruído baixo de atrito. O painel inteiro de cinco quadrados esculpidos cede sob minhas mãos e gira sobre si mesmo na vertical, derrubando teias de aranha. Atrás, um buraco escuro.

— Rápido! Rápido! — berro. Cora empurra Mimi e a segue. Logo atrás, Pete se espreme e eu me encolho no único espaço restante. De tão apertado encontramos dificuldade em colocar o painel de volta no lugar.

— Respire fundo! — murmura Cora. Dobro os braços e as pernas e empurro a borda do painel, esticando-me com toda a força. Ele começa a se mover e está a centímetros de se fechar quando a mão cinza, a pele viscosa e fedorenta esticada sobre os ossos agarra a borda. A unha, afiada como navalha, arranha meu rosto. Pete se esforça por alcançar a porta e começa a pressioná-la pouco a pouco até prender os dedos apavorantes. Empurramos juntos e afinal, pouco a pouco, os dedos se retraem. O painel se fecha e estamos encerrados na mais completa escuridão.

Apesar de não ouvirmos nenhum som, sabemos que Lankin ainda está lá. Podemos sentir seu fedor.

— Não consigo respirar — sussurra Pete tão perto de meu rosto que seus lábios roçam meu rosto. — O que vamos fazer? Não tem ar. Daqui a pouco vamos morrer.

Mimi chora baixinho. Não consigo adivinhar se a mão colada em minhas costas é dela, de Pete ou de Cora. Tento esticar o pescoço, mas minha cabeça bate na parte inferior de um degrau. De tão apertado só consigo respirar com esforço, enchendo apenas o topo dos pulmões. O mecanismo de metal na parte de trás do painel pressiona minha orelha. Estou desesperado, com medo de soltar a mola e reabrir a porta.

— O que vamos fazer, Cora? — sibilo entre os dentes. — Quanto tempo a sra. Eastfield vai demorar?

— Se ela voltar agora — sussurra Cora —, não sei o que vai acontecer. E-eu não consigo ouvir Finn.

Pete começa a chorar. Sinto seu corpo tremer, o rosto molhado contra o meu.

CORA

Depois os lentos arranhões recomeçam. Agora compreendo as compridas ranhuras nas portas da frente e dos fundos de Guerdon Hall e na porta da igreja.

— E-ele vai entrar? — pergunta Pete soluçando.

Estamos tão espremidos que posso sentir as batidas do coração de Pete e as do meu.

— Vamos morrer sufocados aqui dentro — chora ele baixinho.

Então me lembro de algo que tia Ida me contou naquela manhã.

— Ti-ti-tia Ida — gaguejo. — Ela disse que tem duas portas, uma logo depois da outra. Este esconderijo foi construído para abrigar padres. Se-se eles encontrassem este buraco aqui, mas não tivesse ninguém aqui dentro, eles iam achar que o esconderijo estava vazio e iriam embora, mas e se esse buraco tem uma porta secreta que vai dar em outro aposento escondido, um aposento escondido que nunca sequer imaginaram...?

— Mas estamos espremidos demais e não se enxerga nada — diz Roger. — Como podemos encontrar outra porta? Não há espaço para se mover.

O ruído das garras arranhando é interrompido. Lankin bate na forração de madeira. Ela trepida.

— E se ele empurrar no lugar certo? — pergunta Pete, a voz rouca.

— Na-não se preocupe, parceiro — diz Roger. — Com a gente aqui, não tem espaço para o painel girar.

— Mimi sabe — sussurro.

— Sabe o quê?

— Mimi, Mimi, ouça. Aquela moça te mostrou onde fica a outra porta? Onde fica a outra porta desta casinha? Mimi, pode me ouvir?

Ela não emite um som. Tento tocá-la, com medo de ela ter sufocado.

Encontro seu cabelo, seu rosto.

— Mimi! Responda! Mimi! Acorda!

— Ela chutou a parede — diz Mimi numa voz trêmula —, lá no fundo... onde as escadas descem... ela chutou...

— De quem é o pé perto de onde as escadas descem? — sussurra Roger.

— Não sei. Estou com câimbra — reclama Pete.

— Acho que você é quem está mais perto, Cora — diz Roger. — Consegue mexer o pé?

— Porcaria, como posso mover o pé se não tem espaço?

Lankin começa a esmurrar a parede com as duas mãos. Trememos.

Estendo o pé e de alguma forma consigo percorrer um curto espaço ao longo da superfície inferior da parede lateral. Empurro meu sapato com força e num movimento sinuoso desço um pouco mais, tentando chegar mais longe, mas acabo espremida por Pete. Procuro as pernas magrelas de Mimi. Tem um espaço minúsculo de parede entre elas. Talvez consiga alcançá-lo se esticar o pé um pouco mais.

— Fique parada, Mimi. Não se mova um milímetro!

Chuto a parte inferior da parede entre os pés de Mimi. O chute é tão fraco que acho que não vai acontecer nada e suspiro de frustração. Só me resta tentar mais uma vez. O segundo pontapé é um pouco mais forte.

Para minha surpresa, ouço um rangido e metade da parede desliza para o lado atrás da outra metade. Meu pé mergulha no vazio. O ar frio e úmido entra de algum lugar debaixo da terra.

ROGER

— Puxa vida! Você conseguiu.

— Aguente firme. Vou ver o que é.

Cora se retorce e empurra o buraco com os pés, criando um espaço extra para nós. Respiramos com menos dificuldade.

— Tem um pequeno patamar e depois escadas de madeira para baixo, bem íngremes, eu acho. Deve ter sido assim que os padres escaparam. — Cora esgueira o corpo pelo buraco. — Mimi, venha aqui. Venha comigo. Vamos descer por aqui Venha. Eu levo você no colo.

Mimi está fraca demais para reclamar ou chorar. Eu me contorço e consigo me curvar e ajudá-la a passar pelo buraco e ir para os braços de Cora.

Lankin, furioso, golpeia a madeira, emitindo um som estrangulado com a garganta. Agora tem espaço para a porta abrir, se ele atingir o painel certo.

— Vamos, Pete, rápido! Passe pelo buraco. Rápido, rápido! Eu sigo você.

Pete ocupa o lugar inteiro. Está desorientado, bate com a cabeça e grita.

— Esfregue com força. Esfregue com bastante força! Você vai ficar bem, parceiro. Agora entre. Vamos.

Eu o empurro, me dobro em dois, giro e desço de costas para poder fechar o buraco atrás de mim. É apertado. Eu me agacho no patamar estreito, sentindo a corrente de ar subindo do vão debaixo dos calcanhares.

Apesar dos golpes estridentes de Lankin, ouço Cora e Pete descendo com cuidado, passo a passo.

Preciso descobrir como fechar a porta, mas não consigo enxergar nada.

Seguro a extremidade do painel e tento deslizá-lo de volta para a esquerda, mas o painel se move um centímetro mais ou menos. Procurando algum dispositivo, corro os dedos pelas laterais, mas tudo que encontro são chumaços de poeira e teias de aranha. Num esforço tremendo, tento mais uma vez puxar com violência o painel de madeira para fechar a abertura.

Uma onda de pânico me invade. Bato na madeira com o punho.

— Você está bem? — chega o eco da voz de Cora.

— Está, está tudo bem — respondo ofegante. — Só estou tentando fechar a porta. Está difícil.

No escuro, passo a mão por cima da cabeça, à esquerda, à direita, procurando por algum tipo de mecanismo. Desesperado, enfio a mão no buraco e tateio a parede interna.

Alguém agarra a minha mão. Grito aterrorizado e caio no patamar, metade do traseiro do lado de fora. Embaixo está a escadaria íngreme. Perco o equilíbrio. Sacudo os braços, tentando encontrar onde me segurar. Quando estou prestes a me estatelar de costas, alguém pega meu braço direito e depois o esquerdo.

— Roger, você está bem? — pergunta Pete. — O que foi?

As mãos me puxam na direção da porta, me sustentando até eu me encontrar de joelhos no patamar. Fico ali, trêmulo, tentando recuperar o fôlego. As mãos são pequenas, como as de uma mulher. Elas me soltam. Estou congelado de medo; meu coração dispara.

Os golpes de Lankin se tornam abafados, quando a segunda porta é fechada lentamente, mas não por mim.

— Nada! — grito com voz rouca. — Já estou indo!

CORA

Os dedos de Mimi agarram com tanta força meus cabelos que meus olhos se enchem de água.

Vou tateando no escuro com o bico dos sapatos. As escadas fazem uma curva pronunciada para a direita, depois para a esquerda de novo, tão íngremes que preciso me inclinar para trás e tirar um pé de cada vez. As inúmeras teias de aranhas roçam nossos rostos. Mimi muda de posição e me desequilibro. Recupero o equilíbrio, transfiro-a para uma posição diferente, as raízes de meus cabelos repuxando, e me certificando de estar firme antes de prosseguir.

O som de pés pequenos alcança meus ouvidos e percebo vagos movimentos de camundongos apressados. Não estou mais cega no escuro. De algum lugar vem uma fonte de luz. Na penumbra, vislumbro os contornos dos degraus que vão se tornando úmidos e um pouco escorregadios. Num declive, enxergo a extremidade cinza de um painel bloqueando a minha passagem. Apertando Mimi com um dos braços, eu o empurro e ele cai de lado, espatifando-se no chão.

Em algum espaço vazio à direita, pingos de água ecoam ao caírem no chão com um som oco. Vislumbro um brilho cintilante entre os formatos confusos, descoloridos.

— Cheguei aqui embaixo! — exclamo, meus pés triturando uma pilha de ossinhos.

Bem à frente, do outro lado de um arco baixo, alguns tonéis quebrados meio enterrados na lama, os pedaços curvos de madeira espetados como a carcaça de um grande peixe deteriorado.

À esquerda o corredor mergulha na escuridão, por baixo da casa. Mimi dorme em meu ombro, um peso morto. Com os braços cansados, carrego-a pelo chão úmido, em direção ao aposento de onde vem o som dos pingos.

Pete se agarra ao meu cardigã, enquanto espiamos pela porta aberta.

O aposento tem vida. Na luz esmaecida, camundongos saem em debandada para os cantos escuros e aranhas de pernas compridas se recolhem nas teias indistintas penduradas no teto como estandartes velhos e rasgados. Besouros se arrastam pelas prateleiras cobertas de pó, tropeçam nas grandes frigideiras de ferro pretas e caem dentro de buracos, enquanto dois ratos lustrosos deslizam atrás de um desordenado monte de lenha empilhado contra a parede dos fundos, e desaparecem nas sombras. Alguma coisa resvala pela mesa grande e quebrada de madeira e cai com uma leve pancada no chão coberto de louça quebrada, cacos de vidro, ossos pequenos e outras porcarias não identificadas, trazidas pela enchente, movidas, arrastadas, enlameadas e deixadas à deriva para se assentar em qualquer lugar.

Um feixe de luz ilumina uma alcova ao lado do arco curvo da grande lareira. Correntes de ferro e ganchos bamboleiam em hastes enferrujadas da chaminé. Abaixo das correntes, uma comprida armação de metal, coberta de teias de aranha onduladas, sustenta uma barra pesada, endentada de um dos lados.

Pequenas janelas encardidas instaladas no alto, quase encostadas no ângulo do teto; as mesmas janelas que vimos quase enterradas na beirada da parede quando fomos procurar ao redor da casa um lugar por onde entrar. A luz do dia mal penetra no vidro grosso, manchado de verde.

Estamos exatamente debaixo da cozinha de tia Ida. Tia Ida, Mimi e eu sentamos à mesa no aposento bem em cima, tomamos chá, jantamos, lavamos as roupas e ouvimos *Woman's Hour* no rádio — apenas à distância de um piso deste porão.

Pete se aconchega atrás de mim quando atravessamos a porta aberta e pisamos na soleira. À minha esquerda percebo, graças à luz fraca, uma escada ascendente de pedra em espiral.

Roger nos segue.

— Es-essa é a antiga cozinha — gaguejo.

Ele engole em seco.

— Puxa vida! Foi aqui que tudo, tudo aconteceu.

— Tudo o quê? Do que está falando? — pergunta Pete. Roger e eu não podemos responder. — E essas escadas? Vou subir e ver se tem uma saída.

— Cuidado, parceiro! — avisa Roger enquanto, com cuidado, Pete começa a subir um degrau de cada vez, chutando bolos de farelos de cimento e pedaços de tijolo e madeira velha na passagem. Umas duas vezes o ouvimos tropeçar, resmungando para si mesmo.

Depois, como se acordasse, Mimi se levanta no meu colo, afrouxa os dedos de meu cabelo e olha por cima de meu ombro para um espaço vazio além da escada de madeira.

— Ela está aqui — sussurra em meu ouvido.

— O quê? De quem está falando?

— Atrás de você.

Roger e eu olhamos para trás. Meu sangue congela.

Imóvel num trecho mal iluminado, emoldurada pela sombra formada pelo retângulo da porta, uma jovem, o rosto semioculto pelas sombras. Ela começa a cantar.

"Aqui tem sangue na cozinha. Na sala tem sangue.
Nas escadas onde milady caiu também tem sangue."

Roger treme com tamanha violência que sinto o tremor contra o meu braço.

A moça começa a falar em voz baixa, rouca, numa espécie de balbuciar ofegante.

"... a bacia de prata sobre a mesa... uma para você, Cain Lankin, diz a falsa ama-seca, e uma para mim... a adaga estreita — um lampejo no fogo da lareira — respingos carmim na bacia — um bebê gritando na noite...

"Quem está por trás da porta? Arraste-a para fora! Arraste-a para fora! Ah! Ora se não é a jovem Kittie Wicken, essa jovem travessa! Ela não vai contar nada ou então eu chamo o Velho Nick, o Príncipe das Trevas, ora se chamo, e ele vai arrancar esse bebê, esse bebezinho,

inho, inho, ora se vai, e vai servi-lo para você, Cain Lankin, meu querido... Ele vai arrastar a pequena Kittie até o lago de chamas e enxofre porque ela é uma pecadora perversa, carregando esse bebê, esse bebezinho, que não devia estar aí na barriga dela... Eu sei quem colocou esse bebê, esse bebezinho em sua barriga. Eu sei, ora se sei.

"Para de fungar. Para de reclamar. Ela pode nos ser útil, Cain Lankin, meu querido. Ela pode despertar a patroa de seu sono e se a pequena Kittie Wicken nos denunciar, esse bebê, esse bebezinho sai e vamos furá-lo com esse alfinete sangrento.

"Eu posso fazer isso, Kittie Wicken. Posso fazer isso enquanto viver. Posso fazer isso mesmo se morrer. Vou te perseguir. Posso atazanar os vivos e os mortos, ora se posso. Tenha certeza disso, Kittie Wicken. Já enfeiticei espíritos, ora se enfeiticei.

"Olha só o pequenino Johnny, Kittie, pobre menininho... O bebê chora querendo a mãe. Vá buscá-la para a gente, traga aqui a mãe dele, Kittie Wicken. Coitadinho do Johnny...

"Se você contar isso para alguém, vou te jogar um feitiço e te arrastar até os pés do Demônio."

Kittie dá um passo à frente. A luz tênue emoldura sua cabeça num arco dourado. Um dos olhos permanece na escuridão, o outro cintila com um brilho febril.

"Eu deveria ter buscado os soldados, mas subi às escondidas. Milady dormia em seu quarto, o cabelo dourado no travesseiro de seda, o rosto corado como uma rosa de verão. Toquei a pequenina mão branca sobre a coberta. 'Milady, seu bebê está chorando querendo a senhora, não fica quieto.'"

'Como me arriscar a no meio da noite descer
Sem vela acesa e sem o fogo a arder?'

"O bebê berra lá embaixo. Milady afasta a coberta e procura o penhoar."

'Possui três mantos prateados mais brilhantes que o sol.
Desça, minha formosa lady, apenas com a luz de um só.'

"Ouço passos na escada... O bebê para você, Cain Lankin, e ah, a mãe para mim. Ela está vindo. Seu marido partiu. Isso lhe servirá de lição quando voltar. Ensinará o honorável lorde. Kittie Wicken, a boa menina, decidiu trazê-la. Sele os lábios, Kittie, ou irei atrás de você. Um para você, Cain Lankin, e uma para mim — e vamos embora antes que a luz..."

— É você, Cora? — grita Pete do alto da escada. — O que está dizendo?

"Lá vai milady — se arrastando ao subir os degraus de pedra — o manto estraçalhado, um rastro de sangue... tarde demais... tarde demais... Eu deveria ter buscado os soldados... eu deveria ter buscado os soldados...

'Ó, meu senhor, meu senhor, não me culpe.
Foi ali que a falsa ama-seca e Lankin mataram milady.'

"... o sangue escarlate seca em poças escuras no chão..."

— Está fechado com tijolos aqui em cima! — grita Pete. — Não podemos sair.

'Long Lankin foi pendurado bem alto num cadafalso
E numa fogueira próxima, queimada a ama-seca falsa.'

"... ele voltou para pegar meu bebezinho... arrancou-o de mim e o levou, atravessando o riacho... meu pequenino Robin... meu anjo dos céus, meu menininho perdido... Eu levei milady para eles... aterrorizada pela mulher astuciosa, pelo homem alto... Eu deveria ter buscado os soldados..."

A mulher recua e é engolida pelo túnel negro. Mimi move os dedos para cima e para baixo num gesto de despedida carinhoso antes de voltar a repousar a cabeça em meu ombro.

Pete desce aos tropeções os últimos dois degraus e, nervoso, relanceia os olhos pela cozinha.

— Vocês não me ouviram? Não tem saída. Lá em cima está fechado com tijolos.

— A despensa — digo atordoada. — A escada leva até a despensa.

— E? — sibila Roger.

— A parede dos fundos da despensa lá em cima também foi fechada com tijolos faz muito tempo.

— Qual o problema de vocês? — pergunta Pete, olhando ao redor descontrolado. — Eu vou subir pela chaminé.

Ele se adianta, escalando às pressas os escombros amontoados no chão. Alcança a lareira, escala a estrutura de metal e olha pela chaminé, o nariz e a testa erguidos.

Mesmo na penumbra, posso ver o rosto pálido de Roger.

— Cora, lá em cima, faz um minuto — diz ele, a respiração ofegante —, a porta de correr ficou presa. Eu não conseguia fechar. Perdi o equilíbrio e alguém, uma mulher, me segurou e me impediu de cair pelas escadas. Depois ela fechou a porta para mim. A-acho que deve ter sido ela.

Os lábios de Mimi roçam o meu pescoço.

— Foi Kittie.

De repente ouvimos uma pancada abafada no andar de cima.

— Minha nossa! É Lankin. Ele deve ter conseguido ultrapassar a primeira porta.

— Temos de fugir! — Meus braços doem. Coloco Mimi no chão. Ainda vacilante, ela estende os braços para mim. — Só um pouquinho, Mimi. Espere um minuto.

Eu a conduzo até a lareira.

— Conseguiu, Pete? — pergunta Roger enquanto olhamos por dentro da imensa chaminé até o pequeno círculo de luz bem acima de nossas cabeças. As paredes internas formam uma rampa com uma estreita abertura no topo. Mesmo que um de nós pudesse subir, jamais conseguiríamos levar Mimi.

As pancadas recomeçam. Mimi se agarra à minha saia.

— Ele está tentando atravessar a segunda porta — grita Roger.

Meus olhos percorrem a curva da lareira, até a pilha de lenha velha debaixo do manto de película cinza, e sobem até a espessa faixa de luz que brilha de dentro do nicho acima. Na viga, a poeira esvoaçante cintila como fagulhas.

— Então de onde vem essa luz?

Duas correntes terminando em grandes ganchos pendurados dentro do nicho. Roger se apodera da mais grossa.

— Vou subir e dar uma olhada.

Agarra-se à corrente, que range. Roger a solta. Recuamos quando pedaços miúdos de tijolo e madeira desabam ao nosso redor. A corrente cai dentro da lareira com estrondo, inundando o aposento com uma nuvem densa de poeira.

Enxugando os olhos, tossindo, Roger espera alguns segundos a poeira se assentar, depois retorna à alcova e inclina-se sobre os feixes de lenha.

— É uma espécie de poço. O sol está brilhando. Pete, venha me ajudar a remover um pouco dessa madeira.

ROGER

Pete e eu pegamos o máximo de lenha possível e a jogamos no chão, atrás de nós. A madeira se desmantela em pedaços poeirentos, irritando nossas gargantas, causando tosse. Besouros, aranhas gordas e bichos-de-conta rastejam e saem das cascas de árvores. Nossas mãos imundas estão enfeitadas com teias de aranha.

Abrimos um espaço. Subo sobre os restos da pilha, curvando-me para entrar no pequeno túnel. O solo está coberto de detritos. Depois de alguns passos consigo ficar de pé e ver o céu e as nuvens através de um pequeno buraco recortado sobre a minha cabeça. Pete está atrás de mim. Um movimento rápido e ele sobe em meus ombros. Seguro suas pernas.

— Talvez eu consiga subir — avisa. — Não é alto e estão faltando uns tijolos então posso encaixar meus pés nos buracos.

— Tome cuidado, parceiro.

Uma das mãos, depois a outra e inicia a escalada pelo poço. Um pé, depois o outro e pronto, ele saiu dos meus ombros.

Olho para cima e cai terra no meu olho. Com as pernas apoiadas nas duas extremidades, Pete conseguiu abrir espaço. Agarrado à parede com uma das mãos, com a outra segura alguma coisa. Fragmentos de madeira, terra e poeira caem sobre a minha cabeça.

— Parece um alçapão — grita ele. — Acho que é onde o pé de Cora afundou, sabe, naquele buraco do jardim. Vocês têm uma vareta comprida? Talvez eu consiga empurrá-lo.

Penso rápido.

— Pegue aquilo ali! — berro para Cora.

— Aquilo o quê?

— Aquele cabo comprido na lareira. Anda logo!

Ouço Cora resmungar.

— Essa porcaria está enferrujada.

— Anda logo!

Os dentes na extremidade do cabo, envoltos em teias de aranha, descem na minha direção pelo túnel. Do outro lado, um punho curto de metal. Eu me estico e Pete segura o objeto com as mãos sujas e esfoladas.

Ele bate sem parar com aquilo no alçapão.

— Meus braços tão doendo! — berra.

— Não para, parceiro.

— Estou ficando com as mãos cheias de bolhas!

Na pancada seguinte ouve-se um estrondo e por um triz um grande fragmento de madeira não atinge meu ombro. O poço é inundado pela luz.

— Você está bem? — Minha boca aberta enche-se de terra e folhas. — Diabos! — Pisco os olhos e cuspo pedras.

Pete atinge o alçapão com um último golpe forte e uma tábua inteira sai do lugar e desaba pela lateral do poço.

— Vou precisar soltar o forcado, depois posso pegar essa madeira. — O forcado passa rente ao meu rosto e o punho bate com força no meu nariz. Sinto o sangue escorrendo pela boca e queixo.

— Cuidado! — grita Pete. — Lá vai a porta!

Quase cego e cuspindo sangue, não estou ainda preparado. A tábua de madeira desce. A caminho do chão, atinge meu cotovelo causando uma dor horrível. Vejo estrelas, passo mal, cambaleio.

— Ei, Roger! Puxa vida, pare de balançar! Vai acabar me derrubando.

Sinto as panturrilhas de Pete em meus ombros. Ele desce.

— Puxa, o que houve com você? — pergunta, espanando a sujeira da camisa.

Limpo o nariz com as costas da mão.

— Precisamos tirar Mimi daqui. Rápido.

As pancadas lá em cima se tornam exaltadas. A qualquer minuto a segunda porta deve desmoronar.

— Cora! Traga Mimi. Precisamos sair já! Pete, você vai primeiro, depois eu subo Mimi e enquanto eu a empurro você a suspende pelos braços.

Pete volta a subir em meus ombros, se estica e começa a subir, acertando onde colocar os pés e as mãos nos buracos dos tijolos. A última coisa que vejo são as solas dos sapatos sumindo pelo buraco e alcançando a luz brilhante do sol. Ele avisa que já chegou ao jardim.

Cora suspende Mimi pelo túnel. A menina chora.

— Rápido, levanta Mimi para ela pisar nos meus ombros.

— Está pronto, parceiro? — pergunto a Pete. — Agarre Mimi quando ela sair.

— Não vou. Não — chora Mimi fechando as mãos na tentativa de se agarrar à saia de Cora.

— Ora se vai. — Cora trinca os dentes e arranca Sid da mão de Mimi. — Eu te devolvo quando se comportar feito uma menina boazinha.

Choramingando, Mimi deixa Cora suspendê-la.

Pete está inclinado na beirada do buraco, equilibrando-se do outro lado do alçapão. Posso vê-lo se mover. Não sei por quanto tempo vai aguentar o seu peso. Ele estica a mão, mas embora eu fique na ponta dos pés, não consigo aproximar Mimi do buraco.

— Não consigo alcançar Mimi — grita ele.

— Você vai ter que subir nas minhas costas — digo a ela, que geme. — Se me deixar levar você lá em cima, Cora devolve Sid.

CORA

Ainda resmungando, Mimi deixa Roger colocá-la nas costas.

— Segura com bastante força — avisa. — Não solta.

Eu lhe entrego Sid, que balança em suas mãos, abaixo do queixo ensanguentado de Roger. Ela enrosca as pernas com força na cintura dele, que respira fundo e começa a escalada.

Ouço o ruído de arremetidas, de garras arranhando a escada de madeira do outro lado da cozinha.

— Mimi, tire essas mãos dos meus olhos — ouço Roger dizer, enquanto procura pelos pontos de apoio no poço. — Não consigo enxergar porcaria nenhuma.

De repente o pé dele escorrega. Seguro firme e ofego quando a pele das palmas de minhas mãos esfola. Gemo e perco o equilíbrio.

Nesse momento Roger encontra um ponto para apoiar o pé e se ergue, fora do meu alcance.

Cobrindo os olhos com as mãos, vislumbro sua silhueta subindo pelo poço. Vejo Mimi sendo levantada, Roger se equilibrando nos destroços do alçapão, a moldura se inclinando para dentro, num ângulo esquisito, uma argola de ferro criando um círculo negro contra o céu.

ROGER

Meus pés deslizam para o lado quando o alçapão começa a ceder. Dobro os joelhos e, bem rápido, tomo impulso com as mãos para alcançar o capim alto na beirada do buraco. A mão esquerda agarra as raízes de uma árvore, a direita outras, mas escorrego. O braço despenca e bate na moldura quebrada, irregular. Pregos compridos e enferrujados me perfuram a pele do punho e arrancam a pele, formando lanhos fundos. Grito de dor. Penso que vou desmaiar. Engolindo em seco, gemendo, ergo a mão escorrendo sangue, agarro um feixe de capim e me suspendo enquanto o resto do alçapão estala, se desprende e desaba pelo poço na direção de Cora.

CORA

Tomo um banho de terra e lascas de madeira. Ouço um som de rachadura, um estrondo. Tossindo, recuo, batendo com a cabeça no arco. Parte do alçapão desaba, espatifando-se no chão, trazendo pedras, rochas e terra. O resto, posso afirmar pela súbita escuridão, se instalou no poço, bloqueando a minha fuga.

Atrás de mim ouço o ruído de pés tropeçando, inseguros, desnorteados, descendo as escadas de madeira do esconderijo do padre. Algo pesado, metálico, é arrastado, arranhando as beiras dos degraus.

Meu sangue ferve como se fosse incendiar minha pele.

Corro para a porta da cozinha, escorrego e esbarro na mesa. Os passos estão bem acima da última curva, quase ao pé das escadas. Na minha frente o comprido corredor debaixo da casa.

É tudo o que me resta: entrar no túnel e me esconder na escuridão.

Estico as mãos à frente, mas não consigo sequer enxergar meus dedos. Permaneço imóvel e alerta sobre o solo macio e úmido. Sem a visão, sem o toque, minha audição fica afiada como agulha.

Os passos se detêm atrás de mim. Amassam os ossos ao pé da escada, cruzam a porta e entram na cozinha, acompanhados do arrastar de alguma ferramenta metálica pesada.

Se eu correr agora, talvez consiga chegar aos degraus e subir, mas quando faço menção de me voltar, os passos voltam para a cozinha, para a escada.

Corro pelo túnel escuro, muito escuro, meus pés resvalando em poças úmidas.

Os passos seguem os meus, também escorregando. O objeto de metal se arrasta atrás.

Rápido, mais rápido ainda.

Minha testa bate na pedra. Vejo estrelas. Ouço um zumbido na cabeça. Desmaio.

Ouço passos. A coisa de metal cai. Braços me apertam, me envolvem.

Sinto o cheiro de sabão.

— Cora! Cora! É você? Ai, graças a Deus! Onde está Mimi?

Tia Ida.

— Onde está Mimi? Não me ouviu? Eu chamei, chamei, a segunda porta estava emperrada. Onde eles estão? Onde está Mimi?

Minha cabeça dói. Meus joelhos bambeiam. Estou tonta.

— Eles foram para o jardim. Fugiram pelo alçapão.

— Pelo alçapão? Pelo poço? Ai, meu Deus! Ai, meu Deus! — grita titia, dando meia-volta, correndo no sentido contrário, me arrastado com ela para os degraus de madeira, tropeçando na escuridão.

Eu tropeço no comprido cabo de machado, pendurado nos ganchos perto da porta dos fundos.

Estou tonta. Tia Ida me dá um arrancão, tropeça enquanto subimos os degraus de madeira. Passamos espremidas pelo vão no painel. Ela me puxa para a sala. Horrorizada vejo Finn, imóvel, mudo, estatelado num ângulo estranho ao pé da escadaria.

ROGER

Arfando, ergo o rosto e vejo Lankin tirar Mimi de Pete, que emite um som agudo, cai de joelhos e cobre o rosto com as mãos.

Eu me levanto e, cambaleante, persigo Lankin.

Debaixo de seu braço, o corpinho fraco de Mimi se balança. Ele sabe aonde vai, atravessando rápido o lodo seco do leito do córrego vazio, pulando a cerca de arame farpado do outro lado e penetrando num imenso espinheiro.

Por um segundo ele se detém e se volta para me olhar. A saliva cinza escorre pelo queixo.

O córrego é muito largo, o lodo muito mole. Não consigo atravessá-lo.

Ele se agacha, fica de quatro, estica-se como um enorme inseto e se move tão rápido, a cabeça de Mimi quase tocando o chão, que num segundo desaparecem.

Passo por Pete como uma flecha, correndo até a porta da frente, pego minha bicicleta no chão e disparo, cruzando a ponte e sentando no selim ao chegar à Chase. Os blocos duros de barro seco tornam impossível pedalar mais rápido. Largo a bicicleta e corro. Meu flanco e garganta doem, mas acelero, faço a curva no final da estradinha e desço na direção da igreja.

Paro no portal do cemitério, arfando, tentando recuperar o fôlego e ouvindo aquele zunido em meus ouvidos, como o de um enxame de milhões de moscas. O sol queima o meu rosto.

CORA

Saímos em disparada pela porta de trás escancarada, rumo ao jardim. Titia não larga minha mão suja, suada. Minha respiração machuca a garganta. Ela me apressa.

Pete está sozinho, agachado perto do muro ao lado da imensa chaminé. Lágrimas brotam e escorrem pelas bochechas imundas em dois pálidos traços.

— Peter, Peter, onde eles estão? — berra tia Ida, ajoelhando-se diante dele, largando o machado e sacudindo-o pelos ombros.

Seu lábio inferior treme. Ele enxuga os olhos com os punhos.

— Venham os dois! — ordena titia, pegando o machado e correndo para a frente da casa.

— O que era aquele poço? — berro, correndo atrás dela.

— Costumavam usá-lo para levar comida para a cozinha nos velhos tempos — grita sem fôlego, por cima do ombro. — Foi, foi provavelmente como Lankin escapou depois dos assassinatos. Ele deve ter começado a cavá-lo de novo.

— Mas como ele sabia que sairíamos por ali?

— Não há outra saída. Ele sabia disso. Apresse-se, Cora! — Contornamos a casa e corremos pelo cascalho coberto de ervas daninhas. — Ai, por favor, meu Deus, faça com que não seja tarde demais!

Disparamos pela ponte de madeira. O córrego está seco. A maré baixa.

Pete nos segue, levanta a frente da camisa para limpar o rosto.

Tia Ida cambaleia sob o peso do enorme machado, que carrega nas duas mãos.

— Nunca, nunca imaginei que ele viria pelo teto. — Resfolega. — Ai, meu peito. Vocês dois sigam em frente... Ai, meu peito...

— Me deixa levar isso!

— Não, não... — Ela se curva sobre o machado e respira fundo. — Estou bem, já estou bem, vamos...

Corremos. Preocupada em descobrir alguma coisa nos pântanos ou na igreja, titia não vê a bicicleta de Roger caída no caminho até ser tarde demais.

Ela se esparrama no chão. O machado cai de suas mãos.

Ela aperta o peito. O rosto fica rubro. Pete e eu a ajudamos a se levantar. O queixo está cortado, as meias rasgadas, os joelhos esfolados.

— Estou bem. Estou bem. Precisamos continuar! Estou bem!

Pete faz menção de pegar o machado.

— Eu levo, sra. Eastfield. Eu levo para a senhora.

— Trate de me dar isso agora mesmo — vocifera. — Eu disse *para me entregar isso*!

Ela arranca o machado de suas mãos, vira-o ao contrário e prende o punho debaixo de seu braço como uma muleta.

— Vamos, vamos, precisamos nos apressar. Estou bem. Andem rápido!

Estamos no final da Chase. Tia Ida ofega, o rosto de um estranho pálido esverdeado.

— Peter — diz, trincando os dentes —, sabe onde mora o padre Mansell?

Em estado de atordoamento, ele faz que sim com a cabeça.

— Vá buscá-lo! Rápido!

Pete se volta e correndo começa a subir a colina.

Tia Ida e eu nos apressamos rumo à igreja. Ao entrarmos no cemitério pela porta de trás, titia está com a respiração ofegante, o rosto aflito.

Para tentando recuperar o fôlego, as forças. Eu aperto o seu braço e, nesse momento, meu olhar é atraído por uma mancha rosada do lado do portal. O pequeno botão de flor que eu vi pendurado sobre a tampa do túmulo logo que viemos para a casa de tia Ida brotou e agora morre.

Vemos Roger parado ao lado da velha sepultura da tampa meio afastada, onde Pete colocou a guirlanda que fizemos.

Titia e eu nos aproximamos. Roger se curva e pega algo no chão. É Sid.

— Acho que ele levou Mimi lá para dentro — diz, apontando a sepultura.

— Eu entro primeiro — diz tia Ida.

Ela me entrega o machado, segura a perna ferida e, gemendo, a levanta para entrar. Depois, respirando fundo algumas vezes e segurando-se nas laterais do túmulo, passa a perna boa por cima. Recostada na beirada, se apoia e se abaixa, gritando de dor ao atingir o fundo.

— Me dê o machado! — pede, a voz abafada vindo das profundezas da terra.

Eu o levanto com as duas mãos e o abaixo, depois subo na lápide e balanço as pernas na beirada. A tampa se move um pouco quando eu olho para baixo, para as paredes internas do túmulo na terra escura. O buraco está cercado por filetes de raízes brancas.

— Pule de uma vez, Cora — ouço titia dizer. — Não é fundo. Dobre as pernas quando chegar aqui embaixo. Estou te esperando.

Franzindo os olhos, me atiro no buraco. Titia me apoia quando caio. Abro os olhos e, por um instante, não vejo nada à minha frente. Minha boca tem gosto de terra.

— Siga-me — sussurra titia, curvando-se para rastejar pelo túnel, arrastando o machado.

Encontro o equilíbrio e me curvo como titia, apoiando as mãos dos dois lados, sentindo a terra dura, as pedras e os ossos antigos. Minha mão passa por uma coisa redonda e lisa. Viro a cabeça. É uma caveira semienterrada, suja de terra. Os olhos, dois buracos entupidos de terra, me olham. Um verme grande se contorce como uma língua, entrando e saindo dos dentes velhos amarelos. Falta a mandíbula inferior.

Roger pula atrás de mim.

— Como ele construiu este túnel? — sussurra.

— Lankin tentou salvar Aphra Rushes da igreja cavando o túnel com as próprias mãos — murmura tia Ida. — Então Piers Hillyard o enterrou no mesmo lugar. Lankin, sem saber, começou a cavar o que seria o próprio túmulo e, mais tarde, deve ter escapado.

O túnel é estreito e curto. Em poucos passos alcançamos as fundações da igreja.

Algumas das pedras foram entalhadas e servem de entrada. Um pedaço de madeira podre faz as vezes de porta provisória, apoiada diante do buraco. Titia a remove e se apoia contra a parede do túnel e depois espia na escuridão.

— O fedor... — diz, torcendo o nariz, enojada.

Ela se curva e, com extremo cuidado, passa uma, depois a outra perna sobre a borda do buraco e mergulha no espaço escuro do outro lado. Depois recolhe o machado.

Roger e eu a seguimos.

IDA EASTFIELD

Estamos na cripta debaixo da igreja. No ar, o nauseante fedor adocicado de carne podre e cera queimada.

Espio atrás de uma pilastra de pedra, limpo a terra dos olhos, pisco e fico pasma.

As paredes cintilam de tanta luz. Uma miríade de chamas de velas crepita e recai sobre os nichos e prateleiras, tampas de caixões e sepulturas, produzindo espirais de fumaça debaixo da abóbada da catacumba.

Minhas mãos úmidas apertam e soltam o cabo do machado quando minha visão embaçada clareia. Então, deixo escapar um profundo e baixo suspiro.

À nossa frente, uma vasta pilha de ossos num monte alto e irregular: caveiras, ossos de pernas, vértebras, rótulas e mandíbulas inteiras e quebradas, amassadas, despedaçadas, pontudas, as maiores recolhidas das sepulturas da cripta, os antigos túmulos dos Guerdon, minha família, agora destruídos e vazios. Os únicos Guerdon que Lankin poupou permanecem a salvo no local próximo ao antigo portal do cemitério acima de nós.

Entretanto, nessa impressionante pilha, a maioria de ossos é constituída por ossos muito pequenos, até mesmo delicados. Todos descoloridos – marrom-escuro, amarelo, marfim, cinza sujo.

Fragmentos, panos rasgados, pedaços de sapatinhos cobrem o chão.

Na parede ao fundo, a imensa sombra preta da pilha tremula à luz das velas.

De pernas cruzadas, sentado no topo desse pavoroso monte, Long Lankin, em seu trono aterrorizador feito dos ossos das pobres crianças condenadas a vagar no mundo intermediário enquanto ele viver. Uma a uma, são chamadas a brincar no seu jardim de almas.

Sangue do meu sangue, carne da minha carne, osso do meu osso — em algum lugar, ali, naquela infame pilha sepulcral, estão fragmentos de meu próprio eu: meus ancestrais, meu irmão e... e meu filho.

Lankin nos olha de modo debochado, estendendo Mimi na nossa direção. Seu corpinho mole é a prova de que está desfalecida. Ele ergue o braço frouxo e abana sua mãozinha para nós.

Não tem pressa. Apoderou-se dela. Mesmo que fôssemos capazes de escalar a pilha instável de ossos, como poderíamos impedir uma criatura que desafiou a morte geração após geração? Ele nos lança um olhar de triunfo, afasta os lábios finos e descarnados e nos mostra os dentes amarelos pontudos.

Está sorrindo.

CORA

Totalmente sem ação, olhamos horrorizados. Olho para titia. Ela parece vencida, desolada. Eu me sinto uma completa inútil.

De repente Roger sussurra pelo canto da boca:

— Me ajude, Cora. Puxe os ossos. Faça o monte desabar.

— O quê? Não seja idiota. E Mimi?

— Eu cuido dela — murmura titia com uma ponta de animação na voz. — Trate de ajudar Roger.

— Mas sua perna...

— Não nos resta outra coisa a fazer e tem que ser agora. Ande.

— Certo. Passe o machado.

Eu o tiro de titia enquanto corremos na direção da pilha. O machado pesa muito; a lâmina bate no chão produzindo um som metálico. Long Lankin olha para nós, vira o queixo para o lado e para de sorrir.

Tomado de fúria, Roger começa a arrancar ossos das pernas e costelas da parte inferior da pilha.

Ergo o machado o mais alto possível, depois bato naquela massa entrelaçada, enfio a lâmina bem no fundo e a giro com toda a força, puxando-a na minha direção. Algumas pequenas caveiras desabam no chão.

ROGER

Cavo a pilha com ambas as mãos, retirando um pé de meia esfarrapado, ossos, um trapo azul sujo, ossos e mais ossos.

Cora também se esforça. Tiro o machado dela e o desço uma, duas, três vezes. A sra. Eastfield puxa um pedaço de colcha esfarrapada e com ela vem uma trouxa de ossos entrelaçados, que se espalham pelo chão. O monte está se mexendo. Começa a vir abaixo. Onde a lâmina do martelo bate, ossos se quebram, rolam. Um espaço se abre na frente, estendendo-se até o meio da pilha, local da plataforma de ossos na qual Long Lankin se encontra sentado.

Ele se inclina, rosnando. Prendendo Mimi debaixo de um dos braços, começa a rastejar em nossa direção. O barulho dos ossos caindo se torna mais alto, mais constante. Quando seu peso se apoia na frente do monte, os ossos entrelaçados sob seus pés começam a deslizar.

IDA EASTFIELD

Lankin e Mimi escorregam do topo da pilha. Reina o barulho de ossos se precipitando, caindo com estrépito ao nosso redor. Não há como impedir. Lankin perde o equilíbrio. Despenca entre os ossos. Mimi escorrega junto com ele. Mimi acorda. Ouço seu choro.

Ele está caindo na nossa direção com Mimi presa entre as suas pernas. Tudo se precipita. Os ossos se desprendem desabando aos nossos pés. Roger está gritando. Somos atingidos pelos ossos. Velas acesas são derrubadas. Filetes de fumaça sobem para o teto.

Mimi será esmagada. O enorme corpo fedorento de Lankin perde o controle. As pernas se abrem, abana os braços.

Onde está Mimi? Não consigo alcançá-la. Os ossos compridos se entrelaçam. As costelas nos espetam. Minha perna dói. Mal há espaço livre para ficar de pé.

CORA

Embaixo da pilha de ossos, surge a barra do pijama de Mimi.

Roger segura seu tornozelo.

O pé grande de Lankin desce na direção do meu rosto. Consigo ver a carne debaixo da pele retalhada. Ele está coberto de feridas. Ele fede. Vai ser soterrado pelos ossos. Ele urra.

A cripta se enche de poeira. As velas se apagam. Ergo o cabo do machado e o suspendo.

Mimi se agarra a Roger, rodeando-lhe o pescoço.

Aos tropeções, abandonamos aquele caos. Corremos para trás da pilastra próxima ao buraco na parede, mas a queda da pilha de ossos deslocou a terra do teto do túnel que desaba muito rápido, formando uma pesada nuvem de detritos. Tossimos e, engasgados pela poeira, tentamos limpá-la dos olhos.

Olho em todas as direções, tentando enxergar através das nuvens de terra e poeira.

Apesar de meus olhos arderem, percebo um retângulo, parecido com uma portinha, na parede dos fundos e me atiro contra ela. Ela estremece, mas não abre. Procuro um trinco, mas não encontro nada. Não enxergo.

— Está tudo bem, Mimi. Está tudo bem — digo, tentando acalmá-la. — Vamos tirar você daqui. Só precisamos abrir a porta.

Tia Ida tira o machado de mim. Ouço um barulho, olho para trás e, apesar dos olhos quase cegos, vejo uma imensa sombra se erguer dos ossos amontoados no chão.

— Ele está vindo, tia Ida. Rápido, rápido!

— Afastem-se! Afastem-se! — berra ela.

ROGER

A sra. Eastfield empunha o machado e — *vupt!* — despedaça a porta. A lâmina fica presa na madeira. Ela a arranca. *Vupt! Vupt!*

Lankin parado, cambaleante, sacode a cabeça. *Vupt!* A sra. Eastfield conseguiu abrir uma fenda na porta, as bordas lascadas e pontiagudas. Resfolegando, arranca os pedaços de madeira e os atira no chão, voltando a golpear a porta com o machado. O buraco aumenta.

Cora arranca Mimi de meus braços e passa a menina pelo buraco da porta quebrada. A sra. Eastfield se inclina na minha direção, puxa minha camisa com as mãos suadas e sujas e me ajuda a passar pela porta. Rasgo a manga da camisa e corto meu braço numa lasca de madeira. À frente, uma escadaria de pedra escura subindo em espiral. Sigo Cora e Mimi. A sra. Eastfield manca atrás de nós, gemendo e com dificuldade de respirar, arrastando o machado, que retine em cada um dos degraus — *bang! bang! bang!*

CORA

Há uma portinhola lá em cima, comida pelos cupins, podre na parte de baixo. Engancho Mimi nos quadris, me agacho e com toda a força empurro a porta várias vezes. Ela estremece ao contato de meus punhos fechados. Roger se espreme ao meu lado e começa a chutar a madeira estragada. Tia Ida passa o machado. Não tem espaço para usá-lo. Ele bate sem parar na parte de baixo da porta com o cabo do machado. A porta estala e se despedaça, mas não há espaço suficiente para Mimi se esgueirar por baixo.

— Afastem-se! — grita Roger. — O ferrolho do outro lado está enferrujado, esqueceram? É a portinha atrás da cortina na torre. A maioria dos parafusos já caiu. Afastem-se!

Ele bate na porta com a parte de trás da lâmina do machado. De repente, após uma pancada, a porta se move alguns milímetros. Ouvimos o barulho de metal retinir no chão.

— O ferrolho soltou! — exclama Roger. Ele empurra a porta alguns centímetros. A comprida e pesada cortina pende atrás da porta. Ele força a passagem pelo espaço, segura as dobras de tecido e afasta a cortina para o lado para nos deixar passar. A luz fere meus olhos.

Na parede acima da porta fica a placa de mármore com a lista dos párocos de Bryers Guerdon.

— Rápido! Rápido! — diz tia Ida, nos empurrando e se voltando para, com extremo esforço, fechar a porta atrás da cortina. Ouço o bater dos pés de Lankin quando ele sobe a escadaria nos perseguindo e arranho o cotovelo na pia de água benta na pressa de chegar à porta da igreja. Roger a escancara. Saímos no cemitério e, sem fôlego, corremos. Aperto a cabeça de Mimi contra o meu ombro, minha mão cobrindo-lhe os olhos.

Ouço a vozinha abafada dela:

— Você está me machucando.

— Vamos, tia Ida! — chamo. — Ande rápido! Precisamos alcançar o topo da colina.

Ela vacila, se apoia no machado, respirando com dificuldade e apertando o peito com a mão livre.

— *Vem!* Nós ajudamos a senhora! — diz Roger.

— Vão vocês. Corram! Andem logo! — ela nos apressa.

Ouvimos a pesada porta da igreja ranger.

— Tia Ida. Ele está vindo!

— Fujam! Fujam! — grunhe, fazendo sinal com a mão para nos afastarmos.

— Você está me machucando! — volta a resmungar Mimi.

A forma repulsiva de Lankin aparece no canto do muro. Solto um grito que mais parece um lamento. Sua cabeça se volta na minha direção, mas é a Mimi que vê. No mesmo momento ela afasta minha mão dos olhos e, por um segundo, o encara. Depois, me pegando de surpresa, começa a se debater em meus braços, socando meu peito com os punhos e esperneando.

— Me solta! Me solta! — berra.

— Roger! Me ajuda! — Ele está quase no portão de metal. Volta-se na minha direção. Luto com Mimi, mas ela parece ter adquirido uma energia sobrenatural. Bate com tanta força nas minhas costelas que perco o equilíbrio. Antes que Roger possa nos alcançar, ela me dá um empurrão, se desvencilha de meus braços e corre para o cemitério, ziguezagueando entre as moitas de ervas daninhas e capim. Desviando das cruzes e das lápides, passa pela torre e pela lateral fantasmagórica da igreja. Roger e eu corremos atrás dela. Olho para trás. Lankin rasteja bem rápido atrás de nós, de quatro, retorcendo o comprido corpo para lá e para cá em torno das sepulturas. Não consigo ver tia Ida, mas perto do muro da igreja vejo as criancinhas fantasmas, suas órbitas vazias seguindo nossa fuga.

Mimi corre em zigue-zague pelo cemitério. Soluçando, ultrapassa o último conjunto de sepulturas destruídas pelo tempo e salta os tufos de capim ao se aproximar do terreno pantanoso no ponto mais afastado. Sobre a água parada pairam os galhos bifurcados, nus e brancos da árvore cigana.

ROGER

Mimi diminui o ritmo, os pés descalços encharcados pelo terreno esponjoso desse lado da árvore. Tentando detê-la, Cora e eu chafurdamos na água do pântano. Olho para trás. Lankin não nos segue mais. Para evitar o brejo, pegou outro caminho: a estrada larga e circular que leva ao terreno seco e mais alto na parte de trás. Perdi a sra. Eastfield de vista.

— Ai, meu Deus, cadê tia Ida? — Protegendo-se da luz com a mão, Cora percorre com o olhar o cemitério. — Ela deve ter caído.

Mimi resmunga e choraminga. Mal-humorada, atola os pés ensopados no limo. Segue rumo à árvore.

— Mimi! Pare! Fique onde está — grita Cora. — Ele não vai pegar você na água! Roger, ela não está nos ouvindo.

Com dificuldade tentamos atravessar o pântano, mas somos sugados. Tento alcançar os juncos, porém meus pés permanecem atolados e eu me debato na água do brejo. Minha cabeça afunda. Minha boca se enche de ervas daninhas. Cora tenta me ajudar. Ergo o rosto e limpando-o com as mãos sujas, tento me levantar.

— Pegue Mimi! — grito, cuspindo, para limpar a boca. — Ele deve estar atrás da árvore. Ela não pode vê-lo!

Desesperada, Cora tenta erguer o pé direto.

— Estou presa! — Entra em pânico. — Mimi! Fique onde está.

— Não adianta, ela não ouve.

Choramingando, Mimi deixa o terreno pantanoso e começa a subir a borda rasa, a alguns passos da árvore. Uma mão cinzenta e descarnada vai subindo centímetro a centímetro pelas laterais do tronco.

Mimi sacode os pés e pega um chumaço de capim para limpar os pés.

— Mimi! Mimi! Volta para a água.

Ela olha sem nos ver, as pálpebras cerradas, o rosto afogueado.

O corpo de Lankin emerge.

CORA

Mimi gira a cabeça, vê Lankin, geme e num movimento brusco corre pela ribanceira gramada, depois sobe no amontoado de raízes fortes emergindo da poça. Pressiona as costas no tronco da árvore, os braços abertos em torno do caule, o peito arfante. Lankin desaparece atrás da árvore. Os olhos de Mimi, arregalados de terror, mexem-se de um lado para outro.

Precisamos fazer com que Mimi desça para a segurança da água rasa. Segundos se passam enquanto luto para mover os pés. Então olho para cima e vejo Lankin de novo.

— Roger! Lá em cima!

Lentamente, Long Lankin vai escalando os galhos em direção ao grande buraco oco da árvore. Quando se estica, a pele brilha e a luz do sol expõe as veias saltadas, os tendões dos braços e pernas compridos. Ao alcançar a parte mais alta do tronco seco e esbranquiçado ele se engancha no ponto onde o tronco se bifurca, o topo da cabeça brilhando sob o sol ardente.

Então se curva, joga a cabeça para trás e, inclinando-se, contempla Mimi, que ainda revira os olhos, tensa de medo. Ele mostra os dentes.

— Mimi! Mimi! Foge!

Long Lankin nos olha, arreganha os dentes e começa a descer o tronco: primeiro a cabeça, depois o corpo, bem devagar, cauteloso. Primeiro estica um dos braços, depois o outro. Apenas quando os dedos da mão direita tocam o seu cabelo, Mimi ergue o olhar e o vê.

Ela geme e franze os olhos.

À direita, alguém surge tropeçando pela grama.

— Ah, titia... — gemo. — Tia Ida!

Ela alcança a árvore. Lankin torce a cabeça, mostra os dentes para ela e rosna. Então, prendendo as pernas em torno do galho bifurcado, ele se pendura com a mão esquerda, tentando prender-lhe as roupas com as garras.

Tia Ida recua um passo, fugindo de seu alcance. Agarra o machado, os nós dos dedos brancos salientes, os punhos cerrados, o rosto implacável e determinado. Ergue os ombros, gira o machado para trás e soltando um grunhido, atinge Lankin com um impressionante golpe. Um líquido esguicha, ouve-se um guincho horripilante.

Titia tenta desesperadamente soltar o machado do tronco da árvore. Por um momento ele permanece preso, depois cai no chão com estrondo. Com ele, um comprido braço cinza.

Um estremecimento monstruoso percorre o corpo de Lankin. Com as pernas crispadas, ele despenca da árvore, esbarra no machado, na figura trêmula de Mimi e cai pesadamente dentro d'água numa onda de borbulhas. Titia cambaleia por um instante, depois rodeia o tronco.

— A-abra os olhos, Mimi — diz, ofegante. — Ele, ele já foi. Me dê a mão.

Tia Ida guia Mimi para a grama. Mimi atira os braços em torno de seu pescoço e afunda a cabeça debaixo de seu queixo. Com Mimi ainda agarrada a si, titia cai ajoelhada, tentando respirar.

Roger tenta se aproximar de mim, os pés chapinhando. Segura minhas mãos e tenta me arrastar pelo brejo na direção da árvore.

— Não posso me mover — gemo.

— Consegue tirar os sapatos?

Penso: *Como vou abrir as fivelas?* Depois me lembro que estou usando as sapatilhas vermelhas de Maisie Treasure, sem nenhuma tira.

Afinal retiro meu pé direito e depois o esquerdo com um barulho de sucção. Entretanto, meus pés afundam no lodo mole. Roger me puxa com força e eu consigo me mover.

Caminhamos com dificuldade pela água rasa, musguenta, rumo à margem, onde retiro as meias antes de correr para perto de tia Ida e de Mimi. Eu me ajoelho e abraço as duas, a voz engasgada.

— Ai, tia Ida, acabou.

Com enorme esforço, titia ergue a cabeça e aperta meu braço.

— Não. Não. Leve Mimi.

Ela desvia o olhar de mim na direção do lamaçal. Sob a superfície, a água se agita.

— Leve Mimi! Rápido! — ordena.

Solto Mimi do pescoço de titia e a tomo nos braços. Titia tenta ficar de pé, mas volta a cair.

— Vem, sra. Eastfield. Vou ajudar a senhora — diz Roger, pegando o machado.

Titia o afasta e diz entre os dentes, ao cair na grama.

— Tire Mimi daqui.

Tire-a daqui. Leve a criança embora.

É a voz de Piers Hillyard. Nós nos afastamos de titia. Piers está a poucos passos de nós. Roger, segurando o machado, e eu, com Mimi no colo, nos movemos formando um círculo em torno do brejo e depois nos voltamos na direção da igreja e das crianças silenciosas e de olhos vazios.

IDA EASTFIELD

Deito na beirada do charco numa cama macia de juncos, meu cabelo boiando na água. Observo o movimento sob a superfície, as ondulações, as borbulhas. Sei que ele se erguerá da água como se ergueu das águas da enchente. Fraco, mas não acabado.

Piers Hillyard se inclina sobre mim, os lábios quase colados à minha orelha.

Não basta, Ida, diz. *Ele está sugando a vida do seu corpo, fortalecendo o dele enquanto o seu enfraquece. Se não levantar agora, será tarde demais. Tudo recomeçará. Você sabe o que precisa ser feito. O portal. O portal do cemitério. É agora ou nunca.*

Estou exausta. Deixe-me. Deixe-me descansar aqui.

Permita que todos nós descansemos, Ida. Abra os olhos, levante a cabeça. Olhe as crianças.

Deixe-me. Deixe-me dormir.

Olhe para Edward.

Edward. Ao som do nome de meu filho, sinto o movimento de minhas pálpebras. Através dos cílios semicerrados eu o vejo à frente dos outros, o pobre rosto destruído voltado na direção do meu.

Outro menininho se detém ao lado de Edward, depois uma menininha. Sei que é meu irmão, Tom. E Annie.

O portal, Ida. Ele está fraco. É agora ou nunca.

Algo explode na superfície do charco. A água se ergue na minha direção. Levanto a cabeça. Pequeninas ondas batem na margem, inundando meu nariz e minha boca. Tento erguer o queixo.

Vejo Long Lankin debatendo-se em meio à água musguenta, na tentativa de atingir a margem. Com seu único braço, desajeitado, se impulsiona, salpicando água na minha direção. Depois, se atira e tenta agarrar os juncos. Erguendo-se com todas as forças, ergue-se sobre mim e depois mergulha. A água cobre minha cabeça. Quando a água recua, sinto o hálito fétido de Lankin. Ele se firma na margem enrolando meu cabelo em torno da língua dura e negra.

Ida, o portal.

Quando os dentes de Lankin se aproximam do meu crânio, viro a cabeça de lado e vejo, pelo canto do olho, o rosto triste de meu filho. Lankin puxa meu cabelo com mais força, mas, quando fito Edward, sinto uma estranha tensão no corpo, como se eu estivesse sendo puxada por um fio de aço que se torna um firme e sólido guincho.

Gemendo, trincando os dentes, fecho os punhos, dobro os cotovelos e me levanto do lodo. Meu crânio arde. Afundo os joelhos no solo e, gemendo, aos poucos me afasto da margem, arrastando Lankin comigo.

Detenho-me na tentativa de recuperar o fôlego, volto a reunir forças para me arrastar, afastando-me dele, afastando-me do charco. Sinto as raízes de meu cabelo se estirando, sendo arrancadas do meu couro cabeludo. Grito. Lankin desaba nos juncos e, sufocando, abre a boca e cospe meu cabelo.

Sinto uma vertigem e, ofegante, me recosto na árvore.

Piers Hillyard está parado entre os túmulos. As crianças não se moveram de perto do muro da igreja. Cora, Mimi e Roger estão diante do portal do cemitério, estupefatos, boquiabertos.

Hillyard interrompe o silêncio.

Ida, o portal, diz ele. *Abra o portal.*

ROGER

Cambaleante, a sra. Eastfield se aproxima de nós. Atrás dela, vejo Lankin de joelhos na margem do charco. Ele esfrega a testa, de onde pingam gotas-d'água. Líquido jorra do toco de seu ombro esquerdo e escorre pelo flanco.

A sra. Eastfield se detém, trôpega.

— Roger! — grita, a voz trêmula. — Arrebenta as correntes! Está me ouvindo? Abra o portal! Usa o machado. Rápido!

— E-eu acho que não aguento...

— Rápido! Rápido!

Ansioso, examino as correntes e cordas, usadas para prender as duas partes do portal. Engulo em seco, respiro fundo e, segurando o enorme machado bem firme nas mãos inchadas e cansadas, golpeio as correntes.

Ergo o machado e sinto os tendões de meus braços se distenderem com o peso. Reunindo todas as forças que me restam, bato com a lâmina nas correntes enferrujadas. Ao partir os grossos elos de metal, uma corrente elétrica percorre o meu corpo. Por um segundo, sinto tanta fraqueza que meus braços tremem.

Volto a erguer o machado e golpeio mais uma vez, e mais uma. Com o último golpe, as correntes e as velhas cordas corroídas se partem. Deixo cair o machado e tento abrir o portões, que mal se movem. Meus braços doem. Chuto a terra e as ervas daninhas alojadas na parte de baixo do portão.

— Roger! Roger! — grita Cora. Dou uma espiada sobre o ombro. A sra. Eastfield quase alcançou o portal, mas atrás dela, o rosto contorcido, tanto de agonia quanto de ódio, o mutilado Long Lankin rasteja pelo cemitério.

— Não pare, Roger! — grita a sra. Eastfield.

— Aqui, pula o portão! — peço a Cora. — Rápido! Rápido!

Com Mimi agarrada a ela, Cora põe uma das pernas sobre o portão direito. Sustento o peso de Mimi por um momento e Cora pula.

Engulo em seco, limpo as mãos nas calças e volto a erguer mais uma vez o machado. Golpeio os portões sem parar até começarem a se despedaçar. Meus ombros doem. As palmas de minhas mãos estão esfoladas.

Um enorme pedaço da porta direita se desfaz. Largo o machado, chuto os pedaços com o calcanhar, afastando as lascas. Minhas mãos estão escorregadias. Há sangue no cabo do machado. Sacudo o portão, as mãos feridas, até as portas destruídas se abrirem.

Finalmente o caminho está aberto.

Corro por baixo do arco e me detenho na beira da estrada, onde Cora e Mimi estão abraçadas. Do outro lado do arco, a sra. Eastfield se detém no portal.

CORA

Tia Ida volta-se devagar e encara Long Lankin. Ele começa a se levantar e, de pé, gigantesco, a encara com olhar maligno. Atrás dele, as crianças permanecem imóveis, observando.

Aperto Mimi entre os braços e olho o monstro iluminado por um raio de sol, emoldurado pelas colunas e pelo teto escuro do portal do cemitério. Leio as palavras: CAVE BESTIAM.

Os olhos de Lankin se desviam de tia Ida e recaem sobre Mimi. Da boca sai a saliva cinza, que escorre pelo queixo.

— O que faço agora? — sussurro.

— Passa Mimi para mim — murmura Roger. — Posso correr mais rápido do que você.

Ouço um murmúrio. É tia Ida.

— Ponha Mimi no chão — diz entre os dentes. — Ponha Mimi no chão e se afaste

— O quê?

— Ponha Mimi do lado de fora do portal.

— Não, eu vou correr.

— Ponha Mimi no chão de frente para você. Rápido!

— E-eu não posso fazer isso, titia.

Piers Hillyard aparece à esquerda do portão. Acena a cabeça para mim.

Deixo Roger tirar Mimi de meus braços. Ele se adianta, coloca-a a uns dois passos dos portões destruídos, o rosto na direção da estrada e, em seguida, recua. Ela permanece ali, confusa, retorcendo as mãos.

— Fique aí, Mimi — diz Roger baixinho para ela, recuando um pouco mais.

Tão pequenininha, o cabelo claro parecendo um halo ao redor de seu rosto sujo, o pijama imundo e rasgado.

Um silêncio profundo paira sobre o cemitério.

Long Lankin olha para as costas de Mimi. Rosna e se aproxima do portal. Titia move os pés sem, contudo, sair de onde está, interpondo-se entre Lankin e Mimi.

De repente Mimi vira o rosto, desviando os olhos arregalados de terror de Roger para mim. Dá um passo vacilante em nossa direção.

Roger enfia a mão suja de sangue no bolso, tira Sid e o suspende.

— Mimi, se você não ficar aí parada, e-eu vou pisar Sid até acabar com ele.

Os olhos de Mimi ficam marejados de lágrimas.

Lankin prossegue devagar, passo a passo, até ficar cara a cara com tia Ida. Ela recua um pouco, mais um pouco.

Lankin avança em sua direção, os olhos sobre o seu ombro, fixos em Mimi, a ponta da língua lambendo os lábios.

Titia dá outro passo para trás, desta vez entre os portões quebrados, sob a sombra do teto. Depois ela se afasta ligeiramente para o lado e nada mais se interpõe entre Lankin e Mimi.

Lankin faz menção de se mover mais uma vez: um último passo e atravessará o portal.

De repente ele parece se dar conta de onde está. Uma luz selvagem, furiosa, brilha em seus olhos. Ele ergue o queixo, abre a boca quase sem fôlego e balançando a cabeça de um lado a outro solta um longo e infernal rugido.

Mimi grita, corre na minha direção, se atira em meus braços e esconde o rosto em meu peito.

Num segundo tia Ida se atira sobre ele. Rodeando a cintura de Lankin, prende as mãos em suas costas. Uivando de raiva, ele a arranha com as garras de ferro da mão direita. Apesar do corpo comprimido contra a pele manchada e purulenta, ela se arrasta para trás. Ele tenta atingir-lhe a cabeça com os dentes e empurra-lhe a testa com a mão restante.

— Eu vou ajudá-la — grita Roger, se adiantando.

— *Volta!* — geme titia, o suor escorrendo em sua testa. — *Volta!*

Depois, com um gemido profundo, de dar dó, reunindo o que lhe sobrou de energia, tia Ida puxa o corpo mutilado de Long Lankin e cruza o portal.

ROGER

Sob o arco, Long Lankin cai de joelhos, planta a mão no chão à sua frente e, inclinando-se em busca de apoio, ergue o peito e os ombros e volta-se para olhar Mimi nos braços de Cora. Dois malignos e minúsculos pontos de luz brilham em seus olhos. Sinto um arrepio na nuca.

Depois algo cai de sua boca, algo curvo e amarelo.

Um dente.

Curioso, ele inclina a cabeça e olha o dente no chão. Outro dente cai; um minuto depois, outro e mais outro. Os dentes caem das gengivas murchas, um a um, entre os pedaços partidos do portão, as correntes enferrujadas, as ervas daninhas.

De súbito, um tremor intenso percorre seu corpo. Ele ergue a cabeça na direção do céu e solta um grito longo, lancinante, o último, que ecoa sem cessar pelos muros da igreja.

Então Long Lankin desaba no chão, retorcendo-se, em convulsões. Quando seu crânio atinge o chão, o pescoço revira, estala e ele fica imóvel.

Nos buracos escuros de seus olhos, a luz diminui até desaparecer.

CORA

Por longos segundos ficamos ali parados em silêncio, atônitos e exaustos, contemplando o corpo imóvel de Long Lankin.

A princípio eu mal percebo, mas, aos poucos, vejo um filete de poeira verde saindo da boca, das orelhas e do nariz de Lankin. Abismados, observamos a poeira se unir e se mover devagar por seu corpo num longo fluxo enfumaçado sobre a pele enrugada e os membros retorcidos.

Então Piers Hillyard aparece. Ajoelhado, abaixa a cabeça, respira fundo e em silêncio começa a soprar o pó, que sobe no ar como uma espiral, pouco a pouco carregando consigo cada partícula do medonho corpo de Lankin até formar um vapor sinuoso como uma serpente. Após um tempo, não há mais nenhum indício do local onde Long Lankin tombou.

A faixa de fumaça se move na direção da igreja, rumo ao grupo de crianças fantasmas encostadas contra o muro. A fumaça os circunda, envolvendo suas cabeças e corpos. Onde a poeira cinza toca e envolve, a pele envelhecida desaparece, bem como as cavidades escuras dos olhos e o cabelo grisalho. Voltam a ser as crianças da época em que foram raptadas, usando roupinhas feitas à mão de tempos distantes.

As crianças estão mudadas e se entreolham perplexas, mal se reconhecendo. Examinam as próprias mãos, as dos outros, tocam o cabelo, a pele, as pálpebras, piscando à luz do sol como quem não se lembrasse de como eram.

Para a maioria delas, sua breve vida terminou há muitos e muitos anos, apesar de terem permanecido ali, naquele lugar, enquanto todas as pessoas que as amavam há muito foram enterradas.

As crianças se voltam e nos fitam entre as lápides até, pouco a pouco, se desvanecerem.

Uma névoa sobe, espalha-se por um instante e some.

Piers Hillyard permanece imóvel, fecha os olhos e suspira fundo. Uma brisa leve começa a levantar seu cabelo. As mangas de sua roupa preta esvoaçam. A barra começa a ondular. Folhas e grama seca erguem-se no ar. Pequenos brotos rodopiam e voam.

De repente uma ventania avança na direção do cemitério. Até o nosso cabelo se arrepia.

Então, a distância, dos fundos do cemitério, ouve-se um violento barulho. O chão estremece sob nossos pés.

— O que é isso? — grito, pressionando o rosto de Mimi em meu ombro.

— Olha aquilo! — grita Roger em meio à ventania.

Viro de costas. O vento chicoteia minhas costas. Equilibro-me e observo com os olhos semicerrados.

A árvore cigana está afundando na água. Uma a uma, as grossas raízes retorcidas são arrancadas da terra pelo vento. Rangendo, vergada, a imensa árvore se curva cada vez mais, o maciço tronco sacudido. Centímetro a centímetro, a gigantesca árvore sem folhas abaixa inclinada sobre o charco. As poucas raízes restantes, tão retesadas que não podem mais se esticar, começam a se romper em rápida sucessão.

Com um barulho ensurdecedor, a horrorosa árvore se curva, desabando na água em meio a uma monstruosa pilha de folhas farfalhantes e galhos lascados. Os velhos brinquedos, os trapos e os restos de sapatinhos afundam para sempre.

O vento vai aos poucos perdendo a força até não passar de uma suave brisa, que sacode as folhas por um tempo, até elas pousarem na superfície do pântano e flutuarem sobre as ondulações turvas.

Procuro por Piers Hillyard no cemitério, mas ele se foi.

O muro da torre brilha ao sol.

— Roger! Roger! Cora! O padre Mansell está chegando! O padre Mansell está chegando!

Em estado de torpor, ouço os gritos de Pete. O padre Mansell e o sr. Crawford o seguem de perto.

Mimi levanta a cabeça.

— Cadê tia Ida?

Protejo os olhos com a mão livre e a vejo estirada sobre o túmulo ao lado do portal, os pés afastados ao longo da grade de ferro quebrada. Mimi desce do meu colo, aproxima-se de titia e balança seus ombros com afeto.

— Acorda, titia, acorda.

Uma das mãos de tia Ida repousa em seu peito, a outra permanece na lápide. A última rosa da velha roseira acima dela se despetala e as pétalas cor-de-rosa uma a uma caem sobre os seus dedos. Ajoelho-me ao seu lado, afasto as pétalas com suavidade e leio a inscrição:

É CHEGADO O TEMPO DO CANTO DOS PÁSSAROS

AGRADECIMENTOS

Calorosos agradecimentos a Annie Eaton, Sophie Nelson, Sarah Dudman, Natalie Doherty e toda a equipe da Random House. Agradeço também a meu marido e meus filhos, em particular a Eleanor, por seus providenciais comentários enquanto tomávamos chocolate quente e comíamos pãezinhos de canela, e a Rosemary Leclercq.

Impresso no Brasil pelo
Sistema Cameron da Divisão Gráfica da
DISTRIBUIDORA RECORD DE SERVIÇOS DE IMPRENSA S.A.
Rua Argentina 171 – Rio de Janeiro, RJ – 20921-380 – Tel.: 2585-2000